REBECCA BRANDEWYNE

Dornen der Leidenschaft

Buch
Spanien, im Jahr 1848: Immer wieder wird die zauberhafte junge Aurora von beunruhigenden Träumen gequält – von Träumen, die ihr einen Blick in die Zukunft gewähren. Und tatsächlich scheint Aurora über den siebten Sinn zu verfügen, denn alle Prophezeiungen erfüllen sich: Sie ist gezwungen, Spanien, das Land ihrer aristokratischen Vorfahren, unter abenteuerlichen Umständen zu verlassen. Ziel ihrer Reise wird der schwüle Dschungel Perus, wo der sagenhafte Goldschatz von El Dorado verborgen sein soll. Doch in ihren Träumen erschien auch noch ein heißblütiger Caballero, der sie vor ihren Feinden beschützen sollte. Wird er ihr überdies die Liebe und die Leidenschaft bringen, die ebenso wild sind wie die Stürme, die das Land erzittern lassen?

Autorin
Rebecca Brandewyne konnte mit ihrem ersten Roman »Wer die Liebe flieht« sofort einen großen Erfolg feiern. Seither hat die Autorin zahlreiche weitere Bücher veröffentlicht, die weltweit eine große Leserschaft begeistern.

Von Rebecca Brandewyne außerdem bei Portobello lieferbar
Brandende Sehnsucht. Roman (55456)
Wildes Blut. Roman (55361)
In mondheller Nacht. Roman (55475)

REBECCA
BRANDEWYNE

DORNEN
DER LEIDENSCHAFT

Roman

Aus dem Amerikanischen
von Elisabeth zum Stolzenberg

PORTOBELLO

Die Originalausgabe erschien unter dem Titel »And Gold was Ours«
bei Warner Books, Inc., New York.

Umwelthinweis:
Alle bedruckten Materialien dieses Taschenbuches
sind chlorfrei und umweltschonend.

Portobello Taschenbücher erscheinen im Goldmann Verlag,
einem Unternehmen der Verlagsgruppe Random House GmbH

Einmalige Sonderausgabe Juni 2007

Umschlaggestaltung: Design Team München
Umschlagillustration: John Ennis/Agentur Schlück
Druck: GGP Media GmbH, Pößneck
KC · Herstellung: WE
Printed in Germany
ISBN: 978-3-442-55499-7
www.portobello-verlag.de

10 9 8 7 6 5 4 3 2 1

ERSTES BUCH

Reise

1. KAPITEL

Im Dschungel, Peru, 1548

In der Legende hieß sie El Dorado – die Goldene –, eine vergessene Stadt, in der die Straßen mit Gold gepflastert waren und unvorstellbare Reichtümer nur darauf warteten, geplündert zu werden. Ob die Stadt wirklich existierte, konnte niemand genau sagen. Aber viele Männer versuchten sie zu finden, und manch einer starb dabei. Denn das Leben im undurchdringlichen Regenwald war hart und eine reine Tortur, selbst für Männer, die Strapazen und Entbehrungen gewöhnt waren.

Es gab Giftpflanzen, die zu einem langsamen, qualvollen Tod führten, wenn man sie berührte. Es gab Moskitos, die sich in Schwärmen auf die Menschen stürzten und sie beim Blutsaugen mit dem gefürchteten tropischen Fieber ansteckten, das Schüttelfröste und qualvolle Delirien verursachte. Gefährliche Raubkatzen mit leuchtenden Augen schlichen auf der Suche nach Beute unhörbar durch das Dunkel des Dschungels. Riesige, durch ihre Tarnfarben schwer erkennbare Schlangen ließen sich von Ästen heruntergleiten, um ihre Opfer langsam zu erdrosseln.

Aber die Gier der Menschen nach den Reichtümern der vergessenen Stadt El Dorado war größer als ihre Todesangst. Deshalb brachen immer wieder Männer in den Dschungel auf und ließen sich nicht einmal von den gebleichten Skeletten derer abschrecken, die es vor ihnen gewagt hatten.

Don Santiago Roque y Aviles war so ein Mann. Aber im Unterschied zu allen anderen war er nicht aus Gier nach Reichtümern hinter dem Gold her, sondern aus Liebe. Der gutaussehende Sohn aus einer vornehmen, aber verarmten spanischen Familie hatte sein Herz an Doña Arabela Madrigal y Tarragona verloren. Aber Arabelas Vater hatte die Eheschließung der Liebenden verboten. Santiago war nicht vermögend. Die einzige Tochter des Conde de Quinta konnte keinen armen Mann heiraten, ganz gleich, wie blau das Blut in seinen Adern auch war. Arabela hatte geweint und ihren Vater beschworen, aber er hatte sich nicht erweichen lassen. Schließlich hatte sie sich mit gebrochenem Herzen in ihr Zimmer zurückgezogen und war von Tag zu Tag stiller und schwächer geworden. Der Conde hatte es mit der Angst zu tun bekommen und endlich nachgegeben. Wenn Santiago es in drei Jahren geschafft hätte, den Familienreichtum zurückzuerwerben, dann dürfte er Arabela heiraten.

Santiago hatte die Legende von der verlorenen Stadt El Dorado gehört und sich nach Südamerika eingeschifft. Er suchte lange und mit aller Kraft nach der vergoldeten Stadt, und vielleicht weil sein Antrieb Liebe und nicht Gier war, fand er sie eines Tages. Auf den goldgepflasterten Straßen sank er auf die Knie und dankte Gott, daß seine Gebete erhört worden waren. Obwohl viel mehr Schätze herumlagen, als er in seinen wildesten Träumen vermutet hätte, nahm er nur soviel wie nötig mit, um den ehemaligen Wohlstand seiner Familie wiederherstellen zu können, und kehrte überglücklich nach Spanien zurück, um endlich Herz und Hand seiner Geliebten von dem gestrengen Vater zu fordern.

Aber er kam zu spät. Während seiner Abwesenheit war Arabela einer ansteckenden Krankheit erlegen und mit seinem Namen auf den Lippen gestorben.

Santiago konnte nicht mehr in Spanien leben, wo ihn alles schmerzhaft an seine Geliebte erinnerte, und er ging nach Südamerika zurück. Dort baute er im wilden Dschungel von Peru direkt am Amazonas ein wunderschönes Landhaus aus Marmor, das bis in alle Ewigkeit ein Denkmal für seine geliebte Arabela sein sollte.

Zuerst wurde er als ein armer Irrer angesehen, und niemand kümmerte sich um ihn. Aber als das große Haus schließlich seiner Vollendung entgegenging und die erlesensten Antiquitäten und Einrichtungsgegenstände von Eingeborenen in Einbäumen den Amazonas hinuntergeschafft und an seinem Bootssteg ausgeladen wurden, dämmerte es den Besitzern der Nachbarfarmen, daß Santiago wirklich ungeheuer reich sein mußte, ob er nun verrückt war oder nicht. Jedermann wunderte sich, warum er sich in den Dschungel zurückgezogen hatte, und man begann aus Neugier, sich für seine Vergangenheit und seine Herkunft zu interessieren. Langsam wurde seine tragische Geschichte bekannt, und man vermutete, daß der Verrückte El Dorado gefunden hatte. Diejenigen, die die Geschichte nur für eine Legende hielten, lachten darüber, daß Santiago die vergoldete Stadt gefunden haben sollte, und kümmerten sich nicht weiter darum. Aber es gab andere – geldgierige – Männer, die die Sache nicht auf die leichte Schulter nahmen. Sie gingen zum Herrenhaus, um die Wahrheit herauszufinden.

Sie waren geblendet von der Schönheit von Esplendor, wie Santiago sein Haus genannt hatte. Es stand auf einer kleinen Anhöhe und war fast vollständig aus edlem importierten Marmor gebaut, das dem tropischen Klima am besten standhalten konnte. Das Haus erhob sich wie ein leuchtendes weißes Juwel aus dem wild wuchernden Dschungel. Niemand hatte jemals etwas so Wunderbares gesehen.

Das zweistöckige Hauptgebäude wurde von zwei mächtigen Ecktürmen bewacht. Einstöckige Seitenflügel mit kleineren Türmen fügten sich malerisch in die großzügige Anlage ein. In der Mitte des Haupthauses erhob sich eine zwiebelförmige Kuppel, in der eine Glocke aus massivem Gold hing, die jeden Morgen und jeden Abend das Angelus läutete.

Die Glocke klang merkwürdig, man konnte den Ton nicht mehr vergessen, wenn man ihn einmal gehört hatte. Es klang so, als ob sie weinend flüsterte: *»Querida, querida«*.

Viele Männer, die Santiago seines Reichtums berauben wollten, flohen entsetzt und kamen nie wieder, als sie den dunkel klingenden Ton der Angelusglocke hörten. Sie waren sich ganz sicher, daß Unheil über sie kommen würde, wenn sie den Hausherrn ausrauben würden. Andere waren mutiger, und Santiago sah sich gezwungen, sich und sein Haus mit seinem Schwert gegen sie zu verteidigen.

Nach jedem Kampf seufzte er, schüttelte den Kopf und empfand Mitleid für die Männer, die nichts als die Gier nach Gold kannten. Dann ging er zurück in sein Arbeitszimmer, wo das liebste Andenken an Arabela stand: eine wunderschöne kleine Uhr, die jede volle Stunde eine traurige Melodie spielte, die ihn an seine Liebste erinnerte.

Und so zogen die Jahre ins Land, und es gab immer mehr Geschichten über den alternden, inzwischen grauhaarig gewordenen Verrückten von Esplendor. Manche Menschen behaupteten, daß er die alten Inkagötter verärgert hätte und daß jetzt ein Fluch auf ihm läge, weil er die vergoldete Stadt El Dorado ausgeraubt hatte. Andere behaupteten, daß nicht ein Fluch auf Santiago läge, sondern auf dem geraubten Goldschatz. Wer ihn berührte, würde verrückt werden oder sterben müssen. Es wurde gesagt, daß er seine Schätze vergraben hätte, tief in der Erde seiner Plantage im Dschungel, und daß er eine Karte, auf der der Vergrabungsort genau eingezeichnet sei, irgendwo in seinem Herrenhaus versteckt hätte, in der Hoffnung, daß die Götter eines Tages ihren Fluch vergessen würden und er dann seinen Reichtum genießen könnte. Andere behaupteten, daß er nicht die Reichtümer, sondern die Karte vergraben hätte, auf der der Weg nach El Dorado verzeichnet sei. Immer wieder würde er dorthin zurückkehren, um neue Schätze zu holen – dabei hatte niemand ihn jemals Esplendor verlassen sehen.

Immer neue, abergläubische Geschichten erzählte man sich. Eines Tages kamen sie einer Gruppe geldgieriger Söldner zu Ohren, die für jeden kämpften, der sie bezahlte. Da sie gerade arbeitslos waren, brachen sie spät abends in Santiagos Haus ein. Obwohl er sich mit allen Kräften verteidigte, überwältigten sie ihn und schlugen ihn gnadenlos nieder, um ihm sein Geheimnis zu entlocken.

»Nehmt Euch, was Ihr wollt«, sagte er. »Ich habe nichts als das, was Ihr hier seht, und meine Erinnerungen und alten Träume.«

Aber die Söldner glaubten ihm nicht.

»Verratet uns den Weg nach El Dorado!« forderten sie. »Sagt uns, wo Ihr den Schatz vergraben habt!«

»Ich bin ein alter Mann«, antwortete Santiago, »und es ist lange her. Ich erinnere mich nicht an den Weg nach El Dorado, und der einzige Schatz, den ich jemals begraben habe, liegt in einem Sarg in Spanien – und hier in meinem Herzen.«

»Lügner!« riefen die Söldner. »Die Leute im Dorf behaupten, daß Ihr eine Karte angefertigt habt!«

»Nein« – Santiago schüttelte den Kopf – »es gibt keine Karte. Ihr Narren.« Er seufzte müde. »Nun geht nach Hause. Man braucht keine Karte, um den größten Schatz dieser Welt zu finden, einen Schatz, der wertvoller ist als alles Gold dieser Welt...«

Aber die Söldner hörten nicht zu. Sie verhörten und marterten ihn, bis er schließlich starb und nichts mehr erzählen konnte. Danach stellten sie das Herrenhaus auf den Kopf und suchten nach dem Schatz, von dem sie sicher waren, daß Santiago ihn irgendwo versteckt hätte. Aber sie fanden nicht einmal eine Karte. Schließlich plünderten sie das Haus und raubten alles, was sie auf ihren Pferden mitnehmen konnten, ließen Santiagos Leichnam auf dem Boden liegen und verschwanden.

Bald darauf kamen andere an, die vom Tod des Verrückten gehört hatten, und plünderten das Haus. Schließlich war es leer, sogar die Brokatvorhänge an den Fenstern waren mitgenommen worden. Einzig und allein die große goldene Glocke entging dem Zugriff der Räuber. Sie war zu schwer, um von einem oder zwei Männern weggetragen zu werden. Eine Gruppe von Männern aus dem nahegelegenen Dorf glaubten, daß sie genau das Richtige für ihre Kirche sei. Beim Versuch, sie wegzubringen, gab sie aber so grauenerregende Töne von sich, daß die Männer sie entsetzt fallen ließen. Die Glocke brach durch den Boden des Dachgeschosses und blieb ein Stockwerk tiefer liegen. Von diesem Tag an berührte sie niemand mehr. Aber obwohl die Dorfbewohner wußten, daß es nicht möglich war, hörten sie die Angelusglocke in mondlosen Nächten läuten.

Im Lauf der nachfolgenden Jahrhunderte zogen andere Männer ins Herrenhaus ein und fanden dort einen ebenso entsetzlichen Tod wie Santiago. Dann wurde Esplendor vergessen, und nur ein paar alte Leute erinnerten sich noch an das verlassene, nur von bösen Geistern bewohnte Haus.

Wie Wachposten rahmten die großen Türme es immer noch ein, aber dem Haus näherte sich niemand mehr. Nur der Dschungel kam immer näher heran und nahm das Herrenhaus langsam wieder in Besitz. Schlingpflanzen und Büsche überwucherten die breite Auffahrt, Wurzeln sprengten Risse in die Wände, bis sie baufällig wurden und fast einstürzten.

Niemand war traurig über das Schicksal des einstmals stolzen Hauses, der ehemalige Erbauer war schon lange tot und seine Liebste, zu deren Andenken er es errichtet hatte, ebenfalls.

Jetzt, dreihundert Jahre später, im Jahre 1848 stand das große Haus immer noch. Sein Geist war noch immer unbesiegt. Als Denkmal einer lebenslangen Liebe ragte das Haus geheimnisvoll über den Dschungel hinweg und sah aus, als ob es nur schlafen und atemlos und hoffnungsvoll darauf warten würde, zu neuem Leben erweckt zu werden.

Und manchmal, in einer mondlosen Nacht, war noch immer die Angelusglocke zu hören...

2. KAPITEL

Madrid, Spanien, 1848

Rasiermesserscharfe Säbelklingen blitzten im Kerzenlicht auf. Und ebenso mörderisch glänzten die dunklen Augen der beiden Männer, die die Degen hielten.

Doña Catalina Aguilar de Rodriquez de Zaragoza, Marquesa de Llavero, saß zitternd auf einem Stuhl in einer Ecke des Raumes. Sie preßte ein Taschentuch auf den Mund, um ihre Angstschreie zu unterdrücken. Im nächsten Augenblick konnte entweder ihr Ehemann Don Manuel Vitorio de Zaragoza, Marqués de Llavero, oder ihr Sohn Don Salvador Domingo Rodriquez y Aguilar, Visconde Poniente, tot auf dem Perserteppich liegen, der den mit Marmorfliesen ausgelegten Boden bedeckte. Blut tropfte aus einer frischen Wunde im Arm ihres Sohnes und befleckte den schön gemusterten Teppich. Catalinas Mann lachte bösartig.

»Das erste Blut!« rief der Marqués triumphierend aus.

»Das ist das letzte Blut, das zählt, Don Manuel«, antwortete der Visconde kühl, während er sich mit seiner schwarzen Seidenkrawatte die Wunde verband und dabei seinen Gegner keinen Augenblick aus den Augen ließ, seinen Stiefvater, den er aus tiefstem Herzen verachtete und dem er nicht über den Weg traute.

»*O Santa María*, gebiete ihnen Einhalt, Timoteo. Bitte!« bat die Marquesa den einzigen weiteren Anwesenden in dem kleinen Salon.

»Wenn ich es nur könnte, Catalina«, erwiderte der weißhaarige Mann, Don Timoteo Yerbabuena, Conde de Fuente, verzweifelt. Er stützte sich steif auf seinen Stock und hatte einen Arm um Catalina gelegt. »Aber ich kann es nicht. Die beiden sind zu weit gegangen. Diesmal sind sie zu weit gegangen.«

»Und es ist alles mein Fehler!« beschuldigte sich die Marquesa leise.

Sie hatte sich wieder einmal dumm verhalten, unentschuldbar dumm – ihr Mann Manuel hatte sie ärgerlich angeschrien. Sie hatte ihn vor ihren Gästen lächerlich gemacht, hatte der Marqués eisig festgestellt, und alle außer Timoteo waren gegangen. Timoteo liebte

Catalina, hatte sie schon immer geliebt und hätte sie geheiratet, wenn sie frei gewesen wäre. Aber er hatte ein verkrüppeltes Bein und war nicht imstande, sie zu verteidigen. Da er das wußte, hatte Manuel seine Frau brutal ins Gesicht geschlagen. Als Timoteo dazwischengetreten war, um die Schläge aufzufangen, hatte ihm der Marqués Wein ins Gesicht geschüttet.

»Los, Don Timoteo! Warum schlägst du mich nicht mit deinem Stock?« hatte Manuel höhnend ausgerufen. »Das willst du doch, oder? Vielleicht willst du mich sogar töten, damit meine Frau endlich dir gehört – wenn das nicht schon der Fall ist. Wie steht's, Catalina? Macht es dir mehr Spaß, die Beine zu spreizen für diesen lahmen alten *Cabrón*, oder gefalle ich dir besser?«

Der Marqués hatte gegrinst und seine Frau grob betatscht. Manuel konnte nie widerstehen, die beiden Liebenden so sehr zu quälen, wie er nur konnte. Der Vorfall wäre wahrscheinlich wie üblich zu Ende gegangen. Timoteo hätte gebettelt, daß er seine Liebste in Ruhe lassen solle, der Marqués hätte höhnisch gelacht und seine Frau ins Schlafzimmer getragen, wo er sie wie schon so oft gegen ihren Willen überwältigt hätte. Aber dieses Mal war ihr Sohn Salvador, der zu Besuch war, unangemeldet ins Zimmer gekommen, hatte die Situation mit einem Blick erfaßt und seinen Stiefvater aufgefordert, sich mit ihm zu duellieren.

»Bis zum Tod, *bastardo!*« hatte der Visconde hervorgestoßen. »Du hast *mi madre* zum letzten Mal beleidigt!«

Und so hatte es begonnen.

Siebenundzwanzig lange Jahre des Hasses lagen hinter ihnen, und jetzt duellierten sich die beiden Männer auf Leben und Tod. Der Marqués war älter und erfahrener. Aber der Visconde hatte viele Rechnungen zu begleichen, und das gab ihm Kraft.

Draußen schien der Mond durch die Äste der frisch belaubten Bäume, die sanft im Wind flüsterten. Es regnete leise auf das Dach des Stadtpalais. Irgendwo ratterte in der Dunkelheit eine Kutsche vorbei, und ein Hund heulte.

Im kleinen Salon krachten die Degen wütend aufeinander. Catalina weinte in ihr Taschentuch und betete, daß ihr geliebter Sohn das Monster besiegen würde, das ihr Ehemann war. Timoteo stand neben ihr und verfluchte sein verkrüppeltes Bein. Salvador riskierte sein Leben in dem Kampf, den der Conde eigentlich hätte führen müssen. Er hörte seine Geliebte stöhnen und umfaßte ihre zitternden Schultern fester.

»Warum nur, Timoteo? Oh, warum hat sich Salvador auf diesen Kampf eingelassen? Ich habe Manuels Schmähungen und Schläge doch schon so oft hingenommen –« die Marquesa unterbrach sich und biß sich auf die Lippen. Sie hatte sich immer bemüht, vor ihrem Sohn zu verbergen, wie schlecht der Marqués sie behandelte.

»Viel zu oft hast du das alles hingenommen, Catalina«, antwortete Timoteo unglücklich. »Salvador hätte schon längst mit diesem Schwein abrechnen müssen... und hätte das auch getan, wenn du ihn nicht immer wieder gebeten hättest, sich nicht mit seinem Stiefvater zu duellieren.«

»Aber ich – ich konnte das doch nicht erlauben! Manuel schreckt vor keinem Mord zurück«, rief sie angstvoll. »Schau nur, wie gefährlich er ist!«

»Ja siehst du denn nicht, daß Salvador einen Scheinangriff startet und sich dadurch aus der gefährlichen Situation befreit? Beruhige dich, Catalina. Du weißt doch, wie gut dein Sohn mit dem Degen umgehen kann – besser als Manuel. Salvador wird das Duell gewinnen. Da bin ich mir ganz sicher.«

»Ach, Timoteo, ich kann es nicht ertragen. Wenn Salvador Manuel umbringt, dann muß er fliehen. Juan wird zur Königin gehen. Und wenn mein Mann gewinnt... Ach, *Madre di Dios*, hab Gnade mit mir! Es ist alles meine Schuld.«

»Nein, Catalina!« widersprach der Conde scharf. »Die Schuld trägt allein Manuel, sonst niemand. Wir alle haben unter seiner Boshaftigkeit und unter seiner Rachsucht gelitten. Ich hoffe, daß Salvador ihn tötet!«

»Ach, Timoteo! Wie kannst du so etwas sagen? Weißt du denn nicht, was passieren wird? Juan wird zur Königin gehen, da bin ich mir ganz sicher! Er wird dafür sorgen, daß mein geliebter Salvador verhaftet und dann wegen Mordes hingerichtet wird.«

Catalina hatte ihrer Meinung nach nur einen Sohn, und das war Salvador. Sie hatte die Tatsache nie akzeptieren können, daß sie auch Juan geboren hatte. Er war das Ergebnis von Manuels brutaler Vergewaltigung in ihrer Hochzeitsnacht. Nachdem sie einen Blick auf das neugeborene Kind geworfen und die große Ähnlichkeit mit seinem Vater erkannt hatte, war es ihr unmöglich gewesen, dieses

Kind zu lieben. Später hatte Pepita, ihr Mädchen, ihr etwas eingegeben, und sie war nie mehr schwanger geworden. Das war ein kleiner Sieg über den Marqués, denn er hatte eine Dynastie gründen wollen und sich dann mit einem Sohn begnügen müssen.

»Hab keine Angst, Catalina«, beruhigte Timoteo sie. »Ich werde Salvador helfen, aus Spanien zu fliehen«, versprach er, denn der Conde wußte, welches Schicksal Salvador erwartete, falls er seinen Stiefvater töten würde.

»Dann werde ich ihn nie mehr wiedersehen!« jammerte die Marquesa. »Ach, warum bin ich nur so dumm gewesen? Ich werde mir das niemals verzeihen. Niemals!«

»Sei still, Catalina. Salvador kämpft nicht nur für dich, sondern auch für seinen toten Vater und für sich selbst, und ich weiß, daß er gern sein Leben dafür hergeben würde, um dich von diesem Monster zu befreien! Schau hin. Salvador wird gewinnen, das verspreche ich dir!«

Beide Männer atmeten jetzt schwer. Das Gesicht des Marqués glänzte vor Schweiß. Er war erschöpft, der Visconde war immerhin zwanzig Jahre jünger als er. Manuel machte einen Ausfall und zielte auf das Herz seines Stiefsohnes. Er stolperte über das Bein eines Schemels, fiel der Länge nach auf den Marmorboden und fühlte, wie sich die Degenspitze seines Stiefsohns leicht in seine Schulter bohrte und dann zurückbog. Und er wußte, daß er verschont worden war.

»Das war für *mi padre*«, rief Salvador aus. Der Marqués riß sich seine Seidenkrawatte vom Hals und versuchte damit, das Blut zu stillen.

»Dein Vater war ein Idiot«, rief er aus und sprang auf. »Und sein Sohn ist ein noch größerer Idiot. *En guardia.*«

Wütend ging Salvador wieder zum Angriff über. »Und jetzt – jetzt beenden wir diese kleine Scharade«, rief er seinem Stiefvater zu. »Das ist für *mi madre*!« rief er haßerfüllt und rammte seinen Degen ins Herz des Marqués.

Catalina hielt die Luft an und erhob sich mit weitaufgerissenen Augen.

»Salvador. Großer Gott, Salvador!«

Der Visconde zog seine Waffe aus dem Herzen des verhaßten Gegners und wischte sie sorgfältig ab. Ein kleines Lächeln kräuselte seine Lippen.

»Soll ich seinen Kopf abschneiden, *madre*?« fragte er. »Du kannst ihn im Trophäenraum aufhängen, bei all den anderen Bestien.«

»Ach, Salvador«, jammerte sie. »Es ist jetzt nicht die richtige Zeit, um Witze zu machen! Weißt du, was du getan hast?«

»Natürlich weiß ich das. Ich habe meinen Stiefvater getötet – es war höchste Zeit.« Der Visconde ging auf seine Mutter zu. »Beruhige dich, *madre*. Warum weinst du? Du hast doch dieses Tier nie geliebt.«

»Nein, niemals!«

»Dann wisch dir deine Tränen ab. Don Timoteo, wir brauchen Wein. Wir wollen den Tod meines Stiefvaters feiern und auf eure Hochzeit anstoßen. Ich bin sicher, daß Sie noch heute abend einen Priester finden, mein alter Freund, bevor die Schwierigkeiten anfangen.«

»Da kannst du ganz sicher sein, Salvador«, antwortete der Conde. »In einem Duell kann ich nichts ausrichten, aber ich bin bei Gott noch immer ein machtvoller Mann in Madrid.«

»Ach, Timoteo! Wie kannst du an so etwas auch nur denken, während mein Sohn in großer Gefahr schwebt?« Die Marquesa tupfte sich mit ihrem Taschentuch die Tränen von den Wangen. »Salvador«, sagte sie mit dringlicher Stimme, »du mußt fliehen, und zwar sehr schnell, noch bevor Juan nach Hause kommt. Er wird als erstes zur Königin gehen ...«

»*Sí*, wie schade. Vielleicht sollte ich auf ihn warten und ihn auch umbringen«, überlegte der Visconde laut. Offenbar erschreckte ihn der Gedanke, seinen Halbbruder zu töten, nicht.

»Nein, mein Sohn!« schrie Catalina auf. »Juan hat zu viele einflußreiche Freunde bei Hof –«

»Die er für sich gewonnen hat, indem er ihnen schöngetan und geschmeichelt hat«, meinte der Visconde abfällig. »Aber gut, wenn du darauf bestehst, *madre*, dann gehe ich eben.« Er stellte sein Weinglas auf den Tisch. »Küsse mich, meine schöne Rose – wünsch mir Glück.«

Die Augen der Marquesa waren überschattet von Trauer, als sie ihre Lippen auf seine Wange drückte.

»Wo – wo gehst du hin, Salvador?« fragte sie schließlich, und ihr Herz klopfte laut. »Nach Portugal? Nach Frankreich?« Sie hoffte, er würde nicht zu weit weg gehen.

»Nein, *madre*«, antwortete der Visconde leise. »Juans gedungene Männer würden mich selbst dort aufstöbern, und ich würde meines Lebens nie mehr froh werden. Ich gehe in die Neue Welt, wie Onkel Diego und Tante Anna María. Wenigstens habe ich dort Verwandte – falls sie noch leben. Und wie ich mich darauf freue, *mi primero* Rafael wiederzusehen. Dieser Vetter war immer mein allerbester Freund.«

»Einen Augenblick, Salvador.« Catalina legte ihrem Sohn eine Hand auf den Arm. Sie hatte ihre Fassung endlich wiedergewonnen. »Manuels Geldgier hat dein Erbe leider erheblich geschmälert.« Die Marquesa verließ den Raum und kam kurz darauf mit einem Kästchen wieder. »Da. Ich möchte, daß du das mitnimmst«, sagte sie fest entschlossen, als sie bemerkte, daß ihr Sohn protestierte. Sie öffnete das Kästchen.

Der Visconde hielt die Luft an, als er die wertvollen Schmuckstücke sah. Er hatte keine Ahnung gehabt, daß sein Stiefvater so großzügig gewesen war, und wunderte sich, daß die Juwelen nicht in einem Tresor eingeschlossen waren. Die Zeiten waren unsicher. Es war gefährlich, mit Schmuck zu reisen. Alle wohlhabenden Damen trugen Kopien ihrer wertvollen Schmuckstücke.

»Manuel fürchtete sich nicht vor den Banditen, die den Reisenden heutzutage auflauern«, erklärte Catalina zur Überraschung ihres Sohnes. »Er stellte gern vor Gästen seinen Reichtum zur Schau. Jedesmal, wenn er – wenn er in mein Bett kam –« Es fiel ihr schwer weiterzusprechen, aber sie nahm sich zusammen. »Er legte jedesmal etwas auf meinen Nachttisch – als ob ich nicht besser als eine – als eine Hure wäre. Dann zwang er mich, den Schmuck später zu tragen ... Nimm ihn mit! Nimm ihn mit! Mein Herz hängt wirklich nicht daran! Wenn du damit ein neues Leben anfangen kannst, dann war mein Leiden doch zu etwas nütze, mein Sohn. Mein einziger Sohn.«

Die Marquesa drückte Salvadors Hand an ihre Wange und küßte sie. Dann wandte sie sich ab, um ihre Fassung wiederzugewinnen.

»Und dies. Nimm dies auch mit«, fuhr sie fort und versuchte zu lächeln. Sie reichte ihm einen alten, vergilbten Brief. »Es ist der einzige, den ich in den vergangenen zwanzig Jahren von Anna erhalten habe. Ich – ich weiß nicht einmal, ob sie noch lebt ... Ich hoffe zu Gott, daß Manuel mir ihre Briefe vorenthalten hat –« Sie unterbrach sich.

Der Visconde blickte auf den Brief und las vor:

»Santa Rosa, Texas, 1828. Meine liebste Schwester, wir sind gesund in der Neuen Welt angekommen...« Er erinnerte sich noch gut an Tante Anna María, Onkel Diego und Rafael. »Wie meine Tante ihre Rosen liebte«, sagte er leise. »Und dich auch, *madre*. Sie sagte immer, du wärst ihre schönste Blüte. Deshalb habe ich dich immer meine schöne Rose genannt.«

»*Sí*, ich weiß. Nun ja.« Catalina seufzte. »Das ist schon lange her. Sehr lange her«, wiederholte sie traurig. »Damals hatte er uns alle noch nicht zerstört.«

»Wir sind nicht zerstört, *madre*«, sagte Salvador. »Er ist tot, und wir leben. Don Timoteo, ich gebe die schönste Blume von ganz Frankreich in Ihre Obhut. Passen Sie gut auf sie auf, mein alter Freund.«

»Du brauchst dir um Catalina keine Sorgen zu machen, Salvador«, versicherte ihm Timoteo und drückte ihm eine Karte in die Hand. »Gib diese Karte in meinem Büro in Cádiz ab«, ordnete er an. »Meine Leute bringen dich sicher auf ein Schiff, das in die Neue Welt segelt.«

»*Muchas gracias*, Don Timoteo.«

Die Marquesa drückte mit zitternden Händen ihr Taschentuch an die Brust.

»*Sí*.« Salvador beugte sich zu seiner Mutter nieder und küßte sie liebevoll auf die Wange. Er glaubte, daß er sie niemals wiedersehen würde. »Alles Gute, *madre*«, flüsterte er. »*La Aguila* ist endlich frei!«

Dann richtete er sich auf und öffnete die Tür.

»*Vaya con Dios*«, rief sie hinter ihm her, und das Herz tat ihr weh. »*Vaya con Dios*, mein Sohn.«

3. KAPITEL

Salvador war nicht der einzige junge spanische Edelmann, der in dieser regnerischen Nacht durch die engen Straßen von Madrid floh. Aber er wäre sehr überrascht gewesen, wenn er gewußt hätte, daß noch jemand vor seinem Halbbruder Juan auf der Flucht war.

Don Basilio Enrique Montalbán y Torregato, Visconde Jerez,

hatte sich einer groben Fehleinschätzung schuldig gemacht. Er hatte es gewagt, sich um die Hand von Doña Francisca de Ubrique zu bemühen. Und – was noch schlimmer war – sie hatte ihn erhört und Juan abgewiesen, der ihr auch den Hof gemacht hatte. Daß sich Juan dafür rächen würde, war den beiden Liebenden nicht in den Sinn gekommen. Unglücklicherweise konnte Juan aber an nichts anderes mehr denken. Niemand schlug Don Juan Rodolfo de Zaragoza y Aquilar, Conde de Aroche, ungestraft aus dem Feld.

Wutentbrannt war Juan zur Königin gegangen, der jungen Isabella, die ihn geradezu anbetete, und hatte Basilio beschuldigt, ein Carlist zu sein, der den Thron stürzen wolle. Königin Isabella, die schüchtern und nicht übermäßig intelligent war, hatte auf seinen Wunsch hin einen Haftbefehl für Basilio unterzeichnet. Aber der war rechtzeitig von seinen Freunden gewarnt worden und direkt von einem Fest bei der Condesa de Hervás geflohen, wo er und Francisca ihre Verlobung gefeiert hatten.

Jetzt eilten die beiden Liebenden in das Stadtpalais von Franciscas Vater, wo sie Don Pedro baten, einen Priester zu holen, der sie vermählen sollte, bevor sie aus ihrem Heimatland flohen. In Spanien, das war ihnen klar, waren sie nicht mehr sicher. Juan hatte Macht bei Hof, und seine Rachegefühle waren unersättlich. Sie mußten in die Neue Welt auswandern, um vor ihm sicher zu sein.

So eine eilige Hochzeit mit einer gleich daran anschließenden Flucht war nicht das, was sich Don Pedro de Ubrique für seine einzige Tochter wünschte. Aber seine Frau, Doña Dorotea, die er immer für eine sentimentale Gans gehalten hatte – und wie es jetzt schien, auch zu Recht –, weinte an seiner Schulter und meinte, er wäre ein Ungeheuer, wenn er sich den jungen Liebenden in den Weg stellte. Deshalb erteilte Pedro unwillig seine Erlaubnis für die Heirat und schickte nach einem Priester und nach Basilios jüngerer Schwester Aurora, die der Bräutigam unbedingt bei der Zeremonie dabei haben wollte.

Dann setzten sich alle nervös hin und starrten auf die Uhr, die auf dem Kaminsims stand. Ihr Ticken war laut in der Stille zu vernehmen. Aber sie befürchteten, daß es jeden Augenblick übertönt werden würde, wenn Juan und seine Gefolgsmänner mit den Fäusten an die Eingangstür schlagen, den Haftbefehl für Basilio vorzeigen und Eintritt in Don Pedros Stadtpalais begehren würden.

Draußen regnete es weiter, aber im Haus von Don Felipe Hernando Montalbán y de Navarra verbreiteten die Lampen ein anheimelndes Licht. Noch wußte niemand im Hause Montalbán vom grausamen Schicksal, das den jungen Erben Basilio bedrohte.

Im ersten Stock stand Basilios jüngere Schwester Aurora am Fenster und schaute auf den Platz hinab. Die Glasscheibe, gegen die sie ihre Stirn preßte, fühlte sich kühl an, aber sie achtete nicht darauf. Sie war in Gedanken verloren, Gedanken, die ihr ebenso traurig vorkamen wie die Regentropfen, die außen an der Fensterscheibe hinunterrannen.

Sie war anders als die anderen Mädchen ihres Alters – das wußte sie genau. Das deprimierte sie. Genau wie die anderen Debütantinnen, die wie sie vor kurzem in die spanische Gesellschaft eingeführt worden waren, hätte sie gern gelacht und geflirtet. Aber das konnte Aurora einfach nicht. Sie interessierte sich nicht dafür. Kein einziger der jungen *caballeros*, die mit ihr getanzt hatten, hatte ihr gefallen.

Warum nur? fragte sie sich.

Sie kannte viele Männer, die jung, gutaussehend und reich genug waren, um jedem Mädchen den Kopf verdrehen zu können. Aber Aurora fühlte nichts, wenn sie sie anschaute. Sie wußte, daß es nicht wahr war, was von ihr behauptet wurde: Sie war nicht kalt, nicht hartherzig. Tief in ihrem Inneren war sie viel leidenschaftlicher und warmherziger als die Mädchen, die sich auf den Festen der spanischen Gesellschaft ins rechte Licht zu setzen wußten. Aurora kam sich vor wie Dornröschen aus dem Märchen ihrer Kinderzeit, wie die schlafende Prinzessin, die darauf wartete, erweckt zu werden. Aber sie hatte noch nicht den richtigen Mann gefunden.

Es kam ihr seltsam vor, daß sie gleich nach dem ersten Blick wußte, ob ein Mann der Richtige für sie war oder nicht. Aber genauso war es gewesen.

Nach der ersten Ballsaison hatte sich Aurora in das Stadtpalais ihres Vater zurückgezogen. Sie hatte keinen Mann gefunden – nicht einmal einen *novio* –, aber sie machte sich keine Sorgen darüber. Sollten die Leute denken, was sie wollten. Sie würde hinfort so selten wie möglich bei offiziellen Anlässen erscheinen.

Die Familienangehörigen akzeptierten ihr Verhalten, wunderten sich aber über sie. Sie hatte versucht zu erklären, was sie fühlte, aber wie konnte sie das, wenn sie es selbst doch nicht richtig verstand?

Es wäre verrückt gewesen, ihnen ihr Gefühl des *déja vu* verständlich machen zu wollen, das sie manchmal in einer kerzenerleuchteten Halle, in einem nächtlichen Garten überkam. Dann dachte sie: Ich bin schon einmal hier gewesen. Hier habe ich meinen Liebsten getroffen ... Es wäre verrückt gewesen, zu sagen, daß die Arme der *caballeros*, die sie beim Tanzen umfangen hatten, nicht die Arme waren, die sie früher umfangen hatten und auch wieder umfangen würden.

Seit ihrer Kindheit hatte sie solche merkwürdigen Gedanken gehabt, hatte vor ihrem geistigen Auge einen Mann gesehen, von dem sie wußte, daß er ihr eines Tages bestimmt sein würde. Sie konnte sich sogar daran erinnern, wie sie ihn das erste Mal gesehen hatte. Sie schloß langsam ihre Augen und sah alles wieder so deutlich und klar vor sich, als ob es erst gestern passiert wäre.

Aurora war zu der Zeit fünf Jahre alt gewesen, aber sie hatte schon gewußt, daß sie nicht wie andere Mädchen war. Sie spielte zwar mit ihnen, aber immer nur mit ihrer halben Aufmerksamkeit, und es war, als ob sie immer auf die Ankunft von irgend jemand lauschte. Jedesmal, wenn ein Besucher kam, lief sie ans Tor, um zu sehen, wer er war. Nachdem sie ihn kurz betrachtet hatte, wirkte sie jedesmal sehr enttäuscht. Alle Leute – selbst Fremde – bemerkten das und machten sich ihre Gedanken darüber.

»Es ist so, als ob sie jemanden erwartet«, meinten ihre Familienangehörigen, als immer wieder dasselbe passierte. Dann fragten sie sich verwirrt: »Aber wer könnte es sein?«

Niemand wußte es – auch Aurora nicht. Sie wußte nur, daß sie unbedingt jedem Besucher ins Gesicht schauen mußte, der nach Quimera, zum Landsitz ihres Vaters, kam.

Heute war ein besonderer Tag. Aurora wußte es schon, bevor er endlich auftauchte, der Mann, auf den sie so lange gewartet hatte.

Sie hatte es geschafft, den achtsamen Augen ihrer Anstandsdame zu entkommen. Und jetzt lief sie leichtfüßig durch den wunderschönen Park von Quimera und achtete darauf, nicht mit dem alten Simon zusammenzutreffen, dem verrückten Gärtner, der, obwohl er harmlos war, sie immer wieder ein bißchen ängstigte. Sie kletterte auf einen Orangenbaum, über dessen Äste sie bis auf die steinerne Mauer steigen konnte, die den Garten einfaßte. Von diesem Platz auf der Mauer aus konnte sie meilenweit in jede Richtung schauen.

Und nachdem sie eine Orange gepflückt, geschält und gegessen hatte, schaute Aurora neugierig in die Welt jenseits des Gartens hinaus.

Im Schatten des Orangenbaums war es kühl, und seine belaubte Äste verbargen sie vor den suchenden Augen ihrer Anstandsdame. Aurora blieb lange dort sitzen und freute sich an ihrer neugewonnenen Freiheit.

Es war Zeit für die *siesta.* Alles war ruhig, nur die Angelusglocke tönte von einem entfernten Kloster herüber. Aurora gähnte und rieb sich die Augen. Wie lang hatte sie schon auf der Mauer gesessen? Sie wußte es nicht. Bestimmt machten sich schon alle Sorgen über ihren Verbleib. In der Ferne hörte sie ihre Anstandsdame ihren Namen rufen.

Plötzlich überfiel sie ein Schwindelgefühl, als ob sie sich zu schnell im Kreis herumgedreht hätte. Nebel hüllte sie ein. Die Zeit schien stillzustehen, dann machte sie eine Art Sprung. Wie aus dem Nichts erschien in dem sich lichtenden Nebel ein vornehm aussehender junger Mann.

Er war groß und dunkelhaarig und saß auf einem weißen Araberhengst. Er hatte seinen Kopf triumphierend zurückgeworfen und lachte glücklich. Aurora war wie verzaubert und glaubte, daß sie noch nie einen so schönen Mann gesehen hatte.

Als er näher herankam, fing ihr Herz wie wild zu pochen an. Endlich war er gekommen! Der Besucher, auf den sie so lange gewartet hatte! Woher sie das wußte, hätte Aurora nicht sagen können. Sie wußte nur, daß er endlich da war.

Der sechzehnjährige Junge sah sie zuerst nicht, aber dann entdeckte er sie oben auf der Mauer und zügelte sein Pferd.

»*Buenos días, muñeca pequeña*«, grüßte er sie freundlich. »Was machst du denn da oben?«

Kleine Puppe. Er hatte sie kleine Puppe genannt. Irgendwie gefiel Aurora dieser Name. Sie wurde rot und wußte nicht, was sie sagen sollte.

Sie betrachtete ihn unauffällig. Wie komisch war er gekleidet! Er sah aus, als wäre er einem alten Ahnenporträt in der Bildergalerie von Quimera entsprungen. Dieser Gedanke nahm sie gefangen, daß es eine Zeitlang dauerte, bis sie sich klar darüber wurde, daß auch ihre Kleidung sich irgendwie verändert hatte. Sie war vollkommen überrascht. Wie konnte das sein? Vorsichtig berührte sie den steifen Brokatstoff des Kleides, das sie jetzt trug, wie um sich zu versichern, daß sie nicht ein Opfer ihrer eigenen Fantasie geworden war. Der Stoff fühlte sich echt an. Aber wie konnte das möglich sein?

Aurora bemerkte, daß der junge Mann immer noch auf ihre Antwort wartete. Wie unhöflich mußte sie ihm vorkommen! Sie atmete tief ein und fand ihre Sprache wieder.

»Ich verstecke mich vor meiner Anstandsdame«, gestand sie schüchtern.

»Ach so.« Er lächelte. »Und das ist gar nicht so einfach, oder?«

»*Sí*«, sagte sie und bot ihm, da sie befürchtete, daß der junge Mann vielleicht gleich weiterreiten und aus ihrem Leben verschwinden würde, eine Orange an.

Es war ein heißer Tag, der junge Mann war durstig.

»Sehr gern«, antwortete er.

Aurora pflückte eine Frucht von einem der überhängenden Zweige und hielt sie ihm zögernd hin. Der junge Mann schnitt sie mit einem Messer in vier Teile und biß hinein. Sie schaute ihm schweigend zu und überlegte fieberhaft, was sie sagen könnte.

»Ich – ich wünschte, ich könnte so gut reiten wie du«, stammelte sie schließlich.

Der junge Mann warf die Orangenschalen weg und wischte sich die safttriefenden Hände an einem Taschentuch ab. Das Kind gefiel ihm gut, obwohl er nicht wußte, warum. Sie konnte höchstens fünf Jahre alt sein, aber sie war so schön!

»Es ist schon spät, und ich muß gehen. Aber ich komme morgen wieder her, und wenn du es schaffst, deiner Anstandsdame wieder zu entkommen, dann gebe ich dir eine Reitstunde.«

Aurora wurde rot und zitterte vor Aufregung.

»Wirklich wahr? Versprichst du mir das?«

»Ja. *Hasta luego, muñeca mía.*«

Dann verschwand der junge Mann so plötzlich, wie er gekommen war. Aurora umarmte sich fest und war sich bewußt, daß etwas Außergewöhnliches passiert war. Sie bemerkte kaum, daß sie wieder ihre normale Kleidung trug. Vielleicht hatte sie sich das mit dem Brokatkleid auch nur eingebildet. Es war nicht so wichtig. Wichtig allein war der gutaussehende junge Mann. Irgendwie mußte sie es schaffen, morgen wieder hier auf der Mauer zu sein!

Als sie ins Haus zurückkam, war sie immer noch so aufgeregt, daß sie die Standpauke, die ihr ihre Anstandsdame hielt, gar nicht beachtete.

Am nächsten Tag tat Aurora während der *siesta* so, als ob sie schliefe. Aber als ihre Anstandsdame eindöste, schlüpfte sie leise aus dem Bett, zog sich, so gut sie konnte, an und lief in den Garten. Wieder kletterte sie auf den Orangenbaum und schwang sich auf die Mauer. Sie hielt ängstlich nach ihm Ausschau. Was, wenn sie zu spät gekommen war? Wenn sie den jungen Mann verpaßt hatte? Oder wenn er überhaupt nicht kam?

Nein. Wieder hüllte dieser ganz besondere Nebel sie ein. Und als sie ihre Augen öffnete, war er da, genauso plötzlich wie gestern. Auroras Herz klopfte vor Freude. Er hatte Wort gehalten! Er war gekommen!

Als er sie grüßte, glaubte sie vor Glück zu zerspringen. Er fragte, ob sie bereit sei, und hob die Arme, um sie von der Mauer in seinen Sattel zu heben, der so merkwürdig wirkte wie seine Kleidung. Sie hielt sich am Sattelknopf fest und freute sich darüber, daß der junge Mann sie im Arm hielt, damit sie nicht vom Pferd stürzen konnte. Er gab seinem Hengst leicht die Sporen, und sie jagten dahin.

»Aurora. Aurora. Aurora! Bist du taub? Ich habe dich schon zehnmal gerufen. Warum hast du nicht geantwortet?«

Das Kind schaute sich völlig verwirrt um und sah, wie ihr älterer Bruder Basilio den Orangenbaum hochkletterte und sich neben sie setzte. Was machte sie hier auf der Mauer, wo sie doch ein paar Augenblicke zuvor noch auf dem Pferderücken über das Land galoppiert war? Das war doch nicht möglich!

»Ist alles in Ordnung?« fragte der zehnjährige Basilio neugierig und etwas besorgt. Das Gesicht seiner Schwester kam ihm noch blasser vor als sonst. »Niña, ist irgendwas los?«

Sie drückte mit ihren kleinen Händen die ihres Bruders, es war ihr ein entsetzlicher Gedanke gekommen.

»Basilio«, flüsterte Aurora, »wie lang sitze ich schon hier oben?«

»Nun, seit ich gesehen hab', wie du heimlich das Haus verlassen hast, und hinter dir her gegangen bin«, antwortete er verwirrt. »Warum, was ist denn los?«

»Nichts – nichts«, stammelte sie verwirrt. Sie wagte es nicht, ihrem Bruder von ihrem »Traum« zu erzählen.

Es gab diesen schönen jungen Mann überhaupt nicht! Es hatte ihn niemals gegeben! Sie hatte sich das Ganze nur eingebildet! Wirklich? Es war ihr alles so echt vorgekommen... Süßer Jesus! Vielleicht war sie ebenso verrückt wie der alte Simon!

Dieser Gedanke machte ihr große Angst. Sie fürchtete, in ein dunkles Dachzimmer eingesperrt zu werden – ein Schicksal, das eine ihrer Vorfahrinnen hatte erleiden müssen. Die Familie hatte sich ihrer geschämt, und niemand hatte gewußt, wer eigentlich da oben hauste.

Deshalb hatte Aurora bis zum heutigen Tag niemandem von der Erscheinung des jungen Mannes erzählt, der sie ihre ganze Kindheit und Jugend hindurch in gewissen Abständen immer wieder besucht hatte und im Lauf der Jahre genau wie sie älter geworden war.

Um ihrer Befürchtungen wegen ihrer geistigen Gesundheit Herr zu werden, hatte sie schließlich angenommen, daß er ihr Schutzengel sei und daß deshalb nur sie ihn sehen könne. Jetzt war sie sich dessen nicht mehr so sicher. Sie nahm an, daß sie vielleicht den siebten Sinn hatte. Schließlich wäre sie nicht die erste in der Familie, die dieses alte Zigeunertalent besaß. Aber seit einiger Zeit war sie sich nicht einmal darüber mehr sicher. Die Visionen schienen nicht in der Zukunft, sondern in der Vergangenheit angesiedelt zu sein, in längst vergangener Zeit in Spanien. Der Mann war immer merkwürdig angezogen, einer Mode entsprechend, die vor mehreren Jahrhunderten vorgeherrscht hatte. Sie konnte sich darauf keinen Reim machen.

Aber sie befürchtete nicht mehr, verrückt zu sein. Sie war so gesund wie alle anderen auch. Ganz bestimmt. Es mußte eine andere Erklärung für den Mann geben, der sie auf den Schwingen der Zeit besuchte. Es *mußte* eine Erklärung geben!

Aurora wandte sich vom Fenster ab. Sie konnte die Bürde ihrer geheimen Visionen nicht mehr länger tragen. Sie würde ihre Großmutter besuchen und *abuela* von dem Mann erzählen, der sie seit so vielen Jahren beschäftigte. *Abuelas* eigene Großmutter war eine Zigeunerin gewesen, die die Gabe des siebten Sinnes an ihre Enkelin vererbt hatte. Ja, Aurora würde *abuela* erzählen, was immer wieder seit ihrer Kindheit passiert war. Vielleicht würde ihr *abuela* die Karten lesen und ihr wahrsagen. Und Aurora würde endlich verstehen, warum ein Mann, den außer ihr niemand sehen konnte, sie alle diese Jahre hindurch besucht hatte. Sie mußte endlich Gewißheit haben, denn sein Einfluß auf sie war so stark, daß ihr das wirkliche Leben immer gleichgültiger wurde.

Die Herrin des alten und stolzen Hauses von Montalbán, Doña Gitana Navarra de Montalbán, verwitwete Condesa de Quimera, saß ruhig am Tisch in ihrem Zimmer. Sie war eine alte Frau, aber sie war schön gealtert. Ihre Haltung war die einer Königin. Aurora, die jetzt neben ihr saß, hatte noch nie gesehen, daß sie sich an einem Stuhl anlehnte. Ihre kohlschwarzen Augen glitzerten nachdenklich, als sie die Karten mischte, die sie kurz zuvor aus einem schön geschnitzten kleinen Holzkästchen genommen hatte.

Obwohl Doña Gitana nur selten das Stadtpalais in Madrid verließ, interessierte sie sich doch intensiv für alles, was ihre Lieben anging. Deshalb hatte sie auch gleich zugestimmt, als Aurora in ihr Zimmer gekommen war und sie gebeten hatte, ihr die Karten zu legen. Schließlich war das junge Mädchen schon sechzehn Jahre alt. Es war Zeit, daß sie erfuhr, was die Zukunft ihr bringen würde.

Die alte Frau machte sich Sorgen über das, was ihre Enkelin ihr eben erzählt hatte, obwohl sie jetzt vieles besser verstand. Kein Wunder, daß Aurora bislang kein Interesse gezeigt hatte, einen Liebsten zu finden. Kein lebendiger Mann konnte dem Mann ihrer Träume das Wasser reichen. Vielleicht war dieser Mann auch Auroras Schutzengel, aber Doña Gitana glaubte das eigentlich nicht. Der Schutzengel erschien meistens nur in besonders schwierigen Zeiten, wenn seine Führung wirklich not tat. Und ganz bestimmt lachte er nicht, aß keine Orangen und unternahm keine Ausritte mit seiner Schutzbefohlenen. Nein, das konnte nicht sein. Das, was Aurora ihr erzählt hatte, klang auch nicht nach dem siebten Sinn, dieser Gabe – oder diesem Fluch –, die sie selbst besaß. Alles, was Aurora ihr erzählt hatte, schien tatsächlich eher aus der Vergangenheit zu stammen als aus der Zukunft. Und diese Vergangenheit war natürlich nicht Auroras eigene – wenigstens nicht in diesem Leben.

Aber Doña Gitana glaubte keinen Augenblick, daß ihre Enkelin verrückt war. Und wenn Auroras Schicksal tatsächlich etwas mit einer weit vergangenen Zeit zu tun hatte, dann mußte eine starke Kraft mit im Spiel sein.

Jetzt hatte Doña Gitana die Karten gut genug gemischt. Sie legte sie auf den Tisch, so wie sie es von ihrer eigenen Großmutter gelernt hatte. Mit der einen Hand hielt sie den silbernen Knauf ihres Spazierstockes umfaßt, mit der anderen strich sie sich über die Augen und flüsterte leise vor sich hin.

»Was ist los, *abuela*, was siehst du?« fragte Aurora. »Sag es mir schnell, bitte!« bat sie sehr gespannt.

»*Silencio*, Aurora.« Doña Gitana hob warnend eine Hand. »Du plapperst wie ein Papagei, *niña*, und störst meine Konzentration. Zum Kartenlesen braucht man Zeit.«

Aurora schwieg gehorsam, beugte sich aber gespannt nach vorn. Heute abend – heute abend würde sie erfahren, was die Zukunft ihr bringen würde.

Ihre Großmutter schaute sie nachdenklich an und seufzte. Das lange, blauschwarze Haar des Mädchens glänzte und bildete einen starken Kontrast zu ihrer blassen, zartrosa überhauchten Haut. Ihre schwarzen Augenbrauen spannten sich im schön geschwungenen Bogen über ihre dunkelblauen Augen, die von dichten, seidigen Wimpern beschattet waren. Sie hatte eine feine, klassische Nase und einen von Natur aus dunkelroten, schön geschwungenen Mund. Leuten, die sie nicht kannten, kam sie manchmal unbeteiligt und kühl vor – abweisend, würden unsensible Menschen sogar sagen. Aber Doña Gitana war eine weise alte Frau, sie hatte schon oft ihrer Enkelin tief in die Augen geblickt und dort schwelende Leidenschaft entdeckt, die das junge Mädchen immer zu verbergen suchte. Doña Gitana nickte zufrieden und murmelte wieder vor sich hin. *Sí*... Das war der Mann, der die Leidenschaft in Aurora zum Brennen bringen würde. Doña Gitana legte eine Karte auf den Tisch und fing dann an, langsam zu sprechen.

»Ich sehe... eine lang vergangene Zeit«, sagte sie zögernd, »die Zeit einer großen Liebe, die nicht ausgelebt werden konnte, die aber auch nie vergessen wurde. Eine Liebe, die so groß ist wie eine goldene Glocke, die die Kraft hat, durch alle Zeiten hindurch zu läuten...

Jahrhunderte vergehen. Ich sehe Verrat und Gefahr, eine Reise über das große Meer, um zu fliehen –«

»Eine Reise! Aber... wohin?« rief Aurora verwirrt. Sie konnte sich nicht vorstellen, Spanien jemals zu verlassen, und verstand nichts von den rätselhaften Worten ihrer Großmutter.

»*Silencio!*« warnte Doña Gitana wieder. Dann meinte sie: »Ich sehe einen Neubeginn in der Neuen Welt, einer Welt, die sich sehr von unserer unterscheidet. Es ist ein dunkler und wilder Ort, ein Dschungel! *Sí*, es ist ein Dschungel, durch den sich ein breiter, endlos langer Fluß windet. Ich sehe ein Grab – nein. Es ist ein Haus... ein merkwürdiges weißes Herrenhaus, wie du noch keines gesehen hast. Da ist ein Mann –«

»Sag es mir! Wie sieht er aus?« stieß Aurora hervor, weil sie ihre Ungeduld nicht mehr zügeln konnte.

Wenn es der Mann aus ihren Träumen war, mußte sie es jetzt erfahren.

»Er ist dunkelhaarig und kräftig. Er umarmt eine Frau, und er hat einen Degen in der Hand.«

»Bin ich diese Frau? Verteidigt er mich, dieser Mann?«

»Er versucht die Frau vor einem anderen Mann zu beschützen, einem Mann, dessen Gesicht von einer häßlichen Narbe entstellt ist. Es wird kälter. Ein Nebel kommt auf. Es ist dunkel, so dunkel. Es ist, als ob ich blind wäre... blind... die Luft ist so dünn. Nein, es ist gar keine Luft da. Es ist keine Luft da.« Doña Gitana griff sich plötzlich an die Kehle. »Keine Luft! Ich kann – ich kann nicht mehr atmen...«

»*Abuela!*« rief Aurora und sprang auf, als ihre Großmutter über den Tisch fiel. »*Abuela!*«

Das junge Mädchen rief um Hilfe und durchsuchte die Taschen ihrer Großmutter nach dem Riechsalz. Schließlich fand sie das kleine Fläschchen, öffnete es und hielt es ihrer Großmutter unter die Nase. Zu ihrer Erleichterung hörte sie Schritte, die schnell näher kamen. Die Tür wurde aufgerissen, und ihre Eltern stürzten ins Zimmer.

»Aurora! Was ist los?« rief Don Felipe besorgt aus. Seine Frau goß Wasser aus einem Krug in eine Schüssel, feuchtete ihr Taschentuch an und begann, Doña Gitana das Gesicht abzuwischen.

»Ich – ich weiß es nicht. Sie hat mir die Karten gelesen, und plötzlich bekam sie keine Luft mehr. Sie griff sich an die Kehle und –«

»Ach, Felipe, vielleicht ist es das Herz«, rief Doña Ynez ängstlich. »Ich rufe den Arzt.«

»*Sí*, er soll sofort kommen!« rief Felipe hinter seiner Frau her.

»Ach, *padre*. Glaubst du, daß sie es überlebt?« schluchzte Aurora.

»Aber natürlich«, sagte Doña Gitana, öffnete die Augen und versuchte, sich zu erheben. »Ich bin eine geborene de Navarra, unsere Familie gibt sich nicht so schnell geschlagen.«

»*Abuela!*« rief Aurora glücklich aus.

»Hast du Schmerzen?« fragte Felipe, als seine Mutter das Gesicht verzog. »Ruh dich aus«, befahl er. »Der Arzt kommt gleich –«

»Bestimmt dieser dumme Junge Armando«, meinte Doña Gitana trocken. »Ich sage euch, er ist ein Scharlatan«, fügte sie hinzu und richtete sich mühsam auf.

»Ach, wie ich sehe, geht es der Señora la Condesa schon besser«, meinte Doktor Sanchez amüsiert. Er hatte die letzten Worte der alten Dame beim Eintreten ins Zimmer gehört, machte sich aber nicht viel daraus.

Er fühlte der Patientin den Puls und horchte sie ab. Dann öffnete er seinen Arztkoffer und goß aus einem Fläschchen Medizin in einen Löffel.

»Was ist das? Gift?« fragte Doña Gitana und verzog das Gesicht.

»Gift, Señora, benutzen nur die Italiener«, meinte der Arzt lächelnd.

»Nun, was ist es dann, Armando?« fragte die alte Dame.

»Ein allgemeines Stärkungsmittel. Es wird Ihnen guttun«, meinte der Arzt. »Jetzt sind Sie bitte ein liebes Mädchen, und öffnen Sie weit den Mund.«

»›Mädchen‹, habe ich recht gehört?« fragte Doña Gitana, nachdem sie die bittere Medizin geschluckt hatte. »Ich sage Ihnen eines, Armando: Wenn ich auch nur ein paar Jahre jünger wäre, dann würden Sie mir Blumen bringen und sich um meine Gunst bemühen.«

»Davon bin ich fest überzeugt, Señora«, antwortete Doktor Sanchez lächelnd.

In diesem Augenblick kam Nicolas, Auroras jüngerer Bruder, der immer über alles informiert war, was gerade in Madrid passierte, eilig ins Zimmer gerannt.

»Nicolito«, wies ihn Ynez kopfschüttelnd zurecht. »Wie oft muß ich dir noch sagen, daß du nicht so hereinstürmen sollst? Man glaubt ja, du wärst im Stall erzogen worden.«

»Tut mir leid, *madre*«, entschuldigte er sich automatisch. »Wißt ihr es schon?«

»Was denn, mein Sohn?« fragte Felipe.

»Also, es ist – es ist... Nein, Doktor Sanchez, gehen Sie nicht weg. Es kann sein, daß wir Sie brauchen. Es handelt sich um Basilio.«

»Basilio!« stöhnte Ynez und griff sich mit der Hand an die Kehle, als ob sie das Schlimmste befürchtete. »Was ist meinem Sohn passiert?«

Nicolas versuchte, sich seine Wut und seine Erregung nicht anmerken zu lassen.

»Señor el Conde de Aroche hat ihn fälschlicherweise beschuldigt, ein Carlist zu sein, und hat die Königin dazu gebracht, einen Haftbefehl für ihn zu unterschreiben. Er wurde von Freunden gewarnt und konnte gerade noch fliehen, mit Francisca. In Don Pedros Stadtpalais warten sie auf einen Priester, um sich vor der Flucht noch trauen zu lassen. Basilio möchte, daß Aurora als Trauzeuge hinkommt.«

»Ach nein, ach nein!« jammerte Ynez.

Dann war es sie, nicht Doña Gitana, die in den Armen des Arztes ohnmächtig wurde.

Als sie wieder zu sich kam, konnte Don Felipe seine Frau überreden, zu Hause zu bleiben, statt zur heimlichen Hochzeit ihres Sohnes zu eilen. Die Montalbáns hatten keine mächtigen Freunde bei Hofe und konnten Basilio nicht helfen. Sie mußten versuchen, den Zorn Don Juans nicht auch noch auf sich zu ziehen. Nein, so sehr Felipe seinen ältesten Sohn und Erben liebte, der Junge war jetzt erwachsen und mußte sein Leben allein in die Hand nehmen. Don Felipe hatte an den Rest seiner Familie zu denken. Bestimmt war das Stadtpalais der Montalbáns von Don Juans gedungenen Männern umstellt.

Felipe bedauerte sehr, daß er das Geld, das er normalerweise für Notfälle im Haus hatte, vor ein paar Tagen ausgegeben und noch nicht ersetzt hatte. Und obwohl sich die Frauen seines Haushaltes Basilio zuliebe gern von ihrem Schmuck getrennt hätten, war das nicht möglich, denn die wirklich wertvollen Stücke lagen im Safe in Quimera. Felipe hatte nur ein paar Peseten in seiner Tasche, das war alles.

»Erkläre Basilio, warum ich kein Geld im Haus habe«, sagte er angespannt zu Aurora und schaute zu, wie sie sich einen alten *rebozo* vors Gesicht zog. »Wenn wir nur etwas Zeit gehabt hätten, uns vorzubereiten...«

»Ich verstehe, *padre*«, antwortete Aurora ruhig und legte ihrem Vater eine Hand auf den Arm.

Wie alt und müde er plötzlich aussah! Basilios Schicksal war für alle ein schwerer Schlag – aber Aurora wußte, daß ihr geliebter Bruder ihrem Vater am allernächsten stand.

»Ich muß jetzt gehen, *padre*«, fuhr sie fort. »Es kann sein, daß Don Juan und seine Gefolgsmänner sich schon auf den Weg zu Don Pedros Stadtpalais gemacht haben.«

»*Sí, sí.*« Felipe nickte gedankenverloren. Dann holte er tief Luft und nahm sich zusammen. »Gib acht auf dich, *niña*. Ich habe Angst um dich.«

Aurora zog ihr ältestes Kleid an. Sie sah darin aus wie ein junges Küchenmädchen. Sie würde den kurzen Weg zu Don Pedros Stadtpalais allein gehen. Wenn die Montalbáns dort schon Wachposten bezogen hatten, würde sie kein Mißtrauen erwecken, denn keine Frau aus besserem Haus ging in Spanien ohne ihre Anstandsdame aus, besonders nicht nachts.

»Ich pass' gut auf, *padre*, ich verspreche es dir.«

Nachdem sie ihren Vater umarmt hatte, trat Aurora in die dunkle Nacht hinaus und setzte sich in eine Mietdroschke.

Als sie sich auf dem durchgesessenen Samtpolster niederließ, war sie froh, daß niemand sie sehen konnte. Sie war sicher, daß man durch ihren Umhang hindurch erkennen konnte, wie stark ihr das Herz schlug. Die Mietkutsche setzte sich langsam in Bewegung und fuhr auf Umwegen zu Don Pedros Stadtpalais. Obwohl sie dort in der Nähe drei Männer im Schatten einer Toreinfahrt herumlungern sah, versuchte niemand, die Droschke anzuhalten. Sie lehnte sich zurück, schloß die Augen und schickte ein Dankgebet zum Himmel.

Noch bevor sie die Augen wieder öffnete, spürte sie die Gegenwart des Mannes, roch sein würziges Parfüm und wußte, daß er ihr gegenüber saß, um sie zu trösten. Er schien immer zu wissen, wann sie ihn nötig hatte.

Als der Nebel sich verzogen hatte, der sein Kommen jedesmal

ankündigte, blickte Aurora ihm in die schwarzen Augen und beruhigte sich langsam.

»*Muñeca mía*«, sagte er leise. »Du bist in Schwierigkeiten.«

»*Sí.*«

Er ergriff ihre Hand.

»Hab keine Angst«, sagte er, »ich bin immer bei dir.«

Dann preßte er zu Auroras großer Überraschung seine Lippen auf ihre Hand. Eine warme Woge lief durch ihren Körper. So etwas hatte sie noch nie erlebt. Sie öffnete ihre Lippen, um sich ihm mitzuteilen, fand aber nicht die richtigen Worte für diese neue, seltsame Empfindung.

»*Querida*«, flüsterte er – und verschwand.

Aurora rieb sich die Augen und schüttelte den Kopf. Dann schaute sie wie immer auf die Uhr und bemerkte, daß wieder nur ein paar Minuten vergangen waren, obwohl sie das Gefühl gehabt hatte, stundenlang mit ihrem Liebsten zusammengewesen zu sein.

»Wer bist du?« fragte sie laut. »Und wie kann es sein, daß du mir so wirklich vorkommst?«

Aber sie bekam keine Antwort.

Die Trauzeremonie war notgedrungen schnell vorbei, aber es war allen Anwesenden klar, daß Basilio und Francisca darüber nicht traurig waren. Trotz ihres schweren Geschicks strahlten sie vor Glück, als sie sich nach dem Treuegelöbnis küßten.

Obwohl sich Aurora Sorgen um die beiden Frischvermählten machte, war sie doch tief berührt. Die Liebenden hatten alles aufgegeben, um zusammensein zu können. Sie mußten sogar ihr Heimatland und ihre Familie verlassen. Aurora umarmte Basilio schluchzend. Trotz des Altersunterschieds hatten sie sich immer sehr nahe gestanden.

»Paß auf dich auf, *niña*«, sagte er. »Und sag *padre* und *madre*, daß ich – daß ich sie liebe ... und daß ich schreiben werde ... so bald wie möglich.«

»Das richte ich aus, Basilio. Ach, Basilio! *Vaya con Dios*, mein liebster Bruder!«

Pedro drängte zur Eile, und die Liebenden hasteten auf die Straße und verschwanden in der Kutsche, die schon wartete. Es war keinen Augenblick zu früh. Sobald das Rumpeln der Räder über die Pflastersteine nicht mehr zu hören war, wurde laut an die Eingangstür gepocht.

Offenbar hatte Doña Dorotea mehr Lebensklugheit, als ihr Mann ihr zugestand. Sie zog Aurora blitzschnell in die Küche. Dort setzte Franciscas Mutter einen Teetopf auf den Herd. Ihre Hände zitterten, aber sonst wirkte sie sehr ruhig.

»Wenn wir gefragt werden, Aurora, dann sage ich, daß du die Nichte meiner alten Anstandsdame bist und heute abend hier angekommen bist, um nach Arbeit zu suchen.«

»Sí, Doña Dorotea«, antwortete Aurora und hoffte, daß sie so gefaßt aussah wie Franciscas Mutter.

Sie würde all ihre Kraft brauchen, um diese Nacht zu überstehen. Aurora versteifte sich vor Angst, als sie die genagelten Stiefel von Don Juans Gefolgsmännern in der Halle hörte. Dann verkroch sie sich im hintersten Winkel der Küche.

Es war schon spät, aber jetzt schliefen alle – alle außer Aurora. Sie lag noch wach in ihrem schön geschnitzten, vergoldeten Bett.

Die schlimmste Nacht ihres Lebens lag hinter ihr. Das leise Geräusch des Regens, das sie normalerweise beruhigend fand, stimmte sie traurig. Die Ohnmacht ihrer Großmutter hatte sie sehr erschreckt, und der Rest des Abends war ganz einfach entsetzlich gewesen. Die endlosen Fragen von Don Juans Männern in Don Pedros Stadtpalais hatten Aurora aufs äußerste angestrengt.

Es war ihr völlig schleierhaft, wie sie es geschafft hatte, so überzeugend zu lügen – ohne sich ein einziges Mal zu verplappern.

Langsam lief eine Träne ihre Wange hinab. Obwohl sie es sich nicht eingestehen wollte, wußte sie, daß ihre Großmutter nicht mehr lange zu leben hatte. Und jetzt war es außerdem klar, daß sie ihren geliebten Bruder nie mehr sehen würde. Das Herz tat ihr weh.

Sie dachte: Und *abuela* hat mir nicht einmal meine Zukunft vorhergesagt. Sie hat Basilios und Franciscas Reise über den Ozean gesehen. Ach, *abuela*. Was wird aus mir?

Schließlich war sie vom Weinen und vom Unglücklichsein so erschöpft, daß sie doch in einen unruhigen Schlaf verfiel.

4. KAPITEL

Die Wellen schlugen sanft an die Rümpfe der vielen Schiffe, die im Hafen von Cádiz vor Anker lagen.

Weder Basilio noch seine junge Frau Francisca nahmen den ruhigen Wellengang als etwas Beruhigendes wahr. Ihre Flucht von Madrid bis hierher war zu aufregend gewesen. Und jetzt sah es ganz so aus, als ob sie weiterhin Schwierigkeiten haben würden, denn der Kapitän des Schiffes, mit dem sie den Atlantik überqueren wollten, wollte für eine Kabine erster Klasse so viel Geld haben, daß sie in der Neuen Welt praktisch ohne Pfennig dagestanden hätten. Sie mußten entweder den Kapitän überreden, weniger Geld für die Überfahrt zu verlangen, oder im dunklen, engen Zwischendeck reisen. Beim Gedanken daran schauderte Basilio zusammen. Es mußte ein anderer Weg gefunden werden.

Basilio biß die Zähne zusammen, als er an all sein Geld dachte, das jetzt nutzlos auf der Bank lag. Eine Überweisung hätte Don Juan auf seine Spur gesetzt. Zum erstenmal in seinem Leben fühlte sich der junge Adelige hilflos. Und als er seine Frau anschaute, für deren Wohlbefinden er jetzt verantwortlich war, wollte er den Mann am liebsten töten, der ihn in diese mißliche Lage gebracht hatte. Sowohl Basilio als auch Francisca hatten eine sehr gute Erziehung genossen. Sie hatten beide keine Ahnung, wie sie sich in einer so schwierigen Lage verhalten sollten. Was eigentlich ihre Flitterwochen hatten sein sollen, war nur ein einziger Alptraum.

Francisca lächelte ihren Mann unter Tränen an. In der Hast des Aufbruchs hatte sie ihr Schmuckkästchen zurückgelassen. Francisca weinte verzweifelt über ihre eigene Dummheit. Basilio legte ihr tröstend den Arm um die Schulter und wandte sich noch einmal verständnissuchend an den Kapitän.

»Ich kann den Preis nicht zahlen, den Sie für die Unterbringung in der ersten Klasse verlangen, Señor. Meine Frau und ich haben gerade soviel, wie Sie verlangen, wir brauchen für unseren Start in der Neuen Welt wenigstens etwas Geld.«

»Das tut mir leid, Señor Montoya«, sagte der Kapitän und sprach Basilio bei dem falschen Namen an, unter dem er sich vorgestellt hatte, »aber dann müssen Sie entweder mit dem Zwischendeck vorliebnehmen oder gar nicht mitfahren.«

Der Kapitän war berührt von der Notlage der jungen Leute, denn er merkte, daß sie beide aus einer guten Familie stammten und frisch verheiratet waren. Sie waren offensichtlich sehr ineinander verliebt. Aufgrund ihrer teuren und unpassenden Kleidung vermutete er, daß sie sich auf der Flucht befanden und wirklich in großen Schwierigkeiten steckten.

Er hätte ihnen gern geholfen, und die Vorstellung, daß die zarte Señora Montoya auf engstem Raum mit all dem Pöbel würde zusammen leben müssen, behagte ihm gar nicht. Aber die bestehenden Regeln mußten nun einmal eingehalten werden, obwohl sich viele Kapitäne nicht daran hielten. Wäre der Kapitän der Santa Cruz einer von ihnen gewesen, hätte er das Geld angenommen, das Basilio ihm zahlen konnte, und ihn und seine Frau dann, sobald sie auf offener See angekommen wären, ins Zwischendeck geworfen. Aber der Kapitän der Santa Cruz war ein ehrlicher Mann. Wenn er der Besitzer des Schiffes gewesen wäre, hätte er sich gern über die Regeln hinweggesetzt. Aber er war nun einmal nur einer der vielen Kapitäne von Don Timoteo Yerbabuena, Conde de Fuente. Und er wollte seinen Posten nicht verlieren.

»Ich flehe Sie an, Señor«, sagte Francisca und bedauerte stark, daß sie für das Fest bei der Condesa de Hervás nur ihren einfachsten Schmuck angelegt hatte. »Ich – ich gebe ihnen meine Perlenkette, damit wir in der ersten Klasse reisen können.«

Sie deutete auf die einreihige Kette und auf die Perlen in ihren Ohren. »Sie sind echt, das versichere ich Ihnen, und Sie können sie bestimmt leicht hier in Cádiz verkaufen. Meinem Mann und mir würde es sowieso schwerfallen, in der Neuen Welt einen halbwegs anständigen Preis dafür zu bekommen.«

»Ich weiß nicht so recht, Señora«, meinte der Kapitän unsicher. »Selbst dann –«

»Ich gebe Ihnen auch noch meine goldene Uhr«, sagte Basilio, als er das Zögern des Kapitäns bemerkte. »Ich hänge zwar sehr daran, Sir, werde mich aber unter den gegebenen Umständen gern davon trennen.«

Er zog die alte Taschenuhr hervor und ließ den fein gearbeiteten, goldenen Deckel aufspringen. Eine traurige Melodie ertönte und erregte die Aufmerksamkeit eines dunkelhaarigen, gutaussehenden Mannes, der bisher in der Nähe an der Reling gestanden und das Gespräch mit angehört hatte.

Der Mann war Don Salvador Rodriquez y Aguilar, Visconde Poniente. Salvador hatte etwas Zeit gehabt, seine Flucht vorzubereiten, denn Juan hatte nicht sofort von Don Manuels Tod erfahren. Salvador hatte sein Stadtpalais geschlossen und alle Dienstboten außer zweien entlassen, seinen Diener Pancho und seinen Sekretär Señor Ortega. Pancho hatte er den Auftrag erteilt, die Garderobe seines Herrn einzupacken und sich sofort in einer einfachen Kutsche auf den Weg nach Cádiz zu machen, wo er den Visconde im »Roten Löwen« treffen sollte. Señor Ortega hatte den Auftrag erhalten, alle bewegliche Habe Salvadors zu verkaufen, da zu erwarten stand, daß sein gesamter Besitz beschlagnahmt werden würde. Den Erlös sollte die Mutter des Visconde bekommen. Salvador hatte seinen Lieblingshengst Nieblo persönlich mit schwarzer Farbe eingerieben. Sein glänzend weißes Fell hätte überall Aufmerksamkeit erregt und es Don Juan erleichtert, ihn zu finden. Salvador war nach Cádiz geritten und hatte heute schon ein paar von Catalinas Juwelen für einen guten Preis verkaufen können. Daher war er, anders als die Neuvermählten, finanziell abgesichert.

Wie dem Kapitän taten auch Salvador die jungen Leute leid. Aber ihre Schwierigkeiten gingen ihn eigentlich nichts an, und er konnte es sich nicht leisten, Aufmerksamkeit zu erregen, indem er sich einmischte.

Er hatte sich gerade abgewandt und wollte einen Spaziergang über das Deck machen, als Basilio seine Uhr geöffnet hatte und die merkwürdige, traurige Melodie ertönte.

Warum sie Salvador so ans Herz ging, konnte er nicht sagen. Er fühlte nur, daß sie ihn aus irgendeinem Grund sehr anrührte und etwas Bestimmtes für ihn bedeutete.

Zu seiner eigenen Überraschung hörte er sich sagen: »Ich möchte Ihnen Ihre Uhr abkaufen, Señor.« Dann trat er auf den jungen Mann zu und bot ihm einen geradezu absurd hohen Preis. Er war plötzlich wie besessen vom Wunsch, diese Uhr zu besitzen.

Basilio schaute den Mann überrascht an. Warum sollte ein total Fremder plötzlich die Uhr kaufen wollen – und zu so einem unglaublichen Preis?

»Obwohl sie kostbar ist, ist meine Uhr doch nicht so viel wert, Señor«, sagte der junge Adelige und zog Francisca näher an sich heran. »Ich kann nicht verstehen, warum Sie mir dieses Angebot machen.«

»Glauben Sie mir, wenn ich Ihnen sage, daß ich es selbst nicht verstehen kann, Señor«, gab Salvador verwirrt zurück. »Die Melodie hat mich dazu bewogen. Es ist mir, als ob ich sie schon irgendwo einmal gehört habe, obwohl ich mir ganz sicher bin, daß das nicht stimmt... Verzeihen Sie mir, Señor. Ich weiß, daß das verrückt klingt. Aber ich versichere Ihnen, daß ich nicht verrückt bin. Erlauben Sie mir, daß ich mich Ihnen vorstelle. Ich werde La Aguila genannt. Und Sie, Señor?«

»Ich bin Don Basilio... Montoya«, antwortete Basilio zögernd. »Und das ist meine Frau Francisca.«

»Ich fühle mich geehrt, Señora«, sagte Salvador, verbeugte sich und küßte Francisca die Hand.

Basilio wußte nicht, was er dazu sagen sollte. Der Mann hatte offensichtlich eine gute Erziehung genossen und sich bei Hof aufgehalten. *Sangre de Christo!* Vielleicht war er sogar ein Freund des bösen Juan! Dann aber dachte Basilio, daß er sich wohl doch zu viele Sorgen machte. Da der Fremde sich ihm mit einem sehr merkwürdigen Namen vorgestellt hatte, war er bestimmt eine Art schwarzes Schaf, ein Mann, der sich am Rande der Gesellschaft aufhielt und keine Macht bei Hof hatte. Er würde für Basilio und Francisca bestimmt keine Gefahr darstellen.

Der Handel war perfekt, jeder der beiden dachte, daß er ein gutes Geschäft gemacht hatte. Und der Kapitän war froh, daß die Sache so ausgegangen war. Kurz darauf segelte das Schiff langsam aus dem Hafen.

Als er allein in seiner kleinen Kabine war – der treue Pancho holte gerade Badewasser für seinen Herrn –, zog Salvador die Uhr, die er von Basilio gekauft hatte, aus seiner gut geschnittenen Jacke. Dann nahm er seine eigene Uhr von der goldenen Uhrkette ab und befestigte die neue Uhr daran. Danach öffnete er den Klappdeckel, und die merkwürdige Melodie zog ihn wieder in seinen Bann.

Einen Augenblick lang überlegte er fieberhaft, wo er sie schon einmal gehört haben könnte, und übersah dabei das Porträt des jungen Mädchens auf der Innenseite des Deckels. Aber als er das fein gemalte Bild schließlich entdeckte, konnte er seine Augen nicht mehr davon abwenden. Was war das für eine wunderschöne Frau! Die schönste Frau, die er in seinem ganzen Leben gesehen hatte. Salvador überlegte hingerissen, wie es sich wohl anfühlen würde, diese schwellenden Lippen zu küssen. Merkwürdigerweise hätte er schwören können, daß er es ganz genau wußte. Aber wie konnte das möglich sein? Er hatte das Mädchen noch nie in seinem ganzen Leben gesehen. Trotzdem war es ihm, als ob er jede Locke ihres schwarzen Haares, jeden Blick ihrer leuchtendblauen Augen genau kannte. Wer war diese zauberhafte Frau, deren Bildnis ihn so verhext hatte?

Er betrachtete es ganz genau und entdeckte eine Inschrift. *Con amor, Aurora.* Die Worte fuhren ihm wie ein Messer ins Herz.

Ich bin verrückt geworden, dachte er, wirklich verrückt. Denn wie könnte ich sonst von dieser traurigen Melodie verzaubert sein und Qualen der Eifersucht erleiden wegen eines jungen Mädchens, das ich noch niemals gesehen habe? *Ay, caramba!* Ich muß wirklich verrückt geworden sein.

Er ließ den Deckel der Uhr zuschnappen und schüttelte verwundert den Kopf. Dann steckte er die Uhr in die Tasche.

Es war nur eine Uhr, sonst nichts.

5. KAPITEL

Juan hatte den Leichnam seines Vaters auf dem Fußboden des kleinen Salons gefunden. *Por Dios!* Niemand hatte es für nötig befunden, den Toten mit einem Tuch zu bedecken.

Juan hatte seinen Vater nicht geliebt. Manuel hatte es für ein Zeichen von Schwäche gehalten, Gefühle zu zeigen, und hatte deshalb großen Wert darauf gelegt, daß auch in seinem Sohn Juan Gefühle gar nicht erst aufkamen. Dadurch war Juan genauso kalt und grausam wie sein Vater geworden. Aber er hatte ihn sehr bewundert und fast wie zu einem Gott zu ihm aufgeschaut. Denn niemand hatte Manuel jemals besiegt – bis jetzt. *Santa María!* Daß er ausgerechnet unter Salvadors Händen gestorben war!

»Wo ist Doña Catalina?« hatte er die verschreckte Dienerschaft angebrüllt.

»Sie ist – sie ist gegangen, Señor el Marqués«, hatte Manuels Diener Alberto gestammelt.

»Gegangen? Wohin?« hatte Juan mit eiskalter Stimme gefragt.

»Ich – ich weiß es nicht, Señor el Marqués. Sie hat vor fast drei Stunden mit Señor el Conde de Fuente das Haus verlassen.«

Juan hatte mit hochrotem Gesicht die Fäuste geballt. Es war die schlimmste Nacht seines Lebens gewesen. Francisca de Ubrique hatte es gewagt, ihm einen Korb zu geben, und war mit Basilio Montalbán geflohen. Während er die Liebenden verfolgt hatte, hatte sein Bruder seinen Vater ermordet. Danach war diese dumme Gans, seine Mutter Catalina, mit Don Timoteo durchgebrannt. Nun, das würde sie büßen! Juan würde ihren Lieblingssohn Salvador aufstöbern und töten. Das würde ihr das Herz brechen.

»Meinen Hut und meine Handschuhe«, hatte er den Diener seines Vaters angebellt. »Ich habe heute nacht noch viel zu tun!«

Juan knirschte vor Wut und Verbitterung mit den Zähnen. Er hatte sich in die Buchhaltung seines Vaters vertieft und zu seinem großen Ärger feststellen müssen, daß dessen Reichtum nicht halb so groß war, wie er angenommen hatte.

Sein Vater war zwar ein wohlhabender und mächtiger Mann gewesen, aber seine Reichtümer waren nicht ehrlich erworben, und der Unterhalt seiner Güter hatte ein Vermögen verschlungen.

Und Catalinas fürstliche Garderobe und ihr wertvoller Schmuck! Warum hatte Manuel sein Geld an diese Nutte verschwendet? Juan würde den Schmuck zurückfordern, war sich aber nicht sicher, ob sie ihn herausrücken würde. Sie würde einfach behaupten, daß die Juwelen verschwunden seien, und Juan konnte seine Mutter doch schlecht als Diebin hinter Schloß und Riegel bringen lassen. Die Königin, die ihre eigene Mutter geradezu anbetete, würde das niemals billigen. Und er mußte sich ihre Gunst um jeden Preis erhalten.

Als ob das alles nicht genug gewesen wäre, hatte Juan beim Durchsehen der Bücher entdeckt, daß sein Vater auch mehrere uneheliche Kinder und fünf Geliebte unterhalten hatte. Der Marqués hatte keine Verwendung für sie, außer vielleicht für Doña Dolores, ein hübsches junges Ding, das Juan bestimmt leicht von den Vorteilen überzeugen könnte, die sie genießen würde, wenn er Manuels Platz in ihrem Bett einnähme.

Sein Sekretär Señor Valdez betrat mit Manuels Sekretär Señor Balboa den Raum und sagte: »Entschuldigen Sie die Unterbrechung, Señor el Marqués, aber ich dachte, daß es Sie interessieren wird, daß Ihre Männer die ganze Stadt durchgekämmt haben und weder Don Salvador noch Don Basilio oder Doña Francisca gefunden haben. Don Salvadors Stadtpalais ist geschlossen und seine Dienerschaft entlassen worden. Seine Möbel wurden verkauft.«

»Im Auftrag von wem?« fragte Juan eisig. »Don Salvador ist ein Mörder – und außerdem ein Verräter. Deshalb fallen all seine Besitztümer der Krone anheim.«

»Das ist mir klar, Señor el Marqués, aber Don Salvador muß das unglücklicherweise vor seiner Flucht vorausgeahnt haben. Er ermächtigte seinen Sekretär Señor Ortega, alles zu verkaufen, bevor es beschlagnahmt werden konnte. Und das hat Señor Ortega auch geschafft.«

»Er soll zur Hölle fahren!« rief Juan wütend aus. Dann schlug er mit der Faust auf den Tisch. Señor Balboa war erstaunt, aber nicht weiter beunruhigt darüber. Señor Valdez aber, der seinen Herrn gut kannte, befürchtete, daß er handgreiflich werden könnte. Don Juan hatte ein unkontrollierbares Temperament. Er hatte schon öfter als einmal einen unbeteiligten Anwesenden direkt ins Gesicht geschlagen. Diese Angewohnheit hatte sein verstorbener Vater nicht nur für dumm, sondern auch für gefährlich gehalten.

»Eines Tages wird dich dein Diener in deinem Bett umbringen, Juan«, hatte Manuel gesagt, als Juan seinen völlig unschuldigen Diener Carlos grundlos verprügelt hatte, nachdem ihn eine vorbeifahrende Kutsche auf der Straße mit Matsch bespritzt hatte.

»Carlos hat doch keine Schuld! Er war nicht einmal dabei! Es ist nur eine Frage der Zeit, bis er dich aus tiefstem Herzen haßt. Was glaubst du denn, was er tut, wenn einer deiner Feinde ihm Gold anbietet, damit er dich im Schlaf erdolcht?«

Als sich Juan an dieses Gespräch mit seinem Vater erinnerte, dachte er: Du hast gut reden! Dein eigener Stiefsohn hat dich getötet! Und jetzt glaubt dieser Hundesohn, daß er auch mich besiegen kann!

Dieser Gedanke vergällte Juan alles. Aber er nahm sich zusammen und ließ seine Wut nicht an den beiden Sekretären aus, die zu ihm gekommen waren, um die Meldung zu erstatten.

»Und was ist aus den Pferden meines Halbbruders geworden?« fragte er und versuchte, seine Haltung wiederzugewinnen.

Señor Balboa antwortete: »Sie wurden bis auf eines verkauft. Über den Verbleib des Hengstes Nieblo habe ich nichts herausbekommen können. Vermutlich hat Don Salvador ihn mitgenommen.«

Wieder ballte Juan die Fäuste, und wieder widerstand er der Versuchung, die beiden Sekretäre zu verprügeln.

»Das ist außerordentlich bedauerlich«, meinte er, »weil ich diesen Hengst sehr gern gehabt hätte. Aber von diesem Unglück können wir vielleicht doch noch profitieren. An den weißen Araberhengst wird man sich überall erinnern. Es dürfte nicht schwer sein, Leute zu finden, die ihn gesehen haben. Meine Männer sollen sich in allen Hafenstädten nach diesem Hengst erkundigen.«

»Ich habe mir die Freiheit genommen, das schon zu veranlassen, Señor el Marqués«, antwortete Señor Balboa liebedienerisch. »Da ich annahm, daß Sie ein ebenso effizienter Mann wie der verstorbene Don Manuel sind, erlaubte ich mir zu vermuten, daß Sie möglichst wenig Zeit verlieren wollen.«

»Mein Vater konnte sich glücklich schätzen, daß Sie in seinen Diensten standen, Señor Balboa«, antwortete Juan kühl. Der Mann war klug, vielleicht zu klug. Juan würde ihn überwachen müssen – wenigstens eine Zeitlang. Der Sekretär wußte zuviel über Manuel und dessen dunkle Geschäfte, und deshalb wäre es gefährlich, ihn jetzt einfach zu entlassen. »Ich würde mich glücklich schätzen, wenn Sie für mich arbeiten würden, Señor Balboa. Tomás ist sowieso überarbeitet, und ich sehe keinen Grund, warum ich nicht zwei Sekretäre haben sollte.«

»Ich nehme Ihr Angebot mit dem größten Vergnügen an, Señor el Marqués«, sagte Señor Balboa und lächelte Tomás kurz an.

»Gut... Léon, stimmt's?« fragte Juan.

»*Sí*, Señor el Marqués«, antwortete Señor Balboa. Tomás versuchte, sich seinen Ärger nicht anmerken zu lassen.

Jetzt mußte er aktiv werden, sonst würde ihn Léon bald ganz von seinem Posten verdrängen. Tomás konnte seinen Dienstherren ganz und gar nicht leiden. Aber der Posten eines Sekretärs war nicht der schlechteste, wenn er auch jederzeit herausgeworfen oder sogar in einer dunklen Seitenstraße ermordet werden konnte. Er mußte sich um jeden Preis mit seinem Herrn gut stellen.

»Señor el Marqués, ich glaube, es wäre das beste, wenn ich mich auf die Suche nach den drei Flüchtigen machen würde. Ich glaube nicht, daß Don Basilio und Doña Francisca weit gekommen sind. Don Basilio ist vor seiner Flucht nicht mehr zu Hause aufgetaucht, und sein Geld liegt noch unberührt auf seiner Bank. Daraus schließe ich, daß er knapp bei Kasse ist.«

»Sehr einleuchtend, Tomás«, stimmte Juan zu. »Sehr gut. Léon, Sie bleiben hier und helfen mir, Ordnung in die etwas undurchsichtigen Angelegenheiten meines Vaters zu bringen. Und Sie, Tomás, machen sich auf die Suche nach Don Salvador, Don Basilio und Doña Francisca. Ich brauche Sie ja wohl nicht daran zu erinnern, daß ich sie lebend haben will, da ich sie persönlich über ihre . . . ihre verräterischen Aktivitäten ausfragen möchte.«

»*Sí*, Señor el Marqués«, sagte Tomás und zitterte am ganzen Leib, als er sich von seinem eiskalten, harten Herrn abwandte und so schnell wie möglich den Raum verließ.

Nicht um alles in der Welt wollte der junge Sekretär in der Haut der drei Flüchtlinge stecken.

6. KAPITEL

Aurora verließ das Arbeitszimmer ihres Vaters und schloß die Tür leise hinter sich. Beim Gedanken daran, wie müde und besorgt er aussah, tat ihr das Herz weh. Obwohl erst drei Monate vergangen waren, kam es ihnen allen wie eine Ewigkeit vor, seit Basilio aus Spanien geflohen war – und sie hatten noch nichts von ihm gehört. Sie mußten annehmen, daß er und Francisca nicht mehr am Leben waren.

Ach, wie Aurora den Namen Don Juan Rodolfo de Zaragoza y Aguilar verfluchte! Er war es, der Unglück über das alte Haus von Montalbán gebracht hatte. Und obwohl die Familie am Anfang geglaubt hatte, daß die unglückliche Angelegenheit mit Basilios Flucht beendet sein würde, hatten alle in der Zwischenzeit begriffen, daß es nur der Anfang gewesen war.

Heute hatte sich nach wochenlangen unerklärlichen finanziellen Mißerfolgen der Vater ihrer Schwägerin Francisca, Don Pedro de Ubrique, das Leben genommen. Aurora war sich ganz sicher, daß

Don Juan für all das Unglück verantwortlich war, das schließlich zu Don Pedros Selbstmord geführt hatte. Und sie zitterte bei dem Gedanken daran, daß sich der Marqués jetzt ihrem eigenen Vater zuwenden würde. Das Herz war ihr schwer, und sie ging zum Zimmer ihrer Großmutter.

Beim Eintritt ihrer Enkelin leuchteten Doña Gitanas Augen vor Liebe auf.

Was für ein wunderschönes Mädchen Aurora war – und sie wurde jeden Tag schöner.

Doña Gitana seufzte. Die erste Ballsaison war vorbei, und ihre Enkelin hatte immer noch keinen Mann gefunden – noch nicht einmal einen *novio*.

Das war nicht richtig, dachte die alte Dame. Aurora hätte ihre Jugend genießen und Feste und Bälle besuchen sollen. Sie hätte die Nächte mit den gutaussehenden *caballeros* durchtanzen sollen, die sich, da war sich Doña Gitana ganz sicher, auf den ersten Blick in das bezaubernde junge Mädchen verliebt hätten. Statt dessen war ihre Enkelin mit einem häuslichen Leben vollkommen zufrieden und verbrachte die meiste Zeit im Zimmer ihrer Großmutter.

Doña Gitana seufzte noch einmal. Ihre Gesundheit war alles andere als gut, sie fühlte sich jeden Tag schwächer. Aber sie hing noch am Leben, ihre Familie brauchte sie noch. Sie konnte jetzt noch nicht sterben – noch nicht.

»*Venga*. Setz dich zu mir, *niña*, und sag mir, was los ist. Ich sehe dir an, daß etwas Schlimmes passiert sein muß. Nein... versuch nicht, mir etwas zu ersparen, *niña*. Ich bin nicht so schonungsbedürftig, wie du glaubst.«

»Ach, *abuela*, es ist – es ist entsetzlich. Don Pedro – er hat sich heute morgen erschossen!« stieß Aurora aus und fing zu weinen an.

Die alte Witwe brauchte eine Zeitlang, um diesen Schock zu verkraften. Schließlich fand sie ihre Sprache wieder.

»Und jetzt hast du Angst um deinen Vater.« Das war eine Feststellung, keine Frage. »Beruhige dich, *niña*, beruhige dich doch«, meinte Doña Gitana leise und legte dem schluchzenden Mädchen den Arm um die Schultern. »Felipe ist nicht Pedro. Er ist stark... Er ist mein Sohn. Pedro, so gut und freundlich er auch war – Gott sei seiner Seele gnädig –, war ein schwacher Mann.«

»Aber wie kann *padre* hoffen, gegen einen so mächtigen und

gemeinen Menschen wie Don Juan bestehen zu können? Denk doch nur daran, was er Don Pedro alles angetan hat. Er hat seine Weinberge verbrannt, seine Leute terrorisiert, seine Frau vergewaltigt –«

»Aurora! Wo hast du das gehört?« unterbrach Doña Gitana ihre Enkelin. »Von so etwas darfst du nicht sprechen! Du, ein junges Mädchen –«

»Aber es stimmt, oder? Jeder weiß es. Und Doña Dorotea ist in ein Kloster eingetreten, oder etwa nicht?« rief Aurora weinend aus.

»Aber selbst wenn es stimmt, darfst du nie wieder davon sprechen«, meinte die alte Dame ruhig. »Wir alle wissen doch, daß nur *bandoleros* oder *guerrilleros* so entsetzliche Sachen machen. Die Zeiten sind schwer, und es gibt viele Rebellen –«

»Ach, *abuela*, ich wollte, ich könnte dir glauben. Aber du weißt doch selbst, daß es Don Juan und seine gedungenen Männer waren, die Don Pedros Niedergang herbeigeführt haben. Das Schwein sitzt wie ein König in seinem Stadtpalais und zerquetscht uns, als ob wir Fliegen wären –« Aurora versagte die Stimme, und sie biß sich auf die Unterlippe.

»Nein, *niña*, ganz so schlimm ist es nicht. Er mag uns alles nehmen, was wir haben, aber er wird uns nie unseren Stolz nehmen können. Wir sind *la casa de Montalbán*«, meinte Doña Gitana stolz. »Wir sind keine Insekten, die sich von jemandem wie Don Juan einfach zerquetschen lassen. Jetzt wisch dir die Tränen ab. Es gibt viel zu tun, damit wir dem Wahnsinnigen nicht auf Gedeih und Verderb ausgeliefert sind.«

Aurora schaute ihre Großmutter hoffnungsvoll an.

»Was können wir tun, *abuela*?« fragte sie ängstlich.

»Wir müssen an den Hof gehen«, antwortete die Witwe.

Aurora war sehr überrascht.

»Aber – aber *padre* mag das Leben bei Hof doch überhaupt nicht«, protestierte sie, »er sagt doch immer, daß es am besten ist, zu Hause zu bleiben, weil man dort am wenigsten Aufmerksamkeit erregt.«

»Trotzdem muß er hin«, antwortete Doña Gitana entschieden. »Wir müssen die Königin für uns einnehmen, und das können wir nur, wenn wir bei Hofe sind.«

»Du und *padre* und *madre*, *sí*, das kann ich verstehen. Aber –

aber ich?« fragte Aurora und fürchtete sich vor der Antwort ihrer Großmutter.

»Denk mal nach, *niña*! Die Königin ist noch ein junges Mädchen, kaum älter als du und genau wie du noch etwas schüchtern und unsicher. Deshalb läßt sie sich so leicht von ihrer Mutter und grausamen, ehrgeizigen Männern wie Don Juan manipulieren. Wenn du es schaffen würdest, sie günstig für dich zu stimmen – ihre Freundin zu werden –, dann würde Don Juan es sich zweimal überlegen, *la casa de Montalbán* Schaden zuzufügen.«

»Sí, abuela«, antwortete Aurora nachdenklich. Die Großmutter hatte recht, aber die Vorstellung bei Hofe zu verkehren, kam ihr entsetzlich vor.

»Ich weiß, daß es hart für dich sein wird, *niña*. Aber es ist nötig, Aurora. Du bist nicht nur schüchtern, du bist auch stark. Jetzt mußt du kämpfen, *niña* – für uns alle. Du mußt lernen, deine Ängste zu überwinden, du mußt Isabellas Vertrauen und Zuneigung gewinnen. Kannst du das, Aurora? Traust du dir das zu?«

»Ich – ich will es versuchen, *abuela*. Ich will es wirklich versuchen, aber ich weiß nicht, ob ich Erfolg haben werde. Es kann ja sein, daß mich die Königin nicht leiden kann.«

»Ich glaube doch, *niña*. Sie ist allein, obwohl sich ihr viele aus Ehrgeiz und Neid zu nähern versuchen. Du wirst nichts von Isabella wollen als ihre Freundschaft. Deshalb bist du anders als die anderen, und sie wird sich zu dir hingezogen fühlen.«

»Ach, *abuela*, ich hoffe, du hast recht.«

»Ich habe die Karten gelegt, Aurora, und sie lügen nicht. Jetzt geh. Erfülle dein Schicksal.«

Vielleicht hing es damit zusammen, daß ihre Großmutter die Karten erwähnt hatte – Aurora war sich nicht ganz sicher. Aber in dieser Nacht träumte sie wieder von dem Mann.

Als sie erwachte, schmerzte ihr ganzer Körper vor Einsamkeit.

»Wer bist du?« fragte Aurora, wie schon so oft, laut in ihrem dunklen Zimmer. »Und wo bist du, *mi amigo*?«

7. KAPITEL

Laredo, Texas, 1848

Die traurige kleine Melodie hörte abrupt auf, als Salvador den Uhrdeckel zuschnappen ließ. Seine lange Reise war fast vorüber. Abgesehen von einem kurzen Aufenthalt in Kuba, wo er das Schiff gewechselt hatte, war er mehrere Wochen lang nicht mehr an Land gewesen. Und er hatte den endlosen Seegang jetzt wirklich satt. Seit er an Bord eines anderen Schiffes gegangen war, hatte er die Gesellschaft von Don Basilio und Doña Francisca eingebüßt. Und er vermißte seine einzigen Freunde in der Neuen Welt sehr.

Die drei waren sich in den vergangenen Wochen sehr nahe gekommen. Der Visconde hatte zwar den wahren Nachnamen des Paares nicht erfahren; aber er wußte, daß die beiden aus ähnlichen Gründen aus ihrem Heimatland geflohen waren wie er selbst. Er hatte auch die Identität des Mädchenporträts im Deckel der Uhr herausgefunden, die er von Basilio gekauft hatte. Sie war zur Erleichterung des Visconde die Schwester des jungen Adeligen.

»Ich finde Aurora einen merkwürdigen Namen für jemanden, der an die dunkle Nacht erinnert«, hatte Salvador gesagt.

Basilio hatte daraufhin zärtlich gelächelt, sich seine geliebte Schwester vorgestellt und sich überlegt, was sie wohl gerade tat.

»Ihre Schwester ist Ihnen offenbar sehr teuer, Basilio, und die Uhr ist das letzte Andenken an sie. So sehr ich es bedaure, muß ich sie Ihnen doch zurückgeben.«

»Ach nein, Señor«, hatte Basilio protestiert. »Sie haben mehr dafür bezahlt, als sie wert ist – wenn man von ihrem sentimentalen Wert absieht. Sie haben mir das Leben gerettet und Francisca auch, indem Sie die Uhr gekauft und uns damit die Überfahrt ermöglicht haben, Aguila. Ich weiß, daß Aurora bestimmt damit einverstanden wäre, daß Sie die Uhr behalten.«

»Nun gut«, hatte der Visconde zugestimmt. »Da Sie darauf bestehen, behalte ich die Uhr, bis Sie in der Lage sind, sie zurückzukaufen. Vielleicht werde ich eines Tages ja Ihrer schönen Schwester persönlich begegnen.«

Basilio hatte zustimmend genickt.

»Das hoffe ich, Señor«, hatte er ernst gesagt. »Aber wie die Dinge jetzt stehen, fürchte ich, daß ich sie nie wiedersehen werde. Peru ist weit weg von Spanien, Aguila und ich habe keine Ahnung, wie ich mit meiner Familie Kontakt aufnehmen soll. Bis wir von der falschen Anklage des Hochverrats freigesprochen sind, können wir nicht in unsere Heimat zurückkehren.«

»Aber... Peru? Warum haben Sie sich entschlossen, sich dort niederzulassen, Basilio?« hatte Salvador interessiert gefragt.

Der junge Adelige hatte mit den Achseln gezuckt.

»Ich weiß nicht. Ich habe die Legende von El Dorado gehört, sie fasziniert mich natürlich, obwohl ich sicher bin, daß die Stadt nicht wirklich existiert. Irgend jemand müßte sie ja gefunden haben, wenn es sie gäbe. Aber, wer weiß?«

Nach einer Weile hatte Basilio hinzugefügt: »Vielleicht können wir uns eine kleine Plantage leisten. Peru ist von Spaniern kolonisiert worden. Es wird Spanisch dort gesprochen. Die Kultur ist unserer eigenen vergleichbar... Und Sie, Señor? Warum haben Sie sich für die *Estados Unidos* und für *Tejas* entschlossen? Die Indianerstämme dort sollen ihre Feinde skalpieren.«

»*Sí*, davon habe ich auch gehört«, hatte der Visconde zugegeben. »Aber ich habe Verwandte dort, ich hoffe, daß sie noch leben.«

»Ich wünsche Ihnen alles Gute, Aguila. Der Kapitän sagt, wir müssen uns trennen, wenn wir in Kuba sind. Ich weiß nicht so recht, wie wir den Kontakt aufrechterhalten sollen.«

»Schreiben Sie mir ins Hotel Placido in Laredo. Der Kapitän meint, daß es ein anständiges Hotel ist. Ich will dort bleiben, bis ich etwas von meinen Verwandten in Santa Rosa erfahre, die meiner Mutter zum letztenmal vor zwanzig Jahren geschrieben haben.«

»Ich hoffe, Sie finden Ihre Verwandten, Señor«, hatte Francisca geantwortet. »Es ist entsetzlich, so weit weg von zu Hause zu sein, ohne Familie oder Freunde...«

»Bitte benachrichtigen Sie mich, wenn Sie Hilfe brauchen«, hatte Salvador mehrfach gesagt, weil er sich Sorgen um die Jungvermählten machte.

»*Muchas gracias*, Aguila«, hatte Basilio geantwortet. »Sie sind sehr freundlich zu uns. *Vaya con Dios.*«

Salvador hoffte, daß sie ihm tatsächlich schreiben würden, wie sie es versprochen hatten. Abgesehen von der Tatsache, daß er die beiden wirklich gern hatte, stellte Basilio Salvadors einzige Verbindung zu Aurora dar, dem Mädchen auf dem Porträt, an das er sehr oft denken mußte. Obwohl es ihm nicht recht war, hatte er sich offenbar in das junge Mädchen verliebt.

Es würde natürlich nichts daraus werden, selbst wenn er Aurora treffen sollte. Salvador glaubte fest, daß er verflucht sei. Alle Frauen, die er jemals geliebt hatte, waren ihm genommen worden – der Visconde wollte das nicht noch einmal erleben. Er mußte versuchen, seine Gefühle für das junge Mädchen im Zaum zu halten. Er mußte es – sonst würde ihr etwas Entsetzliches passieren – wie all den anderen auch.

Als erstes fiel Salvador der Krach in Texas auf. Die Menschen verhielten sich so laut und grob, als ob sie in jeglicher Hinsicht besser als andere seien. Gleich nach seiner Ankunft in Fort Brown war er Zeuge einer Auseinandersetzung, die mit einer Schießerei endete. Obwohl Salvador alles andere als ein weltfremder Mensch war, war er dennoch schockiert. Denn der erschossene Mann war nur mit einem Messer bewaffnet gewesen.

»Ach, Señor!« rief Pancho entsetzt aus. »Hier werden wir ja in unseren Betten ermordet. *Heridas de Cristo!*«

Mit einem strengen Blick brachte der Visconde seinen zitternden Diener zum Schweigen.

»Wir wären sehr viel wahrscheinlicher in Spanien in unseren Betten ermordet worden, Pancho«, antwortete er ruhig. »Jetzt kümmere dich um unsere Koffer, ich schaue inzwischen nach Nieblo.«

Das völlig verängstigte Pferd wieherte laut, schlug aus und versuchte sich loszureißen.

»Nieblo, *mi beldad*,« sagte Salvador beruhigend, als er näher kam. »Es ist alles in Ordnung. Niemand tut dir etwas zuleide.«

Als er die Stimme seines Herrn hörte, beruhigte sich der Hengst etwas, schnaubte aber immer noch laut und rollte mit den Augen. Trotzdem erlaubte er dem Visconde, ihn über die Gangway zum Pier hinunterzuführen. Dort band er das Pferd hinter einem Wagen an, den Pancho gemietet hatte. Der Visconde hätte sein Pferd nach der langen Zeit gern gesattelt und geritten, aber Nieblo hatte wochenlang festgebunden in der engen Box gestanden, und selbst in

Spanien war er nie mit dem Hengst durch so belebte Straßen wie die hier in Laredo geritten. Außerdem wollte Salvador sein Pferd zuerst gründlich von der schwarzen Farbe säubern, mit der er es vor der Flucht in Spanien eingerieben hatte.

Endlich waren sie auf dem Weg zum Hotel Placido. Der Visconde schaute sich um. Laredo war keine alte Stadt, es war erst 1755 gegründet worden. In der Architektur waren spanische und amerikanische Einflüsse zu erkennen. Auf der San Agustin Plaza im Stadtzentrum ging es zu wie in einem Bienenstock.

Auf diesem Platz sah Salvador zum ersten Mal einen Indianer, der eine Lederjacke mit Fransen trug und dessen langes, blauschwarzes Haar mit Federn und Perlen geschmückt war.

Als nächstes fiel Salvador ein Paar auf, das langsam durch die Menge ritt.

Die schwarzen Zöpfe der jungen Frau erinnerten ihn sofort an Aurora. Im ersten Augenblick glaubte er sogar, daß sie es sei, bei näherem Hinsehen erkannte er aber, daß die junge Frau mit Aurora nichts gemein hatte als die Farbe und die Länge ihres Haars. Schokkiert bemerkte er, daß sie mit Hosen bekleidet war, was für eine guterzogene spanische Frau ganz undenkbar gewesen wäre. Aber vielleicht war es ja in Texas üblich, daß Frauen Hosen trugen. Als Salvador bemerkte, wieviel Aufsehen das Paar auch bei anderen Leuten erregte, mußte er doch annehmen, daß diese Kleidung auch in Texas ungewöhnlich war.

Er schüttelte den Kopf. Vielleich hatte sie noch nie ein Kleid besessen. Das konnte stimmen, denn sie schaute so sehnsüchtig in ein Schaufenster, daß sie vergaß, auf den Weg zu achten, und ihr Pferd fast mit dem ihres dunkelhaarigen Gefährten zusammenstieß. Der Mann, der ganz in Schwarz und Silber gekleidet war, sagte etwas zu dem Mädchen, dann stiegen beide ab, und er führte sie in den Laden. Salvador lächelte, als er sah, daß die Ladeninhaberin das rote Kleid aus dem Schaufenster nahm.

Er hätte gern gesehen, wie es dem Mädchen stand, denn er war ganz sicher, daß ihr Begleiter es kaufen würde. Aber der Wagen war inzwischen weitergefahren, und der Visconde konnte nicht mehr in den Laden schauen. Er bedauerte das, denn die Frau war sehr hübsch gewesen. Er überlegte, ob der Mann mit ihr verheiratet war. Vielleicht. Es wäre auch ganz richtig so – er war schließlich hier, um seine Verwandten zu finden, und nicht, um mit hübschen *Tejanas* zu flirten. Er fragte den Besitzer des Wagens, ob er wisse, wer der Mann gewesen sei.

Der spuckte auf den staubigen Boden und nickte.

»Natürlich kenne ich den. Mit so einem legen Sie sich besser nicht an, Mister. Er wird El Lobo genannt, niemand kann so schnell ziehen und töten wie er. Ich hab' gehört, daß er geheiratet hat. Gar nicht übel, die Kleine, was? Ich wundere mich nur, was sie an dem Mischling findet.«

»Was soll das heißen – ›Mischling‹?« fragte Salvador neugierig. »Abgesehen von seinem Haar sah der Mann so aus, als stammte er aus einer guten spanischen Familie.«

»Ich wette, Sie sind neu hier«, antwortete der Fahrer abschätzig. »El Lobo, das ist 'n Mischling. Er soll 'n halber Komantsche und 'n halber Mexikaner sein. Wir mögen die Indianer nicht – und erst recht keine Mischlinge. Die sind der letzte Dreck. Keine respektable Frau macht für diese roten Teufel die Beine breit. Sogar Huren verlangen von denen das Doppelte!«

Salvador antwortete nicht darauf. Ihm war klar, daß er noch viel über die Neue Welt zu lernen hatte.

Im Hotel Placido ging es hoch her, aber das war in einer Stadt wie Laredo offensichtlich nicht weiter verwunderlich. Abgesehen von den lautstarken Unterhaltungen schien das Hotel aber anständig zu sein. Salvador war froh, daß der Kapitän ihm geraten hatte, hier zu wohnen. Er hatte keine Ahnung, wo er sonst gelandet wäre.

Als er die Halle betrat, um nach einem Zimmer zu fragen, fühlte er sich so einsam wie schon seit Jahren nicht mehr.

8. KAPITEL

Obwohl Aurora schon immer gewußt hatte, daß ihre Großmutter Macht und Einfluß besaß, war sie doch erstaunt, wie schnell Doña Gitana es schaffte, ihr einen Posten als Kammerzofe der Königin zu verschaffen.

Aurora war wirklich überrascht. Bisher hatte sie sich vorgestellt, sich mit Isabella anzufreunden, ohne aber richtig am Leben bei Hof teilnehmen zu müssen. Aber als Kammerzofe würde sie, ob sie das nun wollte oder nicht, von morgens bis abends mit der höchsten spanischen Gesellschaft zu tun haben.

Neue Kleider, teurere und reicher verzierte, als sie jemals besessen hatte, wurden für sie von den besten Schneiderinnen genäht. Hutschachteln mit wunderbaren Hüten, Spitzenunterwäsche und handgemalte Fächer in allen Farben wurden ins Haus geliefert. Ein Tanzlehrer brachte ihr die neuesten Gesellschaftstänze bei, ein Sprachlehrer sorgte für die bestmögliche kastilianische Aussprache. Aurora hatte Angst, daß sie versagen und nicht nur Schande über ihre Familie bringen würde, sondern auch Don Juan unwillentlich die Bälle in die Hand spielen würde, die ihm ermöglichten, das Haus Montalbán zu vernichten.

Aus diesem Grund nahm sie voller Sorge neben ihrer Großmutter in der gut gefederten Kutsche Don Felipes Platz, die sie nach Aranjuez bringen würde, dem Landsitz der Königin, auf den sie sich für den Sommer zurückgezogen hatte.

Die kurze Reise verlief sehr angenehm. Die Sonne schien warm vom Himmel, auf den Feldern reifte Weizen und Hafer, und die Halme schwankten sanft im leichten Wind.

Der Palast lag etwa fünfzig Kilometer südlich von Madrid in der Nähe des Zusammenflusses vom Rio Tajo und des Jarama.

Aurora, die ein Auge für Schönheit hatte, fand den Palast, obwohl er nicht groß war, sehr viel beeindruckender als das häßliche graue Königsschloß in Madrid, von dem gesagt wurde, daß es dem Louvre in Paris ähnlich sähe. Das junge Mädchen war froh, daß Aranjuez nicht so groß war. Sie hoffte, daß sich dort nicht allzu viele Leute aufhalten würden.

Die Montalbáns wurden ohne Schwierigkeiten in den Palast eingelassen und in ihre Zimmer geführt. Ihre Großmutter und ihre Eltern hatten ein eigenes Zimmer, aber Aurora mußte einen Raum mit zwei anderen Kammerzofen der Königin teilen. Aber bei ihrer Ankunft war das Zimmer leer. Aurora war froh, ihre Sachen auspacken zu können, bevor sie ihre Mitbewohnerinnen kennenlernte.

Sie und ihr Mädchen Lupe waren gerade fertig, als die anderen Kammerzofen hereinkamen. Zu ihrer Überraschung sah Aurora, daß alle drei kaum älter als sie selber waren.

Blanca, die jüngste, stammte aus Barcelona. In ihrer Zierlichkeit erinnerte sie Aurora an eine Puppe. Sie hatte porzellanweiße Haut, seidigblondes Haar und kornblumenblaue Augen. Fátima war ganz das Gegenteil von ihr. Sie stammte aus Granada, war hochgewachsen und dunkelhäutig, und ihre dunkelbraunen Zöpfe und Augen wirkten fast schwarz. Das dritte Mädchen, Concepción, die aus Bilbao stammte, hatte rotes Haar, grüngoldene Augen und einen golden schimmernden Teint.

Die jungen Mädchen hießen Aurora lachend und schwatzend willkommen, sie scheuten sich nicht, ihre Kleidung und ihre anderen Sachen genauestens zu begutachten. Als sie festgestellt hatten, daß Auroras Kleider der neuesten Mode entsprachen, daß ihre Juwelen echt waren und daß ihr Parfüm das teuerste war, das es zur Zeit gab, waren sie sehr zufrieden und ließen das Zimmermädchen Madeira holen, um Auroras Ankunft zu feiern.

Aurora überlegte kurz, was gewesen wäre, wenn sie armselige Kleidung und falsche Juwelen mitgebracht hätte, verscheuchte diesen unangenehmen Gedanken aber schnell. Von nun an würde sie viel mit diesen drei jungen Frauen zu tun haben, und es wäre unsinnig, sich gegen sie zu stellen. Wenn sie für ihren Geschmack zu sehr an Äußerlichkeiten interessiert waren, dann war daran sicher der Einfluß des Hofes schuld. María Cristina von Neapel, die arrogante und herrschsüchtige Mutter der Königin, liebte Luxus über alles. Und wer sich Isabellas Gunst erhalten wollte, der tat gut daran, die Ansichten und Vorlieben ihrer Mutter zu teilen.

Aurora wußte, daß sie bereits einen Feind in Aranjuez hatte – Don Juan –, und sie war klug genug, um zu wissen, daß sie María Cristinas Lebensart so gut wie möglich nachahmen mußte. Don Juan zu bekämpfen war gefährlich. María Cristina zu bekämpfen war vernichtend.

Selbst heute noch, fünf Jahre nachdem Isabella alt genug geworden war, um allein zu regieren, war ihre Mutter die wahre Herrscherin des Landes.

Deshalb nahm Aurora das Geplapper ihrer neuen Freundinnen kommentarlos hin und freute sich darüber, daß die anderen so angeregt waren, daß sie selbst gar nichts sagen mußte.

Als der Madeira gebracht wurde, war das erste Interesse an Aurora bereits erlahmt, und das Gespräch drehte sich um andere Dinge.

Ganz besonders wichtig schien der bevorstehende Maskenball

der Königin zu sein. Beim Gedanken daran fühlte Aurora ihr Herz schlagen. Sie hatte noch nie einen Maskenball besucht und überlegte, ob sie, hinter ihrer Maske versteckt, den Mut würde aufbringen können, mit ein paar Angehörigen von Isabellas Hofstaat Freundschaft zu schließen und damit ihre Familie vor Don Juans Rachegelüsten zu retten. Ja, sie mußte es wenigstens versuchen. Das Schicksal des Hauses Montalbán ruhte einzig in ihren Händen. Sie konnte ihre Familie nicht im Stich lassen. Sie mußte ihre Ängste beiseite schieben, wie *abuela* gesagt hatte, und lernen zu kämpfen. Der Anfang war schon gemacht. Sie hatte drei neue Freundinnen gewonnen.

Sie spürte eine Zuversicht, die sie vorher noch nicht gekannt hatte. Und zu ihrer eigenen Überraschung fühlte sie sich plötzlich fast unbesiegbar. Sie warf ihren Kopf stolz zurück, lächelte und hob ihr Glas.

9. KAPITEL

Im königlichen Palast von Aranjuez gab es unzählige Räume, aber da die Residenz doch relativ klein war, fand sich Aurora bald zurecht. Am heutigen Morgen trug sie ein Kleid aus leichter Sommerseide, das ihr sehr gut stand, und lief durch die langen Korridore zum *Salon de los Espejos* – dem Spiegelsaal –, wo ihr Königin Isabella zum ersten Mal eine Audienz gewähren würde.

Es war noch früh, und der Saal war noch leer. Aurora freute sich, daß sie ein paar ruhige Augenblicke haben würde. Obwohl sie es seit ihrer Ankunft in der Residenz vor fast einem Monat gelernt hatte, die Gesellschaft von Blanca, Fátima und Concepción zu genießen, war sie doch hin und wieder gern allein. Es war ihr schwergefallen, ihr Zimmer mit den drei jungen Frauen zu teilen. Besonders hart war für sie die Tatsache, daß sie das Bett mit Blanca teilen mußte, die einen unruhigen Schlaf hatte und manchmal erst mitten in der Nacht ins Bett kam. Aurora war ganz sicher, daß sie einen Liebhaber hatte. Bei dem Gedanken daran fühlte sie sich sehr allein und wünschte sich zum ersten Mal, daß auch sie einen gutaussehenden *caballero* hätte, der ihr das Leben hier in der Fremde erleichtern würde.

In Aranjuez war das Leben ganz anders als in Madrid. Aurora

mußte früh aufstehen, weil die morgendliche Toilette lang dauerte. Hier konnte man unmöglich das erstbeste Kleid überstreifen, das man im Schrank fand. Nein, jeden Tag mußte man so frisch aussehen wie eine Knospe im Morgenlicht – ob man das nun wollte oder nicht –, denn angewelkte Blüten hatten es nicht leicht und konnten sich auf Dauer bei Hof nicht halten. Eine kleine bösartige Bemerkung zur Königin, und eine nachlässige Kammerzofe wurde an einen unattraktiven alten Mann verheiratet oder gezwungen, für immer in einem Kloster zu verschwinden. Es war ganz einfach kein Platz bei Hof für jene, die die Leichtlebigkeit und Frivolität Isabellas nicht teilten.

Aurora begutachtete sich in den großen Wandspiegeln, die dem Saal seinen Namen gegeben hatten. Das junge Mädchen dachte, daß sie etwas müde aussähe – sie hatte leichte Schatten unter den Augen –, aber abgesehen davon war sie mit ihrer Erscheinung zufrieden. Trotzdem war sie nervös und strich unnötigerweise ihr Haar und ihr Kleid glatt, als ob sie sichergehen wollte, daß der Spiegel sie nicht täuschte und daß alles in Ordnung war. Dann wandte sie sich vom Spiegel ab und trat durch die offenstehende Tür auf den kleinen Balkon.

Dort atmete sie tief die angenehm kühle Morgenluft ein. Es ging ein leichter Wind, den Aurora sehr genoß. Sie brach eine Rose von den Ranken, die an der Palastwand emporkletterten. Die Blüte duftete süß und vermischte sich mit dem Geruch der vielen anderen Blumen, die in dem gepflegten Park wuchsen. Als die Sonne höher stieg und es wärmer wurde, fühlte Aurora eine Mattigkeit, lehnte sich an die Balustrade und genoß die Sonnenstrahlen.

Bald würde die Hitze in der Ferne flimmern. Selbst jetzt schon wirkte die Landschaft jenseits des Parks leicht verschwommen. Sie blinzelte, um klarer sehen zu können, aber statt dessen wurde es schlimmer, und sie konnte immer weniger erkennen. Sie schwankte und hielt sich an der Balustrade fest, ohne aber die Rose loszulassen, die sie vorhin gepflückt hatte.

Der Mann kam wie immer, in Nebelschwingen eingehüllt. Aber diesmal fürchtete Aurora, über die Balustrade zu stürzen, und kämpfte, um das Bewußtsein nicht zu verlieren. Nachdem sie ein paarmal tief durchgeatmet hatte, konnte sie ihre Umgebung wieder klarer erkennen.

Sie bemerkte, daß alles ganz verändert war. Aranjuez war verschwunden, statt dessen sah sie eine alte Jagdhütte.

Irgendwo in der Ferne läutete leise eine Angelusglocke. »*Querida, querida*«.

Aurora wandte sich nach der Stimme um, die sie gerufen hatte. Da war er. Der Mann ihrer Träume. Er saß auf seinem weißen arabischen Hengst, lachte glücklich und trabte in Richtung des hölzernen Balkons, auf dem sie stand.

Direkt unterhalb des Balkons zügelte er sein Pferd und schaute zu ihr hoch. Eine plötzliche, überwältigende Sehnsucht – und noch etwas mehr – ergriff Aurora, als sie in sein dunkelhäutiges Gesicht blickte. Sie hatte ein solches Strahlen schon einmal gesehen, auf Basilios und Franciscas Gesichtern – in der Nacht, in der sie geheiratet hatten.

Auroras Herz begann wie wild zu schlagen. War es – war es möglich, daß der Mann sie liebte, genau so, wie sie ihn liebhatte? Hatte er sie deshalb all die Jahre besucht?

Er stieg ab, kletterte auf einen nahestehenden Baum und schwang sich über einen Ast zu ihr auf den Balkon herüber.

»*Muñeca mía*«, murmelt er mit rauher Stimme. »Ich habe dich lange nicht mehr gesehen.«

Und dann küßte er sie.

Aurora scheute vor dieser intimen Berührung nicht zurück. Von den *caballeros*, die auf den Bällen mit ihr getanzt hatten, hatte sie sich immer so schnell wie möglich zurückgezogen. Aber jetzt hatte sie das Gefühl, als ob sein Mund, den ein schwarzes Bärtchen zierte, auf den ihren gehörte und daß sie seine Lippen schon lange kannte und liebte.

Nach ihm hatte sie sich ihr Leben lang gesehnt. Früher war sie unvollständig gewesen. Jetzt – jetzt war sie mehr als vollständig, denn gemeinsam erlebten sie etwas, was keiner von ihnen allein kennengelernt hätte.

Ihre Lippen öffneten sich willig, und sie erwiderte seinen leidenschaftlichen Kuß.

Aurora war kein Kind mehr, sondern eine Frau, die aus tiefstem Herzen liebte und wiedergeliebt wurde. Sie sehnte sich danach, daß dieser Augenblick nie vergehen würde. Wenn sie ihr gegenwärtiges Leben aufgeben müßte, um mit diesem Mann in der Vergangenheit leben zu können, dann würde sie sich dafür entscheiden. Kein Opfer kam ihr zu groß vor, wenn sie ihn nur immer bei sich haben könnte. Aurora mußte versuchen, ihm schnell ihre Gefühle mitzuteilen, bevor er sich wieder in Nebel hüllte und verschwand.

Als sie spürte, daß sich der Mann ihrer Umarmung entzog, füllten sich ihre Augen mit Tränen, und es schmerzte sie, so bald verlieren zu müssen, was sie gerade erst gefunden hatte. »Nein! Geh noch nicht weg!« bat sie leise.

»Ich muß fort, *querida*«, sagte er leise. »Aber ich verspreche dir: Unsere Zeit wird kommen. Bald – bald werden wir für immer zusammen sein. Das schwöre ich dir. Und du mußt mir schwören, *muñeca*, daß du auf mich wartest, daß du mein sein wirst, immer mein. Schwöre es!«

»Ich schwöre es, *mi amor*, *mi alma*, niemals kann ein anderer in meinem Herzen wohnen. Und wenn es auch hundert Lebenszeiten dauert, bis wir zusammen sein können, ich werde auf dich warten – jetzt und immerdar.«

Der Mann küßte sie noch einmal mit großer Leidenschaft. Dann schwang er sich auf den Ast und kletterte den Baum wieder hinab. Aurora tat das Herz weh, und sie warf ihm die Rose zu, damit er eine Erinnerung an sie hatte. Nachdem er weggeritten war, legte sie ihren Kopf auf die Balustrade und weinte um das, was sie gerade erst kennengelernt und schon wieder verloren hatte.

Als Aurora ihre Augen öffnete, war die alte Jagdhütte verschwunden, und sie stand wieder auf dem Balkon des prächtigen Sommersitzes der Königin. Ihr Geliebter war fort. Nichts von ihm war übriggeblieben.

Als sie auf ihre Hand schaute, entdeckte sie einen winzigen Blutstropfen, an der Stelle, wo ein Rosendorn sie gestochen hatte. Bewegt preßte sie ihre Lippen auf die kleine Verletzung.

Ich war, dachte sie, in einer anderen Zeit. Dort habe ich meinem Liebsten geschworen, daß ich auf ihn warten würde – selbst wenn es hundert Lebenszeiten dauern sollte. Ach, mein Geliebter, werde ich dich jemals in diesem Leben finden können?

Als Hufgeklapper im Hof ertönte, erwachte sie aus ihrer Träumerei. Aurora seufzte und ging zurück in den Spiegelsaal. Sie wollte sich ruhig hinsetzen und noch einmal über das nachdenken, was gerade passiert war. Es war ihr klar, daß sie niemandem etwas darüber erzählen durfte. Die spanische Inquisition war zwar 1820 zu Ende gegangen, aber die wenigen Jahrzehnte, die seitdem vergangen waren, hatten die Erinnerung an die jahrhundertelangen Greueltaten doch nicht auslöschen können. Nein, sie durfte mit niemandem darüber sprechen, selbst nicht mit ihrer Großmutter, denn Doña Gitana war krank und würde sich nur unnötig aufregen.

Im Korridor ertönte Gelächter, und bald war der Spiegelsaal mit herausgeputzten, aufgekratzten Menschen gefüllt. Aurora hoffte, sich unbemerkt in eine Ecke drücken zu können, aber das war nicht möglich. Einer der königlichen Minister trat zu ihr und erinnerte sie daran, daß sie heute, nach einem Monat des Wartens, endlich eine Audienz bei Isabella haben würde.

Aurora konnte nichts tun, als abzuwarten, und ihr Herz schlug aufgeregt bei dem Gedanken daran, wieviel für ihre Familie vom Zusammentreffen mit der Königin abhing. Aurora dachte zitternd, was wohl passieren würde, wenn jemand von ihrem Erlebnis heute morgen auf dem Balkon erfahren würde.

Königin Isabella II. von Spanien war in diesem Sommer 1848 gerade siebzehn Jahre alt geworden. Wie ihre Mutter war sie groß und schön gewachsen, hatte helle Haut, kastanienbraunes Haar und große, dunkle Augen. Obwohl sie gute Lehrer gehabt hatte, wußte jeder, daß ihre Allgemeinbildung sehr schlecht war. Selbst wenn sie intelligent gewesen wäre – was sie nicht war –, hätte sie nicht das Zeug dazu gehabt, ein Land wie Spanien zu regieren. Verschiedentlich war schon aufgefallen, daß sie nicht einmal über einen gesunden Menschenverstand verfügte. Niemand wußte, ob sie tatsächlich so dumm war, wie es den Anschein hatte. Sie hatte bislang noch nicht oft die Gelegenheit gehabt, ihre Führungsqualitäten unter Beweis stellen zu können.

Zu Beginn ihrer Regentschaft war sie zu jung gewesen, und ihre Mutter, María Cristina, hatte für sie regiert. María Cristina konnten nicht viele gute Eigenschaften nachgesagt werden. Und obwohl sie es geschafft hatte, in den unruhigen Zeiten die Krone ihrer Tochter zu retten, hatte María Cristina, unsicher wie sie war, doch ständig das politische Lager gewechselt und sich überall Feinde gemacht.

Aber das schlimmste war, daß sie eine unstandesgemäße Ehe mit einem Offizier eingegangen war, und dadurch allen noch verbleibenden Rest an Respekt eingebüßt hatte.

Als der spanische Bürgerkrieg 1839 mit dem Frieden von Vergara zu Ende ging, blieb María Cristina nichts anderes übrig, als Spanien zu verlassen. Bis 1843 regierte General Baldomero Espartero, und seine Nachfolger überließen der inzwischen dreizehn Jahre alten Isabella die Regierungsgeschäfte. Ein Jahr später kehrte María Cristina nach Spanien zurück und übte inoffiziell wieder die Macht hinter dem Thron aus. Es gab viele Intrigen, und der öffentlichen Meinung nach würde nur ein starker Ehemann an Isabellas Seite die Einmischung ihrer Mutter in die Staatsaffären beenden können.

Schließlich fand am zehnten Oktober 1846 eine Doppelhochzeit statt. Die Königin heiratete ihren Vetter Don Francisco de Asís, Herzog von Cádiz. Und ihre Schwester und Erbin, Luisa-Fernanda, heiratete den fünften Sohn von König Louis-Philippe von Frankreich, den Herzog von Montpensier.

Die Eheschließungen waren nicht von Erfolg gekrönt. Es ging das Gerücht, daß Don Francisco nicht nur schwach, sondern auch impotent sei, und daß die Königin angefangen hätte, Liebhaber zu nehmen und ihnen hohe Regierungsposten zuzuschanzen. Noch schlimmer als das aber war, daß die Carlisten begonnen hatten, ihre Anrechte auf den Thron geltend zu machen. Der zweite Erbfolgekrieg brach aus.

Im ganzen Land herrschte Krieg, besonders in den baskischen und katalonischen Provinzen.

Das allerschlimmste aber war, daß die impulsive Königin, die immer sehr religiös gewesen war, von einer fanatischen, machthungrigen Nonne namens Sor Patrocinio beeinflußt wurde. Während des ersten Erbfolgekrieges war die angeblich wundertätige Nonne des Betrugs beschuldigt und mit einem glühenden Eisen gebrandmarkt worden. Sie hatte diese Schande niemals vergessen und stellte bei Hof, seit sie die Gunst Isabellas wiedererlangt hatte, eine große Gefahr dar.

Aurora, deren Großmutter ihr all das erzählt hatte, war deshalb sehr skeptisch, ob sie fähig sein würde, Isabellas Freundschaft zu erlangen. Trotzdem wußte das junge Mädchen, daß sie alles versuchen mußte. So gut wie möglich versuchte sie, den Besuch ihres

Liebsten zu vergessen, und lächelte und hielt den Kopf hoch, als sie in den Audienzraum gebeten wurde und sich vor der Königin hinkniete.

»Ach, erheben Sie sich, Doña Aurora«, zwitscherte Isabella geistesabwesend, machte hinter ihrem Fächer einem der Generale schöne Augen und achtete kaum auf das junge Mädchen, das schon ein paar lange Minuten vor ihr gekniet hatte. Einzig das diskrete Hüsteln des Generals hatte die Königin zu ihrer Pflicht gerufen. Leicht enttäuscht wandte sie ihre Aufmerksamkeit schließlich Aurora zu. »Also... Sie sind meine neue Kammerzofe, nicht wahr?« fragte Isabella und fuhr dann fort, ohne eine Antwort zu erwarten. »Nun, hoffen wir, daß Sie nicht eine so große Enttäuschung werden wie die letzte... Wie hieß sie noch mal? Ach ja, Doña Pilar. Die arme Pilar. Sie hat sich umgebracht.« Die Königin seufzte wehmütig.

»Doña Pilar war eine Verführerin und Ketzerin« – sagte jemand, der direkt hinter Isabella stand – »und als solche war sie Ihrer Tränen nicht würdig.«

Aurora betrachtete die Frau, die es gewagt hatte, der Königin zu widersprechen. Es war nicht María Cristina, es war eine Nonne. Das mußte also Sor Patrocinio sein. Aurora zitterte unwillkürlich. Es schien ihr, als ob die Augen der Nonne ihr bis in die tiefste Seele blickten. Außerdem war etwas in Sor Patrocinios Blick, das Aurora sehr abstoßend fand. Wenn sie sich nicht täuschte, brannte in den Augen der Nonne eine unnatürliche Lust. *Madre de Dios*! Kein Wunder, daß immer wieder bei Hof geflüstert wurde, daß Isabellas Freundschaft mit Sor Patrocinio ein skandalöser Affront gegen die Kirche und gegen die menschliche Natur sei!

»Sie haben natürlich recht, liebe Sor Patrocinio«, sagte die Königin. Vielleicht um Aurora vor dem traurigen Schicksal Doña Pilars zu retten, fragte sie dann: »Haben Sie einen *novio*, Doña Aurora?«

»Nein, meine Königin«, brachte Aurora mühsam heraus. Es war nur die halbe Wahrheit. Aber hätte sie von ihrem Geliebten aus der Vergangenheit sprechen können?

Die Königin lächelte vergnügt wie ein Kind und klatschte in die Hände.

»Dann müssen wir sofort einen Verehrer für Sie finden. Don Juan« – sie winkte einen der Höflinge heran – »bitte zeigen Sie Doña Aurora den Park.«

»Mit dem größten Vergnügen, meine Königin«, antwortete der *caballero* gewandt.

Königin Isabella war sich also nicht zu schade, ihr Glück als Heiratsvermittlerin zu versuchen!

Wütend und eingeschüchtert und immer noch voller Angst vor Sor Patrocinio, achtete Aurora nicht auf den Namen des Höflings, der sie in den Garten begleiten sollte. Sie bemerkte nur, daß der Mann jetzt auf sie zukam, und es gelang ihr nicht einmal, ihn anzuschauen. Sie wurde rot und blickte zu Boden, als sich Don Juan vor ihr verbeugte und ihr die Hand küßte.

Erst später bemerkte Aurora mit Entsetzen, daß der Mann, der sie in den Park führte, kein anderer war als der verhaßte Don Juan Rodolfo de Zaragoza y Aguilar!

10. KAPITEL

Aurora war sich ganz sicher, daß sie einem Verhängnis entgegenging. Das morgendliche Erlebnis mit ihrem Geliebten hatte sie so verwirrt, daß sie es nicht fertiggebracht hatte, einen guten Eindruck auf die Königin zu machen, außerdem hatte sie unwillentlich das Interesse von Sor Patrocinio erregt und war in die Hände des Mannes gefallen, den sie mehr als alle anderen verachtete und fürchtete. Nichts hätte schlimmer sein können!

Bildete sie es sich nur ein, oder hielt er sie hier im Garten fester untergefaßt? Machte er sich über sie lustig? Wie gern hätte sie sich seinem Griff entzogen und wäre so schnell wie möglich weggerannt! Aber das wagte sie nicht. Don Juan würde sie mit Leichtigkeit einholen. Und wohin hätte sie sich auch wenden können?

Aber das Glück im Unglück war, daß der Marqués offenbar keine Ahnung hatte, wer sie war.

»Sie dürfen der Königin nicht böse sein, Doña Aurora«, sagte er höflich, »Isabella ist sehr jung und oft gedankenlos. Ihr Befehl, daß ich Ihnen den Garten zeigen soll, war freundlich gemeint. Es war ihr nicht klar, wie die Sache auf die versammelten Höflinge wirken würde. Das hätten Sie bedenken und mit den anderen lachen sollen. Aber Sie scheinen erst kurz hier zu sein, ich glaube nicht, daß ich Sie schon einmal gesehen habe.«

»Das stimmt, Señor«, brachte Aurora mühsam heraus. »Der Debütantinnenball war erst vor ein paar Monaten, ich habe mich seitdem nur selten in der Öffentlichkeit gezeigt. Meine – meine Großmutter ist krank gewesen, und ich wollte sie nicht allein lassen. Ich bin erst seit kurzem hier. *Abuela* sagte, daß ich ... meine Jugend an eine alte Frau verschwenden würde, deshalb hat sie ... Sie hat veranlaßt, daß ich Kammerzofe bei der Königin werde.«

Aurora war froh, daß ihre Großmutter ihr geraten hatte, diese Erklärung zu geben.

»Ich verstehe«, sagte Juan, den die Unterhaltung langweilte.

Das junge Mädchen an seiner Seite war ihm zu klein, zu zierlich und zu naiv. Sie erinnerte ihn an seine Mutter, die er haßte. Wie er sich nach Francisca sehnte, die hochgewachsen, rothaarig und dunkelhäutig gewesen war. Aber Francisca war wie Basilio und Salvador verschwunden. Obwohl der Marqués den Weg der Flüchtlinge nach wochenlangen Nachforschungen bis Cádiz hatte verfolgen können, war die Spur dort abrupt verlorengegangen. Juan konnte nicht wissen, daß Salvador den Kapitän der Santa Cruz bestochen hatte, daß weder Basilios noch Franciscas, noch sein eigener Name auf der Passagierliste des Schiffes standen. Der Marqués war extrem verärgert darüber, daß sich seine Suche als völlig erfolglos erwiesen hatte. Nun, er würde sie doch irgendwann ausfindig machen – und wenn er sein Leben lang nach ihnen suchen mußte –, und sie würden für ihre Verbrechen bezahlen müssen genau wie Don Pedro und Doña Dorotea.

Es befriedigte Juan sehr, daß er Franciscas Eltern vernichtet hatte – obwohl sie nur einen armseligen Ersatz für Francisca selbst darstellten. Aber er hatte Doña Doroteas Schreie genossen, als er und seine Männer sie immer wieder vergewaltigt hatten, und die Nachricht, daß Don Pedro sich das Leben genommen hatte, hatte ihm große Freude bereitet. Er hoffte, daß Francisca, wo immer sie auch war, von der brutalen Vergewaltigung ihrer Mutter und dem Selbstmord ihres Vaters gehört hatte und daß sie so darunter litt, wie Juan unter ihrer Ablehnung gelitten hatte.

Er schaute auf das Mädchen an seiner Seite. Sie war ganz hübsch, aber er fand sie langweilig und genauso dumm wie die Königin. Er konnte sich kaum an ihren Namen erinnern. Doña Aurora. Ja, so hieß sie wohl. Er deutete auf ein paar der exotischen Blumen, die im

Garten wuchsen, und versuchte, sich mit ihr zu unterhalten. Aber da sie nichts zu sagen wußte, entstanden immer wieder lange Gesprächspausen. Der Marqués entschuldigte sich so schnell wie möglich und verschwand.

Aurora atmete erleichtert auf. Dieser Satan! Sie wußte nicht, wie sie es geschafft hatte, sich halbwegs höflich ihm gegenüber zu verhalten, wo sie ihm doch am liebsten ins Gesicht geschlagen hätte!

Zum Glück hatte er keine Ahnung, wer sie war. Aber sie war ganz sicher, daß sie nur kurz Zeit haben würde, Isabellas Freundschaft zu gewinnen, und daß der Marqués bald herausfand, daß die junge Kammerzofe niemand anderes war als die Schwester von Don Basilio Enrique Montalbán y Torregato!

Aurora war sicher, daß Don Juan sie dann sehr viel interessanter fände als heute. Sie zitterte bei dem Gedanken. Sie mußte die Zuneigung der Königin erlangen – und zwar bald.

Ein paar Wochen später ergab sich eine günstige Gelegenheit. An einem schönen Sommertag entschied die vergnügungssüchtige Königin, ihre Kammerzofe mit auf die *Plaza de toros* zu nehmen, wo der berühmte Matador Raimundo de Oliva auftreten würde. Aurora, der es bei ihrem bislang einzigen Stierkampf übel geworden war, hatte ganz und gar keine Lust, hinzugehen. Isabella beharrte aber darauf, daß sie dabeisein müsse, ging sogar so weit, zu behaupten, daß die Abwesenheit des jungen Mädchens den Tag für die anderen verderben würde. Deshalb hatte Aurora keine Wahl – sie mußte die Königin begleiten. Sie versuchte ihre negativen Gefühle zu unterdrücken, die der bevorstehende Stierkampf in ihr auslöste, führte sich vor Augen, daß sie das Wohlwollen der Königin erlangen wollte, und kletterte mit den anderen in die Kutsche.

In der Arena war sie froh, daß für die Königin und ihren Hofstaat ein Sonnenschutz errichtet worden war. Es war heiß, und die Sonne brannte gnadenlos. Aurora fächelte sich Kühlung zu und wünschte, die Königin hätte ihr Schoßhündchen nicht mitgebracht, das vor Aufregung schrill bellte.

In einer feierlichen Prozession ritten die Matadore und der Torero in die Arena ein. Sie wurden mit begeisterten Hochrufen begrüßt. Ihre reich bestickten bunten Trachten stachen gegen die braune Erde der Arena ab.

Nach der Parade reichte der *presidente municipal* von Aranjuez, der auf dem Ehrenplatz neben Isabella saß, einem der Wachleute den Schlüssel für die Stierbox. Als das große Tier in die Arena getrabt kam, betrachtete Aurora es ängstlich, aber doch interessiert. Sie wußte, daß dieser Stier ein besonders starkes und wildes Tier sein mußte, sonst wäre er nicht für den Kampf ausgewählt worden. Heute würde er zum ersten und letzten Mal in der Arena erscheinen. Wenn er besonders klug und bösartig war, würde er einen oder mehrere Matadore töten, bevor er selbst sein Leben lassen mußte. Aurora, die Stierkämpfe verabscheute, hoffte heimlich, daß der Stier vor seinem Tod so viel Schaden wie möglich anrichtete. Sie wußte aber auch, daß er keinerlei Chance hatte, diesen Tag zu überleben.

Gegen Ende des Kampfes, als der berühmte Matador Raimundo de Oliva den inzwischen bis aufs Blut gereizten Stier tollkühn nah an sich herankommen ließ und erst im letzten Moment wegsprang, raste das Publikum vor Erregung.

Selbst Isabellas kleiner Spaniel bellte laut und versuchte immer wieder, sich aus ihren Armen zu winden. Als die Königin versuchte, den lästigen Hund einem ihrer Höflinge zu übergeben, entglitt er ihren Händen und jagte hinunter in die Arena. Die Königin erhob sich und schrie vor Angst laut auf. Das plötzliche Durcheinander lenkte sowohl Raimundo de Oliva als auch den Stier ab. Der Stier senkte seine Hörner und rannte auf den Spaniel zu. Der Hund begriff plötzlich, in welcher Gefahr er sich befand, und hetzte zurück zu Isabellas Loge, schaffte es aber nicht, über die hohe hölzerne Absperrung zu springen.

Auch später wußte Aurora nicht zu sagen, warum sie tat, was sie tat. Wenn sie erst darüber nachgedacht hätte, hätte sie erkannt, wie lebensgefährlich ihr Vorhaben war. Aber sie dachte nicht nach. Sie folgte blind einem Impuls und wußte nur, daß der kleine Spaniel von den Stierhörnern durchbohrt und von den Hufen zu Tode getrampelt werden würde, wenn ihm niemand zu Hilfe kam. Mit fliegenden Röcken schwang sie sich über die hölzerne Absperrung, packte den Hund und warf ihn in die Loge der Königin. Dann versuchte sie, den herangaloppierenden Stier im Rücken, über die Absperrung zurückzuklettern. Zu ihrem Entsetzen bemerkte sie, daß sie nicht genug Kraft hatte, um sich hochzuziehen. Ihr Herz klopfte wie rasend. In wenigen Augenblicken würde sie von den Stierhörnern durchbohrt sein. *Santa Mariá*, rette mich!

Wunderbarerweise wurde ihr Gebet erhört. Ein paar *caballeros* erkannten die Lebensgefahr, in der das junge Mädchen schwebte, packten sie, und zogen sie über die Absperrung. Wenige Sekunden später bohrte der Stier in rasender Wut immer wieder seine Hörner in die hölzerne Wand.

Aurora atmete erleichtert auf. Dann gab der Boden unter ihr nach, und sie wurde ohnmächtig.

Isabella selbst hielt ihr ein Fläschchen Riechsalz unter die Nase. Als sie ihre dunkelblauen Augen öffnete, sah sie als erstes, wie sich die Königin besorgt über sie beugte.

»Meine liebe Doña Aurora«, sagte die Königin, und Tränen stiegen ihr in die Augen, »wie kann ich Ihnen das jemals danken? Wenn ich mir vorstelle, was Sie getan haben, um das Leben meines kleinen Trapo zu retten... *Dios mío*! Es ist ein Wunder, daß Sie verschont geblieben sind. Sagen Sie mir – wie kann ich Ihnen jemals danken?«

»Das war doch nicht der Rede wert, meine Königin«, sagte Aurora leise. »Das war eine spontane Handlung, ich habe es nicht etwa getan, weil ich mutig bin.«

»Aber dennoch, es war eine gute Tat, die belohnt werden muß. Was möchten Sie, meine liebe Doña Aurora? Gold? Land? Es muß doch irgend etwas geben, was ich Ihnen schenken kann«, sagte Isabella.

Aurora erkannte ihre Chance.

»Ich – ich erbitte nichts von Ihnen als Ihre Freundschaft, meine Königin«, meinte sie, »denn ich wünsche nichts sehnlicher, als Ihnen so gut wie möglich zu dienen.«

»Dann möchte ich Sie meiner tiefempfundenen Freundschaft versichern«, entgegnete die Königin und war von der ungewöhnlichen Bitte berührt. »Kommen Sie. Nehmen Sie den Ehrenplatz an meiner Seite ein.«

Aurora war sehr erleichtert, als der Stierkampf endlich zu Ende war und sie sich im Palast ausruhen konnte. Das einzige Schöne an dem vergangenen Tag war gewesen, daß sie sich einen Platz im Herzen der Königin hatte sichern können. Wenn Aurora daran gedacht hätte, wie schnell ihre mutige Tat im Palast herumerzählt wurde, hätte sie sich nicht so sehr über dieses Ereignis gefreut. Denn jetzt wurden zwei Menschen auf sie aufmerksam, mit denen sie absolut nichts zu tun haben wollte: Sor Patrocinio und Don Juan.

11. KAPITEL

Die sommerliche Hitze von Laredo ist kaum auszuhalten, dachte Salvador, als er auf seine Hand schaute. Selbst die Karten waren feucht vom Schweiß und klebten an seinen Fingern, als er eine Zwei und eine Sieben ablegen wollte, die er nicht brauchen konnte. Die Karte, die er dafür zog, war eine Kreuz-Neun, half ihm also auch nicht weiter. Aber die zweite Karte war die Herz-Königin. Der Visconde grinste innerlich breit, äußerlich ließ er sich aber nichts anmerken, als er die vier Damen betrachtete, die er jetzt in der Hand hielt.

Er trommelte leicht mit den Fingern auf den Tisch, als ob er sich langweilte, und schaute nach der üppigen Kellnerin, die ihn bedient hatte. Als sie zu ihm herüberblickte, bestellte Salvador noch ein Glas Whisky, den einzigen halbwegs trinkbaren Alkohol, den er seit seiner Ankunft in Texas kennengelernt hatte.

In diesem Augenblick wurde die Schwingtür aufgestoßen, und ein schwarz gekleideter Mann betrat den Saloon. Einen Augenblick lang konnte sich der Visconde nicht daran erinnern, wo er den Mann schon gesehen hatte. Es hatte etwas mit einem roten ... einem roten Kleid zu tun ... Ja, jetzt wußte er es wieder. Das war der Mann, der El Lobo genannt wurde.

Der Visconde musterte ihn interessiert. Der Mann schien nicht zu merken, daß es seit seinem Eintritt im Saloon still geworden war. An der Bar leerte er ein Glas in einem Zug und schaute sich dann um. Als er die Pokerspieler entdeckte, ging er langsam auf sie zu.

»Verdammtes Halbblut«, flüsterte einer der Spieler namens Hayes. »Ich fürchte, wir müssen ihn mitspielen lassen.«

»Ich fürchte auch«, sagte Jenkins. »Ich will den Teufelskerl wirklich nicht reizen. Ich hab' 'ne Frau und Kinder. Ohne mich können sie sich nicht ernähren.«

»Kann ich mitspielen ... meine Herren?« fragte El Lobo.

»Aber gern, aber gern«, antwortete Hayes hastig, schaute auf El Lobos Pistolen und bot ihm einen Stuhl an.

»Wir spielen nur diese Runde noch schnell zu Ende«, meinte Jenkins.

»In Ordnung.«

El Lobo zündete sich eine dünne schwarze Zigarre an, lehnte sich bequem zurück und blies den Rauch in die Luft. Kurz darauf war das Spiel zu Ende. Nachdem Salvador seinen beachtlichen Gewinn eingestrichen hatte, sagte ein Mann, der sich Will nannte: »Geht ja wunderbar, Mister, was? Sie können anscheinend was, was wir nicht können.«

Salvador lächelte. »Ich glaube, das sehen Sie falsch. Heute nachmittag hat sich einfach das Glück zu mir gesellt.« Als er keine Antwort erhielt, zuckte Salvador mit den Achseln. »*Quién sabe?* Die Zigeuner in meinem Land würden sagen: ›Das Glück liegt in den Karten.‹«

Der Visconde bemerkte, daß El Lobo ihn interessiert betrachtete. Will ließ sich zu noch ein paar feindseligen Bemerkungen hinreißen, und dann drang er darauf, das Spiel fortzusetzen.

Die Zeit verstrich. Salvador gewann wieder. Will wurde immer mißtrauischer, und schließlich sprang er auf und beschuldigte den Visconde des Betrugs.

Wieder wurde es tödlich still im Saloon. Die Luft war so dick, daß man sie hätte mit einem Messer schneiden können.

»Ich weiß nicht, wo Sie her sind, Mister«, sagte Will mit bedrohlichem Unterton, »aber hier in Texas wird jeder erschossen, der beim Kartenspiel betrügt.«

Salvador richtete sich in seinem Stuhl auf.

»Hat noch jemand an diesem Tisch Grund, meine Ehrlichkeit anzuzweifeln?« fragte er mit verdächtig ruhiger Stimme.

»Nein«, sagte El Lobo kurz und schob seinen schwarzen Hut aus dem Gesicht, um besser zu sehen, was vor sich ging.

»Laß es gut sein, Will«, sagte ein anderer Mann namens Matthew beruhigend, »es gibt keinen Grund, daß du dich so aufregst. Denk daran, was Hayes und Jenkins vorhin gesagt haben.« Er warf El Lobo einen kurzen Blick zu, weil er befürchtete, daß der schwarzgekleidete Mann sich einmischen könnte. »Auch du hast 'ne Frau und Kinder, du willst doch keinen Ärger. Los, wir gehn heim.«

»Ich geh' hier nicht weg, Matthew, bis dieser Betrüger eine Lektion gelernt hat, die er sein Lebtag lang nicht vergißt. Und wenn du mein Freund bist, dann stehst du mir bei. Ich hab' keine Lust, von irgendeinem Teufelskerl in den Rücken geschossen zu werden.« Er schaute El Lobo wütend an, bevor er sich wieder Salvador zuwandte.

»Zum Teufel, wir sind doch alle deine Freunde, Will. Das weißt du doch. Aber, verdammt noch mal, Mann!« sagte Jenkins und erhob sich. »Der Bursche da hat nicht mal 'ne Pistole, nur das kleine Schwert, mit dem man grad eine Mücke erschlagen kann.«

»Dann gib du ihm deine Pistole, Jenkins, ich will ihm beibringen, daß er nicht wie ein feiner Pinkel hier reinkommen und sich einbilden kann, daß uns seine faulen Tricks nicht auffallen. So ein verdammter Kerl! Wo kommt er überhaupt her?«

»Das, Señor, geht Sie nichts an«, antwortete Salvador kühl. »Ich gebe Ihnen aber gern Genugtuung, wenn Sie sich mit mir duellieren wollen. Bitte nennen Sie Ihre Sekundanten, Señor, und die Zeit und den Ort. Ich werde dort sein – mit der Waffe meiner Wahl, natürlich, denn Sie haben diesen Streit provoziert.«

Zur Überraschung Salvadors lachten die Männer am Tisch lauthals los. Nur Will fand die Sache gar nicht komisch.

»Wollen Sie mich lächerlich machen, Mister?« meinte er gefährlich leise.

»Ganz und gar nicht, Señor«, antwortete Salvador, erhob sich langsam und griff nach seinem Degen. »Das schaffen Sie schon ganz allein.«

Bei diesen Worten verlor Will die Beherrschung und griff nach seiner Pistole. Der Visconde zog seinen Degen blitzschnell aus der Scheide und schlug Will im Augenblick, als der Schuß losging, die Pistole aus der Hand. Einen Moment später stand der völlig verdutzte Mann mit dem Rücken an der Wand. Der Visconde hielt ihm die Degenspitze an die Kehle.

Erst als er hörte, daß hinter ihm eine Pistole entsichert wurde, bemerkte er die Gefahr und hätte sich dafür ohrfeigen können, daß er den anderen Männern den Rücken zugewandt hatte.

»Das würde ich an Ihrer Stelle nicht tun«, warnte El Lobo den überraschten Matthew, der seinen Revolver gezogen hatte und Salvador in den Rücken schießen wollte.

Matthew wandte sich um und starrte in zwei Pistolenläufe, die auf sein Herz gerichtet waren.

»Ich kann Betrüger nicht ausstehen«, fuhr El Lobo fort, »und ich habe keinerlei Respekt vor Männern, die andere von hinten erschießen. Dieser Gentleman da« – er deutete auf Salvador – »hat ehrlich gespielt und ehrlich gewonnen. Ich schlage vor, daß ihr vier abhaut, bevor mein Zeigefinger zu sehr juckt und ich ihn am Abzug kratze.«

Diese Drohung reichte den Männern. Sie griffen nach ihren Hüten, fluchten leise vor sich hin und verließen eilig den Saloon. Der Gitarrist, der sein Spiel unterbrochen hatte, spielte weiter, und die Flamencotänzerin kam auf die kleine Bühne zurück.

»Muchas gracias, mi amigo, para todo el mundo«, dankte Salvador dem schwarzgekleideten Mann, der wie ein Bandit aussah und sich auch so verhielt. Dann steckte der Visconde seinen Degen in die Scheide zurück, stellte den umgestürzten Pokertisch wieder auf und setzte sich. »Erlauben Sie mir, Ihnen einen Drink zu bestellen, Señor. Sie haben mir das Leben gerettet. Ich werde La Aguila genannt, stamme aus Spanien und bin erst vor kurzem hier in der Neuen Welt gelandet.«

Salvador streckte seine Hand aus, und der schwarzgekleidete Mann schüttelte sie mit festem Griff. »Ich werde El Lobo genannt.«

»Das habe ich gehört. Was möchten Sie trinken, Señor? Bier? Whisky?«

»Meskal.«

»Conchita« – der Visconde machte der Kellnerin ein Zeichen – »eine Flasche ... Meskal für mich und meinen Freund.«

Als Conchita die Gäste lächelnd und mit schaukelnden Hüften bedient hatte, hob Salvador sein Glas.

»Auf Ihr Wohl, Señor«, sagte er.

»Salud!« antwortete El Lobo.

»Sie sprechen Spanisch, Señor«, sagte der Visconde, nachdem er den ihm unbekannten Agavenbranntwein probiert hatte, der gar nicht schlecht schmeckte. »Und Sie sprechen nicht nur Spanisch, sondern ein gutes Spanisch. Ich nehme an, daß Sie aus der Alten Welt stammen.«

»Das ist lange her«, antwortete der schwarzgekleidete Mann so abweisend, daß Salvador nicht weiter fragte und das Thema wechselte.

»*Sí*, es kommt mir auch vor, als ob ich mein Heimatland schon vor Jahren verlassen habe. Ich muß noch viel über die Neue Welt lernen.«

»Nun, heute haben Sie eine wichtige Lektion gelernt... Aguila, stimmt's? Ein Duell, wie Sie es nennen, kann hier innerhalb von einer Sekunde stattfinden. Sie werden nicht lange überleben, wenn Sie auf Ihren vornehmen Manieren bestehen. Wenn Sie nicht lebensmüde sind, legen Sie den Degen ab, und kaufen Sie sich einen Revolver.«

»*Sí*, das leuchtet mir ein.«

»Was, zum Teufel, tun Sie hier – wenn ich fragen darf?«

»Das ist ganz einfach, Señor. Ich bereite eine Fahrt nach Santa Rosa vor.«

Salvador hatte noch nie einen so schnellen Wandel auf dem Gesicht eines Menschen gesehen wie jetzt. Alle bisherige Freundlichkeit wich von El Lobo. Es war, als ob er plötzlich eine kalte, harte Maske übergezogen hätte.

»Hab' ich – hab' ich irgend etwas Falsches gesagt, Señor?« fragte der Visconde verwirrt.

»Nein«, knurrte El Lobo. »Es ist nur so, daß ich dort gelebt habe und nicht gern daran zurückdenke.«

»Das tut mir leid, Señor. Aber vielleicht kennen Sie den Mann, den ich suche. Er muß heute ein älterer Herr sein und heißt Don Diego Ramón Delgados.«

Bei diesen Worten umklammerte El Lobos Hand das Glas so fest, daß es zerbrach und er sich schnitt.

»Wie ungeschickt von mir«, meinte er kühl, knotete sein Halstuch ab und verband seine blutende Hand. »Wenn Sie mich entschuldigen, Señor...«

»Aber natürlich«, sagte Salvador höflich, erhob sich und war noch verwirrter als zuvor.

Was hatte diesen Mann so erregt?

»Es tut mir leid, wenn ich Sie verärgert habe, Señor«, entschuldigte sich Salvador.

»Nein, das haben Sie nicht. *Buenos días*, Señor. Vielen Dank für den Drink.«

Mit diesen Worten verließ der schwarzgekleidete Mann den Saloon.

Der Mann, der El Lobo genannt wurde, lehnte an der Wand hinter dem Saloon und holte tief Luft, um sich zu beruhigen. Er hatte sich schon lange nicht mehr so aufgeregt wie an diesem Abend.

Die lang vergessene Vergangenheit war plötzlich mit diesem Aguila wiederauferstanden. Wer war er – dieser Mann, der nach Santa Rosa wollte und Don Diego Ramón Delgados suchte? El Lobo mußte es wissen. Er war nicht immer ein Bandit gewesen. Sein wahrer Name war Rafael Bautista Delgados y Aguilar. Und der Mann, den Salvador suchte, war El Lobos Vater, der vor fünfzehn Jahren wegen eines Stück Landes namens Tierra Rosa ermordet worden war. El Lobo war damals erst zwölf Jahre alt gewesen. Aber bis zum heutigen Tag sah er seinen Vater am Boden liegen, sah das Blut, das aus dem Einschußloch zwischen seinen Augen geströmt war. Der Bandit konnte noch die entsetzten Schreie seiner Mutter hören, Doña Anna María, die der Mörder Gabriel North und seine Männer vergewaltigt hatten, bis sie an inneren Verletzungen gestorben war.

Der Mörder Gabriel North hatte den entsetzten zwölfjährigen Jungen ein Halbblut genannt und hatte geglaubt, daß er von einem einfachen Mexikaner und einer weißen Hure abstammte. Halbblut. Er, der vor dem Verrat Don Manuel de Zaragozas, der seine Familie zur Flucht gezwungen hatte, der Visconde Torreon gewesen war! Don Rafael Bautista Delgados y Aguilar.

Aber diesen Don Rafael, Visconde Torreon, gab es nicht mehr. Jetzt gab es nur noch El Lobo, den Banditen, den Jäger, den tollkühnen Mann, der immer dann die Gesetze übertrat, wenn es ihm nützte. Er würde herausfinden, wer dieser La Aguila war. Wenn ihm nicht gefiel, was er erfuhr, dann würde er den Mann töten, dem er gerade das Leben gerettet hatte.

Der Diener Pancho schlief, so wie nur ein Volltrunkener schlafen kann. Er lag auf einer Matte zu Füßen seines Herrn und schnarchte laut. Salvador war so erschöpft, daß er sich davon nicht stören ließ und rasch selbst in einen tiefen Schlaf fiel. Keiner der beiden wachte von den leisen Geräuschen am Fenster auf. Dort versuchte jemand im Dunkel der Nacht von außen das Fenster zu öffnen.

Schließlich hatte es der Mann, der nur als schwarzer Schatten zu erkennen war, geschafft. Er kletterte ins Zimmer und wußte genau, daß niemand sein Eindringen bemerkt hatte. Nach dem Tod seiner Eltern hatte El Lobo jahrelang bei einem Indianerstamm gelebt und viel gelernt. Er konnte sich lautlos annähern, auch ein hellwacher Mann würde nichts davon hören, und diese beiden Schläfer hatten es ihm wirklich nicht schwer gemacht.

Nachdem sich seine Augen an die Dunkelheit im Zimmer gewöhnt hatten, schaute sich der Bandit um. Im Zimmer war es so stickig, daß es ihn wunderte, daß die Männer überhaupt noch Luft bekamen. El Lobo hatte sich darüber gewundert, daß das Fenster geschlossen war. Zweifellos hatten es die beiden Neuankömmlinge so sicherer gefunden.

Der Bandit packte den schlafenden Visconde so geschickt, daß er sich beim Aufwachen nicht bewegen konnte, und preßte ihm die Spitze eines Messers an die Gurgel.

»Keine Bewegung und keinen Ton«, flüsterte El Lobo. »Ich kann mit dem Messer genauso gut umgehen wie mit dem Revolver.«

»El Lobo«, flüsterte Salvador nach dem ersten Schreck erleichtert, achtete aber darauf, sich nicht zu bewegen, da er nicht im Sinn hatte, sich die Kehle aufschlitzen zu lassen.

»Ja«, sagte der Bandit. »Ich muß Ihnen ein paar Fragen stellen. Und überlegen Sie sich die Antwort gut, Aguila, sonst können Sie in Zukunft nur noch mit Ihrem Schöpfer sprechen.«

»Sie haben sich klar ausgedrückt, Señor«, antwortete der Visconde. »Aber wir können doch bestimmt wie zwei zivilisierte Menschen miteinander reden. Ich habe Sie heute genau beobachtet und bin sicher, daß Sie in Wirklichkeit nicht so wild und unerzogen sind, wie Sie sich geben.«

»Wirklich?«

»Ganz im Ernst, Lobo. Sie haben bestimmt einmal einer besseren Schicht angehört, sonst würden Sie die Manieren, die zu dieser Gesellschaft gehören, nicht so genau kennen.«

»Sie haben wirklich gute Nerven. Nun gut. Wir unterhalten uns wie zwei wohlerzogene Männer, vorausgesetzt, daß Sie mich nicht überrumpeln wollen.«

»Ich gebe Ihnen mein Wort.«

Langsam lockerte El Lobo seinen eisernen Griff, erhob sich und setzte sich vorsichtig auf einen Stuhl neben dem Bett. Salvador schob ebenso vorsichtig seine Zudecke zurück und setzte sich auf den Bettrand. Mit ruhigen Händen zündete er eine Lampe an und schnitt den Docht so weit ab, daß nur eine kleine Flamme brannte.

»Möchten Sie etwas trinken?« fragte er. »Ich fürchte, ich habe keinen Meskal, aber es muß noch Whisky hier sein.«

El Lobo nickte.

Der Visconde erhob sich, ging vorsichtig durch das Zimmer, um Pancho nicht zu wecken, und holte die Flasche und zwei Gläser. Er schenkte ein und prostete seinem nächtlichen Besucher zu. Dabei dachte er darüber nach, wie es wohl zu dem merkwürdigen Vertrauen zwischen ihnen gekommen war. Der Bandit war ins Hotel Placido gekommen, um ihn zu töten. Aber seine Haltung hatte El Lobo Respekt abgenötigt. Und was Salvador anging – er fürchtete den Banditen nicht. Er war nur neugierig auf den Mann. Nachdem sie getrunken und er die Gläser wieder nachgefüllt hatte, sagte Salvador: »Ich hatte recht. Ich habe heute etwas gesagt, was Sie so durcheinandergebracht hat, Lobo, daß Sie mir gefolgt und jetzt hier eingebrochen sind, um mich zu verhören.«

Lobos Augen blitzten auf. »Sie sind nicht nur gelassen, sondern auch klug«, meinte er. »Ich halte Sie allmählich wirklich für einen Dämon.«

»Der gekommen ist, um Sie heimzusuchen, Señor?« fragte der Visconde.

»Und eine schnelle Auffassungsgabe haben Sie auch. Ich schätze Sie von Minute zu Minute höher ein, Aguila. Ja, Sie sind ein Gespenst, ein Gespenst aus meiner Vergangenheit. Und ich möchte wissen, was Sie hier zu tun haben. Heute nachmittag erwähnten Sie einen Namen – tatsächlich zwei Namen. Santa Rosa ... und Don Diego Ramón Delgados. Ich möchte wissen, was Sie von dem Mann wollen.«

Salvador zuckte mit den Achseln.

»Das ist kein Geheimnis, Lobo, das versichere ich Ihnen. Don Diego ist mein Onkel –«

»Nein!« Der Bandit atmete erschrocken ein, und sein ganzer Körper verspannte sich. »Nein, das kann nicht sein!«

»Was kann nicht sein, Señor?«

»Cousin? Salvador?«

Im Zimmer war es einen Augenblick lang still, die Männer schauten sich erstaunt und ungläubig an. Dann flüsterte der Visconde:

»Rafael?« Dann sagte er etwas lauter: »*Dios mío*! Rafael!« Die beiden Männer umarmten sich fest und konnten es kaum glauben, daß sie sich nach so vielen Jahren wiedergefunden hatten. Nach langer Zeit setzten sie sich wieder, und es wurde ihnen klar, wie sehr sie sich im Lauf der Jahre verändert hatten.

»Jesus Christus! Salvador«, murmelte El Lobo und schüttelte den Kopf. Seine Stimme schwankte. »Ich hätte das niemals geglaubt. Nach all dieser Zeit. Salvador. Mein Gott. Weißt du, wie lange es her ist, daß mich jemand Rafael genannt hat?«

»Zu lang, *mi amigo querido*, zu lang. Ach, *mi primero*, ich sehe deinen Augen an, daß es eine sehr lange und traurige Geschichte ist. Erzähle sie mir. Erzähl mir, was *tîo* Diego und *tía* Anna María passiert ist. Erzähl mir, warum dein Herz so voller Schmerz und Haß ist.«

Pancho schlief noch immer fest, und die beiden Männer sprachen leise miteinander, bis der neue Tag dämmerte. Schließlich seufzte der Visconde.

»Deine Eltern tot. Ermordet. Ach, Rafael, es tut mir leid, so leid. Ich habe keinen Trost für dich. Wir haben nur die kleine Genugtuung, daß Don Manuel auch im Grab liegt. Ich habe ihn getötet. *Sí*, ich habe meinen Degen in sein Herz gebohrt, um ihn dafür zu bestrafen, daß er meinen Vater ermordet und meine Mutter mißbraucht hat. Danach mußte ich selbst Spanien verlassen. Mein Halbbruder hat es geschafft, die Königin für sich einzunehmen. Muß ich mehr sagen?«

»Nein, Salvador, *mi amigo querido*. Von frühester Kindheit an wußte ich, daß Juan dich gehaßt hat. Er hätte alles getan, um dich zu vernichten.«

»Er verfolgt mich immer noch, als ob ich ein Tier wäre. Da bin ich mir ganz sicher«, meinte Salvador. »Deshalb bin ich in die Neue Welt geflohen. Deshalb – und um dich zu finden. *Mierda*. Wie meine arme Mutter trauern wird, wenn sie erfährt, daß ihre Schwester schon seit fünfzehn Jahren tot ist.«

»Sag ihr – sag *tía Catalina*, daß der Mörder meiner Mutter büßen wird«, entgegnete El Lobo. »Sag ihr, daß Gabriel North eines Tages für seine Untaten bezahlen muß – genau wie Don Manuel.«

»Ich werde es ihr ausrichten, Rafael. Ich verspreche es dir. Und was machen wir als nächstes, *mi primero*?«

»Wir gehen in mein Hotelzimmer, Salvador.« Plötzlich lächelte El Lobo so zart, wie nur ein Liebender lächeln kann. »Ich möchte, daß du meine Frau kennenlernst.«

Sie hieß Storm Aimee Lesconflair, und sie war aus der Nähe noch schöner als aus der Ferne. Es war die Frau, die Salvador gesehen hatte, als sie in den Laden gegangen war, um das rote Kleid zu kaufen. Er hielt die Luft an, als er ihr gegenüberstand. Denn ihr langes blauschwarzes Haar und ihre zierliche Gestalt erinnerten ihn so sehr an Auroras Miniaturporträt in seiner Uhr, daß es ihm fast weh tat, die Frau seines Cousins anzuschauen.

Er verbeugte sich höflich und küßte Storm die Hand.

»Es ist mir ein Vergnügen, Sie kennenzulernen, Aguila«, sagte das Mädchen mit leichtem französischen Akzent. »Ich wußte nicht, daß mein Mann Verwandte hat, besonders hier in Texas.«

»Ich ... ich bin erst vor kurzem hier angekommen, Señora«, erklärte der Visconde.

Er und Lobo waren übereingekommen, nicht über die Vergangenheit zu sprechen. Der Bandit hatte genau wie Salvador seine Gründe, seine wahre Identität nicht zu enthüllen – nicht einmal vor seiner Frau. Deshalb war der Visconde erleichtert, als er schließlich wieder gehen konnte.

Storm war nicht Aurora, aber durch die Ähnlichkeit wurde er immer an Aurora erinnert – an das Mädchen, deren Augen blauer als der spanische Himmel waren.

12. KAPITEL

Auroras dunkelblaue Augen, die in letzter Zeit so oft verschleiert von Traurigkeit gewesen waren, glänzten vor Glück. Sie war so aufgeregt, daß sie sich kaum zusammennehmen konnte. Endlich, nach monatelangem Warten, war ein Brief von Basilio angekommen! Sie schaute auf das Papier und konnte es kaum glauben. Neben ihr stand Doña Ynez, die den Brief ihrer Tochter persönlich nach Aranjuez gebracht hatte. Sie lächelte zärtlich.

»Es geht ihnen gut«, sagte sie, »sie haben es geschafft, eine kleine Plantage zu kaufen, die aber in sehr schlechtem Zustand ist. Es wird viel Arbeit und Geld kosten, bis die Plantage auch nur einen kleinen Gewinn abwirft... *Santa María!* Sie hatten doch nur das wenige Geld, das Don Pedro ihnen geben konnte. Natürlich werden wir versuchen, ihnen Geld zukommen zu lassen. Aber Peru ist so weit weg! Selbst dort fühlen sie sich noch nicht ganz sicher vor Juan.«

»Sei still, *madre*«, sagte Aurora beruhigend und streichelte Doña Ynez' Hand. »Juan unternimmt doch nichts mehr gegen euch, oder?«

»Nein er ist viel zu klug, um uns Schaden zuzufügen, jetzt, da sich Isabella so eng mit dir befreundet hat. Er weiß nun, wer du bist, und will dich heiraten! Als ob dein Vater jemals einwilligen würde! *Ay, caramba!* Er will dich nur heiraten, damit du ihm völlig ausgeliefert bist und er dich anstelle von Basilio quälen und bestrafen kann. Der Marqués liebt dich nicht, Aurora.«

»Das weiß ich, *madre*, das weiß ich«, flüsterte Aurora unglücklich. »Ach, *madre*. Ich fühle mich jedesmal todkrank, wenn er sich nähert! Aber was kann ich tun? Die Königin – sie ist so naiv und gutmütig wie ein Kind und hat keine Ahnung, was in Wirklichkeit gespielt wird. Don Juan hat ihr gesagt, daß er sich nach mir verzehrt, und sie freut sich, daß einer ihrer liebsten *caballeros* mich heiraten will. Ich weiche ihm so gut wie möglich aus, *madre*, aber die Königin legt es geradezu darauf an, mich und Don Juan allein zu lassen. Ich kann es mir nicht leisten, sie zu verärgern, ihre Zuneigung ist so unstet wie eine Biene, die von Blüte zu Blüte fliegt. Der Marqués weiß das nur zu gut und nützt es nach Kräften aus. Ach, *madre*« – rief Aurora verzweifelt aus – »ich weiß nicht, wie lange ich mich noch wehren kann.«

»Aurora, es tut mir so leid«, entschuldigte sich Ynez. »Vergib mir. Ich habe nur an mich gedacht und nicht bemerkt, daß ich nicht die einzige bin, die unter Juan zu leiden hat. Ach, wenn Isabella nur nicht so ein dummes Kind wäre!«

»Sie kann nichts dafür, *madre*, es ist nicht ihre Schuld, daß sie schön und dumm auf die Welt gekommen ist.«

»Ich weiß.« Ynez seufzte. »Jetzt muß ich gehen, Aurora. Ich habe deinem Vater versprochen, vor Einbruch der Dunkelheit zu Hause zu sein, die Sonne steht schon tief. Nur Mut, mein liebes Kind. Wenigstens wissen wir jetzt, daß Basilio und Francisca in Sicherheit sind. Das ist doch ein großer Trost.«

»*Sí.* Paß auf dich auf, *madre*«, sagte Aurora und umarmte und küßte ihre Mutter. »*Vaya con Dios.*«

Nach der Abfahrt ihrer Mutter saß Aurora eine Zeitlang ruhig im Garten. Heute mußte sie sich zum Glück nicht vor den Nachstellungen Juans fürchten. Er war zur Jagd gegangen und würde erst spät in den Palast zurückkehren. Aber Aurora war wirklich bedrückt. Isabella bedrängte sie so sehr, den Marqués zu heiraten, daß sie befürchtete, es nicht mehr viel länger aushalten zu können.

Aber etwas anderes war noch viel schlimmer und bedrohlicher. Aurora hatte es nicht gewagt, es ihrer Mutter zu erzählen, um sie nicht allzu sehr zu schockieren.

Es war Sor Patrocinio. Die fanatische Nonne war eifersüchtig auf Isabellas Freundschaft, die sie Aurora entgegenbrachte, und tat alles, um diese Beziehung zu zerstören. Noch schlimmer war die Tatsache, daß Sor Patrocinios Augen lüstern jede Bewegung Auroras verfolgten. Aurora befürchtete, daß Sor Patrocinio sie nur von Isabella trennen wollte, um sie ganz für sich zu haben.

Erst letzte Woche war Blanca, der Aurora ihre große Angst vor Sor Patrocinio gestanden hatte, tot in einem nahegelegenen Wäldchen gefunden worden. Aurora hatte die Tote nicht mehr gesehen, aber es war schlimm genug, was sie gehört hatte. Blanca war vor ihrem Tod nicht nur geschlagen, sondern auch so grauenhaft vergewaltigt worden, daß selbst die abgebrühtesten Höflinge entsetzt waren.

Fátima, die Blancas Leiche entdeckt hatte, hatte Aurora und Concepción genau beschrieben, wie der Körper des jungen Mädchens ausgesehen hatte.

»Was für Unschuldslämmer ihr doch seid«, hatte die etwas ältere Fátima gesagt. »Ich weiß, was mit ihr geschehen ist. Und ich weiß auch, daß es Sor Patrocinio war. Sie ist ein kranker Teufel! Sie macht es … mit ihrem großen hölzernen Kreuz! Habt ihr nicht gesehen, wie die Meßdiener flüchten, wenn sie in die Nähe kommt?«

Wie die anderen Kammerzofen, ging auch Aurora jetzt nie mehr in dem Wäldchen spazieren.

Don Juans Bösartigkeit konnte sie bekämpfen, weil sie sie irgendwie verstand. Es fiel ihr aber viel schwerer, sich gegen Sor Patrocinios unnatürliche Lüste zur Wehr zu setzen, weil sie sie nicht im geringsten nachempfinden konnte.

Aurora wünschte sich, mit ihrer Großmutter darüber sprechen zu können. Doña Gitana war alt und klug und hatte in ihrem Leben vieles kennengelernt. Aber sie war jetzt krank, und Aurora wollte sie nicht beunruhigen.

Das Mädchen seufzte und schloß die Augen. Sie fühlte, wie die Zeit aus der Gegenwart in die Vergangenheit glitt. Deshalb war sie nicht überrascht, den Mann zu sehen, den sie liebte, als sie die Augen wieder öffnete. Es schien ihr, daß er sie eine Ewigkeit lang aufmerksam betrachtete. Dann fragte er: »Warum bist du so still, *querida*?«

»Ach, *mi corazón*«, flüsterte sie aufgeregt, denn sie wußte, daß er gekommen war, um um ihre Hand anzuhalten, die sie ihm nicht geben konnte. Ihr Vater hatte seine Einwilligung in ihre Eheschließung verweigert, obwohl sie ihn angefleht hatte, einzuwilligen. »Es gibt keine Hoffnung für uns. Ich weiß es. Ich würde dich morgen heiraten, aber mein Vater verweigert seine Einwilligung. Ich bin ganz sicher. Obwohl dein Blut genauso blau ist wie mein eigenes, *mi alma*, hast du kein Glück. *Padre* ist so stolz, er will mich nicht mit einem armen Mann verheiraten. Er ist bereit, mich einem verachtenswerten Mann zu geben, wenn er nur ein Marqués ist und die Taschen voller Gold hat.«

»Nein!« schrie ihr Geliebter und fluchte. »*Sangre de Cristo!* Das kann er uns nicht antun!« Er warf sich vor ihr auf die Knie und küßte ihre Hände. »Du mußt dich den Plänen deines Vaters widersetzen, *muñeca*«, sagte er eindringlich, »und zwar so lange wie möglich. Ich werde einen Weg für uns finden. Das verspreche ich dir.«

Als Aurora wieder in die Realität zurückkehrte, schüttelte sie verwundert den Kopf. Süßer Jesus! Der Einfluß dieses Mannes auf sie wurde immer stärker. Sie liebte ihn mehr als ihr eigenes Leben.

Sie hörte jemanden herankommen und blickte auf. Sie bemerkte eine ältere Frau, die sie noch nie gesehen hatte. Trotzdem kam die Fremde Aurora irgendwie bekannt vor.

»*Buenos días*«, sagte die Frau. »Verzeihen Sie mir, wenn ich Sie hier im Garten störe, Doña Aurora, aber mir wurde gesagt, daß ich Sie hier finden würde. Sie kennen mich nicht, aber ich würde gern einen Augenblick mit Ihnen sprechen.« Nach einer kurzen Pause fuhr die Frau fort: »Erlauben Sie mir, daß ich mich vorstelle. Ich bin

Doña Catalina Aguilar de Rodriguez de Zaragoza de Yerbabuena, Condesa de Fuente. Das ist ein langer Name für eine Frau, nicht wahr?« fragte sie und lächelte traurig.

»*Sí.*« Aurora nickte und war noch so zerstreut, daß sie den Namen der Frau gar nicht richtig verstand.

»Darf ich mich setzen?«

»Aber natürlich«, stammelte Aurora beschämt.

»Sie sind ... sehr schön«, sagte die ältere Frau, »und sehr jung. Deshalb muß ich – muß ich Sie warnen –«

»Mich warnen!« rief Aurora erschrocken aus.

»*Sí.* Bitte lassen Sie mich aussprechen, Señorita. Ich bin die Mutter von Don Juan Rodolfo de Zaragoza y Aguilar.«

Aurora erschrak heftig und wurde totenblaß. War es möglich, daß diese stille, schöne ältere Dame die Mutter eines solchen Teufels war? Die Condesa mißverstand den Ausdruck auf Auroras Gesicht.

»Ich merke, daß ich zu spät komme«, sagte sie leise. »Er hat Sie schon gegen mich aufgebracht.«

»Was – was meinen Sie?« fragte Aurora völlig verwirrt.

»Doña Aurora, bitte verzeihen Sie mir, aber ich muß deutlich werden. Es wundert mich nicht, daß Juan es schon geschafft hat, Sie gegen mich einzunehmen. Selbst die Königin ist auf seine Lügen hereingefallen. Mein Sohn – mein Sohn verabscheut mich, weil ich ihn nie lieben konnte. Ich konnte es einfach nicht! Denn ich haßte seinen Vater, Don Manuel, meinen zweiten Mann, der ein brutaler, furchtbarer Mensch war.«

Die Condesa sprach mit bitterer Stimme, als sie an die schwere Vergangenheit zurückdachte.

»Ich – ich war sehr jung, als er meinen geliebten ersten Mann, Don Esteban, tötete. Ich war jung und mit unserem neugeborenen Sohn Salvador, der mich noch nicht beschützen konnte, allein. Ich hatte eine Schwester, Anna María, aber ihr Mann, Don Diego, war ebenfalls ein Opfer der Rachsucht Manuels. Ich hatte keine Wahl, ich mußte Manuel heiraten.« Die Frau stöhnte leidvoll auf und fuhr nach kurzer Pause fort: »Er machte seine Rechte als Ehemann geltend, und neun Monate später gebar ich Juan. Gott vergebe mir, aber ich habe dieses Kind niemals lieben können. Er sieht Manuel zu ähnlich, er sieht wie ein Teufel aus.«

Wieder mußte die Frau eine Pause machen, weil die Erinnerung sie zu sehr bewegte. Dann fuhr sie fort: »Vor ein paar Monaten hat mein lieber Sohn Salvador Manuel in einem Duell in unserem Stadtpalais in Madrid getötet. Und ich war *froh* darüber. Gott vergebe mir, aber ich war froh darüber! Dafür mußte ich bitter bezahlen. Juan ging zur Königin und beschuldigte Salvador, ein Mörder und Verräter zu sein. Salvador mußte Spanien verlassen, und ich werde ihn niemals wiedersehen.«

Überwältigt von ihren Gefühlen, schluchzte die Frau und brauchte lange, bis sie ihre Haltung zurückgewann.

»Ich habe Ihnen diese Geschichte erzählt, weil – weil ich ein Gerücht gehört habe... Ach, Señorita, ich bitte Sie – heiraten Sie meinen Sohn Juan nicht. Er wird Sie schlecht behandeln, genau so schlecht, wie sein Vater mich behandelt hat –«

Aurora war so überrascht, daß sie am Anfang keine Worte fand. Dann sagte sie: »Doña Catalina, ich danke Ihnen, daß Sie mich vor dem Marqués gewarnt haben. Aber es war nicht nötig, denn ich verabscheue Ihren Sohn aus tiefstem Herzen. Er hat meinen Bruder Basilio beschuldigt, ein Carlist zu sein, und mein Bruder mußte genau wie Ihr Sohn Salvador Spanien verlassen. Der Marqués möchte mich nur heiraten, um mich dafür zu bestrafen, daß sich Basilio seiner Rache entzogen hat!«

»Aber – aber das ist ja entsetzlich!« rief die Condesa aus. »Ich habe davon nichts gewußt. Ich dachte – ich dachte, daß Juan Sie wirklich begehrt und daß er es irgendwie geschafft hat, seine wahre Natur vor Ihnen zu verbergen...«

»Nein, Señora. Nein. Ich weiß genau, wie er ist.«

»Sie müssen fort, Doña Aurora«, sagte Catalina mit fester Stimme. »Wenn Sie nicht fliehen, wird Juan es doch noch gelingen, Sie zu seiner Frau zu machen. Das kann ich nicht erlauben. Das darf nicht passieren!«

»Doña Catalina, Ihre Sorge um mich berührt mich tief. Aber ich kann jetzt unmöglich fliehen. Meine Großmutter ist krank, und sie braucht mich. Außerdem muß ich bei Hof bleiben, um mir das Wohlwollen der Königin zu erhalten. Sonst wird der Marqués wieder anfangen, meine Familie zu bekämpfen. Nein, es ist unmöglich, Señora. Ich kann Spanien nicht verlassen.«

»Aber Sie müssen es tun!« protestierte die Condesa erregt. »Verstehen Sie denn nicht, was Ihnen bevorsteht?«

»*Sí*, Doña Catalina. Ich verstehe Sie sehr gut. Ich weiß, daß Sie die Wahrheit sagen. Aber ich muß an meine Familie denken.«

Eine Minute lang herrschte Stille. Dann sagte die ältere Frau traurig: »Natürlich. Sie haben recht. Ich muß mich entschuldigen, Señorita. Aber wenn Sie jemals Ihre Meinung ändern, wenn Sie Hilfe brauchen, zögern Sie nicht, sich an mich zu wenden.« Sie reichte Aurora eine Visitenkarte. »Mein Mann – mein dritter Mann –, Don Timoteo Yerbabuena, hat mehrere Schiffe. Auf einem davon hat Salvador Spanien verlassen. Timoteo und ich würden Ihnen jederzeit helfen. Bitte vergessen Sie das nicht.«

»Nein, Señora, das vergesse ich nicht«, antwortete Aurora ernst. »Vielen Dank, daß Sie hergekommen sind. Ich hoffe, daß es Ihrem Sohn Salvador gutgeht.«

»Ich auch, Doña Aurora. Ich habe noch nichts von ihm gehört, aber...«

»Sie bekommen bestimmt bald einen Brief von ihm.«

Viele Nächte später wurde Aurora wieder von ihrem Liebsten besucht. Wie schon so oft dachte sie auch dieses Mal, daß er der schönste Mann sei, den sie jemals gesehen hatte. Er erinnerte sie an einen Adler und wirkte mit seinen klar geschnittenen Gesichtszügen stolz und erhaben.

Aber heute nacht war er anders als sonst, es war, als käme eine Seite an ihm zum Vorschein, die sie bis jetzt noch nicht bemerkt hatte. Als seine dunklen Augen sie von Kopf bis Fuß musterten, trat sie leicht erschrocken zurück.

Was wußte sie eigentlich von ihm, außer daß sie ihn liebte? Sie war mit ihm zusammen aufgewachsen, und dennoch kam es ihr plötzlich so vor, als würde sie ihn überhaupt nicht kennen. Ihre langjährige kameradschaftliche Freundschaft schien vergessen zu sein, war etwas Intimerem und Intensiverem gewichen.

Er war kein Jüngling mehr, er war jetzt ein Mann. Ein Mann, dessen Augen sie geradezu verschlangen, als er auf sie zukam.

»Was – was ist los, *mi vida*?« fragte Aurora zögernd und legte eine Hand an ihren Hals. »Was ist geschehen?«

»Ich gehe weg«, sagte er langsam und starrte sie dabei an.

»Weg!« rief sie entsetzt. »Aber... Wohin?«

»Nach Südamerika, um mein Glück dort zu machen. Dein Vater

hat endlich unserer Ehe zugestimmt, vorausgesetzt, daß ich das verlorene Vermögen meiner Familie in drei Jahren wiederbeschaffen kann.«

»Lieber Gott«, flüsterte Aurora bewegt. »Lieber Gott.«

»*Sî*«, sagte ihr Geliebter bitter. »Dein Vater hat nicht gerade ein weiches Herz.«

»Ach, *mi alma*! Nimm mich mit!« jammerte Aurora. »Ich glaube ich kann es nicht ertragen, von dir getrennt zu sein – niemals!«

»Du mußt es ertragen«, erklärte er fest, obwohl sein Gesicht Unglück und zugleich Wut über seine Hilflosigkeit offenbarte. »Du könntest im Amazonasdschungel nicht überleben. Du bist so zart und zerbrechlich. Manchmal habe ich Angst um dich.«

In letzter Zeit hatte sie so blaß und krank ausgesehen – und auch der Husten, den sie nicht loswurde, machte ihm Sorgen.

»Dann bist du gekommen, um mir ... Lebewohl zu sagen«, flüsterte sie.

»*Sí*, aber nicht nur deshalb.« Er schaute auf ihren Mund. »Ich werde lange Zeit fort sein, *querida*«, flüsterte er zärtlich, »und wer weiß, was in den nächsten Jahren passieren wird? Vielleicht werde ich dich niemals wiedersehen.« Er hatte tatsächlich die entsetzliche Vorahnung, daß es so sein und daß sie schon lange tot sein würde, wenn er nach Spanien zurückkäme. »*Te quiero, muñeca mía*. Jetzt. Heute nacht. *Comprendes*? Schlag mir das nicht ab«, bat er leidenschaftlich.

Jung und ängstlich, wie sie war, schaute Aurora ihn an, und fühlte die widerstreitendsten Gefühle in ihrer Brust. Ihr Leben lang war ihr beigebracht worden, daß sie sich für ihren Ehemann aufsparen solle, daß alles andere eine Todsünde sei. Aber drei Jahre Trennung waren wirklich eine lange Zeit, und vielleicht würden sie sich niemals wiedersehen. Auch sie hatte böse Ahnungen. Obwohl sie immer versucht hatte, ihre Krankheit herunterzuspielen, wußte sie doch genau, daß ihr Husten immer schlimmer wurde. Jeden Tag fühlte sie sich schwächer. Wenn ihr Vater nicht so streng gewesen wäre, hätte sie ihre letzten Jahre mit ihrem Liebsten verbringen können. Aber wie es nun einmal war, hatten sie nur die heutige Nacht, um miteinander glücklich zu sein.

»Ja, *mi amor*«, flüsterte Aurora, »ich bin dein.«

Dann wandte sie sich ab und wußte nicht, was sie tun sollte.

Langsam öffnete sie mit seiner Hilfe ihr Seidenkleid, das zu Boden glitt. Von hinten legte der Mann seine Hände auf ihren Körper und schob die Ärmel ihres Unterkleides hoch, bis ihre Schultern nackt waren. Dann preßte er seine Lippen auf ihren Nacken. Ein lustvoller Schauer lief ihr über den Rücken, und Aurora wehrte sich nicht, als er sie plötzlich umdrehte und fest in seine Arme schloß.

Es schien ihr, als ob er sie eine Ewigkeit küßte, so wild und leidenschaftlich, bis sie schwach und atemlos vor Verlangen war. Er küßte ihre Wangen, ihre Augen, ihre Schläfen, ihr ebenholzschwarzes Haar. Dann preßte er wieder seine Lippen auf die ihren und erkundete mit seiner Zunge jeden Winkel ihres Mundes. Sie glaubte, vergehen zu müssen. Nichts war mehr wichtig – nur der Mann, den sie liebte, und die Gefühle, die sie für ihn hegte.

Ihr wurde schwindlig, und sie wäre umgefallen, wenn er sie nicht so fest gehalten hätte. Einen Augenblick später hob er sie hoch und trug sie zum Bett. Er legte sie behutsam hin, richtete sich wieder auf und traute seinen Augen kaum. Diese wunderschöne Frau war sein! Wieder küßte er ihren Mund, der schon gerötet und geschwollen von seinen Küssen war.

Die Schlagader an Auroras Hals pochte wie wild. Der Mann fühlte Begehren in sich aufsteigen. Er wollte sie – und er würde sie haben. Jetzt. Heute nacht. Er würde nicht länger warten.

Er liebkoste ihr Ohrläppchen mit seinem Mund und flüsterte ihr die schönsten, leidenschaftlichsten Liebeserklärungen ins Ohr. Ihre Arme schlossen sich um seinen breiten Rücken.

Was hatte er gesagt? Sie wußte es schon nicht mehr. Sie begehrte ihn so sehr. Ihre bisherige Schüchternheit war verschwunden. Sie wollte ihn haben, welchen Preis auch immer sie dafür bezahlen mußte.

Seine fiebernden Hände rissen an ihrem Unterkleid, bis es nachgab und ihr nackter Leib vor ihm lag. Aurora zitterte, denn noch niemals hatte ein Mann sie so gesehen. Sie versuchte, ihren Oberkörper mit den Händen zu bedecken – aber ihr Geliebter schob sie sanft zur Seite und streichelte die festen, vollen Brüste, die sich ihm entgegendrängten. Ihre rosaroten Brustwarzen wurden hart und steif vor Erregung. Er liebkoste und küßte sie so lange, bis Aurora das Gefühl hatte, ohnmächtig zu werden.

Ohne zu wissen, was sie tat griff sie in sein dickes, schwarzes Haar und zog ihn noch näher zu sich heran. Als sie vor Begehren nicht mehr wußte, was sie tun sollte, hob der Mann seinen Kopf. Aurora öffnete die Augen und stieß überrascht und enttäuscht einen kleinen Schrei aus. »Nein, geh jetzt nicht weg, bitte«, bettelte sie und streckte die Arme nach ihm aus.

Er lächelte sie an.

»Glaubst du wirklich, daß ich dich jetzt verlassen würde, *querida*?« fragte er. »Ich will nur mein Hemd ausziehen.«

Nackt bis zur Taille, drückte er seine Brust an ihren Oberkörper, und sie fühlte, daß sein Herz genauso wild pochte wie ihres.

Einen Augenblick glaubte der Mann, daß er sich nicht mehr beherrschen konnte. Er atmete ein paarmal tief durch, um sich zu beruhigen. Er mußte sie zart nehmen, ganz zart: denn ihre Hingabe war etwas Wertvolles, an das er sich immer dankbar erinnern würde. Ganz egal, was die Zukunft ihnen brachte, die Liebe von heute nacht würde niemals sterben.

»Ich liebe dich«, flüsterte er. »Du bist mein Schicksal, *muñeca*, jetzt und immer, und ich bin deines.«

Jetzt zog er sich ganz aus. Aurora zitterte, als sie sah, daß seine dunklen Augen vor Leidenschaft und Begehren noch schwärzer wurden, als er sich wieder über sie beugte und sie liebkoste. Wieder küßte er sie, aber diesmal so zart, daß sie ihre jungfräulichen Ängste endlich ganz vergessen konnte.

Ihre Hüften wölbten sich ihm entgegen, als er ihr über den Unterleib strich und sanft ihre Schenkel öffnete. Bevor sie wußte, wie ihr geschah, drang sein harter Schaft in sie ein.

Sie schrie vor Schmerz auf, und er küßte ihren wehklagenden Mund und flüsterte ihr zu, daß der Schmerz gleich nachlassen würde.

Als er langsam begann, sich in ihr zu bewegen, spürte Aurora, daß es tatsächlich so war. Der Schmerz ließ nach, und an seiner Stelle überfluteten sie Wellen von ungeahnter Lust.

Wieder und wieder drang der Mann in sie ein, und sie empfand Gefühle, die sie nicht einmal in ihren kühnsten Träumen für möglich gehalten hätte.

Nach langer Zeit durchlief ein letztes, lustvolles Zittern seinen Körper, und er lag still. Dann streichelten und küßten sie sich noch einmal so lang, daß es Aurora wie eine Ewigkeit vorkam.

»Mi corazón«, flüsterte sie in der Dunkelheit. »Ich kann ohne dich nicht leben.«

»Ich muß aber gehen, *querida*. Es ist unsere einzige Chance, wenn wir jemals miteinander glücklich sein wollen.«

Aurora griff nach ihrem liebsten Besitz, einer kleinen Uhr, die auf ihrem Nachttisch lag. Sie wollte, daß der Mann die Uhr mitnahm, so daß er immer an sie erinnert würde.

»Ich schenke sie dir«, sagte sie leise, »vergiß nie, daß ich jede Stunde an jedem Tag an dich denken werde. *Vaya con Dios, mi amor.*«

Aurora lag mit weit geöffneten Augen im Bett, der Abschiedsschmerz zerriß ihr fast die Brust. Ihr Geliebter war fort! Er war fortgegangen und würde niemals zurückkehren! Als sie ihre Arme nach ihm ausstreckte, spürte sie Úrsola, die junge Kammerzofe, die nach Blancas Tod hierhergekommen war. Úrsola stöhnte im Schlaf, drehte sich um und schlief weiter. Aurora sank in ihr Kissen zurück und bemerkte, daß sie im Bett in Aranjuez lag.

Wie lebendig das Zusammentreffen mit ihrem Liebsten in der Vergangenheit gewesen war! Immer noch pochte ihr Herz vor Leidenschaft, immer noch war ihr Körper von leichtem Schweiß bedeckt. Sie strich sich über den Leib, um herauszufinden, ob er irgendwie verändert war. Aber er war noch ganz der gleiche.

Ich bin immer noch eine Jungfrau, dachte sie, und dennoch habe ich die Liebe schon erlebt.

Wie wunderbar war es gewesen! Jetzt wußte sie, daß sie sich niemals einem anderen Mann würde hingeben können. Irgendwie mußte sie ihn finden, und zwar hier – in der Gegenwart, und darum beten, daß er sie erkennen würde.

Als sie nach ihrer kleinen Uhr auf dem Nachttisch schaute, stand sie noch da. Das hatte sie vermutet. Leise summte sie die traurige kleine Melodie, die die andere Uhr in der Vergangenheit gespielt hatte. Sie hatte die Melodie schon einmal gehört – aber wo? Dann erinnerte sich Aurora. In einem Juwelierladen hatte sie einmal eine goldene Uhr gekauft. Die kleine Melodie hatte sie seltsam berührt, und sie hatte, ohne nach dem Preis zu fragen, die Uhr gekauft. Jetzt wußte sie, warum sie ihr so wichtig gewesen war. Sie stellte eine Verbindung zur Vergangenheit dar und war deshalb so wertvoll für sie gewesen. Sie hatte sie ihrem Bruder Basilio geschenkt, weil sie selbst nicht verheiratet war und die Uhr zu maskulin für sie war. Aber Aurora wußte, daß die Uhr in Wirklichkeit ihrem Liebsten gehörte.

»Ich zähle die Stunden, bis ich dich wiederfinde«, flüsterte sie leidenschaftlich. Und wie eine Antwort läutete in der Ferne eine Angelusglocke.

13. KAPITEL

Aurora saß in der Falle, in einem selten benutzten Salon des Palastes. Und sie konnte nicht fliehen. Aus weit aufgerissenen Augen starrte sie angstvoll Don Juan an, der mit siegesgewissem Lächeln langsam auf sie zukam.

»Es ist hoffnungslos, du dummes kleines Luder!« rief er aus. »Du kommst hier nicht weg. Niemand kann deine Hilfeschreie hören, deshalb wäre es klug, den Widerstand gleich aufzugeben. Am Ende werde ich dich doch besitzen, das weißt du genau.«

»Nein! Niemals!« rief Aurora, und ihre Brust wogte vor Empörung.

Ach, wie hatte sie nur so töricht sein können, sich vom Marqués überlisten zu lassen? Hätte sie nur den kleinen Zettel genau betrachtet! Hätte sie nur einen Augenblick nachgedacht, bevor sie ihrer Freundin Concepción zu Hilfe geeilt war! Mit etwas kühlem Kopf hätte sie sofort erkannt, daß die Handschrift nicht von ihrer Freundin stammte. Es wäre ihr klar gewesen, daß Concepción sie nicht heimlich treffen mußte, wo sie doch gemeinsam ein Zimmer teilten. Aber Aurora hatte nicht nachgedacht. Statt dessen war sie durch die langen Korridore des Palastes in dieses kleine, abgelegene Zimmer geeilt. Und als sie hineingestürmt war, hatte Juan die Tür von innen zugemacht, abgesperrt und den Schlüssel in seine Hosentasche gesteckt.

Er grinste verachtungsvoll, als er ihre Angst und Verwirrung erkannte und ging auf sie zu.

»Du kleines Luder!« hatte er sie genannt, als sie ihn gefragt hatte, was das alles bedeute. »Du hast meinen Heiratsantrag abgelehnt und die Königin gegen mich eingenommen. Du hast mich vor dem Hof zum Narren gehalten. Nun, das wird dir nichts nützen. Ich habe meine Freunde, meine Liebe, sehr machtvolle Freunde. Und wenn ich heute fertig mit dir bin, dann wirst du mich anflehen, dich zu heiraten, bevor jemand erfährt, daß du ein gefallenes Mädchen bist! Dann wirst du mein sein, und alles tun, worum ich dich bitte. Ach, wie dein Bruder Basilio leiden wird, wenn er erfährt, daß seine kleine Schwester mein Bett teilt! Dann wird es ihm leid tun, daß er Francisca nicht mir überlassen hat.«

Dann packte er sie so schnell, daß Aurora keine Zeit hatte auszuweichen. Er preßte seinen Mund so brutal auf ihre Lippen, daß sie vor Schmerz aufstöhnte. Niemand hatte sie jemals so erschreckt. Vor Schock konnte sie sich nicht rühren. Erst als der Marqués begann, ihr die Kleider vom Leib zu reißen, und Aurora begriff, daß er wirklich vorhatte, sie zu vergewaltigen, gelang es ihr, sich zur Wehr zu setzen. Sie zerkratzte mit den Fingernägeln sein Gesicht und trat ihm gegen die Schienbeine. Juan war auf ihren plötzlichen Angriff nicht gefaßt und fiel rückwärts zu Boden. Dort blieb er liegen, holte Luft und betrachtete in einem Spiegel die Kratzer, die sie ihm beigebracht hatte.

Da sie kaum sichtbar waren, ging er erneut auf sein Opfer los.

Aurora war außer sich. Sie schrie nach Leibeskräften, aber niemand kam ihr zu Hilfe. In diesen Teil des Palastes verirrte sich kaum jemals ein Mensch. Wenn sie es nicht bald fertigbrachte zu fliehen, würde der Marqués sie vergewaltigen. Er würde sie vielleicht sogar schwängern! Bei dieser Vorstellung wurde Aurora übel.

»Kommen Sie mir nicht nahe, *bastardo*!« warnte sie mit schriller Stimme. »Sonst töte ich sie!«

Darauf antwortete Juan mit einem entsetzlichen, gnadenlosen Gelächter.

»Du dummes Ding! Merkst du nicht, daß du das Unvermeidliche nur hinausschiebst? Es wäre viel einfacher für dich, wenn du dich mir ergibst.«

»Niemals!« schrie Aurora voller Wut.

Wieder packte der Marqués sie und drückte sie gegen die Wand. Sie verteidigte sich mit aller Kraft. Nur undeutlich nahm sie wahr, daß er es schaffte, ihr Kleid weiter aufzureißen, und sie spürte kaum, daß sie jetzt bis zur Taille nackt vor ihm stand. Mit einer Hand drückte er grob ihre Brust zusammen und kniff in ihre Brustwarze, die sich aber bei seiner brutalen Annäherung nicht aufrichtete. Die ausbleibende körperliche Reaktion des jungen Mädchens ärgerte ihn sehr. Der Marqués hielt sich für einen besonders guten Liebhaber, der selbst unwillige, verängstigte und frigide Frauen zwang, körperlich auf ihn zu reagieren. Er zog die größte Befriedigung aus dem Wissen, daß diese Frauen ihn trotz ihrer Abneigung begehrten. Es war klar, daß Aurora nicht zu diesen Frauen gehörte.

Wie hätte sie das gekonnt, da doch erst in der vergangenen Nacht ihr Geliebter aus der Vergangenheit ihr die Freude und Schönheit der Intimität gezeigt hatte? Sie würde Juan nicht erlauben, all das zu zerstören. Niemals! Sie würde ihn eher töten!

Wieder schrie Aurora auf, aber der Marqués verschloß ihren Mund mit seinen Lippen. Sie fühlte sich, als würde sie ersticken, und schnappte verzweifelt nach Luft. Er drängte sein Knie zwischen ihre Beine und fluchte über ihren Rock, der ihn bei seinem Vorhaben behinderte. Ohne Warnung hob er sie hoch, drehte sie um und warf sie auf eines der kleinen Samtsofas, die in dem Zimmer standen.

Aurora lag einen Augenblick wie betäubt da. Der Marqués nützte ihre Schwäche aus und schob ihre Röcke hoch. Mit einer Hand zerrte er an ihrer Unterwäsche, mit der anderen öffnete er seine Hose. Das Mädchen versuchte die Knie anzuziehen, aber Juan hielt ihre Beine eisern mit seinen umklammert. Sie wußte, daß es keine Hoffnung für sie gab. In wenigen Minuten würde er sie überwältigt haben.

Sie stöhnte laut. Und stieß plötzlich mit einer Hand gegen eine Porzellanfigur, die auf einem kleinen Tisch stand. Ohne zu überlegen, griff sie danach. Der Marqués, der wie gebannt auf ihre jetzt enthüllte Weiblichkeit starrte, bemerkte die Gefahr nicht. Mit einer unerwarteten Kraft, die von ihrer Wut genährt wurde, zerschmetterte Aurora die Porzellanfigur auf Juans siegesgewiß grinsender Visage. Seine eine Wange wurde von oben bis unten aufgeschlitzt, Splitter bohrten sich wie Pfeile in sein Fleisch. Er schrie entsetzt auf und ließ Aurora los. Der unerwartete Schlag brachte ihn aus der Balance, und er stürzte zu Boden. Aurora war sich nicht sicher, ob sie ihn tatsächlich außer Gefecht gesetzt hatte, und schlug den schweren Fuß der Porzellanfigur noch einmal gegen seine Schläfe. Der Marqués brach zusammen und rührte sich nicht mehr.

Einen Augenblick lang dachte Aurora, daß sie ihn ermordet hätte.

Aber dann bemerkte sie, daß sich seine Brust beim Atmen leicht hob und senkte. Sie fing haltlos zu schluchzen an. Jede Faser ihres Körpers schmerzte. Aber sie hatte keine Zeit für Selbstmitleid. Irgendwie mußte sie es schaffen, sich einigermaßen wieder herzurichten und diesen entsetzlichen Raum zu verlassen.

Vor Ekel zitternd, durchsuchte Aurora Juans Hosentaschen, bis sie den Schlüssel fand. Dann richtete sie sich mühsam auf. Als sie sich im Spiegel sah, hielt sie vor Entsetzen die Luft an.

Ihr Mund war rot geschwollen. Ihre Arme und Brüste waren von blauen Flecken übersät, und ihr Kleid war völlig zerrissen. Wie konnte sie in einem solchen Zustand in ihr Zimmer gelangen, das am anderen Ende des Palastes lag! So gut wie möglich bedeckte Aurora ihre Blöße mit dem zerrissenen Kleid und ordnete mit der anderen Hand ihr Haar. Wenn jemand sie sähe, wüßte er auf einen Blick, was ihr passiert war. Niemand würde glauben, daß ihre Ehre noch nicht verletzt war. Obwohl er sie noch nicht besessen hatte, hatte der Marqués dennoch sein Ziel erreicht.

Aurora biß die Zähne zusammen und schloß die Tür auf. Als sie vorsichtig auf den Korridor spähte, war sie wie gelähmt vor Entsetzen. Draußen stand Sor Patrocinio.

»Nein«, flüsterte Aurora hilflos. »Nein.«

Sie wich zurück, und in ihrem Kopf drehte sich alles. Das konnte kein Zufall sein. Hatte die Nonne an der Tür gestanden und sie belauscht? Juan mußte das alles arrangiert haben: Die Nonne hatte die beiden auf frischer Tat ertappen sollen, vielleicht hatte sie sogar ihre unnatürlichen Lüste an dem jungen Mädchen befriedigen wollen, bevor sie sie der Unzucht bezichtigte und der öffentlichen Schande preisgab.

Ja, so mußte es geplant gewesen sein. Was hatte Juan gemeint, als er gesagt hatte, daß er machtvolle Freunde habe.

Und wenn ich heute fertig mit dir bin, dann wirst du mich anflehen mich zu heiraten, bevor jemand erfährt, daß du ein gefallenes Mädchen bist.

Natürlich hätte Sor Patrocinio behauptet, daß Aurora versucht hätte, sie – eine Nonne! – auch zu verführen. Dann hätte nicht einmal die Königin ihren Ruf retten können, und sie wäre der Gnade ihrer Feinde ausgeliefert gewesen. Ja, sie hätte Juan bitten müssen, sie zu heiraten, hätte Sor Patrocinios Annäherungen über sich ergehen lassen müssen – nur, damit die beiden ihr Schweigen bewahrten und damit sie nicht als Hexe gehenkt oder verbrannt wurde.

Sor Patrocinio betrat das Zimmer und schloß lautlos die Tür. Mit einem Blick erkannte sie, was geschehen war.

»Ich habe ihn vor dir gewarnt«, sagte die Nonne und kam langsam heran. »Ich habe recht gehabt, du hast es geschafft, dich zu retten. Oder etwa nicht?« Sie lachte kurz auf. »Ist ja auch egal. Ich bin nicht so dumm wie Don Juan. Wenn du noch eine Jungfrau bist, dann freut mich das um so mehr.«

Die Nonne leckte sich die Lippen. Mit den Fingern fuhr sie zärtlich und nervös über das ungewöhnlich große Holzkreuz, das ihr an einer Kette um den Hals hing. Entsetzt erinnerte sich Aurora daran, was der armen, toten Blanca passiert war. Anscheinend stimmte es wirklich, daß die Nonne das Kruzifix als Instrument benutzte. Was für ein Sakrileg!

Die Nonne streckte die Hand aus.

»Gib mir den Schlüssel, Doña Aurora«, flüsterte sie mit lüsterner Stimme.

»Nein«, antwortete das Mädchen entsetzt, »nein.«

»Du kannst nicht fliehen«, meinte Sor Patrocinio. »Schau nur, Don Juan kommt schon wieder zu sich. Gegen uns beide kommst du nicht an.«

Aurora bemerkte, daß das stimmte. In ihrer Verzweiflung suchte sie das Zimmer nach einer Art Waffe ab. Unauffällig trat sie näher zum Kamin heran, wo eine schwere Feuerzange aus Messing lag.

»Gib mir den Schlüssel, du Hure!« zischte die Nonne noch einmal und kam auf Aurora zu.

Außer sich vor Entsetzen packte das junge Mädchen die Feuerzange und schlug sie Sor Patrocinio über den Kopf. Die Nonne brach lautlos zusammen.

Aurora wußte, daß sie keine Zeit verlieren durfte. Sie zog der bewußtlosen Nonne den Schleier und den schwarzen Umhang aus und schlang ihn um sich. Jetzt würde niemand erkennen, in was für einem fürchterlichen Zustand sie sich befand.

»Du Hexe!« flüsterte die Nonne, die aus der Ohnmacht erwachte. »Du Teufelsbraut! Dafür wirst du bezahlen!« Dann wurde sie wieder ohnmächtig.

Es war höchste Zeit. Juan versuchte, sich stöhnend aufzurichten.

Ohne sich noch einmal umzuschauen, verließ Aurora den Salon, schloß die Tür und entfernte sich so eilig, als wäre der Teufel persönlich hinter ihr her.

14. KAPITEL

Sie durfte keine Zeit verlieren. Sie lief zu den Ställen und verlangte nach einem Pferd. Bald würden Don Juan und Sor Patrocinio der Königin ihre völlig verfälschte Version dessen erzählen, was heute passiert war. Und Isabella würde ihnen Glauben schenken müssen, ob sie das wollte oder nicht. Die freundliche Königin war zu religiös, um einen Überfall auf eine Nonne – gerechtfertigt oder nicht – zu billigen. Aurora mußte sofort fliehen.

Sie war in ihr Zimmer gestürmt, in dem sich zum Glück keine ihrer Freundinnen aufhielt, hatte eilig ihre Reitkleidung angezogen und ihren Geldbeutel und das Schmuckkästchen in eine Tasche gepackt. Alles andere hatte sie zurücklassen müssen. Wenn ihre Habseligkeiten nicht konfisziert wurden, würde ihr Mädchen Lupe sie ins Stadtpalais in Madrid bringen.

Als ein Stallknecht ihr das Pferd brachte, hoffte sie, daß sie keine vorschnelle Entscheidung getroffen hatte. Im Hügelland saßen die Rebellen, und sie wußte nicht, ob es ihr gelingen würde, Madrid ohne Begleitschutz zu erreichen. Alles mögliche konnte passieren. Sie konnte ausgeraubt, vergewaltigt oder sogar von *bandoleros* oder *guerrilleros* getötet werden. Sie mußte es dennoch versuchen.

Aurora war eine ausgezeichnete Reiterin. Sie gab dem Pferd die Sporen, und es galoppierte los.

Doña Gitanas altes, stolzes Gesicht war sehr ernst, als sie ihrer Enkelin zuhörte. Obwohl Aurora es geschafft hatte, die Zuneigung der Königin zu erlangen, war letzten Endes doch alles vergeblich gewesen. Sie war der Bösartigkeit von Don Juan und Sor Patrocinio nicht gewachsen gewesen. Es war ohnehin ein Wunder, daß sie Madrid lebend erreicht hatte.

»Felipe« – sagte die alte, schwerkranke Dame zu ihrem Sohn – »schicke Don Timoteo Yerbabuena und seiner Frau eine Nachricht. Wir brauchen ihre Hilfe.«

»Aber – aber Doña Gitana!« protestierte Doña Ynez, die neben ihrem Mann saß, entsetzt. »Wir wissen doch nicht einmal, ob wir den beiden trauen können! Das einzige, was wir wissen, ist, daß die Frau Aurora besucht und ihr eine traurige Geschichte erzählt hat.«

Doña Gitana winkte ab. »Ich bin fest davon überzeugt, daß sie vertrauenswürdig ist. Felipe, tu, worum ich dich gebeten habe.«

Kurz darauf befand sich Aurora auf dem Weg nach Cádiz, um dort auf einem von Don Timoteos Schiffen die Reise nach Peru anzutreten. Neben ihr saß in der gutgefederten Kutsche ihr jüngerer Bruder Nicolas. Der Junge war erst elf Jahre alt. Vom Weinen hatte er rotgeränderte Augen, verständlicherweise hatte er seine Heimat nicht verlassen wollen, um seine Schwester zu begleiten. Aber die Eltern hatten darauf bestanden. Aurora konnte nicht allein reisen, ohne einen Mann, der sie beschützt. Und Nicolas war der einzige männliche Verwandte. Felipe mußte in Spanien bleiben, um seine Frau und seine Mutter zu beschützen, die zu krank war, um reisen zu können.

Besonders schwer war Aurora der Abschied von ihrer Großmutter gefallen, denn ihr war klar gewesen, daß sie sie nie wiedersehen würde. Doña Gitana war sich dessen auch bewußt gewesen.

»Weine nicht um mich, *niña*«, hatte die alte Dame gesagt, als sie liebevoll Auroras Kopf gestreichelt hatte. »Ich bin alt, ich habe ein langes und glückliches Leben hinter mir, ich bin bereit, meinem Schöpfer entgegenzutreten.«

»Ach nein, *abuela*, nein!«

»*Sí*, Aurora. Es ist ganz einfach so. Wenn du so lange gelebt hast wie ich, dann wirst du den Tod auch nicht mehr fürchten, *niña*. Ich sehne mich nach meinem Mann – und nach all meinen Freunden, die mir vorangegangen sind. Ich bin sicher, daß sie im Himmel schon auf mich warten. Das einzige, was mir schwerfällt, ist, dich hier zurücklassen zu müssen. Aurora, du warst der Stolz und die Freude meiner späten Jahre. Ich liebe dich, ich habe dich immer geliebt, das sollst du wissen. *Vaya con Dios*, Aurora.«

Aurora fühlte sich entsetzlich leer und verlassen. Sie hoffte, daß sich ihre Eltern und *abuela* gegen ihren Feind wehren konnten. Don Timoteo und Doña Catalina hatten fest versprochen, dem Haus Montalbán beizustehen. Seit seiner Hochzeit mit Catalina hatte Timoteo Kontakt mit all den Familien aufgenommen, die schon unter Juan gelitten hatten. Diese Familien wollten jetzt Schritte gegen seinen teuflischen Stiefsohn unternehmen. Gemeinsam würde es ihnen gelingen, den Marqués zu bekämpfen. Timoteo hatte ihr auch versprochen, Lupe, Auroras Mädchen, nach Cádiz nachzuschicken, sobald sie in Madrid ankäme.

Alles war gutgegangen. Jetzt standen Nicolas, Lupe und sie auf dem Segelschiff, das gerade den Hafen verließ. Sie war froh, die kluge und treue Lupe bei sich zu haben. Als sie sich in die Passagierliste der San Pablo eintragen sollten, hatte Lupe geschickt das Tintenfaß umgeworfen und damit ihre Namen unleserlich gemacht.

Langsam verschwand die Küste von Spanien in der Ferne. Die Aussicht, Basilio wiederzusehen, tröstete Aurora nur wenig. Irgendeine Stimme in ihr sagte ihr, daß sie ihr Heimatland niemals wiedersehen würde.

ZWEITES BUCH

Sehnsucht

15. KAPITEL

Am Amazonas in Peru, 1848

Es wäre Spätherbst in Spanien gewesen, fast schon Winter. Deshalb war Aurora, die nichts über die Jahreszeiten in diesem Teil der Welt wußte, überrascht, daß am Amazonas Frühling herrschte, der fast schon in den Sommer überging.

Das Wetter war heiß und feucht. Aurora, die die trockene Hitze Spaniens gewöhnt war, machte die hohe Luftfeuchtigkeit sehr zu schaffen. Ihr Haar klebte am Kopf. Sie fächelte sich Luft zu, aber das nützte nur wenig. Wieder und wieder wischte sie sich mit dem Taschentuch die Stirn ab und dachte sehnsüchtig an ein großes Glas mit kühlem Saft.

»Es ist entsetzlich – diese Hitze«, klagte Nicolas, der neben ihr an der Reling stand und die Küste Brasiliens näher kommen sah.

»Es ist noch viel schlimmer dort, wo Sie hinwollen«, sagte der Kapitän der San Pablo, der die Bemerkung des Jungen gehört hatte. Dann erklärte er: »Man kann der Feuchtigkeit in den Tropen nicht entkommen, weil es fast immer regnet. Dadurch schimmelt alles – Briefe, Bücher, Kleidung, Stiefel, Sättel –, und bald ist alles, was man besitzt, verrottet.«

Natürlich freuten sich weder Aurora noch Nicolas über diese Information. Aurora biß sich auf die Lippen und überlegte sich, warum sich Basilio nicht einen angenehmeren Ort als neue Heimat ausgesucht hatte. Bestimmt war der Vorbesitzer froh, daß ihr Bruder die heruntergekommene Plantage gekauft hatte! Sie fürchtete sich vor der langen, gefährlichen Reise auf dem Amazonas. Sie wäre froh gewesen, wenn sie in Belém hätten bleiben können, einer alten Stadt, in deren Hafen sie jetzt einliefen. Im Lauf der Zeit war Belém durch seine günstige Lage zur größten Handelsstadt im Amazonasdelta geworden. Es war eine lebendige, produktive Stadt, in die es Menschen aus aller Herren Länder verschlagen hatte.

Ja, Aurora wäre gerne hiergeblieben, denn Beléms schöne Plätze,

Gärten und baumgesäumte Straßen erinnerten sie an Spanien. Sie, Nicolas und Lupe warteten am Kai, bis ihr Gepäck gebracht wurde. Und nachdem sie ein angenehmes Hotel gefunden hatten, in dem sie bis zu ihrer Weiterfahrt nach Peru bleiben wollten, konnte Aurora endlich ihren Durst löschen. Sie saß auf der großen, schattigen Veranda des Hotels und nippte langsam an dem seltsamen Getränk, das ihr serviert worden war und das anders als alles schmeckte, was sie jemals getrunken hatte. Sie war froh, als Lupe ausgepackt und dafür gesorgt hatte, daß die Badewanne mit warmem Wasser gefüllt wurde. Zum erstenmal seit vielen Wochen konnte sie sich richtig waschen, zum erstenmal war sie wieder in Sicherheit auf festem Land! Aurora hatte die lange Reise über den Ozean nicht genossen, ihre Erste-Klasse-Kabinen waren klein und eng gewesen. Sie seufzte. Sie war müde, sehr müde. Sie war zwar erst sechzehn Jahre alt, hatte aber das Gefühl, daß sie schon ein langes Leben hinter sich hatte. Und dabei war erst die Hälfte der Reise überstanden!

Basilio hatte sich im östlichen Peru niedergelassen. Sie hatte sich darüber gewundert, bis ihr der Kapitän der San Pablo erzählt hatte, daß sich der Boden dort gut für den Anbau von Zuckerrohr und Kaffee eigne. Außerdem war das Land im östlichen Peru sehr billig, weil es so isoliert lag. Nicht viele Menschen wollten sich so tief im Landesinneren niederlassen. Aber Basilio hatte sich dazu entschlossen. Wahrscheinlich hatte er befürchtet, daß Don Juan sogar die Küstenstädte der Neuen Welt nach ihm absuchen würde.

Deshalb würden Aurora und die anderen den Amazonas hinauffahren müssen, und sie ängstigte sich jetzt schon davor. Sie würde, wie alle Reisenden es schon seit Jahrhunderten taten, in primitiven, von Indianern gelenkten Einbäumen fahren.

Im Hafen hatte sie ein paar dieser schwerbeladenen Einbäume gesehen. Sie fürchtete sich davor, eines dieser unsicher wirkenden Boote besteigen zu müssen, hatte aber keine Wahl. Sie konnte nicht in Belém bleiben, wo nur ihr elfjähriger Bruder und Lupe sie beschützen konnten. Sie mußte zu Basilio und Francisca gelangen, Basilio war ihr älterer Bruder und erwachsen. Außerdem mußte sie ihm das sorgfältig im Koffer versteckte Gold bringen, das er so dringend brauchte.

Ja, sie würde nach Peru reisen, zu der abgelegenen Plantage

Esplendor, die Basilio gekauft hatte. Ihr blieb keine andere Wahl. Dafür hatten Don Juan und Sor Patrocinio gesorgt.

Er war unter vielen Namen bekannt – Amazonas, Solimoes, Maranon, Maranhao –, aber wie immer er auch genannt wurde, er war in jedem Fall der größte Fluß der Welt. Aurora konnte sich kaum vorstellen, daß sich schon vor Jahrhunderten mutige Männer freiwillig durch den feuchten Dschungel von Südamerika geschlagen hatten – unter den allerprimitivsten Bedingungen. Alle hatten nach Reichtümern gesucht, in erster Linie nach Gold. Und fast alle waren auf der Suche nach El Dorado – der Vergoldeten –, einer vergessenen Stadt, gewesen, die so reich gewesen sein sollte, daß selbst die Straßen mit Gold gepflastert waren. Die Indianer erzählten sich, daß El Dorado einmal von einem jungen Spanier, Don Santiago Roque y Avilés, gefunden worden war. Die Götter hatten ihn dafür gestraft, daß er die Stadt geplündert hatte, und er war dem Wahnsinn anheimgefallen. Als er starb, nahm er das Geheimnis, wo El Dorado lag, mit sich ins Grab.

Diese und andere Geschichten erzählten die Indianer Aurora während der langen Fahrt im Einbaum. Zu ihrer Überraschung hatte Aurora entdeckt, daß die kleinen Boote, die ihr zuerst als äußerst unsicher erschienen waren, sich als sehr bequem und zudem leicht erwiesen, was nötig war, da die Boote an flachen Stellen des Flusses immer wieder getragen werden mußten. Aurora hatte auch gelernt, die Indianer zu schätzen und ihnen zu vertrauen. Da die meisten von ihnen gegen Entgelt Kaufleute den Amazonas hinauf und hinunter fuhren, sprachen fast alle sowohl Spanisch als auch Portugiesisch, und außerdem natürlich ihre Eingeborenensprache. Im Lauf der Zeit wuchs ihr besonders Mario ans Herz, ein Mischling, der einen portugiesischen Vater und eine indianische Mutter hatte. Solche Menschen wurden Mestizen genannt.

Als Mario am ersten Tag der Reise Auroras blasse Haut gesehen hatte, hatte er lächelnd den Kopf geschüttelt.

»Sie werden bei lebendigem Leibe geröstet, Señorita«, hatte er gesagt. »Ihr Hut wird Ihnen nicht viel nützen. Sie werden den Ĵivaros gut schmecken, wenn Sie ihnen in die Hände fallen.«

»Den Ĵivaros?« hatte Aurora zögernd gefragt, weil sie vermutete, daß sie gar nicht genauer Bescheid wissen wollte.

»Das sind Kopfjäger, und außerdem Kannibalen, Señorita«, hatte Mario grinsend geantwortet.

Aurora war das nicht besonders lustig erschienen.

»Dann bleibe ich in meiner Hütte, Mario«, hatte sie gesagt. In der Mitte jedes Kanus war eine kleine Schutzhütte gegen die heftigen Regenfälle errichtet. »Und wenn die Wilden uns tatsächlich angreifen, würde ich ihnen zeigen, wieviel fetter Sie sind als ich!«

»Ich weiß nicht, ob das viel nützen würde, Señorita«, hatte Mario schlau geantwortet. »Die hätten sehr viel mehr Arbeit, meinen dicken Kopf in einen Schrumpfkopf zu verwandeln als Ihren!«

Daraufhin hatten alle gelacht, Nicolas besonders laut. Und Aurora war Mario dankbar gewesen, daß er ihren Bruder zum Lachen gebracht hatte. Seit der Abfahrt aus Spanien war Nicolas so niedergeschlagen, daß sie befürchtete, daß er nie mehr so ausgelassen und lustig werden würde wie früher.

Obwohl sie es behauptet hatte, schaffte es Aurora nicht, in der kleinen Hütte zu bleiben. Es gab viel zuviel zu sehen, alles war ungewohnt, exotisch und faszinierend.

Noch nie im Leben hatte Aurora solche Pflanzen und Tiere gesehen. Den wild wuchernden Pflanzen ging es hauptsächlich darum, einen Platz an der Sonne zu erreichen. Unter den Urwaldriesen wucherten Unmengen von größeren und immer kleineren Bäumen, die von Schlingpflanzen, Orchideen, Farnkräutern und Moos bewachsen waren.

Wenn abends am Ufer ein Camp errichtet wurde, sah sie Tausende von kleineren und größeren Tieren. Am Lagerfeuer ängstigten die Indianer Aurora mit ihren Geschichten von den riesigen Anakondas. Diese Schlangen konnten ausgewachsene Männer verschlingen. Nachts war der Urwald so laut, daß die Geschwister nur schwer einschlafen konnten. Der Wald war voller Wunder, faszinierend, beängstigend und voller Überraschungen.

Nach vielen langen Wochen legten die Einbäume am Bootssteg von Basilios Plantage an. Die Indianer waren ungewöhnlich still, luden das Gepäck ihrer Passagiere aus und machten sich gleich wieder an die Abfahrt. Ihre Augen wirkten ängstlich und traurig, als sie sich von Aurora und den anderen verabschiedeten.

»Mario«, fragte Aurora, »warum verhalten sich die Indianer so komisch? Sie sind doch sicher froh, daß sie wieder heimfahren können.«

»*Sí, sí*, Señorita, das stimmt«, antwortete der Mestize. »Aber sie haben Angst, Sie hier zurückzulassen.«

»Aber – aber warum?«

»Die Plantage Ihres Bruders, Señorita... Man glaubt, daß ein böser Fluch auf ihr lastet.« Mario zuckte mit den Achseln. »Ich denke, daß das nur ein Aberglaube ist, aber die anderen fürchten sich. *Adíos*, Señorita. Gott sei mit Ihnen.«

Nachdem die Indianer weggefahren waren, schaute sich Aurora ängstlich um. Auf der Plantage war es totenstill. Und nachdem sie Nicolas und Lupe gebeten hatte, auf das Gepäck aufzupassen, ging Aurora den gewundenen Weg zum Haus hinauf. Sie fühlte sich alles andere als gut. Es kam ihr so vor, als ob sie beobachtet würde, und sie konnte dieses unangenehme Gefühl nicht abschütteln.

»Unsinn«, sagte sie entschlossen und straffte ihre Schultern.

Aber für alle Fälle hob sie einen kräftigen Stock auf, der am Wegrand lag. Jetzt hatte sie wenigstens eine Art Waffe, dachte sie. Sie hatte Sor Patrocinio eine Feuerzange über den Kopf geschlagen. Mit einem Stock konnte sie sich sicher ebenso gut verteidigen.

Wie ein Band wand sich der ungepflasterte Weg zu Basilios Plantage. Im Lauf der Jahre war der Urwald vorgerückt, und der Weg war kaum mehr zu erkennen. Deshalb war Aurora völlig unvorbereitet, als das Haus plötzlich vor ihr stand. Es schien ihr, als ob sie eine Ewigkeit dort stünde, so schockiert war sie. Nicht etwa, weil das Herrenhaus eine Ruine war, sondern weil sie sich sofort daran erinnerte, daß *abuela* dieses Haus vor sich gesehen hatte, als sie ihr die Zukunft aus den Karten gelesen hatte. Aurora hatte irgendwie das Gefühl, als ob sie endlich nach Hause käme, als ob das Haus extra für sie gebaut worden sei...

Ich gehe weg... Nach Südamerika...

»Nein, das kann nicht sein«, flüsterte sie, als sie sich an die Worte ihres Geliebten erinnerte. »Das kann einfach nicht sein.«

Dann warf sie den Ast weg, den sie als Waffe hatte benützen wollen und lief auf das Haus ihres Bruders zu.

»Basilio! Basilio!« rief sie, als sie bei der Treppe ankam, die zur Veranda führte.

Aber niemand antwortete. Es herrschte eine merkwürdige Stille, und Aurora vernahm nur das Echo ihrer eigenen Stimme.

Hier stimmt etwas nicht, dachte sie. Hier ist irgend etwas Schlimmes passiert.

Sie atmete tief ein und öffnete mit zitternden Händen die schwere hölzerne Eingangstür des Hauses.

»Basilio?« rief sie zögernd. »Basilio?«

Niemand antwortete. Aurora blieb stehen und schaute sich in der verfallenen Eingangshalle um. Man sah noch, daß sie früher einmal wunderschön gewesen sein mußte. Sie wußte nicht, wo sie sich hinwenden sollte. Das Haus wirkte leer, leer und leblos. War es möglich, daß die Indianer sich geirrt hatten, und dies hier gar nicht Basilios Plantage war? Sie zog aus der Kleidertasche den Brief ihres Bruders, der vom häufigen Lesen schon angeschmutzt und zerrissen war.

Wir haben eine kleine Plantage namens Esplendor gekauft. Nein, das mußte stimmen. Dies hier war Esplendor. Das hatte, zwar schwer zu lesen, aber doch eindeutig, auf dem hölzernen Schild am Bootssteg gestanden.

»Kann ich Ihnen behilflich sein?«

Aurora schaute überrascht auf, sie hatte niemanden hereinkommen hören.

Eine hochgewachsene, dunkelhäutige Frau stand vor ihr. Eine Mestizin, dachte Aurora, die Frau sah spanisch und indianisch zugleich aus, und das gab ihr ein stolzes, sehr attraktives Aussehen. Aurora wurde rot, denn sie hatte das Gefühl, unerlaubt in das Haus eingedrungen zu sein. Dann erinnerte sie sich daran, wer sie war und daß sie ein Recht hatte, hier zu sein. Und sie richtete sich stolz auf.

»Ich suche Don Basilio Mon ... toya«, stotterte Aurora, »und seine Frau, Doña Francisca. Ich bin Don Basilios Schwester, Doña Aurora. Würden Sie mich bitte sofort zu ihm führen.«

Kurz flackerten die Augen der Frau ängstlich und bösartig auf, aber gleich darauf war ihr Gesicht wieder wie eine Maske.

»Ich bin Ijada«, sagte sie ruhig. »Ich wußte nicht, daß Don Basilio Verwandte hat. Aber das macht nichts. Ich fürchte, Señorita, daß Sie sich eine ungünstige Zeit für Ihren Besuch ausgesucht haben.« Es schien, als ob sie das Wort ›Besuch‹ besonders langsam ausspräche. »Wenn ich gewußt hätte, daß Sie planen herzukommen, hätte ich versucht, Sie davon abzuhalten. Don Basilio ist sehr krank. Er hat hohes Fieber und kann niemanden empfangen. Die Krankheit ist ansteckend. Es wäre besser, Sie würden nach Hause zurückfahren, bevor er von Ihrer Gegenwart erfährt und sich unnötig aufregt.«

»Das werde ich selbstverständlich nicht tun!« erklärte Aurora, die jetzt sehr besorgt war. Sie hatte recht gehabt – irgend etwas stimmte hier nicht. In seinem Brief hatte Basilio geschrieben, daß es ihm und Francisca gutging. »Wo ist Doña Francisca? Ich möchte sofort mit ihr sprechen.«

»Es tut mir leid, aber das wird unmöglich sein, Señorita«, informierte Ijada sie kühl. »Doña Francisca ist tot. Sie ist vor drei Tagen gestorben – an der gleichen Krankheit, die Ihren Bruder quält.«

Aurora wurde blaß. Francisca tot? Wie konnte das sein? Das konnte doch nicht möglich sein.

»Dann muß ich darauf bestehen, Madam, daß Sie mich sofort zu meinem Bruder führen. Ich habe keine Angst davor, mich anzustekken.«

Sie schaute Ijada furchtlos an. Schließlich nickte die Frau.

»Wenn Sie darauf bestehen, Señorita, bitte sehr. Aber sagen Sie mir hinterher nicht, daß ich Sie nicht gewarnt hätte.«

Der Mann, der in dem schmutzigen, ungemachten Bett lag, war nicht Auroras Bruder. Dieser abgemagerte, gelbhäutige Mann konnte unmöglich ihr gutaussehender Bruder sein. Starr vor Entsetzen schob Aurora das schmutzige Moskitonetz beiseite und beugte sich zu dem Mann hinab.

»Basilio?« fragte sie leise, und das Herz tat ihr weh. »Basilio?« Beim Klang ihrer Stimme bewegte sich der Mann. Seine Augen öffneten sich, und er schaute sie lange Zeit an, bevor er sich erinnerte.

»Niña«, flüsterte Basilio mit schwacher Stimme. Er versuchte, ihr eine Hand entgegenzustrecken, schaffte es aber nicht. »Niña.«

»*Ŝí*, Basilio, ich bin es«, antwortete Aurora. »Nein, sag jetzt nichts. Ruh dich aus. Wir können uns später unterhalten, wenn es dir bessergeht. Ich bin gekommen, um dich gesund zu pflegen. Schlaf jetzt weiter, *mi hermano querido*. Ich werde mich um alles kümmern.«

Basilio nickte und schloß die Augen. Aurora war sich nicht

einmal sicher, ob er sie verstanden hatte. Leise verließ sie den Raum und schloß die Tür hinter sich. Was war aus Don Basilio Enrique Montalbán y Torregato, Visconde Jerez, geworden! Ein junger Adeliger aus einer der besten spanischen Familien lag in dem schmutzigsten Bett, das Aurora jemals gesehen hatte!

»Señora«, sagte Aurora eisig zu Ijada – »da ich nicht weiß, welche Stellung Sie im Hause meines Bruders bekleiden, kann ich nicht ermessen, was Sie sich dabei gedacht haben, meinen hilflosen Bruder in einem so schmutzigen Bett liegen zu lassen. Hiermit sind Sie fristlos entlassen, und ich fordere Sie auf, das Haus sofort zu verlassen!«

»Nein, das werde ich nicht tun, Señorita«, sagte die ältere Frau ungerührt. »Don Basilio hat mich angestellt. Er muß mich fortschicken – nicht Sie.«

»Sie unverschämte, unerträgliche Person! Hinaus! Gehen Sie sofort, sage ich.«

»Und wer zwingt mich zu gehen, wenn ich keine Lust dazu habe?« fragte Ijada und lachte kehlig. »Sie, Señorita? Das kann ich nicht glauben.«

Dann wandte sie sich um und verließ den Raum.

Es dauerte lange, bevor Aurora die hufeisenförmige Treppe wiederfand, die in die Eingangshalle führte. Von Ijada sah sie keine Spur. Aurora seufzte und ging zum Landungssteg, um Nicolas und Lupe zu holen und sie von dem entsetzlichen Zustand ihres Bruders und seiner Plantage zu unterrichten.

16. KAPITEL

Ijada war nicht weggegangen. Wie eine schlaue Katze tauchte sie lautlos wieder auf, als Aurora mit Nicolas und Lupe zurückkam. Sie verzog ihr Gesicht vor mühsam unterdrücktem Ärger.

»Señorita«, fragte sie eisig, »was soll das heißen? Sie haben doch gesehen, daß Don Basilio nicht in der Lage ist, Gäste zu empfangen.«

»Achte nicht auf diese Frau«, befahl Aurora Nicolas. »Wir sprechen nicht mit ihr, zahlen ihr keinen Lohn, sie kann hier weder wohnen noch essen. Ich habe sie entlassen, was immer ihre Stellung in diesem Haus auch gewesen sein mag. Verstehst du mich, Nicolito?«

»*Sí*, Aurora.« Der Junge nickte entschlossen.

»Wer glauben Sie, daß Sie sind?« zischte die Frau Aurora wütend an. »Ich habe seit der Ankunft Ihres Bruders den Haushalt in Esplendor geführt. Ich warne Sie: Sie mischen sich in etwas ein, was Sie nichts angeht, Señorita. Ich habe Ihnen geraten, nach Hause zurückzufahren. Ich muß darauf bestehen, daß Sie dieses Haus sofort verlassen.«

Aurora zitterte innerlich vor Wut, sagte aber ruhig: »Sie können es sich gar nicht leisten, auf irgend etwas zu bestehen. Nicolas und ich sind nicht hier, um unseren Bruder zu besuchen. Wir sind auch keine Gäste in diesem Haus. Wir sind hierhergekommen, um hier zu leben.«

Ijada war verwirrt. Ihr war bis zu diesem Augenblick nicht klar gewesen, daß Nicolas auch mit Don Basilio verwandt war. Die Situation war jetzt schwieriger, als sie es sich vorgestellt hatte. Sie leckte sich die Lippen.

»Ich – ich ... Don Basilio ist sehr krank, Señorita«, sagte sie etwas respektvoller. »Und es sind nur ein paar Hausangestellte hier, die mir helfen können, Don Basilio konnte sich nicht mehr Leute leisten. Und ich – ich hatte das Gefühl, daß ich *el patron* nicht richtig pflegen und gleichzeitig seine Familie im Haus haben könnte. Außerdem befürchtete ich, daß Sie das tropische Fieber auch bekommen würden. Das ist alles. Mir war nicht klar, daß Sie bleiben wollen.«

Aurora starrte die Frau mißtrauisch an, fand aber an ihrem Gehabe nichts mehr von dem ursprünglich aufsässigen Verhalten. Sie konnte Ijada weder leiden, noch traute sie ihr, aber vielleicht konnte sie ihnen doch nützlich sein.

»Nun gut«, sagte Aurora schließlich, «wir wollen das Mißverständnis vergessen. Mein Mädchen ist noch am Landungssteg und paßt auf die Koffer auf. Bitte veranlassen Sie, daß jemand unser Gepäck ins Haus bringt. Ich gehe jetzt mit Don Nicolas zu unserem Bruder. Ich fürchte mich nicht vor einer Ansteckung. Sie sehen ja auch noch ganz gesund aus, Ijada.«

»Ja, Señorita, aber ich habe mein ganzes Leben hier in Peru verbracht und bekomme deshalb viele Tropenkrankheiten nicht, mit denen sich Fremde sofort anstecken.«

»Da ist sicher etwas Wahres dran«, meinte Aurora. »Aber wir hoffen das Beste. Heute nachmittag wollen wir uns im kleinen Salon treffen – ich nehme an, es gibt in diesem Haus einen – und uns darüber unterhalten, was getan werden muß.«

»*Sí*, Señorita«, antwortete Ijada, schaute zu Boden und machte einen kleinen Knicks. Aber unter ihren halbgeschlossenen Augenlidern glänzten ihre dunklen Augen triumphierend auf.

Sie hatte es geschafft, ihre Stellung in Esplendor zu behalten. Ihr Dienstherr – ihr wahrer Dienstherr – würde sich sehr darüber freuen.

Als der Mond in dieser Nacht über die Bäume stieg, lief Ijada auf einem kleinen Pfad durch den Dschungel bis zu einer unweit des Hauses gelegenen Lichtung. Als es schon dunkel gewesen war, hatte sie oben an einem Fenster in der Kuppel eine Kerze hin und her geschwenkt. Dann hatte sie gewartet, bis in der Ferne ein Lichtzeichen geantwortet hatte. Danach hatte sie ihre eigene Kerze ausgeblasen.

Jetzt lächelte sie zufrieden, als sie den schmalen, gewundenen Pfad entlanglief. Er hatte geantwortet. Er würde auf sie warten. Trotz ihrer dicken Lederstiefel, die sie als Schutz gegen die Giftschlangen angezogen hatte, bewegte sie sich lautlos. Diese Fähigkeit hatte sie sich im Lauf der Jahre erworben, und sie hatte sich schon oft als nützlich und hilfreich erwiesen. Inzwischen war es ihr zu ihrer zweiten Natur geworden, sich lautlos zu bewegen. Der Dschungel vibrierte nachts vor Leben, und sie hatte keine Lust, einem hungrigen Tier als Nachtmahl zu dienen.

Einen Augenblick strich sie mit den Fingern über das kurze Blasrohr, das sie sich selbst gemacht hatte. Es war nicht so lang wie die Blasrohre, die die Männer aus ihrem Stamm bei der Jagd mit sich führten. Ijadas kleine Pfeile flogen auch nicht so schnell. Aber sie war mit ihrer Waffe ganz zufrieden. Sie wollte damit nicht jagen, nur sich selbst verteidigen. Zweimal hatte sie das geschafft – einmal hatte sie ein großer Tapir und einmal ein glutäugiger Ozelot angegriffen. Wenige Minuten später waren beide gestorben, denn sie hatte die Pfeilspitzen mit Curare vergiftet.

Obwohl sie einen spanischen Vater und eine indianische Mutter hatte, hatte sich Ijada immer für eine Iquito gehalten. Sie konnte die

Spanier nicht leiden, die den südamerikanischen Indianern nichts als Krankheiten und den Tod gebracht hatten. Wäre es nach Ijada gegangen, dann hätte sie nichts mit den Spaniern zu tun gehabt. Aber sie war auf die Silbermünzen angewiesen, die sie für ihre Arbeit von ihnen bekam.

Der Mann, der sie am vereinbarten Treffpunkt erwartete, war allerdings kein Spanier. Er war ein Holländer und verstand noch viel weniger als die Spanier von den südamerikanischen Indianern. Aber da der Holländer sie gut bezahlte, gab sich Ijada ihm hin. Eines Tages würde sie ihn töten, aber bis dahin brauchte sie ihn noch.

»*Hola, señor*«, grüßte sie ihn, als er zwischen den dunklen Bäumen hervortrat.

Dann erlaubte sie ihm, sie in die Arme zu schließen. Unter seinen leidenschaftlichen Küssen öffneten sich ihre Lippen, und Ijada fühlte wie immer, wenn dieser Mann sie berührte, Begierde in sich aufsteigen. Wie sehr sie ihn dafür haßte! Aber sie war machtlos gegen ihn. Das war vom ersten Tag an so gewesen.

Der Holländer lachte triumphierend auf, als sie ihren Körper gegen den seinen preßte. Er fühlte ihr Herz schneller schlagen, und einen Augenblick lang überlegte er, ob er sie hinhalten sollte, bis sie ihn anflehte, sie zu nehmen. Aber er begehrte sie selbst zu sehr, um Spaß an diesem Spiel zu finden.

Er stieß sie zu Boden, schob ihr die Röcke hoch und streifte ihr die Unterhose ab. Sie war schon feucht und heiß, wie immer. Der Holländer öffnete seine Reithosen und schob seinen harten Schaft tief in sie hinein. Immer wieder und immer schneller fuhr er ihr zwischen die Beine, bis sie laut stöhnend kam. Ein langer Schauder lief durch ihren Körper, dann durch seinen. Und dann lagen sie beide still. Nach einer Weile rollte sich der Holländer von ihr herunter, erhob sich und knöpfte seine Hose zu.

»So, meine kleine Tulpe, warum wolltest du mich – abgesehen von dem, was wir gerade getan haben – sehen? Hast du eines der Dokumente gefunden?«

»Nein, Señor«, sagte Ijada, erhob sich ebenfalls und strich sich das Kleid glatt. »Ich habe überall gesucht. Die Papiere sind nicht zu finden. Ich glaube, daß Gilberto Huelva die Urkunde gestohlen hat. Und die Karte ...« Ijada zuckte mit den Achseln. »Ich glaube gar nicht, daß eine Karte existiert.«

»Es *muß* eine Karte geben!« schimpfte der Holländer und ballte die Hand zur Faust. »Die Geschichte klingt zu wahr, um ein altes Indianermärchen zu sein.«

Wieder zuckte Ijada mit den Schultern. »Es ist bestimmt etwas Wahres dran, Señor. Aber seitdem ist viel Zeit vergangen, und wer weiß, welcher Teil der Geschichte in der Zwischenzeit vergessen worden ist? Ich suche natürlich weiter, wenn Sie es wünschen. Aber deshalb habe ich Sie heute nacht nicht herbestellt. Wir haben ein neues Problem.«

»Wirklich?«

»*Sí*, Señor. Don Basilios Schwester und Bruder sind nach Esplendor gekommen.«

»Nun, dann schaff sie dir vom Hals.«

»Das habe ich versucht, Señor, aber das ist nicht so leicht. Sie planen, im Herrenhaus zu wohnen.«

»Wirklich, Ijada! Muß ich dir denn alles genau erklären? Du weißt doch, was du tun mußt.«

»Verzeihung, Señor, aber... würde das nicht komisch aussehen? Vier Tote – fünf Tote, wenn man das Mädchen der Schwester mitrechnet, und alle sollen an einem ›Fieber‹ gestorben sein, das niemand sonst bekommen hat? Nein, Señor. Don Basilio und seine Frau waren nicht allein auf der Welt, wie wir glaubten. Seine Schwester und sein Bruder sind schon nachgekommen. Vielleicht kommen noch mehr Verwandte. Nein, Señor, es geht nicht. Wir müssen uns etwas anderes ausdenken.«

Der Holländer zog die Stirn kraus und nickte.

»Ja, ich verstehe, was du meinst. Vielleicht kannst du sie so erschrecken, daß sie freiwillig gehen, obwohl das bei Don Basilio und Doña Francisca nichts genützt hat.«

»Die beiden hatten nicht genug Geld, um abreisen zu können. Mit der Schwester ist es etwas anderes. *Sí*. Ich werde versuchen, ihr Angst einzujagen. Sie selbst wirkt nicht ängstlich. Aber der Junge sieht nicht gerade mutig aus. Wenn sie Angst um ihn bekommt... *Sí*. Das klappt vielleicht.« Sie wechselte das Thema. »Es wird spät, Señor. Ich muß jetzt gehen.«

»Jetzt schon, meine kleine Tulpe?«

Der Holländer lächelte, fuhr ihr mit der Hand in die Bluse und streichelte ihre Brüste.

»Nun, etwas kann ich schon noch bleiben«, sagte Ijada leise, und ihre Brustwarzen richteten sich vor Erregung auf.

17. KAPITEL

The Staked Plain, Texas, 1848

In der Hochebene von Staked Plain hatte der Stamm der Komantschen sein Winterlager aufgeschlagen. El Lobo und sein Cousin Salvador waren hergekommen, um den Indianern verschiedene Handelswaren und Gewehre zu bringen.

Kein Wunder, daß jeder Mann glaubt, daß er ein Halbblut ist, dachte der Visconde, als er seinen Vetter anschaute. El Lobo hatte seine schwarz und silberne Westernkleidung abgelegt und trug jetzt die perlen- und fransenverzierte Lederkleidung der Indianer. Mit seinem langen schwarzen Haar und seiner dunklen Haut sah El Lobo tatsächlich mehr wie ein Indianer als wie ein Weißer aus. Nur seine dunkelblauen Augen verrieten seine Herkunft.

Ich werde mich wohl niemals daran gewöhnen, dachte Salvador und seufzte. Dieses fremde Land, diese fremden Menschen! Wer ist denn hier zivilisierter – die Weißen oder ihre roten Feinde? Hoffentlich stellt mir niemand diese Frage. Ich müßte ehrlicherweise antworten, daß ich die Indianer für zivilisierter halte, und wäre dann ein Ausgestoßener, ganz wie Rafael. Wenn Don Manuel mir erlaubt hätte, mit *Tío* Diego und *Tía* Anna María in die Neue Welt zu reisen, wäre ich heute wie Rafael. Aber jetzt – jetzt bin ich zu alt, um so viel zu lernen. Ich bin Spanier. Ich hätte nach Peru gehen sollen wie Basilio und Francisca oder in ein anderes Land in Südamerika. Dieses *Tejas* hier... ist mir viel zu amerikanisch. Selbst mit Rafael, der mir alles beibringen könnte... *Ŝí*, ich muß *Tejas* verlassen und mich in einer Gegend ansiedeln, die mich mehr an zu Hause erinnert. Morgen werde ich es Rafael sagen. Er wird es sicher verstehen.

Ijada hatte Gilberto Huelva zu Unrecht einen Dieb genannt. Er war ein armer, einfacher Bauer, ein treuer, ehrlicher Mann. Er hatte tatsächlich die Besitzurkunde mitgenommen, aber nur, weil Don Basilio ihm das aufgetragen hatte.

Gilberto hätte alles für *el patron* getan, denn Don Basilio hatte ihm in Manaus das Leben gerettet, als seine Schneiderwerkstatt in Flammen aufgegangen war.

»Wie soll ich Ihnen jemals danken, Señor!« hatte er schluchzend ausgerufen. »Sich ins Feuer zu wagen, um einen völlig fremden Mann zu retten... Wie kann ich das jemals wiedergutmachen, Señor?«

Schließlich hatte Gilberto, dessen Werkstatt völlig niedergebrannt war, darauf bestanden, als Diener für Basilio zu arbeiten.

»Aber ich kann Sie nicht bezahlen, Sir«, hatte der junge Adelige protestiert.

Der dankbare Schneider war aber unbeirrbar bei seinem Plan geblieben. Da sein Laden und seine Werkstatt vom Feuer zerstört worden waren, hatte es nichts mehr gegeben, was ihn in Manaus hätte halten können.

»Glauben Sie, Geld ist mir wichtig, Señor?« hatte Gilberto gefragt. »Sie haben mir das Leben gerettet, Señor. Was kann ich besser mit diesem Leben anfangen, als Ihnen zu dienen?«

Und so war der Schneider Basilios treuer und zuverlässiger Diener geworden. Niemand war so verzweifelt gewesen wie Gilberto, als *el patron* und seine schöne junge Frau krank geworden waren. Bereits geschwächt vom hohen Fieber hatte ihm Basilio im Angesicht des Todes aufgetragen, einem Mann namens La Aguila, der im Hotel Placido in Laredo wohnte, die Besitzurkunde von Esplendor zu bringen und ihm zu sagen, daß er ihm die Plantage vererbe.

Gilberto hatte versucht, sich dem Auftrag zu widersetzen.

»Ich möchte Sie nicht hier allein zurücklassen, *el patron*«, hatte er gesagt. »Sie sind sehr krank und brauchen mich mehr denn je. Ich vertraue Ijada nicht...«

»Mach dir keine unnötigen Sorgen, mein Freund. Ich bin doch schon jetzt so gut wie tot.«

Und Gilberto, der wußte, daß sein Herr die Wahrheit gesprochen hatte, hatte sich traurig von ihm verabschiedet.

Jetzt stand er unsicher im Hotel Placido und überlegte, ob es richtig gewesen war, Don Basilio zu verlassen. Wahrscheinlich war er jetzt schon tot.

Ach, wenn sein Herr nur das Angebot angenommen hätte, das

ihm vor ein paar Monaten gemacht worden war! Ein Holländer namens Paul van Klaas hatte Esplendor kaufen wollen und einen sehr anständigen Preis dafür geboten. Aber *el patron* hatte sich geweigert, obwohl er und Doña Francisca das Geld dringend hätten brauchen können.

Deshalb hatte der Holländer eine andere Plantage weiter flußaufwärts kaufen müssen. Capricho war in sehr viel besserem Zustand als Esplendor, und Gilberto hatte sich gewundert, warum der Holländer die heruntergekommene Plantage seines Herrn überhaupt hatte erwerben wollen.

Einer alten Indianersage nach hatte Don Santiago Roque y Avilés Esplendor mit dem Gold erbaut, das er in El Dorado gestohlen hatte. Die Indianer behaupteten, daß die Inkagötter wegen dieses Diebstahls so wütend auf Don Santiago gewesen waren, daß sie ihn und das Haus verflucht hatten. Don Santiago hatte seinen Verstand verloren und war von einer Bande von geldgierigen Händlern ermordet worden, die geglaubt hatten, daß ein Schatz in Esplendor vergraben sei. Alle weiteren Besitzer sollten eines unnatürlichen Todes gestorben sein.

Zum Schluß hatte der schwerkranke Mann, dem Don Basilio die Plantage abgekauft hatte, gesagt: »Wenn hier jemals ein Schatz vergraben war – oder auch eine Karte, auf der der Weg nach El Dorado verzeichnet ist, wie manche Indianer behaupten –, dann ist dieser Schatz oder diese Karte schon vor langer Zeit geraubt worden. Nun, ich wünsche Ihnen alles Gute, Señor. *Buena suerte.*«

Zweifellos hatte der Holländer, Paul van Klaas, die Geschichte von dem vergrabenen Schatz gehört, und deshalb hatte er Esplendor kaufen wollen. Gilberto war sicher, daß sein Herr sterben mußte, weil auf Esplendor tatsächlich ein böser Fluch lastete.

Jetzt gehörte die Plantage einem Mann namens La Aguila, den er hier im Hotel finden sollte. Er beneidete den Erben nicht.

An der Rezeption erfuhr er, daß er den Mann in Zimmer Nummer fünf im ersten Stock finden würde. »Aber beeilen Sie sich. Er will das Land heute verlassen.«

Salvador seufzte, als er sich in dem Zimmer umsah, um sicherzugehen, daß Pancho nichts vergessen hatte. Der Abschied von seinem Cousin und dessen Frau war traurig gewesen, aber sie hatten verstanden, warum er fort mußte. Er gehörte nicht nach Texas wie sie. Er mußte seinen eigenen Platz in der Welt finden.

Auf dem Weg nach Mexiko hatte er im Hotel Placido in Laredo Zwischenstation gemacht und dort nach einem Brief von Basilio und Francisca Montoya gefragt. Aber es war kein Brief für ihn angekommen. Salvador war enttäuscht, denn er hatte gehofft, daß das Paar ihm schreiben würde. Ob sie es wohl geschafft hatten, eine Plantage zu kaufen, ob es ihnen wohl gutging?

Er schüttelte den Kopf und trank den letzten Schluck Whisky aus seinem Glas. Er würde es wohl nie erfahren. Er würde sie niemals wiedersehen. Dieser Gedanke erfüllte ihn mit Traurigkeit, und er dachte wieder an Aurora, Basilios Schwester. Jetzt würde Salvador sie wohl niemals treffen, um feststellen zu können, ob sie wirklich so schön war wie auf dem kleinen Bild.

Es klopfte an der Tür.

»*Venga*«, rief er und schaute desinteressiert auf, weil er erwartete, daß das Mädchen kam, um das Zimmer herzurichten.

Deshalb war der Visconde erstaunt, als ein ihm unbekannter Mann vorsichtig den Kopf zur Tür hereinstreckte.

»Entschuldigen Sie, Señor«, sagte der Mann, »aber mir wurde gesagt, daß ich einen Mann namens La Aguila hier finden würde.«

»Das bin ich«, sagte Salvador. »Was führt Sie zu mir?«

»Ich – ich bin Gilberto Huelva, Señor. Ich habe eine Nachricht von Don Basilio Montoya für Sie.«

»Montoya!« rief der Visconde überrascht aus. »Kommen Sie herein, Sir. Setzen Sie sich. Wie geht es Don Basilio? Gut, nehme ich an.«

Gilberto schüttelte den Kopf.

»Nein, Señor, ganz und gar nicht gut. Wahrscheinlich ist er jetzt schon tot.«

»Tot?« fragte der Visconde überrascht. »Aber – aber warum?«

»Als ich ihn verließ, quälte ihn ein schweres Tropenfieber, Señor. Jeden Tag wurde er schwächer... Es tut mir leid, Señor. Es war nichts zu machen.«

»Und seine Frau, Doña Francisca?« fragte Salvador betroffen.

»Sie ist nicht mehr am Leben, Señor. Sie starb, ein paar Tage bevor ich Esplendor verließ.«

»Esplendor?«

»Don Basilios Plantage, Señor.«

Der Visconde sank auf seinen Stuhl zurück. Die Montoyas tot? Nein, das konnte nicht wahr sein. Sie waren doch so lebendig, so jung, so verliebt gewesen. Wieder fiel ihm siedendheiß ein, daß er verflucht sein könnte: Er hatte sich mit dem Paar angefreundet, jetzt waren sie tot.

»*Mierda*«, fluchte Salvador bitter. »Wie traurig. Wie unendlich traurig!«

»*Sí*, Señor.« Gilberto schwieg eine Zeitlang, räusperte sich dann und sagte: »Señor, mein Herr hat mich gebeten, Ihnen das hier zu bringen.« Er zog die Besitzurkunde aus seiner Tasche. »Er war schon zu schwach, um ein Testament zu schreiben. Aber er hat die Urkunde auf Ihren Namen überschrieben, bevor er ... Don Basilio wollte, daß Sie Esplendor erben ...«

Gilberto schwieg einen Augenblick und fuhr dann erregt fort: »Ach, Señor, gehen Sie nicht nach Esplendor! Es ist ein verfluchter Ort, der all seinen Besitzern Unglück gebracht hat. Jeder einzelne ist eines unnatürlichen Todes gestorben. Ich flehe Sie an, Señor: Gehen Sie nicht nach Esplendor!«

Salvador musterte den Mann und überlegte, ob er vielleicht die gleiche Krankheit wie Basilio hatte und im Fieberwahn sprach.

»Erzählen Sie mir, Señor«, bat er ihn verwirrt, »erzählen Sie mir alles über die Plantage, und warum Sie mich davor warnen.«

Gilberto atmete tief ein und begann, Salvador die alte Geschichte von Don Santiago Roque y Aviles und Esplendor zu erzählen.

18. KAPITEL

»Diese Hexe!« rief Basilio erregt, versuchte, sich im Bett aufzusetzen und deutete mit einem zitternden Finger auf Ijada. »Sie hat mich vergiftet!« Dann fiel er in die Kissen zurück und hauchte sein Leben aus.

Aurora starrte ihren Bruder entsetzt an und wandte sich dann an Ijada.

»Er ist am Fieber gestorben, Señorita!« rief Ijada aus. »Er wußte nicht, was er sagte!«

Aurora war so schockiert über den Tod ihres Bruders, daß sie kaum auf die Worte der Mestizin achtete. »Natürlich, Ijada«, murmelte sie geistesabwesend.

Sie wußte, wie hingebungsvoll die Frau ihren Bruder gepflegt hatte, aber es war hoffnungslos gewesen. Basilio war jeden Tag schwächer geworden, und jetzt war er gestorben.

Die Hitze war unerträglich. Schon setzten sich Fliegen auf den Toten, der sich ihrer nicht mehr erwehren konnte. Basilio mußte so schnell wie möglich beerdigt werden.

In aller Eile wurde ein einfacher hölzerner Sarg angefertigt. Neben Franciscas Grab wurde eine Grube ausgehoben. Der Priester aus der nahegelegenen Missionsstation sprach die letzten Gebete. Aurora warf weinend eine Handvoll Erde auf den Sarg. Dann ging sie zum Haus zurück und hatte das Gefühl, als ob das Gewicht der ganzen Welt auf ihren Schultern lastete.

Sie würden nicht nach Belém zurückkehren. Dessen war sich Aurora ganz sicher. Sterbend hatte Basilio Ijada angeklagt, ihn vergiftet zu haben. Und obwohl Aurora am Anfang geglaubt hatte, er hätte diese Worte im Fieberwahn gesagt, nagte jetzt ein heftiger Zweifel an ihr. Sie wußte zwar nicht, warum die Mestizin ihren Bruder ermordet haben sollte. Aber vielleicht hatte Basilio die Wahrheit erkannt! Aurora mußte hierbleiben, das Geheimnis um den Tod ihres Bruders aufklären und gegebenenfalls seine Mörderin ihrer gerechten Strafe zuführen.

Am nächsten Morgen entschied Aurora, daß sie sich als erstes Klarheit über den Zustand der Plantage verschaffen mußte. Sie wußte schon, daß in das Haus sehr viel Arbeit gesteckt werden mußte, um es auch nur halbwegs bewohnbar zu machen. Und was das Land betraf ... Wenn das wenige und schlechte Gemüse, das sie zu den Mahlzeiten vorgesetzt bekommen hatten, alles war, was angebaut wurde, dann sah es sehr schlecht aus.

Bis jetzt hatte sich das junge Mädchen noch nicht darum kümmern können, denn vom Augenblick ihrer Ankunft an hatte sie die Pflege ihres Bruders voll und ganz in Anspruch genommen.

Zuerst machte sie einen Rundgang durch das Haus. Es hatte an die dreißig Zimmer, davon nur ein paar bewohnbar. Der ganze Westflügel war baufällig, weil sich die Fundamente gesenkt hatten. Kein Wunder also, daß Basilio mit seinem wenigen Geld diese Plantage hatte kaufen können. Niemand sonst hatte sie gewollt.

Als Aurora durch die Ställe ging, stellte sie überrascht fest, daß kein einziges Pferd da war.

In der Nähe von Esplendor gab es keine Stadt. Die nächste, Manaus, lag eintausendfünfhundert Kilometer weit entfernt. In erreichbarer Nähe gab es nur einen kleinen militärischen Außenposten, in dessen Schutz sich ein paar Bauern und eine Missionsstation angesiedelt hatten.

Nun, so war es eben. Aurora mußte dort hingehen, um ein Pferd zu erwerben, und machte sich sofort auf den Weg.

Ein paar Minuten später kam eine von zwei Pferden gezogene Kutsche auf sie zu, die zu ihrer Überraschung anhielt.

»Guten Tag, Señorita«, grüßte sie der Mann auf dem Kutschbock. Er sprach Spanisch mit einem ausländischen Akzent, dessen Herkunft Aurora aber nicht erkennen konnte. »Erlauben Sie mir, daß ich mich Ihnen vorstelle. Ich bin Paul van Klaas, der Besitzer von Capricho. Sie müssen Doña Aurora sein, Don Basilios Schwester.«

»*Ŝí*«, antwortete sie überrascht.

Der Mann lachte.

»Verzeihen Sie mir, Señorita. Sie wundern sich darüber, daß ich weiß, wer Sie sind. Aber die Erklärung ist sehr einfach. Sowohl die peruanischen Bauern als auch die Indianer schwätzen für ihr Leben gern, so daß sich jede Neuigkeit hier schnell herumspricht. Als ich von Ihrer Ankunft erfuhr, habe ich mich aufgemacht, um Ihnen einen Antrittsbesuch zu machen und mich gleichzeitig nach dem Befinden Ihres Bruders zu erkundigen. Er ist sehr krank, nicht wahr?«

»*Ŝí*, Señor«, antwortete Aurora sehr ernst. »Er ist gestern gestorben.«

»Ach, bitte verzeihen Sie mir, Señorita«, entschuldigte sich der Mann. »Das tut mir wirklich sehr leid.«

»Ja... Nicolas und ich, wir haben unseren Bruder Basilio sehr geliebt. Sein... Tod war ein schwerer Schlag für uns.«

»Bitte, Señorita, wenn ich Ihnen in irgendeiner Weise behilflich sein kann, lassen Sie mich das wissen. Ich nehme an, Sie wollen jetzt nach Hause zurückfahren...«

»Nein, Señor. Wir haben uns entschlossen, in Esplendor zu bleiben. Die Reise hierher war sehr lang und beschwerlich, und ich fühle mich nicht in der Lage, schon jetzt die Rückreise anzutreten.«

»Selbstverständlich. Ich verstehe das gut. Sind Sie auf dem Weg zum Friedhof?«

»Nein, Señor, ich will zum militärischen Außenposten. Wir leben hier sehr isoliert. Ich muß wenigstens ein Pferd kaufen. Ich verstehe nicht, wie Basilio es geschafft hat, ohne ein Pferd auszukommen«, sagte Aurora leise, und die Traurigkeit über den Tod ihres Bruders drohte sie wieder zu überwältigen.

»Nun, in diesem Fall müssen Sie mir erlauben, Sie hinzufahren«, meinte Paul van Klaas höflich und tat so, als ob er die Tränen in ihren Augen nicht sähe.

»Ach, vielen Dank, Señor. Das ist sehr freundlich von Ihnen ...«

Paul van Klaas half Aurora in die Kutsche, wendete, und sie fuhren los. Das junge Mädchen wischte sich die Augen mit ihrem Taschentuch trocken und schaute ihren Wohltäter an.

Er war ein großer, braungebrannter Mann mit blondem Haar und blauen Augen. Er sah gut aus und war elegant gekleidet, aber aus irgendeinem Grund gefiel er ihr nicht. Seine Hände sahen sehr brutal aus, und Aurora traute ihm ohne weiteres zu, daß er jemanden erwürgen konnte. Wieder fiel ihr die Anschuldigung ihres Bruders gegen Ijada ein.

Hatte die Mestizin Basilio wirklich vergiftet? Sie grübelte darüber nach, was für Gründe Ijada wohl gehabt haben konnte, und vergaß darüber ganz die Gegenwart. Nach langer Zeit rief sie sich zur Ordnung, räusperte sich und fing an, sich wieder mit Paul van Klaas zu unterhalten, der sie für sehr unhöflich halten mußte.

»Wie sind Sie denn nach Peru gekommen, Señor van Klaas?« fragte sie.

»Ach, das ist eine lange Geschichte, Señorita«, meinte er, »aber ich kann es Ihnen auch kurz erzählen. Zu Hause in Holland habe ich mich mit meinem Vater überworfen, und er hat mich enterbt. Ich hörte, daß fleißige Menschen es hier in Peru zu etwas bringen können, und deshalb kam ich mit meiner Frau Heidi – leider haben wir keine Kinder – hierher, um mein Glück zu versuchen. Ich hatte nicht viel Geld, deshalb wollte ich Esplendor von Ihrem Bruder kaufen, aber Sie wissen ja, daß das nicht geklappt hat. Deshalb habe ich mich für Capricho interessiert. Es hat viel mehr gekostet, als ich ausgeben wollte.« Er zuckte mit den Achseln. »Aber soweit geht alles gut. Ich kann mich nicht beschweren.«

Der militärische Außenposten war noch kleiner, als Aurora vermutet hatte, hatte aber gute Pferde im Stall. Und Colonel Xavier de la Palma verkaufte dem jungen Mädchen zwei kräftige Pferde und ein paar Maultiere, die sie zum Pflügen einsetzen wollte.

Nachdem das Geschäft abgeschlossen war, wollte Aurora einige peruanische Bauern für die Feldarbeit einstellen.

Der Holländer schüttelte den Kopf und erklärte ihr, daß alle Plantagen im Umkreis die Arbeit von indianischen Sklaven verrichten ließen, was zwar verboten, aber dennoch in ganz Südamerika üblich sei.

»Das stimmt vielleicht«, meinte Aurora, »aber diese Gewohnheit verstößt nicht nur gegen das Gesetz, sondern ich habe herausgefunden, daß es so gut wie unmöglich ist, Indianer auf Esplendor zum Arbeiten zu bringen. Sie glauben alle an diese entsetzliche Legende, daß die Plantage verflucht ist und böse Geister dort umgehen. Mit Ausnahme von Ijada ist kein einziger Indianer zu überreden, nach Einbruch der Dunkelheit dort zu bleiben. Über kurz oder lang müssen Nicolas und ich doch Arbeiter haben, die auf der Plantage leben, falls wir uns entscheiden, für immer dazubleiben.«

»Ich verstehe«, sagte Paul zögernd.

»Sie glauben, daß ich einen Fehler mache, nicht wahr, Señor«, fragte Aurora. »Daß ich es nie schaffen werde, die Plantage allein zu bewirtschaften?«

»Verzeihen Sie mir, Señorita, aber viele Männer haben das schon versucht und sind gescheitert. Bei allem Respekt, aber wie soll dann ausgerechnet eine Frau das schaffen?«

Aurora ärgerte sich über die Worte des Holländers. Sie schüttelte entschieden den Kopf.

»Ich stamme aus dem Haus von Mon ... toya, Señor«, erwiderte sie stolz. »In unserer Familie gibt niemand so schnell auf.«

»Nun, wir werden es ja sehen, Señorita«, meinte Paul van Klaas mit merkwürdiger Stimme. »Wir werden es ja sehen.«

Dann lächelte er verbindlich. Es gab wirklich keinen Grund, die junge Dame zu verängstigen oder zu erschrecken. Sie konnte unmöglich schaffen, was sie sich vorgenommen hatte. Der Holländer war überzeugt, daß sie schon bald entmutigt sein und Esplendor aus eigenem Antrieb verlassen würde. Wenn Ijada noch das Ihre dafür tat, um so besser! Er würde Basilios Schwester bald los sein.

In den darauffolgenden Tagen arbeitete Aurora unermüdlich und fluchte und weinte abwechselnd, als sie langsam entdeckte, wieviel getan werden mußte. Ach, wie hatte es ihr Bruder nur geschafft, in den langen Monaten, die er hier verbracht hatte, so wenig zu leisten?

Die Felder waren so überwuchert, daß das Unkraut abgebrannt werden mußte, und diese Arbeit war nicht nur schwierig, sondern auch sehr gefährlich. Vom ersten Tag an schien es, als würde alles mißlingen: Einmal verletzte sich einer der Arbeiter mit der Machete, am nächsten Tag wurde einer von einer Giftschlange gebissen. Ein Mann wurde von einem Baum erschlagen, der in eine andere Richtung fiel als erwartet. Immer wieder stolperten die Männer in eines der tiefen Löcher, mit denen das Gelände übersät war. Als sich Aurora nach den Löchern erkundigte, erzählte ihr Ijada, daß Basilio an die Geschichte des verborgenen Schatzes geglaubt und einen Großteil seiner Zeit damit verbracht hatte, danach zu suchen. Jetzt fiel es Aurora wie Schuppen von den Augen. Kein Wunder, daß ihr Bruder in den langen Monaten so wenig erreicht hatte!

Bald war Aurora entmutigt, weil sich die Schwierigkeiten so sehr häuften. Sie machte den Bauern keinen Vorwurf, als sie ein Kreuz schlugen und ihr mitteilten, daß sie nicht länger für sie arbeiten könnten. Selbst sie fing an, den Aberglauben der Indianer, daß Esplendor verflucht sei, für wahr zu halten. In ihrer Verzweiflung verdoppelte sie den Lohn der Männer und Frauen, um wenigstens einige zum Bleiben zu bewegen.

Die Reparaturen im Haus erwiesen sich als ganz besonders schwierig. Eine Säule stürzte ein, und das Dach senkte sich gefährlich. Durch die Hammerschläge im Inneren des Hauses brach ein großer Marmorstein aus der Außenwand und verfehlte Nicolas nur um wenige Zentimeter. Ein Mann stürzte im ersten Stock durch den morschen Boden, fiel ins darunter gelegene Stockwerk und brach sich wie durch ein Wunder dabei nur einen Arm. In der Küche breitete sich ein Feuer aus, und ein Kind trug schwere Verletzungen davon. Lupe fand einen Skorpion in Auroras Bett.

Wenn sie Zeit gehabt hätte, hätte Aurora um Basilio und Francisca getrauert. Aber die Tage vergingen im Nu, und abends fiel sie so erschöpft ins Bett, daß sie nicht einmal etwas träumte.

Manchmal schaute sie das große, weiße Herrenhaus aus Marmor an und überlegte, ob sie vielleicht verrückt geworden sei. Ob sie, wie ihr Bruder Basilio, hier sterben würde, ob das ihr Schicksal sei, das *abuela* in den Karten gelesen hatte. In den Nachforschungen über die wahre Todesursache ihres Bruders war sie keinen Schritt weitergekommen. Ijada verichtete ruhig ihre Arbeit und sagte kein Wort, als Aurora Nicolas empfahl, nichts zu essen oder zu trinken, was nicht von Lupe hergerichtet worden war.

Langsam wurde sie unsicher. Hatte Ijada tatsächlich ihren Bruder vergiftet, wie er behauptet hatte – oder hatte Esplendor ihn getötet?

Esplendor. Dieses wunderbare, rätselhafte Esplendor. Obwohl das Herrenhaus immer noch eine halbe Ruine war, schien es auf merkwürdige Art zu leben. In einer mondlosen Nacht hätte Aurora schwören können, eine Angelusglocke läuten zu hören. Zweimal stieg sie in die Kuppel und starrte die große Glocke aus massivem Gold an, die, von Staub und Spinnweben bedeckt, dort auf dem Boden lag. Sie hatte die Glocke wieder aufhängen wollen, aber die abergläubischen Bauern waren nicht zu überreden gewesen, sie zu berühren. Diese Glocke konnte nicht geläutet haben...

Ich werde verrückt, dachte sie. Verrückt...

Aber Aurora gab nicht auf. Trotz aller Schwierigkeiten hatte sie das sichere Gefühl, in Esplendor geschützt zu sein, ganz als ob auch hier ihr Geliebter sie bewachte.

Sie sah ihn so klar vor sich, als ob er leibhaftig vor ihr stünde...

Aurora rieb sich die Augen. Er war wirklich da, stand auf der Treppe, die zur Terrasse hochführte.

Nein. Das konnte nicht sein. Diesmal hatten keine Nebelschwaden sein Kommen angekündigt. Die Plantage sah noch genauso aus wie zuvor, nichts hatte sich verändert.

Heridas de Cristo!

Der Mann lebte wirklich. Er stand vor ihr.

Auroras Herz hämmerte heftig gegen ihren Brustkorb, und sie ging langsam auf den Mann zu, der für alle Zeit ihr Schicksal sein würde.

19. KAPITEL

Er hatte pechschwarzes Haar und dunkle, glänzende Augen. Mit seinen siebenundzwanzig Jahren wirkte er so, als ob er alles erreicht hätte, was er sich gewünscht hatte.

Abgesehen von seinem weißen Spitzenhemd war er ganz in Schwarz gekleidet. Auf dem Kopf trug er einen *sombrero* mit schmaler Krempe. Trotz seiner vornehmen Erscheinung war etwas Wildes an dem Mann, das Aurora sowohl ängstigte als auch faszinierte. Er war nicht so ein böser Mensch wie Don Juan, aber das Mädchen vermutete, daß er im Ernstfall genauso brutal wie jener sein könnte. Wenn er etwas erreichen wollte, würde er niemandem erlauben, sich ihm in den Weg zu stellen. Bei diesem Gedanken zuckte sie leicht zusammen. Außer Nicolas und ein paar Bauern war niemand in Esplendor, der sie verteidigen konnte.

Der Mann starrte sie immer noch so an, als ob er nicht die Augen von ihr abwenden könne.

Sie war da. Sie war lebendig. Nicht mehr nur ein kleines Bild in seiner Uhr, sondern eine lebendige Frau, die vor ihm stand und ihn anstarrte, als wäre er ein Geist.

Salvadors Herz schlug heftig. Es war ihm, als ob seine Brust springen würde. Er wollte auf sie zueilen, sie in die Arme nehmen und sie so lange leidenschaftlich küssen, bis sie sich ihm aus ganzem Herzen hingab. Und in diesem Augenblick schwor er sich, daß er sie niemals verlassen würde.

»Querida«, stieß er aus. *»Muñeca mía.«*

Aurora hörte seine Worte nicht. Sie war genau wie er überwältigt. Es war, als ob sie sich vor vielen hundert Jahren schon gekannt hätten, als ob eine unbekannte Kraft sie jetzt hierher und wieder zusammengeführt hätte. Ein sanfter Wind kam auf und fuhr durch die Bäume, und Esplendor erwachte, nachdem es dreihundert Jahre gewartet hatte, um zu neuem Leben erweckt zu werden.

Aurora dachte: Er ist gekommen. Endlich ist mein Geliebter gekommen.

Mehr wußte sie nicht. Es wurde dunkel um sie herum, und sie fiel in Ohnmacht.

Mit wenigen Schritten war Salvador bei ihr, hob ihre zarte Gestalt vorsichtig auf die Arme und trug sie ins Haus. Mit traumwandlerischer Sicherheit ging er durch die Räume, bis er im kleinen Salon ankam. Er fragte sich nicht einmal, wieso er sich hier auskannte, denn vom ersten Augenblick an war ihm klar gewesen, daß er nach Hause gekommen war.

Vorsichtig legte er Aurora auf das Sofa. Dann entdeckte er frisches Wasser in einer Vase, befeuchtete sein Taschentuch und wischte ihr zärtlich das Gesicht und die Handgelenke damit ab. Er hätte weinen mögen. Von der Schönheit des jungen Mädchens war er so hingerissen gewesen, daß er einen Augenblick lang sein Herz für die Liebe geöffnet hatte. Aber das durfte nicht noch einmal passieren. Er hatte nur ein paar Minuten mit ihr verbracht, und schon war sie ohnmächtig geworden. Welches Unglück würde ihr nach einer Stunde, nach einem Tag passieren, wenn er sich erlaubte, sie zu lieben? Denn seine Liebe war ein Fluch. Jeder Mensch, den er bisher geliebt hatte, hatte darunter zu leiden gehabt.

Jetzt öffnete sie die Augen.

»Doña Aurora«, sagte er höflich und wehrte sich gegen den Impuls, sie noch einmal in die Arme zu nehmen, »geht es Ihnen besser?«

»Sie – Sie kennen meinen Namen? Wie das?« fragte sie und war sich nicht sicher, ob sie träumte.

»*Sí*, Señorita. Ich war ein Freund von – von Don Basilio und Doña Francisca. Ihr Bruder hat oft von Ihnen erzählt. Ich werde La Aguila genannt. Hat er... mich nie erwähnt?«

»Nein, Señor. Aber als ich in Esplendor ankam, war er... schon sehr krank. Manchmal hat er mich nicht einmal mehr erkannt. Er ist – inzwischen gestorben, müssen Sie wissen«, sagte Aurora leise und seufzte.

»*Sí*. Deshalb bin ich hergekommen«, erklärte Salvador mit freundlicher, aber reservierter Stimme, und kämpfte gegen sein Verlangen, sie in seine Arme zu schließen und sie zu beschützen. »Doña Aurora, verzeihen Sie mir, aber... Es geht Ihnen nicht gut. Wo sind die Diener? Kann ich klingeln?«

»Nein. Nein, Señor. Es geht mir gut«, erwiderte sie und setzte sich auf. »Es war nur die Hitze. *Sî*. Und was die Hausangestellten angeht, sie arbeiten auf den Feldern und in der Küche. Wie Sie sich vorstellen können, haben wir hier eine schwere Zeit, jetzt, nach dem Tod meines Bruders. Ich fürchte, daß wir keine guten Gastgeber sein können, Señor. Sind Sie – von weit her gekommen?«

»*Sí*, von *Tejas*, in den *Estados Unidos*. Aber ich bin kein Gast hier, Señorita. Ich fürchte, daß ich Ihnen einen Schock nicht ersparen kann. Vor seinem Tode hat Ihr Bruder die Besitzurkunde von Esplendor auf mich überschrieben, und sein ehemaliger Diener, Gilberto Huelva, hat mir die Urkunde nach Laredo gebracht. Ich bin der neue Besitzer.«

»Nein!« rief Aurora überascht aus. »Das kann nicht wahr sein!«

»Ich versichere Ihnen, daß es so ist, Señorita. Hier ist die Urkunde.« Der Visconde zog das Pergament aus seiner Tasche. »Sie können es natürlich einem Rechtsanwalt zeigen, wenn Sie das wünschen, aber ich versichere Ihnen, daß alles seine Ordnung hat.«

Das Mädchen starrte die Urkunde entsetzt an. Sie kannte sich in solchen Dingen nicht gut aus, aber das Dokument wirkte echt. Obwohl sie die gekritzelten Worte und die Unterschrift kaum lesen konnte, bestand doch kein Zweifel daran, daß es sich hierbei um die Handschrift ihres Bruders handelte.

Sie reichte Salvador noch ganz benommen das Dokument zurück. All das Geld, das sie ausgegeben hatte, all ihre harte Arbeit war umsonst gewesen. Esplendor gehörte ihr nicht, hatte ihr niemals gehört.

»Señor, ich – ich weiß nicht, was ich sagen soll«, flüsterte sie verzweifelt. Jetzt würde sie niemals herausfinden können, ob Basilio ermordet worden war oder nicht. »Ich brauche ein paar Tage, um zu packen, dann –«

»Doña Aurora!« unterbrach Salvador sie, weil er sofort klarstellen wollte, daß er nicht an ihrer Abreise interessiert war. Er wollte dieses wundervolle Geschöpf nicht gleich wieder verlieren. Er konnte sie vielleicht nicht lieben, aber er konnte ihr wenigstens seinen Schutz anbieten.

»Bitte, Señorita.« Er nahm ihre Hand. »Der Tod Ihres Bruders, die schwere Arbeit auf der Plantage, die Hitze, meine Ankunft – all das war zuviel für Sie. Es ist kein Wunder, daß Sie ohnmächtig geworden sind. Obwohl ich ein Fremder bin, sehe ich, daß Sie sehr traurig und erschöpft sind. Ich bin überzeugt, daß Basilio mir das Anwesen nicht vererbt hätte, wenn er gewußt hätte, daß Sie auf dem

Weg hierher waren. Ich habe Sie nur von den neuen Besitzverhältnissen informiert, weil ich die entsetzliche Last von Ihren Schultern nehmen wollte, die Plantage wieder aufbauen zu müssen. Ich verspreche Ihnen, daß es nicht in meiner Absicht liegt, Sie zur Abreise zu bewegen.«

Aurora musterte ihn und konnte immer noch nicht glauben, daß er tatsächlich hier war. Was würde er sagen, wenn er ihre Gedanken lesen könnte? Daß er ihr Liebster aus einem vergangenen Leben war, der Mann ihrer Träume – daß ein Blick seiner Augen, eine Berührung seiner Hand ihr Herz zum Rasen brachte? Daß sie sich danach sehnte, ihren Kopf an seine Schulter zu legen und seine starken Arme um sich zu fühlen?

Nein, das konnte sie ihm nicht sagen, er würde sie für verrückt halten – und vielleicht war sie das ja auch. Warum wünschte sie sich nichts sehnlicher, als hier in Esplendor bleiben zu dürfen, an seiner Seite? Sie kannte ihn erst ein paar Minuten, und doch kannte sie ihn schon ihr Leben lang.

Mi corazón, mi alma ...

»Sie sind sehr freundlich zu mir, Señor«, sagte sie schließlich. »Und, *si*, ich würde mich gern eine Zeitlang ausruhen, bevor weitere Entscheidungen gefällt werden müssen. Ich habe in letzter Zeit so viel entschieden.« Aurora rieb sich müde die Augen. Der Kopf tat ihr weh, und sie wollte sich hinlegen und ausruhen. »Aber vielleicht ist Ihre Frau nicht damit einverstanden, Fremde in ihrem neuen Heim zu beherbergen.«

Salvador lächelte.

»Ich habe keine Frau, Doña Aurora«, sagte er. »Außer meiner Mutter in Spanien und meinem Cousin in *Tejas* habe ich niemanden auf der Welt. Wenn Sie Esplendor verlassen, dann ist niemand da, der mir Gesellschaft leisten kann.«

Dem konnte sich Aurora nicht widersetzen. Sie wußte nur zu gut, was es bedeutete, allein zu sein.

»Gut, Señor«, sagte sie leise. »Ich bleibe noch eine Zeitlang in Esplendor.«

»Ich sage Ihnen doch, Señor, ich habe alles versucht!« schrie Ijada verzweifelt, da sie wußte, daß der Holländer nicht zufrieden mit ihr war. »Ich habe einen großen Marmorstein heruntergeworfen, als der Junge unten vorbeiging, er hat ihn aber knapp verfehlt. Ich habe ein Feuer in der Küche gelegt, aber dabei ist nur ein Kind meines eigenen Stammes zu Schaden gekommen! *Sangre de Cristo!* Ich habe einen Skorpion in das Bett der Señorita gesetzt. Aber dieses schlaue Mädchen, Lupe, hat den Skorpion gefunden und zertreten. Ich sage Ihnen, Señor, ich habe alles versucht, um sie zur Abreise zu bewegen, und nichts hat genützt.«

»Das macht nichts«, sagte Paul van Klaas und zuckte mit den Achseln. »Ich habe die junge Frau gesehen, ein zierliches, empfindliches Mädchen, das nicht in den wilden Dschungel paßt. Sie wird bald entmutigt sein und freiwillig abreisen.«

»Das kann sein«, stimmte Ijada zu. »Aber das ist nicht mehr wichtig, denn jetzt ist eine neue Schwierigkeit aufgetaucht! Ein Fremder ist in Esplendor angekommen. Er hat das Dokument, das Sie wollten, Señor, die Besitzurkunde für die Plantage. Don Basilio hat sie vor seinem Tod diesem Mann überschrieben und Gilberto Huelva beauftragt, ihm das Dokument zu bringen. Deshalb konnte ich es nicht finden, obwohl ich das ganze Haus auf den Kopf gestellt habe.«

Die Augen des Holländers wurden gefährlich schmal, aber Ijada fuhrt fort.

»La Aguila hat die Zügel schon fest in der Hand, und die Señorita hat es erlaubt! Sie liegt völlig erschöpft im Bett und überläßt La Aguila alle Entscheidungen. Als erstes sagte er, daß er abergläubische Bauern und Indianer nicht brauchen könne, die abends das Gelände verlassen. Er hat sie alle fortgeschickt und furchtbar rauhe Männer angestellt, Söldner aus *Tejas*, die keine Angst vor dem Dschungel haben und erst recht keine vor einer alten Indianerlegende. Jetzt schon roden sie an einem Tag mehr Land als die anderen in einem Monat. Señor, ich weiß nicht, was ich tun soll. Es sieht ganz so aus, als ob unser Plan gescheitert ist.«

Paul biß vor Ärger die Zähne zusammen. Er war so nahe daran gewesen, Esplendor in seinen Besitz zu bringen – und jetzt dies! Er war außer sich vor Zorn. Irgendwo auf dem Gelände war ein Schatz vergraben – oder wenigstens eine Karte im Haus versteckt, die ihm den Weg in die vergessene Stadt El Dorado verraten konnte – und der Holländer wollte sie finden.

Er hatte Ijada beauftragt, Basilio langsam zu vergiften, so daß es so aussähe, als ob der Spanier an einer Tropenkrankheit gestorben wäre. Basilios Witwe, Doña Francisca, hätte Esplendor dann bestimmt verkauft; dessen war sich der Holländer ganz sicher.

Unglücklicherweise hatte Francisca etwas von dem Gift getrunken, das für ihren Mann bestimmt gewesen war, und sie war gestorben. Selbst danach hatte Paul seine Hoffnungen noch nicht aufgegeben. Und jetzt – jetzt war dieser Aguila aufgetaucht!

Paul knirschte vor Wut mit den Zähnen. Wenn es so weiterging, würde der Schatz niemals in seine Hände fallen!

»Dieser Aguila, ist er der Typ Mann, der sich erschrecken und verscheuchen läßt?« fragte der Holländer Ijada.

»Nein, Señor. Tatsächlich würde ich ihn mir nicht zum Feind wünschen. Er hat viel Geld mitgebracht, und außerdem ist er stark und entschlossen. Seit seiner Ankunft hat sich das Haus schon sehr verändert. Ich kann es nicht erklären, Señor. Es sind nicht nur die Männer, die er angestellt hat. Es ist, als ob Esplendor zu neuem Leben erwacht wäre, als ob die Plantage vorher geschlafen hätte. Das Haus hat ihn akzeptiert. Ich weiß nicht, warum, aber aus irgendeinem Grund möchte Esplendor, daß er bleibt.«

»Ach, Ijada, das alles ist doch nur abergläubischer Unsinn!« rief Paul verärgert aus. »Du sprichst von dem Haus, als wäre es ein Mensch! Nun, du mußt ihn loswerden – und die anderen auch. Du weißt, was du zu tun hast.«

»Ich – es tut mir leid, Señor, aber das kann ich nicht«, entgegnete sie nervös.

»Und warum nicht?«

»Don Basilio – bevor er starb, beschuldigte er mich, daß ich ihn – vergiftet habe, Señor! Die Schwester hat es gehört. Und obwohl sie es nie mehr erwähnt hat, würden sie und die anderen nicht essen, was ich zubereitet habe.«

»Verdammt noch mal!« fluchte der Holländer wütender denn je. »Nun, dann muß ich mir etwas anderes einfallen lassen. Geh jetzt heim und halte mich auf dem laufenden, wie immer.«

»Wollen Sie mich – wollen Sie mich heute nacht nicht, Señor?« fragte Ijada beschämt, weil sie sich so sehr nach der körperlichen Vereinigung mit einem solchen Unmenschen sehnte.

»Nein, du dummes Weib!« rief Paul ärgerlich aus. »Du hast alles verdorben, und ich habe nicht einmal Lust, dich anzuschauen.« Er stieg auf sein Pferd und sagte mit sarkastischem Unterton: »Wenn du willst, daß ich dich liebe, meine kleine Tulpe, dann mußt du das tun, was ich von dir verlange.«

Ijada stand enttäuscht da und sah ihm nach. Dann wandte sie sich langsam um und verschwand in der Dunkelheit des Dschungels.

20. KAPITEL

Jetzt war es Aurora unmöglich, Esplendor zu verlassen, selbst wenn sie es gewollt hätte. Heute war Nicolas beim Bau eines Baumhauses abgestürzt und hatte sich das Bein gebrochen. Er würde mehrere Wochen lang nicht reisen können. Obwohl sie erleichtert war, daß der Unfall ihres kleines Bruders nicht schlimmer ausgegangen war, wußte Aurora nicht, wie sie es aushalten könnte, so nah neben Aguila zu leben. Sie liebte ihn, dessen war sie sich inzwischen ganz sicher. Sie kannte ihn aber erst seit wenigen Tagen.

Sie respektierte ihn, bewunderte die Art, wie er die Leitung der Plantage übernommen hatte. Die Männer, die er mitgebracht hatte – *bandoleros* und *comancheros* –, arbeiteten hart und unermüdlich und hatten keine Angst, nach Einbruch der Dunkelheit auf der Plantage zu bleiben.

Er kritisierte Auroras Anordnungen nie, schlug aber höflich vor, daß die Männer zuerst all ihre Kraft auf die Landarbeit verwenden sollten. Der Wiederaufbau des Hauses konnte warten. Absolut notwendige Reparaturen sollten gemacht werden, aber sonst vorerst noch nichts.

Aurora hatte nichts erwidert, aber sie merkte deutlich, wieviel leichter ihm die Arbeit fiel als ihr. Er wußte, was zu tun war, und sie war offensichtlich planlos vorgegangen. Sie hatte noch nie Arbeiten anderer überwachen müssen. Wegen ihres großen Einsatzes hatte sie einiges geschafft, aber es war nicht genug gewesen. Jetzt würde sie genau zuschauen und lernen. Und eines Tages, wenn sie eine eigene Plantage besaß, wußte sie von Anfang an, wie sie zu leiten war.

»*Buenas noches*, Señor«, grüßte sie Aguila höflich, als sie das Eßzimmer betrat.

»Doña Aurora«, sagte Salvador, erhob sich und rückte ihr einen Stuhl zurecht. »Wie fühlen Sie sich heute abend? Ich nehme an, besser. Nicolito hat bei seinem Unfall noch Glück im Unglück gehabt.«

»Ja, Señor. Sein Bein ist zwar gebrochen, aber es ist kein komplizierter Bruch. Er muß ein paar Wochen liegen, das ist alles. Es tut mir leid, Señor, aber ich fürchte, daß wir Ihre Gastfreundlichkeit noch etwas länger in Anspruch nehmen müssen.«

»Aurora«, sagte der Visconde leise und schob seinen Teller zurück. »Darf ich Sie so nennen? Denn ich hoffe, daß wir Freunde sein werden.« Als sie nickte, fuhr er fort. »*Bueno*. Ich glaube, es ist an der Zeit, daß wir uns über die Zukunft unterhalten. Ich habe viel über Esplendor nachgedacht. Und ich habe Ihnen einen Vorschlag zu machen, von dem ich annehme, daß er für alle Beteiligten akzeptabel ist.«

Salvador machte eine Pause, und als er sah, daß sie ihn interessiert anschaute, fuhr er fort.

»Señorita, Ihr Bruder Basilio war ein politischer Flüchtling. Nein, streiten Sie das nicht ab, ich weiß, daß das die Wahrheit ist. Ich nehme an, daß Montoya nicht sein wirklicher Nachname war, und Ihrer ist es ebenso wenig. Sie würden ihn nicht benutzen, wenn Sie nicht aus vergleichbaren Gründen wie Ihr Bruder aus Ihrem Heimatland geflohen wären.«

Salvador schaute Aurora mitfühlend an. »Sie brauchen nicht zu erschrecken, Aurora. Es ist mir ganz egal, was Sie getan haben oder wer bei Hof Ihr Gegner war. Auch ich habe Spanien nicht unter den günstigsten Umständen verlassen. Dort ist bestimmt ein größerer Preis auf meinen Kopf ausgesetzt als auf Ihren. Das erleichtert Sie zu hören, nicht wahr?«

Er grinste, und seine schwarzen Augen leuchteten. Aurora dachte, wie herrlich es wäre, mit ihm lachen zu können. Sie fühlte sich etwas besser, etwas mutiger und lächelte auch.

»Bitte fahren Sie fort, Señor.«

»Nun gut. Gehe ich recht in der Annahme, daß Sie außerhalb von Spanien, wohin Sie nicht zurückkehren können, keine Verwandten oder Freunde haben?«

»*Sí*, Señor. Das stimmt. Deshalb sind wir hier nach Peru gekommen – zu Basilio.«

»Aber er und Francisca sind nicht mehr am Leben. Er wußte nicht, daß Sie nach Esplendor kommen wollen, sonst hätte er bestimmt für Sie vorgesorgt. Statt dessen hat er seine Plantage und seine Uhr, die einzigen Dinge die etwas wert waren, mir vermacht.«

Wieder musterte Salvador Aurora nachdenklich und forschend.

»Ich kann nicht mit gutem Gewissen nehmen, was eigentlich Ihnen gehören müßte. Auf der anderen Seite ist mir klar, daß Sie diesen Besitz nicht allein verwalten können. Ich kritisiere Sie nicht, verstehen Sie mich recht. Aber Esplendor ist in sehr schlechtem Zustand, und es muß sehr viel mehr Geld hineingesteckt werden, als Sie vermutlich besitzen. Deshalb möchte ich Ihnen folgendes vorschlagen: Wir werden Geschäftspartner, die Plantage gehört uns zu gleichen Teilen, und wir bauen Esplendor gemeinsam wieder auf.«

Aurora war sehr überrascht, denn das hatte sie wirklich nicht erwartet. Im ersten Augenblick wollte sie das Angebot ausschlagen, aber dann ließ sie sich alles noch einmal durch den Kopf gehen.

Wenn Nicolas wieder gesund war, könnten er, sie und Lupe nach Belém zurückkehren, wie sie es vorgehabt hatten. Aber wie lange würde es dauern, bis sie ihre Eltern um finanzielle Unterstützung bitten müßte? Sie hatte noch nie in ihrem Leben Geld verdient, und die letzten Monate in Esplendor hatten sie gelehrt, wie ungeeignet sie für körperliche Arbeit war. Vielleicht konnte sie eine Gouvernante werden, aber auch in diesem Beruf hatte sie keinerlei Erfahrungen.

Das Angebot von Aguila war sehr anständig. Tatsächlich hatte er sie seit seiner Ankunft immer äußerst höflich und respektvoll behandelt. Mit seinem Angebot sicherte er ihre Zukunft und bat um nichts als um ihre Freundschaft. Es wäre sehr unvernünftig, dieses Angebot abzulehnen.

Sie holte tief Luft und war sich im klaren darüber, daß sie eine folgenschwere Entscheidung traf.

»Señor«, meinte sie, »ich akzeptiere Ihr freundliches Angebot mit dem größten Vergnügen.«

Langsam entspannte sich Salvador, und er atmete erleichtert auf. Sie würde bleiben. Er würde sie nicht verlieren.

In den darauffolgenden Tagen stellte Aurora oft ihre eigene Entscheidung, in Esplendor zu bleiben, in Frage. Aguila machte sie wütend. Sie war sich zwar sicher, daß er es nicht darauf anlegte, aber es verging kaum ein Tag, ohne daß er sie verletzte.

Da sie ihm nicht zur Last fallen wollte, versuchte Aurora, nach Kräften mitzuarbeiten. Aber jedesmal wenn sie eine Anordnung erteilte, widersprach Aguila höflich, aber bestimmt. Sie glaubte manchmal, losschreien zu müssen, wenn er wieder einmal sagte: »Aurora, es wird sehr viel schneller gehen, wenn ...«

Ein paarmal versuchte sie ihm zu erklären, wie nutzlos sie sich dann fühlte, aber das schien Aguila nicht zu verstehen.

»Sie brauchen sich keine Sorgen zu machen, Aurora«, meinte er. »Die Leitung einer Plantage ist letzten Endes Männersache. Sie haben mehr als genug zu tun, wenn Sie sich um das Haus und um Nicolas kümmern.«

»Aber ich will nicht von Ihnen abhängig sein!« rief sie aus. »Sie haben gesagt, daß wir gleichberechtigte Partner seien.«

»Das sind wir auch. Jetzt beruhigen Sie sich. Gibt es irgend etwas Wichtiges, das ich nicht mit Ihnen abgesprochen habe?«

»Nein«, mußte sie – widerstrebend – zugeben, denn er hatte sie tatsächlich befragt, ihren Rat dann allerdings einfach ignoriert.

»Nun, wenn es sonst nichts mehr zu besprechen gibt, die Männer warten auf mich ...«

So ging es jedesmal.

Ach! Nur ein einziges Mal möchte ich seine eisige Reserve durchbrechen, dachte Aurora unglücklich. Es ist nicht so, wie es sein sollte. Ich weiß es! Aguila ist mein Liebster aus der Vergangenheit. Dessen bin ich mir ganz sicher. Weshalb interessiert er sich dann nicht für mich? Ist es möglich, daß ihm die alte Bindung zwischen uns nicht bewußt ist? Hält er deshalb diese Distanz zwischen uns aufrecht? Kann es sein, daß ich mich – daß ich mich irre?

Salvador sehnte sich sehr danach, sie so oft wie möglich bei sich zu haben, aber gleichzeitig glaubte er, ihre Nähe nicht ertragen zu können. Oft drängte es ihn danach, sie in die Arme zu nehmen und sich ihr zu erklären. Er brauchte seine ganze Kraft, um sich unter Kontrolle zu halten. Aber das mußte er, und zwar ihr zuliebe. Vielleicht war er nur abergläubisch, aber er wollte das Schicksal nicht herausfordern. Aurora zu lieben würde bedeuten, sie ins Unglück zu stürzen. Das Schicksal all seiner Lieben hatte ihm in der Vergangenheit gezeigt, daß er verflucht war.

Jedesmal wenn sie das Haus verließ, machte sich der Visconde Sorgen um sie, und wenn sie nicht bei ihm war, bat er sie, das Haus so selten wie möglich zu verlassen. Er wußte, daß sie sich keinen Reim auf sein übertrieben ängstliches Verhalten machten konnte. Wahrscheinlich hielt sie ihn für verrückt.

Er begehrte sie, aber jedesmal, wenn er seine Bedenken in den Wind schlagen wollte, gewann die Vernunft doch die Oberhand über sein Verlangen.

Nachdem er Aurora einmal aus dem Sattel geholfen hatte, ließ er sie so schnell los, daß sie fast stürzte. Und obwohl er sie instinktiv festhalten wollte, gelang es ihm nicht, sie noch einmal zu berühren. Seine Hände brannten vor Sehnsucht nach ihr. Als Aurora ihn fragend betrachtete, schaute er zur Seite. Er hatte ihre Gefühle verletzt, das wußte er. Aber er konnte ihr nicht erklären, daß ihm ihr verletzter Stolz weniger wert war als ihre Sicherheit. Statt dessen schwieg er und verfluchte das Schicksal, das ihn nach Esplendor gebracht hatte – in die Nähe von Aurora, die er nicht besitzen durfte.

Sie dachte verzweifelt: Ich werde zu Recht bestraft. Ich gelte als gefühlskaltes Mädchen und habe mich in einen Mann verliebt, der noch kälter ist als ich.

Aurora bemerkte, daß Aguila sie oft gepeinigt und sehnsüchtig anstarrte. Aber was sollte das bedeuten?

Manchmal wurde sie rot, und ihr Herz fing wie rasend zu klopfen an, wenn sie Aguila mit nacktem Oberkörper auf den Feldern arbeiten sah. Ein paarmal floh sie ins Haus, um ihre heftigen Gefühle vor ihm zu verbergen. Wie entsetzlich wäre es, wenn er ihre wahren Empfindungen für ihn entdeckten würde, wo sie ihm doch offensichtlich so gleichgültig war!

Sie verfluchte den Tag, an dem er nach Esplendor gekommen war. Die Flamme der Leidenschaft, die seine Ankunft in Auroras Herz entzündet hatte, hatte noch ein paarmal aufgeflackert und war dann gestorben. Jetzt war er ein Fremder für sie – sonst nichts.

Aurora konnte nicht schlafen. Ihr Bett kam ihr heute ganz besonders unbequem vor. Sie warf sich immer wieder herum, um eine bequemere Lage zu finden, aber sie konnte einfach nicht einschlafen.

Seufzend erhob sie sich, trat auf die Veranda und genoß den leichten Nachtwind. Sie schaute zum dunklen Himmel hinauf. Sie wurde nie müde, die Sterne der südlichen Hemisphäre zu betrachten, die so viel heller leuchteten als die Sterne über Spanien. Aber in dieser Nacht war das Firmament schwarz, kein einziger Stern war zu sehen. Aurora merkte, daß der Wind stärker wurde und ein Sturm aufkam. Aber sie ging noch nicht ins Zimmer zurück. Sie genoß diesen kostbaren Augenblick der Einsamkeit. Obwohl seit Aguilas Ankunft schon ein paar Monate vergangen waren, kam es Aurora so vor, als würde sie ihn nicht besser kennen als bei seiner Ankunft. Er war ein merkwürdiger Mann. Ihr gegenüber verhielt er sich nach wie vor wie ein vollendeter Gentleman und nützte das häufige Alleinsein mit ihr nie aus. Aber wenn er sich unbeobachtet glaubte, schaute er sie oft mit einem rätselhaften Gesichtsausdruck an.

Zuerst hatte Aurora gedacht, daß er ihr bald einen Heiratsantrag machen würde. Das wäre in ihrer beider Situation nur zu normal gewesen. Sie wußte, daß die Nachbarn über ihr Zusammenleben tuschelten und klatschten, obwohl es durch die Gegenwart von Nicolas und Lupe durchaus respektabel war. Aber Aguila hatte Aurora keinen Heiratsantrag gemacht. Und wenn er es getan hätte, hätte sie nicht gewußt, was sie ihm antworten sollte.

Sie wickelte sich fester in ihr Umschlagtuch ein. Es war kälter geworden. Schwarze Gewitterwolken rasten über den Himmel. Als Aurora gerade ins Haus zurückgehen wollte, sah sie in der Ferne eine Flamme aufleuchten. Sie brannte eine Zeitlang und ging dann aus. Aurora starrte eine Zeitlang in die Richtung, aber das Licht war nicht noch einmal zu sehen. Sie zuckte mit den Achseln. In einer der Nachbarplantagen hatte jemand eine Lampe angezündet, dachte sie. Es gab also noch jemanden, der heute nacht nicht schlafen konnte.

Plötzlich ließ der Wind nach, und die nächtliche Stille wurde nur von kaum hörbaren Fußtritten auf dem Gras unten unterbrochen.

Schritte?

Neugierig beugte sich Aurora über die Balustrade. Wer war wohl in Esplendor mitten in der Nacht unterwegs? Sie erkannte Ijada, die auf einem der kleinen Pfade in den Dschungel ging. Die Mestizin schaute zum Haus zurück, und Aurora versteckte sich schnell hinter einer Säule. Als Ijada im Wald verschwunden war, lief Aurora, ohne nachzudenken, die Treppe hinunter, verließ das Haus und folgte ihr.

Ihr Herz pochte vor Aufregung. Was hatte die Mestizin mitten in der Nacht im Dschungel zu suchen? War das Licht, das Aurora gesehen hatte, ein Signal?

Aber als sie sich durch den finsteren Wald vorantastete, gab sie schon bald den Plan auf, hinter Ijadas Geheimnis zu kommen. Sie konnte ihre eigene Hand nicht vor den Augen erkennen. Leuchtende Augen starrten sie aus der Finsternis an, und Aurora wußte nicht, in welche Richtung sie ging. Jetzt erst wurde ihr klar, wie dumm sie gewesen war. Sie hatte dünne Hausschuhe an. Wie leicht könnte sie auf eine Schlange oder ein anderes Tier treten!

Sie wandte sich um und stellte zu ihrem Entsetzen fest, daß sie von dem schmalen Pfad abgekommen war. Die schlimmsten Indianergeschichten fielen ihr ein. Selbst diese Naturmenschen gingen nachts aus Angst, sich zu verlaufen, niemals in die Wildnis. Sie mußte nach Esplendor zurückfinden. Sie mußte!

Sie stolperte über eine Wurzel und stürzte. Es kam ihr vor, als ob Tausende von Ameisen und Spinnen über ihre Haut kröchen. So schnell wie möglich stand sie wieder auf. Wenige Augenblicke nach dem ersten Donner öffnete der Himmel seine Schleusen, und es fing heftig zu regnen an. Innerhalb von wenigen Minuten war sie bis auf die Haut durchnäßt. Ihr dünnes Nachthemd und das Umschlagtuch klebten an ihrem Körper, und sie konnte sich kaum mehr bewegen. Sie hob das lange Hemd hoch und ging langsam weiter.

Plötzlich sah sie einen Schatten, der schnell auf sie zukam.

Aurora schrie entsetzt auf. Sie wußte nicht, ob es ein Mensch oder ein Tier war, und floh blindlings in die entgegengesetzte Richtung. Die Gestalt kam hinter ihr her und warf sie zu Boden. Sie schnappte nach Luft und wehrte sich vehement gegen ihren Angreifer.

Salvador konnte nicht schlafen, und da er wußte, daß es keinen Sinn hatte, schlaflos im Bett zu liegen, erhob er sich und zog sich seufzend an. Wieder würde er eine lange durchwachte Nacht verbringen müssen – wie so oft seit seiner Ankunft in Esplendor. Wenn er nur Aurora aus seinen Gedanken verbannen könnte! Aber das konnte er nicht. Wenn sie in seiner Nähe war, gelang es ihm, höfliche Distanz aufrechtzuerhalten, aber wenn er sie nicht sah, kreisten seine Gedanken ständig um sie. Seine Sehnsucht, sie zu liebkosen, quälte ihn, und immer wieder spürte er, wie sie sich in seinen Armen anfühlen mußte.

Der Visconde wußte, daß er oft ungerecht zu ihr war. Viele ihrer Ratschläge waren sehr vernünftig. Häufig erkannte sie Dinge, die ihm entgangen waren. Das war ihm peinlich, denn er sah es als seine Pflicht an, ein kompetenter Manager zu sein, ganz besonders, da seiner Meinung nach Esplendor eigentlich Aurora gehörte. Er wollte das Beste für sie ... aber er durfte sie nicht lieben. Dieser Gedanke schmerzte ihn sehr.

Er ging in den kleinen Salon und schenkte sich einen Whisky ein. Er leerte das Glas auf einen Zug, was er sonst nur sehr selten tat, und füllte es gleich wieder. Nach mehreren Drinks ging es ihm allmählich besser. Er hatte gar nicht so viele Fehler gemacht. Aurora und ihre unaufhörliche Einmischung machten die Arbeit in Esplendor so schwer. Eine Frau sollte sich fügen, selbst wenn sie intelligent war!

Ein Geräusch von draußen ließ den Visconde aufhorchen.

In den letzten Wochen war Salvador bewußt geworden, daß irgend etwas in Esplendor nicht stimmte. Immer mehr Löcher im Boden waren gefunden worden. Da er angeordnet hatte, daß die von Basilio ausgehobenen Löcher zugeschüttet werden sollten, war es klar, daß es sich um neugegrabene Löcher handelte. Irgend jemand suchte nachts auf dem Gelände nach dem Schatz. Es war bestimmt keiner seiner Männer, davon war der Visconde überzeugt. Salvador hatte Wachposten aufgestellt, aber bis jetzt hatten sie noch keinen der nächtlichen Schatzsucher gestellt.

Jetzt fluchte er leise vor sich hin. *Por Dios*! Wenn der Idiot, der nachts Löcher in sein Land grub, sich jetzt zu schaffen machte, würde der Visconde ihn stellen und seiner Schatzsuche endgültig ein Ende bereiten! Mit schwankenden Schritten trat Salvador nach draußen und starrte in die Dunkelheit. *Sangre de Cristo!* Es war ganz eindeutig Aurora, die mit schnellen Schritten in Richtung Dschungel davonging. Was, zum Teufel, hatte sie dort zu suchen?

»Ich werd' es ihr zeigen«, murmelte er betrunken vor sich hin. »Ich werd' es ihr zeigen, wer hier die Hosen anhat!«

Dann rannte er hinter ihr her.

Aurora schluchzte verzweifelt auf, als sie von der dunklen Gestalt zu Boden geworfen wurde. Ach, warum hatte sie das Haus verlassen. Sie hatte doch gewußt, daß ein Regensturm im Anzug war? Jetzt würde sie getötet werden. Sie wußte es!

»Aurora!« rief der Visconde gegen den heulenden Wind an, als er das verängstigte, um sich schlagende Mädchen festzuhalten versuchte. »Aurora, ich bin es, Aguila!«

Es war ihr egal, wie er hergekommen war. Die Hauptsache war, daß er es war. Sie stöhnte erleichtert auf. Sie würde nicht von einem wilden Tier verschlungen werden! Ihr Widerstand ließ nach, und ihr Körper entspannte sich.

Salvador half Aurora auf die Beine. Zu betrunken und zu ärgerlich, um freundlich sein zu können, schob er sie auf den zugewachsenen Pfad zurück und suchte im strömenden Regen nach einer Art Unterstand. Aurora wußte, daß Aguila tatsächlich Augen wie ein Adler hatte, und bald fand er tatsächlich einen umgestürzten Baum, der auf einer Seite hohl war. Er zog sie dorthin und trat ein paarmal mit dem Fuß gegen den Stamm. Eine Schlange wand sich heraus und verschwand im Busch. Trotz ihrer Proteste schob der Visconde Aurora in die große Öffnung. Eng aneinandergepreßt fanden beide in dem hohlen Baumstamm Schutz vor dem niederprasselnden Regen.

Aurora zitterte und war sich sicher, daß irgendwelche Insekten ihre Beine emporkrabbelten. Salvador wollte sie wärmen und zog sie näher an sich heran und legte ihren Kopf gegen seine Brust. Sie fühlte sein Herz schlagen.

Langsam nahm Aurora auch noch anderes wahr: den sauberen, frischen Geruch von Aguilas Seife und von seinem Parfum; die schön geschwungene Kurve seines Mundes, so nahe an ihrem eigenen Mund; seinen warmen Atem, der nach Whisky und den dünnen schwarzen Zigarren roch, die er rauchte; das feine Leinenhemd, das offenstand und die dunkelbehaarte Brust freiließ; seinen muskulösen Körper, nah an ihren gepreßt.

Sie schaute weg. Blitze erhellten sekundenlang die Dunkelheit, Donnerschläge krachten. Der Regen trommelte weiterhin auf den Boden. Aurora zitterte und fühlte sich merkwürdig erregt. Jetzt, da sie in Sicherheit war, fand sie den Sturm lebendig und wunderbar.

Sie wandte sich wieder Aguila zu. Seine schwarzen Augen glühten wie zwei Kohlen in der Dunkelheit. Aurora überlegte sich, was er wohl dachte – sein Herz raste genauso schnell wie ihres. Er war schließlich ein Mann – und ein sehr gutaussehender und starker Mann. Es war schlimm genug, daß sie so eng aneinandergepreßt daliegen mußten. Aber vielleicht würde es ja noch schlimmer werden...

Plötzlich erhellte ein Blitz Salvadors adlerartiges Gesicht und bestätigte Auroras schlimmste Ängste. Für den Bruchteil einer Sekunde hatte sie einen Mann gesehen, einen Aguila, der so wild und so gewaltig wie der Sturm war. Seine Augen verschlangen sie förmlich und zeigten nichts als das nackte Begehren. Eine ihr ganz neue Art von Erregung durchströmte sie. Ihre Brustwarzen richteten sich auf und waren wie kleine Türme durch das feuchte, durchsichtige Nachthemd zu sehen.

Der Visconde war nicht blind. Aber plötzlich erinnerte er sich an seinen Vorsatz, ihr eine Lektion zu erteilen, packte grob ein paar Strähnen ihres schwarzen Haares und drehte ihr Gesicht zu seinem.

Die Zeit stand still, als er auf sie hinunterstarrte. Er sah ihre leuchtend blauen Augen, die halbmondförmig gebogenen langen Wimpern, ihre feingeschwungene Nase, deren Flügel jetzt vor Angst – und noch etwas anderem – bebten, ihren scharlachroten Mund, der so süß und verführerisch war wie eine reife Frucht.

Er atmete ihr Jasminparfum tief ein. Ihr seidenes Umschlagtuch war zur Seite gerutscht und enthüllte die ganze Schönheit ihrer reifen Brüste, die vom Nachthemd kaum verhüllt wurden.

Ja, er würde ihr zeigen, wer der Herr auf Esplendor war.

Er hob eine Hand und strich leicht über eine der verlockenden Halbkugeln.

»*Bruja*«, sagte er mit belegter Stimme. »*Te quiero. Te quiero!*« Aurora zuckte unwillkürlich zusammen. Der wilde Sturm draußen schien plötzlich nichts zu sein gegen die Gefahr, die sie hier bedrohte. Das hier war nicht der freundliche, kühle *caballero*, der sie immer mit ausgesuchter Höflichkeit und großem Respekt behandelt hatte. Nein, dieser Mann war ein wildes Tier, das sich nehmen konnte, was es wollte. Und er wollte sie...

Sie riß ihre blauen Augen weit auf und begann, sich aus seiner Umarmung zu lösen. Sie wollte zurück in den Sturm und in den Dschungel laufen. Das waren Elemente, gegen die sie sich wehren konnte. Sie wußte jedoch nicht, ob sie es schaffen würde, Aguila zu widerstehen.

Eine Welle heißen Verlangens lief durch ihren Körper. Und sie wußte, daß sie ihn genauso begehrte wie er sie. Es stimmte. Sie konnte es nicht abstreiten.

Aber trotzdem wisperte sie »nein«, und noch einmal »nein«.

Es war undenkbar, es kam ihr vor, als ob er sie schon hundertmal so umfangen hätte. Trotzdem war es in diesem Augenblick anders. Dies war keine Erinnerung an ein Leben in der Vergangenheit, dies war kein Traum. Dies war die reine Wirklichkeit, und sie fürchtete sich, obwohl endlich geschah, wonach sie sich so lange gesehnt hatte.

Salvador achtete nicht auf ihre Worte. Statt dessen preßte er seinen Mund auf ihren Hals und streichelte ihre Brüste.

»Ich habe dich begehrt vom ersten Augenblick, an dem ich dich sah«, flüsterte er. »Weise mich nicht ab, *muñeca mía*. Ich weiß, daß du genau so fühlst wie ich.«

Muñeca mía. Er hatte sie *muñeca mía* genannt – er benutzte den Kosenamen, den ihr Geliebter aus der Vergangenheit immer geflüstert hatte.

»Nein«, sagte sie heiser. »Nein, ich begehre Sie nicht.«

Aber es stimmte nicht, und er wußte es.

Er küßte sie so lang, bis sich ihr Mund langsam öffnete. Dann erst erwiderte Aurora den Kuß, und ihre Hände fuhren immer wieder durch sein dickes, schwarzes Haar.

Danach hatte sie sich ihr Leben lang gesehnt. Aber trotzdem fürchtete sie sich vor den intensiven Gefühlen, die sie jetzt überwältigten.

Draußen heulte der Sturm, aber in Aurora tobte die Leidenschaft, so daß sie nichts davon wahrnahm.

Aguila küßte ihre Wangen, ihre Schläfen, ihr Haar, ihre Ohren, ihren Hals, und dann immer wieder ihren Mund, bis er rot und geschwollen war.

Aurora schnappte nach Luft. Zwischen ihren Brüsten hatte sich Schweiß gebildet. Quälend langsam leckte der Visconde ihn auf. Dann stöhnte er und begrub sein Gesicht zwischen den sanften Hügeln.

Plötzlich wachte Aurora auf. Sie, eine Montalbán, konnte doch nicht erlauben, auf dem Waldboden wie eine gemeine Hure genommen zu werden?

»Nein, nein«, flüsterte sie wieder.

Überraschend für ihn drehte sie sich weg, rollte sich aus dem hohlen Baumstamm heraus, sprang auf die Füße und lief davon.

»Aurora!« rief Salvador überrascht hinter ihr her. »Aurora, komm zurück!«

Aber sie rannte weiter und wußte zugleich, daß sie nicht vor ihm floh, sondern vor ihrem eigenen leidenschaftlichen Begehren.

Irgendwie fand sie den Weg zurück zum Haus und die dunkle Wendeltreppe. Sie stürmte in ihr Zimmer und schloß von innen ab. Dann sank sie zitternd auf ihr Bett. Bis heute hatte sie gedacht, daß Aguila, obwohl er sehr reserviert war, ihr Freund sei. Aber sie hatte sich getäuscht. Er war nicht besser als Don Juan! Aber die brutalen Zärtlichkeiten des Marqués hatten keinerlei Gefühle in ihr hervorgerufen. Nein, gegen Don Juan hatte sie sich gewehrt. Aber Aguila... Ach, wie sehr sie sich nach ihm sehnte! Sie schämte sich und begrub das Gesicht in ihren Händen. Was war bloß los mit ihr? Sie war völlig verwirrt. Vielleicht war sie tatsächlich verrückt geworden. Vielleicht würde sie bald aufwachen, im Stadtpalais ihres Vaters in Madrid, und alles wäre nur ein schrecklicher Traum gewesen: Don Juan, Sor Patrocinio, die Flucht nach Südamerika, die Reise über den Amazonas, Esplendor, Basilios Tod und Aguila. Ach, Aguila.

In ihrer Phantasie hatte er sie geliebt. In der Realität begehrte er sie nur. Das war das Schlimmste von allem. Sie hatte sich nach Liebe gesehnt und war nichts anderes als ein Objekt seiner Begierde.

Aurora warf sich auf ihr Bett und weinte. Sie hatte ein Leben lang auf ihren Liebsten gewartet, und jetzt war er da und erkannte sie nicht.

21. KAPITEL

Salvador erwachte und wußte zuerst nicht, wo er war. Dann erinnerte er sich wieder, bei der Rückkehr aus dem Dschungel hatte er sich heute nacht auf das Sofa im kleinen Salon gelegt. Er seufzte und versuchte sich aufzurichten. Sein ganzer Körper schmerzte. Sein Kopf dröhnte, und er hatte entsetzlichen Durst. Gestern abend hatte er zuviel getrunken, viel zuviel. Das war die einzige Erklärung für sein Verhalten, aber es war noch lange keine Entschuldigung. Er hatte alles ruiniert! *Heridas de Cristo!* Wie hatte er nur so dumm sein können?

Der Whisky, der Sturm und das Mädchen im Nachthemd hatten ihn aus der Fassung gebracht. Statt sie zurück nach Esplendor zu bringen, hatte er sie unter einen ausgehöhlten Baumstamm geschoben und versucht, sie...

Großer Gott. Was würde sie wohl denken? Aurora war eine Dame, und er hatte sie wie eine Hure behandelt. Bestimmt haßte sie ihn jetzt, und er konnte es ihr nicht einmal übelnehmen. Er hatte sich gegen die Liebe zu ihr gewehrt, und jetzt hatte er es fast unmöglich gemacht, weiter in ihrer Nähe leben zu können.

An diesem Morgen zog sich Aurora mit noch größerer Sorgfalt als sonst an. Sie wollte so gut wie möglich aussehen. Sie würde Aguila nach der vergangenen Nacht gegenübertreten müssen, und dafür brauchte sie all ihren Mut. Sie hatte lange nachgedacht und wußte nun, daß sie Esplendor verlassen mußte. Nach dem, was heute nacht passiert war, konnte sie unmöglich länger hierbleiben. Bis jetzt hatte sie Aguila trauen können, er hatte sich in jeder Hinsicht ihr gegenüber respektvoll verhalten, aber jetzt drohte ihr hier Gefahr.

Ach, wenn er sie nur geliebt hätte, wenn er sie heiraten wollte! Aber das wollte er nicht, er begehrte sie nur. Das hatte er ihr mit seinem Verhalten deutlich gezeigt.

Nun, heute würde sie ihm deutlich machen, daß sie sich nicht so behandeln ließ.

Sie wischte sich die Tränen aus den Augen und ging nach unten, um Aguila zu sagen, daß sie Esplendor verlassen wollte.

Er wartete schon im Eßzimmer auf sie und sah so gut aus, daß Auroras Herz flatterte.

»*Buenos días*«, sagte er und fuhr gleich fort, als hätte er sich seine Worte genau überlegt. »Aurora, bitte vergeben Sie mir. Mein Verhalten heute nacht war unentschuldbar, und ich bereue es tief. Ich kann nur sagen, daß ich zuviel getrunken hatte und daß es mir sehr leid tut. Ich kann Ihnen versichern, daß so etwas nicht wieder vorkommen wird.«

Der Mann von heute nacht war nicht der, der jetzt vor ihr stand. Sie hatte einen primitiven Wüstling erwartet, statt dessen stand ein sehr höflicher Mann vor ihr, und sie wußte nicht mehr, was sie hatte sagen wollen. Die harten, verletzenden Worte, die sie sich zurechtgelegt hatte, erstarben auf ihren Lippen und erschienen ihr angesichts seiner Zerknirschtheit völlig unangebracht.

Nach wie vor glaubte sie, daß es das beste sei, Esplendor zu verlassen, aber ihre alten Ängste vor einer unsicheren Zukunft kehrten zurück. Wie konnte sie sich, Nicolas und Lupe ernähren? Ihre Unentschiedenheit machte ihr sehr zu schaffen. Sie fühlte sich außerstande, eine klare Entscheidung zu treffen. Es wäre besser, erst einmal hierzubleiben und abzuwarten, ob seine Reue wirklich ernst gemeint war. Sie holte tief Luft.

»Gut«, sagte sie und wurde rot. »Ich akzeptiere Ihre Entschuldigung, Señor. Wir wollen vergessen, was heute nacht passiert ist, und genau wie früher weiterleben.«

Aber das war natürlich nicht möglich. Alles zwischen ihnen hatte sich geändert. Die Fassade der Freundschaft, die ihr gegenseitiges Begehren verdeckt hatte, war eingerissen.

Im Laufe der nächsten Tage spürte Aurora die Leidenschaft immer deutlicher, die in der Sturmnacht entzündet worden war. Aguila war höflicher denn je zu ihr, verschlang sie aber mit den Augen, wenn er glaubte, daß sie es nicht bemerkte.

Einmal stand sie früher als gewöhnlich auf und kam an seinem Zimmer vorbei. Die Tür stand offen, und er wusch sich, bis zur Taille nackt, am Waschtisch. Sein braungebrannter Körper war so muskulös und wohlgeformt, daß es ihr den Atem verschlug. Aurora rannte mit klopfendem Herzen den langen Korridor entlang, und schloß sich in ihrem Zimmer ein.

22. KAPITEL

Esplendor, Peru, 1849

Es war über ein Jahr her, seit Mario die schöne spanische Señorita an der Plantage abgesetzt hatte, und seitdem hatte er sich immer wieder gefragt, wie es ihr wohl ging. Er hatte zwar gehört, daß sie die Plantage ganz gut im Griff hatte – aber trotzdem machte er sich gewisse Sorgen. Er hatte ein schlechtes Gewissen und wollte sich jetzt einmal persönlich davon überzeugen, daß es nicht falsch gewesen war, sie an diesem einsamen Ort allein zu lassen. Außerdem mußte er dem jungen Mädchen etwas hoffentlich Erfreuliches bringen – einen Brief aus Spanien.

Als das Kanu am Landungssteg von Esplendor anlegte, schaute sich Mario ungläubig um, und die Indianer flüsterten aufgeregt miteinander. Das konnte doch nicht dieselbe Plantage sein, die sie vor einem Jahr gesehen hatten!

Viele Hektar Land waren inzwischen gerodet und die Felder aufgeteilt worden, und gerade wurde gepflügt. Auch am Haus hatten die Renovierungsarbeiten schon begonnen. Das Dach war ausgebessert worden. Die eingestürzten Säulen und die vielen zerbrochenen Fenster waren erneuert worden.

Mario war überrascht. Er hatte es nicht für möglich gehalten, daß die zart wirkende Doña Aurora so viel leisten könnte. Er würde nie mehr eine Frau unterschätzen!

»Mario! Mario!«

Er sah, wie Señorita Aurora lächelnd und winkend herankam, die Seile auffing, die die Indianer ihr zuwarfen, und sie um Baumstämme am Ufer wand. Hinter ihr kam ein hochgewachsener, dunkelhaariger Mann heran, den Mario noch nie gesehen hatte, und Nicolas. Mario mußte lachen, als er den Affen sah, der dem Jungen auf der Schulter saß.

»*Buenos días*, Señorita«, rief Mario aus, als er an Land ging. »Ich habe mir monatelang Sorgen um Sie gemacht, weil ich Sie hier gelassen habe, aber jetzt sehe ich, daß das unnötig war. Wenn es böse Geister in Esplendor gegeben hat, dann haben Sie sie verscheucht.«

»*Si*«, stimmte Aurora ihm zu. »Aber kommen Sie mit uns. Sie sind bestimmt müde und hungrig. Kommen Sie ins Haus, dort können wir uns unterhalten. Erinnern Sie sich an Nicolas?«

»Aber natürlich. Wie hätte ich ihn vergessen können? Geht es dir gut, Nicolito?«

»*Sí*, Sir. Mein Bein war gebrochen, aber der Bruch ist schon wieder geheilt.«

»*Bueno*. Und was ist das für ein kleiner Affe da?«

»Er heißt Bribon.«

Nicolas hatte ihn vor kurzem im Dschungel gefunden. Der junge Affe hatte sich an den Körper seiner toten Mutter geklammert. Voller Mitleid hatte Nicolas ihn nach Hause gebracht, ihn gefüttert und gezähmt.

Nachdem Aurora Mario Salvador als ihren Geschäftspartner vorgestellt hatte, gingen alle ins Haus.

»Ach, Señorita!« rief Mario plötzlich aus und blieb stehen. »Das hätte ich ja fast vergessen. Ich habe einen Brief für sie, aus Spanien. Ich hoffe, daß er gute Nachrichten enthält.«

»*Sí*, das hoffe ich auch«, sagte Aurora und freute sich, als sie die Handschrift ihrer Mutter erkannte.

Obwohl sie merkte, daß die anderen neugierig auf den Inhalt des Briefes waren, schaffte sie es nicht, ihn vor ihren Augen zu öffnen. Sie steckte ihn in die Tasche, um ihn später in ihrem Zimmer zu lesen.

Endlich war Aurora allein. Sie zündete die Öllampe an und setzte sich auf ihr Bett. Dann erbrach sie das Siegel, zog den Bogen aus dem Umschlag und fing zu lesen an.

14. November 1848

Meine liebste Tochter,
ich hoffe, daß Du diesen Brief bekommst und daß es Dir, Nicolas, Basilio und Francisca gutgeht. Dein Vater und ich, wir sind wohlauf, du brauchst Dir keine Sorgen um uns zu machen. Wir haben harte Zeiten hinter uns, aber wir haben mit Hilfe von Don Timoteo, Doña Catalina und anderen, die unsere Verbündeten geworden sind, diese schweren Zeiten überstanden und es geschafft, den Familienbesitz zu erhalten.

Die Königin hat sich über Dein Verschwinden sehr aufgeregt, aber sie muß Don Juan und Sor Patrocinio ihre Geschichte nicht ganz abgenommen haben, denn sie hat keinen Verhaftungsbefehl für Dich unterschrieben. Trotzdem finden Dein Vater und ich, daß es klug wäre, wenn Du nicht nach Hause zurückkehrst. Isabella hat viele Schwierigkeiten bei Hof zu bewältigen, und wir glauben, daß sie Dir nicht hinreichend Schutz gewähren könnte. Die Freundschaft mit Dir hat ihr viel Ärger bereitet, denn Don Juan und Sor Patrocinio haben immer wieder versucht, Dich vor ihr so schlecht wie möglich zu machen.

Don Juan will immer noch Rache am Haus de Monatalbán nehmen. Ich will Dich nicht ängstigen, aber ich fürchte, der Marqués hat herausgefunden, daß Du Dich in Südamerika aufhältst. Er plant eine Reise nach Brasilien und will von dort aus seine Suche nach Dir fortsetzen. Ich habe Angst um Dich, *niña*, denn ich glaube, daß er erst zur Ruhe kommt, wenn er seine Rachegelüste gestillt hat.

Durch die Porzellanfigur, die Du nach ihm geworfen hast, ist sein Gesicht von einer entsetzlichen Narbe entstellt, und mit einem Auge kann er kaum noch sehen.

Er hat mehr denn je vor, Dich zur Heirat zu zwingen, damit er Dich in seiner Gewalt hat.

Leider habe ich noch weitere schlechte Nachrichten für Dich, *niña*. Vor ein paar Tagen ist Deine Großmutter – Gott sei ihrer Seele gnädig – gestorben. Sie starb friedlich im Schlaf und mußte zum Glück nicht leiden. Ihre letzten Worte galten Dir. Sie sagte, Du solltest den Adler suchen. Ich habe keine Ahnung, was das bedeuten soll.

Nun, jetzt muß ich schließen. Laß es Dir gutgehen, *niña*.

Viele Grüße an Nicolas, Basilio und Francisca,

Deine Mutter

Auroras erster Gedanke war, daß sich der Brief ihrer Mutter mit ihrem überschnitten haben mußte. Inzwischen mußte sie erfahren haben, daß Basilio und Francisca nicht mehr am Leben waren. Und dann weinte das junge Mädchen lang über den Tod ihrer Großmutter. Erst viel später erinnerte sie sich an die letzten Worte von Doña Gitana.

Such den Adler.

Zuerst verstand Aurora gar nichts. Dann dämmerte es ihr plötzlich. Der Adler. Aguila. Ihre Großmutter hatte über Aguila gewußt. Unglücklicherweise konnte Aurora nicht ahnen, ob Doña Gitana sie vor dem Adler gewarnt oder ihn ihr empfohlen hatte.

Aurora zitterte bei dem Gedanken an Don Juan, der sich jetzt vielleicht schon auf dem Weg nach Esplendor befand, um Rache an ihr zu nehmen. Aber wie konnte er nur annehmen, daß sie ihn heiraten würde, wenn er sie fand? Er mußte wirklich verrückt geworden sein. Nichts auf der Welt konnte sie dazu bewegen, den Marqués zum Mann zu nehmen.

Sie mußte Aguila bewegen, sie zu verteidigen, obwohl das ein

Risiko für ihn darstellte. Er hatte ihr ja erzählt, daß in Spanien ein hoher Preis auf seinen Kopf ausgesetzt worden war. Seine Auslieferung an die peruanischen Behörden käme einem Todesurteil gleich.

Der Weg den Korridor entlang zu Aguilas Zimmer kam Aurora wie der längste Weg ihres Lebens vor. Mehr als einmal wollte sie umkehren, aber sie zwang sich weiterzugehen.

Was würde er nach diesem Gespräch von ihr denken? Keine wohlerzogene Dame würde das tun, was sie vorhatte. Was wäre, wenn er sie auslachte, sie erniedrigte und sich dann weigerte, auf ihren Vorschlag einzugehen? Sie könnte ihm nie wieder ins Gesicht blicken! Dennoch mußte Aurora dieses Risiko eingehen. Sie hatte keine andere Möglichkeit – Aguila oder Don Juan. Und Aguila war ihr trotz seines manchmal befremdlichen Verhaltens doch tausendmal lieber.

Sie klopfte schüchtern an seine Tür.

»*Venga*«, rief Salvador und schaute auf, weil er keine Ahnung hatte, wer ihn so spät abends in seinem Zimmer aufsuchen wollte. »Aurora!« rief er überrascht aus, schloß das Buch, in dem er las, legte es zur Seite und erhob sich aus seinem Bett. »Was kann ich für Sie tun?«

»Ich – ich muß mit Ihnen reden«, begann sie schüchtern. »Bitte. Es ist sehr wichtig. Haben Sie etwas Zeit für mich?«

Seine dunklen Augen leuchteten auf.

»Aber selbstverständlich«, antwortete er. »Möchten Sie sich nicht setzen?«

Er deutete auf einen Stuhl, aber Aurora schüttelte den Kopf.

»Nein, *gracias*«, antwortete sie. »Ich – bleibe lieber stehen.«

»Möchten Sie vielleicht einen Brandy?«

»*Sí, gracias.*« Sie nickte.

Salvador ging zu seinem Ankleidetisch, auf dem eine Kristallkaraffe und vier zierliche Gläser auf einem Silbertablett standen. Er reichte Aurora ein gefülltes Glas, hob dann sein eigenes und prostete ihr zu.

»*Salud.*«

»*Salud.*«

Aurora leerte das Glas auf einen Zug, weil sie hoffte, daß der Brandy ihre Nerven beruhigen würde. Statt dessen brannte der

Alkohol in ihrem Hals, und sie mußte husten. Tränen traten ihr in die Augen. Der Visconde beobachtete sie schweigend. Ihm war klar, daß sie eine ernsthafte Angelegenheit mit ihm besprechen wollte, denn sonst hätte sie es nicht nötig gehabt, sich Mut anzutrinken.

»Bevor ich anfange«, sagte sie nervös, »muß ich eines wissen.« Sie machte eine Pause und biß sich auf die Lippen. »Wollen Sie – wollen sie mich immer noch so sehr wie in der Nacht, als wir im Dschungel waren?«

Salvador musterte das zitternde, blasse Mädchen forschend. Wollte sie sich ihm anbieten? Warum? Er schaute zu Boden, um seine Gedanken vor ihr zu verbergen. Aurora schluckte hart und glaubte, daß er ihr nicht antworten wollte.

»Wenn – wenn es nicht so ist«, stammelte sie und wurde rot, »dann brauche ich gar nicht weiterzureden. Bitte antworten Sie mir. Ich habe mich ohnehin schon genug erniedrigt.«

»Und wenn ich Ihre Frage mit Ja beantworte«, fragte er, »wenn ich Ihnen also sage, daß ich Sie noch begehre, was dann?«

»Dann – dann können Sie mich haben.«

Jetzt war es heraus, die beschämende Sache, die sie ihm hatte sagen wollen.

»Ich verstehe«, sagte er langsam und dachte nach. »Und was sind die Bedingungen dieses interessanten Vorschlages? Ich nehme an, daß Sie sich mir nicht aus reiner Herzensgüte hingeben wollen.«

»Nun, das stimmt«, antwortete Aurora und hielt ihm dann ihr leeres Glas entgegen. »Bitte, ich könnte noch etwas Brandy gebrauchen, und jetzt will ich mich auch setzen, wenn Sie nichts dagegen haben.«

»Selbstverständlich nicht, Señorita«, antwortete der Visconde höflich und füllte die Gläser nach. Dann setzte er sich selbst auf einen Stuhl.

Diesmal trank Aurora den Brandy so langsam, wie es sich gehörte.

Sie holte tief Luft. »Sie müssen wissen, ein Mann sucht nach mir, ein sehr böser Mann«, begann sie und erzählte dem Visconde dann ihre ganze traurige Geschichte, die zu ihres Bruders und zu ihrer eigenen Flucht geführt hatte.

Salvador unterbrach sie kein einziges Mal, sondern hörte mitleidig und aufmerksam zu.

Zum Schluß erzählte sie, daß der Marqués sie heiraten wollte, um lebenslänglich Rache an ihr nehmen zu können und daß er wohl verrückt war.

»Und Sie möchten, daß ich Sie vor ihm schütze«, ergänzte der Visconde ruhig. »Und als Gegenleistung bieten Sie mir sich selbst an.«

»*Sí*«, antwortete Aurora leise und beschämt. »Ich dachte – ich dachte, daß das ein fairer Handel sei. Sie haben mir erzählt, daß in Spanien ein Preis auf ihren Kopf ausgesetzt ist. Bestimmt wird der Marqués Sie erkennen, und daher riskieren Sie Ihr Leben, wenn Sie meines retten wollen.«

»*Sí*«, stimmte Salvador zu. Er war einen Augenblick lang still und fuhr dann fort: »Es ist Ihnen doch sicher klar, daß wir diese Abmachung nicht geheimhalten können. Es wird sich früher oder später herumsprechen, und alle Welt wird Sie verachten, weil Sie meine Geliebte geworden sind.«

Das Mädchen schaute ihn entsetzt an und wurde blaß.

»Ach nein, Señor! Sie haben mich mißverstanden!« rief sie aus. »Das meinte ich nicht... Ich hoffte, Sie würden mich – Sie würden mich heiraten«, flüsterte sie leise.

»Ich verstehe«, murmelte der Visconde.

Dann erhob er sich und trat vor sie. Endlich würde sie sein werden, unwiderruflich sein! Das war wundervoll! Als seine Geliebte hätte sie ihn jederzeit verlassen können, aber als seine Frau... Salvador würde sie niemals gehen lassen. Niemals!

»Ich warne Sie, Aurora«, sagte er, »bitte überlegen Sie sich das Ganze noch einmal gut. Wenn Sie mich heiraten, wird unsere Ehe dauern, ›bis daß der Tod uns scheidet‹, denn ich werde Sie niemals von dem einmal gegebenen Schwur freisprechen. Außerdem hatte ich... Glauben Sie nicht, daß Sie sich unter irgendeinem Vorwand vor mir zurückziehen können, wenn wir erst einmal verheiratet sind. Ich werde das nicht erlauben. Ich bin ein Mann, ein kräftiger, gesunder Mann«, fügte er leise hinzu, »und ich will nehmen, was mir gehört. Habe ich mich klar ausgedrückt?«

»*Sí*«, flüsterte sie, schaute ihn mit ihren blauen Augen an und sah, daß seine schwarzen Augen vor Triumph aufblitzten.

»Nun?« fragte der Visconde gespannt, »können wir uns einigen oder nicht?«

Wieder betrachtete Aurora ihn und wünschte sich, daß er nicht so groß und so dunkel – so satanisch aussähe. Wie konnte sie diesen Mann heiraten, der trotz all der Zeit, die sie zusammen verbracht hatten, immer ein Fremder für sie geblieben war? Aber hatte sie eine Wahl, fragte sie sich, als sie an Don Juan dachte. Wenn sie Aguila heiratete, konnte der Marqués sie wenigstens nicht zwingen, seine Frau zu werden! Sie leckte sich nervös die Lippen.

»*Sí*«, antwortete Aurora. »Ich bin einverstanden.«

Salvador atmete erleichtert aus. Sie gehörte zu ihm. Er würde so schnell wie möglich einen Priester suchen, der sie trauen konnte.

»Komm her, Aurora«, sagte er leise.

»Warum?« fragte sie schüchtern und fühlte Angst in sich aufsteigen.

Was hatte er mit ihr vor, dieser Dämon, in dessen Hände sie sich eben unwiderruflich begeben hatte?

»Sie müssen eins von Anfang an wissen, Señorita: Wenn Sie meine Frau sind, müssen Sie mir gehorchen – ohne Fragen zu stellen«, sagte der Visconde.

Aurora stellte das Brandyglas auf dem Tisch ab und ging zögernd auf ihn zu.

Er streckte seine Hände aus und löste die Spangen, mit denen sie ihr Haar hochgesteckt hatte. Einen langen Augenblick starrte er sie an, fühlte sein Herz schneller schlagen und sah, wie eine zarte Röte ihr schönes Gesicht überzog. Zärtlich zog er sie an ihrem blauschwarzen Haar zu sich heran. Trotzdem fürchtete sich Aurora. Sie wollte sich wehren.

»Nein, *querida*«, murmelte er warnend, »wehr dich nicht. Ich will jetzt nur einen Geschmack von dem haben, was mir versprochen worden ist.«

Dann küßte er sie besitzergreifend und leidenschaftlich.

23. KAPITEL

Sie wurden in der Kapelle der Missionsstation getraut, die direkt hinter den Mauern des militärischen Außenpostens lag, der von Colonel Xavier de la Palma befehligt wurde. Der Colonel und einer seiner Offiziere, Miguel Sanchez, waren die Trauzeugen.

Aurora trug ein dunkelblaues Seidenkleid, da sie keine Zeit gehabt hatte, sich ein richtiges Hochzeitskleid anfertigen zu lassen. In der Hand hielt sie die Bibel und den Rosenkranz.

Ihr langes blauschwarzes Haar trug sie offen – Salvador hatte sie darum gebeten –, und die lockige Mähne fiel ihr den Rücken hinab, als sie mit blassem Gesicht vor dem Priester kniete.

Der Visconde trug einen schwarzen Samtanzug, ein feines weißes Leinenhemd und einen mit goldener Litze geschmückten schwarzen Sombrero.

Aurora fand, daß er noch nie so gut ausgesehen hatte. Trotzdem zitterte ihre Stimme, als sie dem Priester die Worte nachsprach, die sie für ewig an den Mann banden, der neben ihr kniete. Ihre Hand zuckte leicht, als er ihr einen einfachen goldenen Ring über den Finger streifte.

Dann küßte Aguila sie, und die Zeremonie war vorbei. Es hatte nicht länger als eine halbe Stunde gedauert, und plötzlich war sie Aguilas Frau. Salvador unterzeichnete die Heiratsurkunde und schob sie Aurora zu.

»Du weißt ja«, sagte er leise, so daß die anderen es nicht hören konnten, »daß du mit deinem wirklichen Namen unterschreiben mußt.«

Sie nickte und schluckte. Natürlich konnte sie nicht ihren falschen Namen benutzen. Dann wäre ihre Ehe illegal. Sie schaute auf das Papier. Zum ersten Mal fiel ihr auf, daß sie den wahren Namen ihres Mannes gar nicht kannte, genauso wie er nicht wußte, wie sie in Wirklichkeit hieß. Langsam entzifferte sie seine Schrift: Don Salvador Domingo Marcos Eduardo Valentin Rodriquez y Aguilar, Visconde Poniente, de España.

Plötzlich verschwamm das Papier vor ihren Augen, sie sah nur noch zwei Worte ganz deutlich: y Aguilar.

Don Juan Rodolfo de Zaragoza y Aguilar.

Aurora schaute ihren Mann entsetzt an. Großer Gott, was hatte sie getan?

»*Dios mío*«, stöhnte sie leise. »Du bist der Halbbruder von Don Juan!«

Und dann wurde sie ohnmächtig.

Natürlich hatte keiner der Männer Riechsalz bei sich, deshalb riß Salvador ein Stück vom Brautschleier ab, zündete ihn an und schwenkte ihn unter ihrer Nase hin und her. Die beißenden Rauchschwaden brachten sie bald wieder zu sich. Einen Augenblick lang schaute sie sich verwirrt um. Wo war sie? Dann sah sie den Priester, und alles fiel ihr wieder ein. Langsam setzte sie sich auf.

»Meine Herren« – sagte Salvador zu den drei Männern, »können Sie meine Frau und mich für ein paar Minuten allein lassen?«

»Aber selbstverständlich«, sagte Colonel de la Palma und gab sich den Anschein, daß das nichts Ungewöhnliches war. »Wir warten draußen auf die neu Verheirateten.«

Die drei Männer verließen die Kapelle, und der Visconde wandte seine Aufmerksamkeit wieder Aurora zu.

»Was ist los?« fragte er leise. »Was ist passiert?«

»Warum hast du es mir nicht gesagt?« rief sie wütend und ängstlich aus. »Warum hast du mir nicht gesagt, wer du bist? Oder bist du ein Teil von Don Juans Racheplan gegen mich?«

»Don Juan?« fragte Salvador verwirrt, denn er hatte nicht gehört, daß sie, bevor sie ohnmächtig geworden war, diesen Namen geflüstert hatte.

»Tu nicht, als ob du nicht wüßtest, von wem ich spreche!« fuhr Aurora ihn an. »Señor el Marqués de Llavero, Don Juan Rodolfo de Zaragoza y Aguilar, dein Halbbruder!«

»Ach so«, seufzte der Visconde. »Jetzt verstehe ich. Gegen ihn soll ich dich schützen. Er ist der Mann, der nach dir sucht. Da du nicht meinen wahren Namen gekannt hast, hast du bis zum heutigen Tage nicht gewußt, daß er mein Halbbruder ist. Und jetzt – jetzt hast du Angst, daß ich nicht zu meinem Wort stehen würde. Du kleiner Dummkopf!« erwiderte Salvador ungeduldig. »Glaubst du denn wirklich, daß ich in Juans Diensten stehe? Er ist schuld daran, daß ich Spanien verlassen mußte! Ich würde diesem Teufel in Menschengestalt jederzeit mit dem größten Vergnügen meinen Degen ins Herz bohren!«

»Das heißt – das heißt, daß ich dich für nichts und wieder nichts geheiratet habe?« rief Aurora verärgert aus.

Der Visconde lächelte und schaute sie zärtlich an.

»Ach nein, nicht für nichts, *querida*. Ganz bestimmt nicht«, sagte er zärtlich.

Wie gern hätte ihm Aurora ins Gesicht geschlagen! Wie hatte sie jemals annehmen können, daß er ein Gentleman war, oder ihr

Liebster aus der Vergangenheit, der Mann ihrer Träume? Sie mußte wirklich verrückt gewesen sein. Und jetzt – jetzt war sie mit diesem Teufel verheiratet!

Sie zitterte, als sie an die kommende Nacht dachte, und glaubte, sterben zu müssen: Wie konnte sie es ertragen, von ihm berührt zu werden?

»Aguila...«, begann sie zögernd.

»Salvador«, verbesserte er sie. »Du kennst jetzt meinen echten Namen. Als meine Frau mußt du ihn auch benutzen.«

»Nun gut, Salvador. Unsere Ehe... ist ein entsetzlicher Fehler. Ich kann sie nicht vollziehen.«

Sein Lächeln wurde plötzlich starr.

»Das ist dein Unglück«, sagte er eiskalt. »Jetzt ist es zu spät, du kannst deinen Entschluß nicht mehr rückgängig machen. Wir sind schon Mann und Frau. Du bist die Viscondesa Poniente, jetzt und für immer. Komm mit. Die anderen erwarten uns.«

Aurora fühlte sich elend, erlaubte ihm aber, sie aus der Kapelle herauszuführen.

»Lächle!« flüsterte er. »Du siehst aus, als ob du von einer Beerdigung kommst und nicht von einer Hochzeit. Wo ist dein Stolz, Aurora? Willst du, daß die anderen sehen, wie unglücklich du bist?«

»Nein, natürlich nicht.«

»Dann lächle.«

Deshalb lachte Aurora, flirtete mit Colonel de la Palma und dem gutaussehenden jungen Offizier und unterhielt sich mit dem Priester. Ihre Ohnmacht erklärte sie damit, daß sie von Gefühlen überwältigt gewesen sei. Und das stimmte auch, dachte sie bitter. Die drei Männer aber verstanden es anders.

»So jung und so verliebt«, lachte der Colonel und erinnerte sich wehmütig an seine eigene Eheschließung vor langer Zeit.

»Ich finde, Aurora, daß du genug Wein getrunken hast«, sagte Salvador, nahm ihr das Glas aus der Hand und stellte es auf den Tisch zurück. »Ich habe lange genug gewartet, *muñeca mía*. Jetzt ist es schon spät, und ich werde allmählich ungeduldig. Es ist Zeit, zu Bett zu gehen.«

Er streckte die Hand nach ihr aus.

»*Venga*«, sagte er.

Sie hatte gehofft, daß Lupe ihr beim Auskleiden helfen würde, aber offensichtlich hatte er ihrem Mädchen Anweisungen gegeben, sich zurückzuziehen. Das Schlafzimmer war angefüllt mit Hunderten von bunten Blumen. Aurora starrte die herrlichen Sträuße an und wußte nicht, was sie davon halten sollte. In der Badewanne dampfte das Wasser, und ihr Umhängetuch lag neben dem Nachthemd auf dem Bett. Salvador sah das alles mit einem Blick.

»Ich warte draußen auf der Veranda«, sagte er, »aber bitte stell meine Geduld nicht auf die Probe, *querida.*«

Als er das Zimmer verlassen hatte, zog sie sich langsam aus und stieg in die Badewanne aus Messing, in der zarte Seerosen schwammen.

Aurora konnte ihrem Mädchen nicht böse sein, denn Lupe hatte keine Ahnung von den wahren Gründen für die Eheschließung ihrer Herrin.

Das Wasser war warm und beruhigend. Es roch angenehm nach Jasmin. Lupe mußte etwas von ihrem Lieblingsparfüm in das Badewasser gegeben haben. Aurora lehnte sich zurück und schloß die Augen. Wenn sie sich nur etwas ausruhen könnte! Aber dafür war jetzt keine Zeit. Ihr Mann erwartete sie. Seufzend öffnete sie die Augen, nahm Seife und Schwamm und seifte sich kräftig ein.

Nachdem sie sich abgetrocknet hatte, spähte sie auf die Veranda. Der Visconde stand immer noch dort und hatte ihr den Rücken zugedreht. Er hob den Arm, und sie sah, wie seine schwarze Zigarre aufglühte. Sie streifte das Nachthemd über, wickelte sich in das Umhängetuch ein und zog die Hausschuhe an. Salvador kam herein.

Er betrachtete sie, und als sie nach der silbernen Haarbürste griff, die Lupe auf dem Tisch zurechtgelegt hatte, trat er hinter sie.

»Laß mich das machen«, bat er.

Wortlos reichte Aurora ihrem Mann die Bürste. Als er ihr vorsichtig die lange, seidige Mähne bürstete, beruhigte sie sich und genoß die zarte Berührung. Ein Mann, der ihr so liebevoll die Haare bürstete, konnte nicht wirklich böse sein. Vielleicht ginge er genauso vorsichtig mit ihrem Körper um.

Sie biß sich auf die Lippen und betete, daß es so sein möge, als der Visconde die Bürste beiseite legte und sie zum Bett führte. Aurora war sich bewußt, daß er sie anschaute, streifte zögernd das

Umhängetuch und die Hausschuhe ab und schlüpfte unter die Decke. Salvador löschte die Öllampe, zog seine Kleider aus, schlüpfte zu ihr ins Bett und zog das Moskitonetz zu.

Einen Augenblick lang herrschte ein angespanntes Schweigen. Dann streichelte ihr Mann ihre Wange, als wolle er sich versichern, daß sie tatsächlich neben ihm lag.

Nach einer Ewigkeit fuhr er ihr mit der Hand durch den schimmernden Wasserfall ihrer blauschwarzen Haare und hob ihr Gesicht zu seinem hoch.

»*Querida*«, flüsterte er mit rauher Stimme. »*Muñeca mia.*«

Dann fing er an, sie leidenschaftlich zu küssen.

Aurora, die nicht auf diesen plötzlichen Angriff gefaßt gewesen war, wehrte sich und versuchte, sich aus seiner Umarmung zu winden. Aber er war zu stark, sie mußte sich ergeben.

»Ich bin dein Mann«, sagte er leise, »und du darfst mich nicht zurückweisen.«

»Ich muß es. Ich kann nicht!« protestierte sie verzweifelt. »Bitte, laß mich.«

Aber Salvador hörte nicht auf sie. Sie gehörte ihm, und er wollte sie ...

Wieder fing sie an, sich zur Wehr zu setzen, aber alles war umsonst. Er preßte seinen Mund auf ihren, und Aurora war außer sich, aber sie konnte nichts tun. Er wollte und würde sie zu seiner Frau machen.

Ach, wenn er sie nur liebte, wie gern hätte sie sich ihm hingegeben! Aber er liebte sie nicht. Er begehrte sie nur – genauso wie er hundert andere Frauen in der Vergangenheit begehrt hatte. Dieser Gedanke quälte sie. Er empfand keine Liebe für sie.

Aber es machte nichts, letzten Endes machte es nichts: Es war, als ob ihr Körper einen eigenen Willen besäße und auf die Küsse und Zärtlichkeiten ihres Mannes antworten mußte. Schließlich erwiderte sie fast gegen ihren Willen seine Liebkosungen. Sie fühlte sich, als hätte sie zuviel Wein getrunken. Aber sie wußte, daß das nicht stimmte. Salvador und das, was er mit ihr tat, berauschte sie und verursachte ihr ein solches Schwindelgefühl.

Sie träumte nicht. Alles, was sie jetzt erlebte, war Wirklichkeit, vibrierende Wirklichkeit. Sie stöhnte lustvoll auf, und ihr Körper schien zu brennen.

Wie hatte er nur so schnell ihre Leidenschaft entfachen können? Erinnerte er sich an ihre vielen Umarmungen vor langer Zeit? Selbst jetzt kam es ihr so vor, als hätte er sie schon hundertmal geküßt, gestreichelt und geliebt.

Sí, sí, dachte sie, *mi amor, mi alma* ...

»Du gehörst mir«, flüsterte er leise, »mir! Nur mir allein. Sag es! Sag, daß es stimmt!«

Aurora starrte in seine schwarzen Augen. Er sah wie ein Dämon aus, der nicht nur nach ihrem Körper, sondern auch nach ihrer Seele verlangte. Dennoch konnte sie sich ihm nicht versagen. Sie konnte es einfach nicht.

»*Sí, mi corazón*, ich gehöre in aller Ewigkeit dir«, sagte sie.

Der Visconde lachte kehlig und triumphierend auf. Mit einer schnellen Bewegung streifte er ihr das Nachthemd über die Schultern. Ihre Brüste sahen wie reife, süße Melonen aus.

Aurora keuchte ängstlich und versuchte wieder, sich zu wehren und ihre Blöße zu bedecken. Aber sie schaffte es nicht. Ihr Mann hielt ihre Hände fest und lachte wieder.

»Du bist meine Frau, *querida*«, sagte er. »Alles, was du verstecken willst, gehört mir.«

Dann begann er, ihre Brüste zärtlich zu streicheln.

Als ob ihre Finger einen eigenen Willen hätten, strichen sie durch sein dickes schwarzes Haar. Sie umarmte ihn und zog ihn noch näher an sich heran, als er seinen Kopf in dem schmalen Tal zwischen ihren Brüsten vergrub.

Als er ihre Brüste küßte, glaubte sie, es nicht länger ertragen zu können. Die Leidenschaft hatte ihr Blut zum Kochen gebracht. Sie hörte, wie sie ihn bat, sie zu nehmen. Aber ihr Mann lachte wieder leise und fuhr fort, ihr Brüste zu liebkosen.

»Geduld, *muñeca*, Geduld«, raunte er. »Es ist besser so – das erste Mal. Wir haben viele Nächte vor uns, das verspreche ich dir.«

Aurora biß sich auf die Lippen. Was war nur in sie gefahren – sie redete wie eine Dirne!

Nachdem seine Hände und sein Mund ihren Körper erforscht hatten, fing er an, die Innenseite ihrer Schenkel zu streicheln, bis Aurora vor Sehnsucht am ganzen Leib zitterte. Beide atmeten heftig, als seine Hand endlich dort war, wo sie schon so lange hatte sein wollen. Aurora dachte, sie würde vor Lust vergehen. Wieder und wieder streichelte er den schmalen, geheimen Pfad zwischen ihren Beinen.

Als er sicher sein konnte, daß sie bereit für ihn war, preßte er seinen harten Schaft gegen sie und stieß dann plötzlich ohne Vorwarnung zu.

Aurora schrie vor Schmerz auf.

Salvador hielt einen Augenblick lang still und wartete, bis der Schmerz nachließ und sie sich an das neue Gefühl gewöhnte. Er beruhigte sie und sagte ihr, daß es beim ersten Mal immer etwas weh tue.

»Aber der Schmerz geht bald vorbei, *querida*, das verspreche ich dir«, sagte er.

Zu ihrer Überraschung war es so. Der Schmerz ließ nach, und wieder wurde Aurora von Wellen der Lust überschwemmt. Ihr Mann fing an, sich leicht in ihr zu bewegen, und Aurora glaubte, explodieren zu müssen. Sie verlor fast das Bewußtsein, sah und hörte nichts mehr um sich herum und wurde von dem immer schnelleren Rhythmus davongetragen. In unkontrollierbarer Leidenschaft preßte sie ihre Hüften gegen ihn, und Tausende Sterne explodierten in ihrem Leib. Salvador bewegte sich immer schneller und kam kurz nach ihr.

Eine Ewigkeit lang stand die Zeit still, und Aurora hatte das Gefühl, bis zu diesem Augenblick noch nicht gelebt zu haben. Die merkwürdige Empfindung, jetzt endlich vollständig zu sein, erfüllte sie, und sie wußte, daß ihr Mann sich ebenso fühlte wie sie.

Salvador drückte ihren Kopf zärtlich gegen seine Schulter und küßte sie sanft, und so lagen sie beieinander, und langsam beruhigte sich das wilde Pochen ihrer Herzen.

»Salvador«, fragte Aurora schließlich, »ist es – ist es immer so?«

Er brauchte sie nicht zu fragen, was sie damit meinte. Er schaute sie zärtlich an.

»Für uns, *muñeca*, wird es immer so sein. Das schwöre ich dir.«

Und später, als er sie noch einmal in seine Arme nahm, wußte Aurora, daß er die Wahrheit gesprochen hatte.

DRITTES BUCH

Leidenschaft

24. KAPITEL

Esplendor, Peru, 1849

Aurora freute sich, als sie ihren Mann sah. Wie gut sah er heute morgen aus, mit seinem schwarzen frischgewaschenen Haar. Er ließ seinen Blick stolz über die Felder schweifen, und lachte über eine Bemerkung, die einer der Arbeiter machte.

Immer wenn er vorbeikam, hörten die Männer auf den Feldern zu arbeiten auf, zogen ihre Hüte und riefen *el patron* einen Gruß zu. Und er lächelte, nickte und ging weiter. Auf der ganzen Plantage gab es keinen Mann, keine Frau und kein Kind, dessen Name der Visconde nicht kannte. Aurora bewunderte das gute Gedächtnis ihres Mannes. Seit es sich herumgesprochen hatte, wie gepflegt die Plantage jetzt war, suchten mehr und mehr Menschen dort nach Arbeit. Salvador studierte die Gesichter gründlich, bevor er die Arbeitssuchenden anstellte oder ablehnte. Er war beliebt, denn er war ein fairer, gerechter Dienstherr.

Aurora seufzte. Sie konnte sich nichts vormachen. Nach den vielen Wochen, die sie schon mit dem Visconde verheiratet war, war sie sicher, daß sie ihn mehr als alles auf der Welt liebte.

Zuerst war sie bitter und wütend gewesen, kam sich gedemütigt und betrogen vor, weil sie mit einem Mann verheiratet war, der sie auch beschützt hätte, wenn sie ihn nicht um die Ehe gebeten hätte. Es machte ihr inzwischen nichts mehr aus, daß Salvador sie nicht liebte. Er mochte und respektierte und begehrte sie. Aurora wußte, daß viele Ehen mit weniger begonnen hatten und doch gutgegangen waren. Sie baute darauf, daß sie im Lauf der Zeit das Herz ihres Mannes erobern könnte und daß er sie zu lieben lernte wie sie ihn. Bis dahin würde sie zufrieden sein mit dem, was er ihr bot. Sie war stolz, ihn an ihrer Seite zu haben, stolz darauf, was sie gemeinsam aus Esplendor gemacht hatten.

Die erste Ernte war für einen guten Preis verkauft worden. Der kühle Keller, in dem das Fleisch aufbewahrt wurde, war nicht mehr leer. Salvador ging mit seinen Männern oft zur Jagd und erlegte viel

Wild. Es wurde sofort getrocknet, gesalzen und in Fässern im Keller aufgehoben. Frisches Fleisch mußte sofort verwendet werden, denn bei der Hitze setzte schon nach wenigen Stunden die Verwesung ein.

Einmal fingen der Visconde und seine Männer ein Rudel mutterloser Wildschweine. Die Tiere wurden in einem Stall gemästet. Heidi Van Klaas versprach Aurora, ihr bei der Verarbeitung des Fleisches behilflich zu sein.

Aurora konnte Heidi, Paul Van Klaas' Frau, gut leiden. Sie war eine der wenigen Freundinnen, die sie in der abgelegenen Gegend gefunden hatte.

Manchmal kamen die Van Klaas' zum Abendessen herüber, und Aurora und Heidi unterhielten sich den ganzen Abend lang. Aber Paul kam auch oft allein von Capricho herübergeritten. Er schien sehr am Fortschritt auf Esplendor interessiert zu sein. Als Aurora ihn einmal fragte, was ihn eigentlich so faszinierte, zuckte er mit den Achseln und antwortete, daß er von Salvador viel für seine Plantage lernen könne. Danach hatte sich Aurora nicht mehr über seine Neugier gewundert.

Sie konnte aber nie den ersten Eindruck vergessen, den sie von ihm gewonnen hatte: daß seine großen, starken Hände wirkten, als könne er jemanden damit ermorden. Immer, wenn sie daran dachte, zuckte sie zusammen und dachte an Ijada, und dann überlegte sie, ob die Mestizin Basilio tatsächlich getötet hatte. Zu ihrem Bedauern hatte Aurora nie die Wahrheit herausgefunden. Ijada arbeitete immer noch auf der Plantage und sprach sehr wenig.

Ein paar Monate später passierte eine Katastrophe.

Der Morgen begann so wie viele andere. Ein leichter Wind wehte und kündigte das Herannahen eines sommerlichen Gewitters an. Aurora freute sich auf den Regen, denn es herrschte drückende Hitze.

Sie tupfte mit einem parfümierten Taschentuch die Schläfen ab und ordnete sich das Haar, bevor sie nach unten ging, um mit den anderen zu frühstücken.

Nicolas sagte: »Es ist irgend etwas los im Dschungel«, nachdem er in ein warmes Butterbrötchen gebissen hatte.

»Sprich nicht mit vollem Mund, Nicolito«, mahnte Aurora, die immer wieder versuchte, den Jungen in Abwesenheit ihrer Mutter zu erziehen. »Und wie oft habe ich dir schon gesagt, daß du nicht in den Dschungel gehen sollst? Es ist einfach zu gefährlich, Nicolito. Selbst die Indianer gehen nur in die Wildnis, wenn es unbedingt sein muß.«

»Ich habe aber keine Angst, Aurora«, behauptete der Junge fröhlich.

»Ich habe meinen Pfeil und Bogen – und mein Blasrohr.« Er fühlte sich sicher mit den Waffen, die einer der Indianer für ihn angefertigt hatte. »Ich kann jetzt richtig gut damit umgehen und mich verteidigen. Ißt du die?« fragte er und deutete auf eine Banane, die auf Salvadors Teller lag.

»Nein, Nicolas«, antwortete der Visconde.

»Ob du dich verteidigen kannst oder nicht, darum geht es gar nicht«, entgegnete Aurora genervt. »Der Dschungel ist selbst für erfahrene Männer gefährlich. Nicolito! Füttere den Affen nicht bei Tisch!«

»Es war nur eine Banane, und Salvador wollte sie nicht essen.«

»Ich wußte nicht, daß du dieses schlecht erzogene Tier damit füttern willst«, knurrte der Visconde. »Man soll Tiere nie bei Tisch füttern. Das weißt du genausogut wie ich, sonst hättest du den Affen ja nicht unter dem Tisch versteckt. Bring ihn weg, und komm dann sofort zurück, um fertig zu essen.«

»*Sí*, Señor«, sagte der Junge, der den Visconde sehr gut leiden konnte und sich alles von ihm sagen ließ, ohne wütend zu werden.

Als der Junge wieder am Tisch saß, fragte ihn Salvador, was ihm denn im Dschungel aufgefallen sei.

»Nichts«, antwortete Nicolas.

»Aber du hast doch gesagt, daß dort etwas Merkwürdiges vorgeht«, meinte Aurora leicht verärgert, weil sie glaubte, daß sich ihr Bruder wieder einen Scherz mit ihnen erlaubte.

»Das stimmt genau«, beharrte der Junge. »Dort passiert absolut nichts. Alle Tiere sind verschwunden, der Dschungel wirkt so tot wie ein Grab.«

In der darauffolgenden Stille hörte man ein leises Dröhnen, das wie ein entfernter Donner klang.

»Vielleicht kommt wirklich ein schlimmes Gewitter«, meinte Aurora, »und die Tiere haben das gespürt und sich zurückgezogen.«

»Vielleicht«, stimmte Salvador zu. »Ich werde trotzdem einmal nachschauen.«

Aber das war nicht notwendig. Gerade als der Visconde sein Pferd besteigen wollte, kam Miguel Sanchez vom militärischen Außenposten angaloppiert, als wäre der Teufel hinter ihm her. Er zügelte sein Pferd, stieg nicht ab und rief in großer Aufregung: »Wanderameisen sind auf dem Weg hierher. Wenn Sie Glück haben, haben Sie noch ein paar Tage Zeit. Bereiten Sie alles für eine Evakuierung vor. Ich muß weiter und die anderen Plantagenbesitzer warnen.«

Zuerst beeindruckten die Worte des Offiziers Aurora überhaupt nicht. Sie begriff nicht, daß das Geräusch, das wie entfernter Donner klang, von Millionen von hungrigen Insekten hervorgerufen wurde, die auf Esplendor zumarschierten. Ihrer Meinung nach waren Ameisen zwar unangenehme, aber ungefährliche Tierchen, mit denen man es bei Picknicks zu tun hatte.

Alle Indianer waren bereits verschwunden. Sie hatten das Geräusch richtig gedeutet und waren entsetzt geflohen. Nur die Tatsache, daß Salvador Autorität ausstrahlte, verhinderte, daß Panik ausbrach. Inzwischen wußte jeder, daß die Ameisen alles bei lebendigem Leib fressen würden, was sie auf ihrem Weg anträfen.

»Aber das ist doch Unsinn!« rief Aurora aus, als eine Frau diese Nachricht ausplauderte und dann auf die Knie fiel und zu beten begann.

Salvador war überrascht über die Gefühllosigkeit seiner Frau, bis er begriff, daß sie die Gefahr ganz und gar nicht erkannt hatte, in der sie alle schwebten.

Taktvoll zog er sie zur Seite und sagte leise: »*Querida*, ich möchte dich nicht ängstigen, aber es ist wirklich gefährlich. Zwar bewegen sich die Ameisen ziemlich langsam voran, und wir haben genug Zeit, um zu fliehen. Aber wenn zum Beispiel ein verletzter Mann hilflos im Weg der Insekten läge, dann würden sie ihn tatsächlich innerhalb weniger Stunden bei lebendigem Leib auffressen – bis auf die Knochen. Deshalb müssen wir Esplendor verlassen – sobald wie möglich. Niemand darf zurückbleiben, der dann vielleicht in Panik gerät, stolpert und hinfällt und von diesen Wanderameisen gefressen wird.«

»Ach, Salvador!« rief Aurora entsetzt aus, als sie die schreckliche

Bedeutung seiner Worte verstand. »Es tut mir so leid. Ich wußte ja nicht, daß ...«

»Nein, *muñeca*, das konntest du auch nicht wissen.« Er schaute sie liebevoll an. »Nun ... Jetzt müssen wir uns beeilen, es gibt noch viel zu tun.«

»Salvador«, rief Aurora wieder, als ihr ein anderer Gedanke kam. »Das Zuckerrohr!«

»Dem passiert nichts«, versicherte er ihr. »Diese Kreaturen sind reine Fleischfresser.«

Salvador drückte ihr zärtlich die Hand und wandte sich dann ab, um die nötigen Anordnungen zu geben.

Obwohl die grollenden Geräusche nicht mehr zu hören waren – die Wanderameisen gingen anscheinend tagsüber, wenn es heiß war, nicht weiter –, arbeiteten doch alle auf der Plantage fieberhaft, um die Anordnungen des Visconde auszuführen. Zuerst mußten die Schweine und Hühner in Sicherheit gebracht werden. Man konnte sie unmöglich in der Plantage zurücklassen, sie wären innerhalb weniger Minuten von den Ameisen gefressen worden. In großer Eile wurden Käfige gebaut, die auf von Pferden gezogenen Leiterwagen verstaut wurden.

Die Frauen bereiteten das Essen vor, denn niemand wußte, wie lang die Kolonne der herannahenden Ameisen war, und niemand konnte voraussagen, wie lange die Menschen die Plantage verlassen mußten. Die Ameisen konnten in einer einzigen Nacht vorbeiziehen, oder es konnte drei Tage lang dauern.

Trotz der vielen Arbeit, die geleistet werden mußte, war am nächsten Morgen schon alles zum Aufbruch bereit. Die Leiterwagen waren beladen, und nachdem Salvador sich noch einmal versichert hatte, daß kein Mensch und kein Tier zurückgelassen worden war, setzte sich die Wagenkolonne langsam in Bewegung. Schwere Regenfälle hatten den Boden aufgeweicht, die Räder sanken tief ein. Immer wieder mußten die Frauen und Kinder von den Wagen herunterklettern, und die Männer schoben, bis es wieder voranging.

Es wurde viel geschrien und gelacht, den Kindern kam das Ganze wie ein großes Abenteuer vor. Die Babys, die nicht so viel Lärm gewohnt waren, schrien unaufhörlich.

Deshalb war es nicht verwunderlich, daß weder Salvador noch Aurora Nicolas hörte, der verzweifelt nach seinem Affen schrie.

Bribon hatte gelernt, seine Leine abzustreifen, er war von der Schulter des Jungen gesprungen und im Urwald verschwunden.

»Bribon! Bribon!« schrie Nicholas immer wieder, aber es half nichts.

Der Affe war im dichten Unterholz verschwunden. Ohne zu überlegen, wie gefährlich es war, ritt der Junge vom Weg ab und versuchte, den ungehorsamen Affen wieder einzufangen. Bribon schwang sich von Ast zu Ast – für ihn war diese Jagd ein Spiel.

Der Junge folgte ihm immer weiter, bis er plötzlich bemerkte, daß er sich verirrt hatte.

»Salvador«, schluchzte Aurora immer wieder und begrub ihr Gesicht an der Brust ihres Mannes. »Salvador.«

»Was ist los, *querida*?« fragte er zärtlich.

»Nicolas ist verschwunden!«

»Verschwunden? Wohin denn?« fragte der Visconde und packte seine Frau an den Schultern.

»Ich weiß es nicht«, weinte sie. »Ich weiß es wirklich nicht. Er muß etwas in Esplendor vergessen haben und zurückgeritten sein. Niemand hat ihn gesehen, wie er die Kolonne verließ. Wir wissen noch nicht einmal, wie lange er schon weg ist.«

»Mach dir keine Sorgen, *muñeca*«, beschwichtigte Salvador sie. »Ich reite zurück und suche ihn. Ich werde ihn finden. Mach dir keine Sorgen.«

»Aber die Wanderameisen –«

»Die sind bestimmt noch einen Tag weit entfernt. Du bleibst hier bei den anderen und beaufsichtigst den Aufbau des Camps, bis ich wiederkomme.«

Er küßte sie, und als er beim Davonreiten noch einmal winkte, hatte sie das Gefühl, daß sich seine Kraft und sein Mut auf sie übertrug. Sie hatte jetzt weniger Angst um Nicolas. Ihr Mann würde ihn schon rechtzeitig finden und ihn zurückbringen.

Sie atmete tief durch und fing an, Anordnungen für den Aufbau des Camps zu erteilen.

Die Wagenkolonne hatte auf einer Waldwiese haltgemacht. Die Wagen wurden im Kreis angeordnet, damit die Pferde und Esel innerhalb der Wagenburg frei grasen konnten. Sie schickte ein paar Männer los, die Feuerholz sammeln sollten, und wies die Frauen an, sich um das Abendessen zu kümmern. Danach mußten Betten gemacht werden. Alle, die keinen Platz auf den Wagen fanden, mußten sich ein Lager auf dem Boden bereiten. Farnkraut und Moos wurde als Unterlage gesammelt.

Es war soviel zu tun, daß Aurora erst am niedrigen Stand der Sonne merkte, daß inzwischen schon fast drei Stunden vergangen waren. Salvador war noch nicht zurückgekehrt.

Bald würde es dunkel sein, und die Wanderameisen würden weiterziehen. Sie biß sich auf die Unterlippe. Die Wagenkolonne war nur langsam vorangekommen, ein Reiter könnte die Entfernung vom Haus und zurück in einer guten Stunde schaffen. Plötzlich hatte Aurora entsetzliche Angst. Irgend etwas war passiert! Sie konnte unmöglich hierbleiben, wenn sowohl ihr Mann als auch ihr Bruder verschwunden waren.

»Lupe«, rief sie dem Mädchen zu. »Überwache du für mich den weiteren Aufbau des Camps. Ich muß nach meinem Mann und meinem Bruder suchen.«

Bevor Lupe protestieren konnte, war Aurora schon davongeritten.

Lupe schüttelte den Kopf und machte sich auf die Suche nach Jim Rawlings, der für alle Probleme eine Lösung fand und sicher wußte, wie man hier in der Wildnis am besten Kaffee kochte.

Da der gutaussehende Amerikaner in das Mädchen verliebt war und ihr seit einiger Zeit den Hof machte, half er ihr gern. Lupe war glücklich darüber, unterhielt sich und lachte mit ihm und vergaß eine Zeitlang ihre Pflichten. Als ihr wieder einfiel, daß ihre Herrin, *el patron* und Nicolas fehlten, war es zu spät, um noch etwas unternehmen zu können.

Es war schon stockdunkel, und in der Ferne war das leise Donnern zu hören, dieses merkwürdige Geräusch, das die Wanderameisen bei ihrem Vormarsch verursachten.

25. KAPITEL

Als Aurora Salvador entdeckte, der unnatürlich blaß und reglos vor dem Haus lag, glaubte sie einen Augenblick lang, daß er tot sei.

Sie sprang entsetzt vom Pferd und lief auf ihn zu. Zu ihrer großen Erleichterung sah sie, daß er noch atmete, wenn auch flach. Sie schickte ein kurzes Dankgebet gen Himmel, beugte sich über ihren bewußtlosen Mann und untersuchte ihn.

An seinem Hinterkopf entdeckte sie eine häßliche Wunde. Als sie seinen Kopf etwas vom Boden hob, stöhnte er und bewegte sich, erwachte aber nicht. Zum Glück fand sie keine weitere Wunde, aber seine Blässe und seine tiefe Ohnmacht ängstigten sie sehr.

In der Ferne hörte sie ein Pferd wiehern und schaute auf.

»Nicolas!« schrie sie so laut wie möglich. »Nicolas!«

Aber niemand antwortete. Die Plantage war verlassen. Wer auch immer noch hier gewesen sein mochte – er war inzwischen fort.

Ach, wenn Nicolas nur hier gewesen wäre! Er hätte ihr helfen können. Aber vielleicht war ihr Bruder gar nicht nach Esplendor zurückgeritten? Hatte sie Salvador vergeblich hierhergeschickt?

Sie hatte keine Ahnung, was ihrem Mann passiert sein konnte. Die Platzwunde und die eiergroße Beule an seinem Hinterkopf sahen eher nach einem bösartigen Schlag als nach einem Unfall aus.

Sie schaute sich um und erinnerte sich an das Pferdegewieher. Dann entdeckte sie einen armdicken Ast, der an einem Ende eine keulenartige Verdickung hatte. Sie holte entsetzt Luft. Jemand hatte Salvador tatsächlich von hinten einen Schlag versetzt! Getrocknetes Blut und ein paar schwarze Haare an der Keule waren Beweis dafür. Ja, jemand hatte mit Erfolg versucht, ihn bewußtlos zu schlagen.

Aber ... Warum? Warum sollte jemand etwas so Gräßliches tun? Sie konnte sich das alles nicht erklären.

Aurora ließ die Keule fallen und ging, plötzlich sehr verängstigt geworden, zu Salvadors regloser Gestalt zurück. Sie kniete sich nieder und zog den schweren Revolver unter seinem Gürtel hervor. Sie wußte nicht, wie man mit einer solchen Waffe umging, aber ein Eindringling würde ihr das vielleicht ja nicht anmerken. Der Revolver gab ihr ein sicheres Gefühl. Dann lief sie ins Haus.

Sie sah auf einen Blick, daß etwas passiert sein mußte. Die Bilder hingen schief an den Wänden, als ob jemand dahinter etwas gesucht hätte. Schubladen standen offen, selbst die Sofakissen lagen auf dem Boden verstreut. Jemand hatte das ganze Haus durchstöbert! Aber wonach hatte er gesucht? Das Geld lag in einem eisernen Safe in Salvadors Arbeitszimmer. Vielleicht hatte der Eindringling es auf Geld abgesehen gehabt, den Safe aber nicht öffnen können. Die Besitzurkunde der Plantage hatte er nicht entdeckt, sie lag noch, von einem schweren Teppich bedeckt, unter dem Schreibtisch ihres Mannes.

Aurora lief wieder hinaus. Salvador war immer noch ohnmächtig, aber sein Herzschlag schien kräftiger geworden zu sein. Als sie ihren Kopf von seiner Brust hob, hörte sie plötzlich ein anderes Geräusch – das Herannahen der Wanderameisen. Von Minute zu Minute schwoll das merkwürdige Geräusch an.

Großer Gott. Was sollte sie tun?

Aber wenn zum Beispiel ein verletzter Mann hilflos im Weg der Insekten läge, dann würden sie ihn tatsächlich innerhalb weniger Stunden bei lebendigem Leib auffressen – bis auf die Knochen.

Großer Gott.

Aurora lief zurück ins Haus und holte aus der Küche soviel Feuerholz, wie sie nur tragen konnte. Sie schleppte immer mehr Holz heran, bis ihr ohnmächtiger Mann von einem Holzwall umringt war, den sie in sicherer Entfernung aufgebaut hatte. Innerhalb dieses hölzernen Kreises schichtete sie einen hohen Stapel auf, bis sie sich sicher war, daß das Feuerholz auf keinen Fall ausgehen würde. Dann stürmte sie in den Keller und schleppte zwei kleine Ölfässer herbei. Das Geräusch der herannahenden Ameisen wurde immer lauter. Mit letzter Kraft holte Aurora noch Nahrungsmittel, Wasser und Brandy, den sie Salvador einflößen wollte, falls er erwachte.

Jetzt hatte Aurora alles, was sie brauchte. Plötzlich fiel ihr siedendheiß ein, daß sie die Streichhölzer vergessen hatte. Wie von Hunden gehetzt, hastete sie noch mal ins Haus. Als sie zurückkam, sah sie im hellen Mondlicht, daß sich ein dunkelroter Strom von wimmelnden kleinen Tieren vom Urwald her näherte. Mit zitternden Händen goß sie Öl über den hölzernen Kreis, in dem sie sich mit ihrem bewußtlosen Mann befand. Das Feuer flammte keinen Augenblick zu früh auf. Schon nahten die ersten Ameisen. Die Kolonne blieb stehen, teilte sich dann und zog links und rechts des Feuerkreises weiter. Aurora brach erschöpft zusammen und fing laut zu weinen an.

Ihr Schluchzen drang in Salvadors Bewußtsein vor. Er öffnete die Augen und stöhnte. Sein Kopf schmerzte zum Zerspringen.

Aurora hörte zu weinen auf und rief: »Salvador, ach, Salvador!«

»Aurora«, hauchte er leise.

»Sprich jetzt nichts. Du bist verletzt. Trink ein wenig Brandy.«

Sie hob seinen Kopf vorsichtig an und hielt ihm die Flasche an den Mund. Er trank ein paar Schlucke und richtete sich mühsam auf.

»*Heridas de Cristo, querida*, was ist geschehen?«

Aurora erklärte es ihm so ruhig wie möglich.

»*Dios mío*, Aurora!« rief Salvador entsetzt aus. »Ich kann es kaum glauben. Das hast du alles allein fertiggebracht!«

»*Sí.*« Sie nickte und war erleichtert, daß sie den Kampf gegen die Wanderameisen jetzt nicht mehr allein führen mußte. »Etwas Besseres ist mir nicht eingefallen. Selbst wenn ich dich ins Haus hätte schleppen können, wärst du dort nicht sicher gewesen. Ich dachte, daß nur Feuer diese entsetzlichen Tiere abschrecken könnte.«

»Du hattest recht, *muñeca*. Du hast mir das Leben gerettet – und dabei dein eigenes in Gefahr gebracht.«

Seine Stimme klang so gefühlvoll wie noch nie. Aurora senkte den Blick, und Tränen füllten ihre Augen. Er war ihr natürlich dankbar. Aber sie wollte seine Dankbarkeit nicht. Sie wollte seine Liebe.

»Ich – ich lege noch etwas Holz nach«, sagte sie. »Das Feuer darf nicht ausgehen.«

»Unser Feuer geht nie aus, Aurora«, antwortete er leise. »Unser Feuer brennt ewig.«

Die ganze Nacht zogen die Wanderameisen in einem breiten, endlosen Strom an ihnen vorbei. Sie liefen direkt durch das Haus und fraßen jede Schlange, die sich im kühlen Keller verborgen hatte, und jede Ratte, die das Unglück hatte, von ihnen aufgestöbert zu werden.

Erst als die Sonne schon wieder aufgegangen war, waren die letzten Ameisen weg, und Aurora und Salvador atmeten unendlich erleichtert auf. Ihre entsetzliche, nervenaufreibende Prüfung war vorbei, und sie fielen sich in die Arme. Jetzt konnten sie den Feuerring löschen, der sie gerettet hatte, und ins Haus gehen. Salvador stützte sich auf seine Frau, er fühlte sich noch schwach.

Der Visconde hatte nicht gesehen, wer ihn niedergeschlagen hatte, aber er hegte einen Verdacht. Und er wußte sicher, daß dieser Schlag ihn zur leichten Beute für die Wanderameisen machen sollte. Wenn Aurora ihn nicht gerettet hätte, dann wäre er bei lebendigem Leibe aufgefressen worden.

Er sehnte sich danach, seiner Frau zu sagen, wie sehr er sie liebte, jetzt mehr denn je, denn sie hatte, ohne auf ihre eigene Sicherheit zu achten, sein Leben gerettet. Aber Salvador schwieg. Er hatte ihren Gesichtsausdruck bemerkt, als er ihr für die Rettung gedankt hatte. Aurora hatte sich weggedreht, weil sie nichts von innigen Gefühlen wissen wollte. Sie hatte sich ihm hingegeben; aber sie liebte ihn nicht. Sie brauchte ihn nur, weil er ihr Schutz und Geborgenheit bot.

Nachdem er sich ein wenig ausgeruht hatte, ging er nach draußen und pfiff nach seinem Hengst, der instinktiv die Gefahr gewittert und das Weite gesucht hatte. Als Nieblo endlich angetrabt kam, stieg Salvador langsam auf und ritt ins Camp, um den anderen mitzuteilen, daß die Wanderameisen vorbeigezogen waren. Er befahl ein paar Männern, Nicolas zu suchen, der verängstigt, aber unverletzt ein paar Stunden später mit seinem geliebten Bribon gefunden wurde.

Zum Angedenken an Auroras Mut und Tatkraft ließ Salvador dort, wo noch der Aschenring lag, einen großen Kranz Blumen anpflanzen.

Bestimmt war sie ihm wenigstens freundschaftlich zugetan, sonst hätte sie ihm nicht unter Lebensgefahr beigestanden. Salvador wollte das glauben. Er mußte es glauben; sonst würde er verrückt werden.

26. KAPITEL

»Jemand hat dich absichtlich niedergeschlagen und danach das Haus durchsucht.«

»*Sí*«,antwortete Salvador ruhig. »Das stimmt.«

»Aber – aber warum?« fragte Aurora verwirrt. »Was mag der Mensch denn gesucht haben?«

»Den Schatz, *querida*. Den Schatz, den Don Santiago Roque y Aviles angeblich vor Jahrhunderten in Esplendor vergraben hat.«

»Ach, den«, brummte Aurora verärgert. »Ich kann es kaum mehr hören. Wenn er jemals existiert hat, wurde der Schatz bestimmt schon vor vielen Jahren gefunden und weggebracht.«

»Nein, der Schatz hat niemals existiert – jedenfalls nicht in Form von Gold oder Juwelen, wie alle Welt glaubt.«

»Wie kommst du darauf?«

»Ich weiß es auch nicht.« Der Visconde zuckte mit den Achseln. Er verstand wirklich nicht, warum er sich dessen so sicher war, ebensowenig verstand er die merkwürdigen Gefühle, die ihn überfallen hatten, als er Esplendor zum ersten Mal gesehen hatte.

Es war ihm gewesen, als wäre er nach langer Abwesenheit endlich nach Hause zurückgekommen. Er hatte sich auch sofort in dem großen Haus ausgekannt. Warum, das konnte er selbst nicht erklären.

»Aber eins ist klar«, sagte er zu seiner Frau. »Wenn Don Santiago El Dorado tatsächlich gefunden hat – und ich habe das Gefühl, daß das stimmt –, dann hat er sehr viel Gold besessen. Schau dich doch in Esplendor um, Aurora! In neugebautem Zustand muß es atemberaubend schön gewesen sein. Stell dir vor, was das gekostet haben muß. Der Marmor mußte aus Italien importiert werden. Ich denke, als Esplendor fertig war, war Don Santiagos Reichtum ziemlich geschrumpft. Und aus irgendeinem Grund glaube ich nicht, daß er noch einmal nach El Dorado zurückgekehrt ist. In El Dorado konnte er nicht das finden, was er sich wirklich ersehnte. Seine Geliebte Doña Arabela lag in Spanien in einem Grab.«

»*Sí*. Das ist sehr traurig, nicht wahr, diese Geschichte?« fragte Aurora leise. »Don Santiago muß Doña Arabela sehr geliebt haben. Wie herrlich es sein muß, so sehr geliebt zu werden.« Aurora hatte diese Worte ausgesprochen, bevor sie darüber nachgedacht hatte.

Dann schaute sie schnell auf. Was mußte Salvador von so einem Ausspruch halten? Er schaute sie forschend an, und sie wurde rot.

»Es ist traurig, daß es so geldgierige Menschen gibt«, sagte sie schnell, um ihn abzulenken. »Selbst Basilio hat an das Märchen von dem Schatz geglaubt«, fügte sie hinzu, »und das ganze Gelände umgegraben, statt das Haus wiederaufzubauen. Deshalb mußte er sterben. *Sí*, letzten Endes hat ihn die Geldgier umgebracht, wie all die anderen auch. Es ist irgendwie so, als ob Esplendor gewußt hätte, daß auch er ein Plünderer war. Es ist zwar sicher nur meine

Einbildung, aber manchmal kommt es mir so vor, als ob dieses Haus lebendig wäre.«

»Ich dachte, dein Bruder sei an einer Tropenkrankheit gestorben«, gab der Visconde erstaunt zurück.

»Das glauben alle«, antwortete Aurora. »Aber direkt vor seinem Tod hat er behauptet, daß Ijada ihn vergiftet hätte – und vielleicht hat sie auch Francisca auf dem Gewissen – und daß sie in Wirklichkeit an gar keiner Krankheit gelitten haben.«

»Ijada!« rief Salvador überrascht aus.

Aurora zuckte mit den Achseln.

»Vielleicht sind das alles nur Hirngespinste. Vielleicht hat sich mein Bruder das alles im Fieberwahn nur eingebildet.«

»Ja, vielleicht«, murmelte der Visconde nachdenklich.

Die Zeit der Zuckerrohrernte rückte näher.

Es war ein schöner Morgen, und da es sehr früh war, war die Luft noch kühl. Obwohl andere Landbesitzer ihre Arbeiter – normalerweise Indianersklaven, die nicht protestieren konnten – zwangen, auch während der größten Mittagshitze weiterzuarbeiten, gewährte Salvador seinen Arbeitern mittags eine mehrstündige Pause. Und das hieß, daß die Arbeit morgens früh begann. Die Männer murrten nicht – für einen so großzügigen Herrn setzen sie sich gern voll und ganz ein.

Salvador hatte seinen Oberkörper entblößt und schwang – wie die anderen auch – unermüdlich die Machete. Reihe für Reihe wurde das Zuckerrohr geschnitten, von anderen Arbeitern auf Wagen geladen und zu der Scheune gefahren, in der das Zuckerrohr verarbeitet wurde. Aurora saß auf ihrem Lieblingspferd und überwachte die Ernte. Sie war froh, daß sie es gegen den Willen ihres Mannes geschafft hatte, bei der Arbeit helfen zu dürfen. Der Visconde war wütend gewesen, aber sie hatte nicht klein beigegeben. Sie hatte keine Lust, im Haus eingesperrt zu sein – wie eine Gefangene.

»Wenn du mich nicht auf die Felder läßt«, hatte sie gerufen, »dann rebelliere ich, und das wird dir leid tun. Was ist los? Hast du Angst, daß ich mit einem anderen Mann durchbrenne?«

»Wenn du das tätest, würde ich dich umbringen«, hatte Salvador düster geantwortet.

»Dann müßtest du mich erst einmal finden«, hatte sie ihn geneckt, »und die Welt ist ziemlich groß.«

Zum Schluß hatte ihr Mann nachgegeben. Und Aurora war bei der Ernte dabei. Jetzt, als sie zwischen den Feldern und der Scheune hin und her ritt, hielt sie immer wieder nach ihrem Mann Ausschau. Er überragte alle anderen; und obwohl er genau die gleiche Arbeit verrichtete, würde ihn doch niemand für einen einfachen Arbeiter halten. Seine dunkelbraun gebrannte Haut glänzte feucht, und Aurora hatte das Gefühl, daß sie ihn noch niemals so begehrt hatte wie an diesem Tag.

Obwohl sie an erlesene Parfüms, saubere Seidenbettwäsche und bequeme Betten gewöhnt war, wünschte sich Aurora, daß ihr Mann sie einmal mitten auf dem harten Feld zwischen den Zuckerrohrpflanzen lieben würde, immer noch verschwitzt von der harten Arbeit. Heftiges Verlangen durchströmte sie, und als er sie mit seinen hungrigen, schwarzen Augen anstarrte, war ihr, als könne er ihre Gedanken lesen.

Sie errötete und wandte sich ab, und plötzlich fiel ihr etwas ein, woran sie noch nie gedacht hatte.

Was wäre, wenn sie ihren Mann einmal zur Liebe auffordern würde? Sie sehnte sich verzweifelt danach, daß er ihr zärtliche Gefühle entgegenbrachte. Aber sie hatte ihn nie ermutigt und nie gewagt, ihm zu sagen, wie sehr sie ihn liebte, da sie befürchtete, daß er sie auslachen und demütigen würde. Aber nichts ließ darauf schließen, daß er sie tatsächlich erniedrigen würde. Wenn sie ihn wirklich liebte, müßte sie eigentlich all ihren Mut zusammennehmen und ihm entgegenkommen. In ihrem Inneren tobten widerstreitende Gefühle.

Aurora, du bist wirklich ein Dummkopf gewesen, sagte sie zu sich selbst. Du hast um alles in Esplendor gekämpft – außer um deinen Mann. Und ihn begehrst du mehr als alles andere!

Aber er will nur meinen Körper – nicht meine Liebe. Das hat er mir deutlich genug zu verstehen gegeben.

Hat er das wirklich, oder hast du es dir nur so oft eingeredet, daß du es jetzt selber glaubst?

Ich weiß es nicht! Ich weiß es nicht!

Dann hör zur Abwechslung einmal auf dein Herz, dein Herz allein kennt die Antwort.

Aurora preßte die Lippen zusammen. Sie wußte nicht, ob sie Salvadors Liebe gewinnen konnte, aber sie wußte, daß sie es wenigstens versuchen mußte.

Als sie das nächste Mal zu den Zuckerrohrfeldern ritt, stieg sie ab und reichte ihrem Mann ein kühles Getränk. Salvador blickte seine Frau überrascht an; und Aurora errötete.

»Ich – ich glaube, du solltest zur Mühle kommen«, stammelte sie, und ihr Herz schlug so laut, daß er es sicher hörte. »Sie fangen an, das Zuckerrohr zu mahlen.«

»Ich komme gleich«, antwortete der Visconde. »Es ist sowieso schon bald Mittag. Ich sage den Männern, daß sie *siesta* machen können, und dann komme ich zur Mühle.«

»Dann treffe ich dich dort«, sagte Aurora lächelnd und nahm ihm das leere Glas aus den Händen.

Salvador schaute seiner Frau nachdenklich nach, bevor er sich zu seinen Arbeitern umdrehte.

Die Mühle war in einer langen, hölzernen Scheune untergebracht und lag in einiger Entfernung vom Haus. Aurora kam zuerst dort an und entschied sich, Salvador im Gebäude zu erwarten. Drinnen war es noch heißer als draußen, aber sie interessierte sich für alle Arbeitsvorgänge und stellte viele Fragen.

»Woher weiß man denn, wann das Rohr reif ist?« fragte sie einen der Männer.

»Ach, Zuckerrohr ist genau wie eine Frau«, antwortete er, »man fühlt das einfach, wann die richtige Zeit gekommen ist.«

Aurora wurde rot und ärgerte sich über diese Antwort. Die anderen Arbeiter lachten, und schließlich fiel sie, um ihr Gesicht zu wahren, in das Gelächter ein, ohne zu bemerken, daß Salvador mit finsterem Gesichtsausdruck in der Tür stand.

Als die beiden die Mühle wieder verlassen hatten, packte er sie bei den Schultern und schüttelte sie ärgerlich.

»Weißt du jetzt, warum ich nicht will, daß du dich bei den Männern aufhältst?« schimpfte er. »Es sind primitive und vulgäre Bauern – keine spanischen *caballeros*.«

»Sie haben nur Spaß gemacht, Salvador«, protestierte Aurora.

»Einen Spaß nennst du das? Ich habe es genau gehört. Und du hast auch noch mitgelacht! Was für eine Dame bist du denn?«

»Offensichtlich eine dumme«, gab Aurora jetzt ärgerlich zurück, »weil ich einen eifersüchtigen Narren geheiratet habe!«

»Treib es nicht zu weit, *querida*«, warnte der Visconde. »Ich will dich nur vor Schaden bewahren, aber du machst mir jedesmal einen Strich durch die Rechnung. Warum?«

»Weil ich nicht wie ein Kind behandelt werden will. Ich bin eine Frau, verdammt noch mal! Wann begreifst du das endlich? Alle anderen wissen es, nur du nicht!«

Sie maßen sich mit wütenden Blicken, dann drehte sich Aurora um und ließ ihn stehen. Salvador schaute ihr nach und ging dann zurück in die Mühle, um den Arbeitern noch etwas zu sagen. Danach verließ er die Scheune.

Überrascht, daß sie auf ihn gewartet hatte, kehrte der Visconde mit seiner Frau zum Mittagessen nach Hause zurück. Nach ein paar Stunden der mittäglichen Ruhe ritt er an ihrer Seite wieder auf die Felder hinaus. So ging es während der ganzen Erntezeit. Jeden Tag wurde Auroras Verlangen nach ihrem Mann größer. Aber Salvador war abends so erschöpft, daß er ins Bett fiel und sofort einschlief und sie nicht einmal berührte. Dadurch wurde ihr Verlangen nur noch größer. Als die Ernte fast eingebracht war, glaubte Aurora, es nicht länger aushalten zu können. In ihren wildesten Träumen hätte sie es bis dahin nicht für möglich gehalten, daß sie sich so sehr nach einem Mann verzehren könnte.

Am Abend, bevor das letzte Zuckerrohr geschnitten werden sollte, hielt sie es nicht mehr aus. Sie wollte es um jeden Preis versuchen. Als sie mit ihrem Mann zurück zum Haus ritt, zügelte sie plötzlich ihr Pferd.

»Ich muß noch einmal zurück«, sagte sie und errötete, als Salvador seinen Hengst ebenfalls zügelte. »Ich – ich habe meine Reitpeitsche auf dem Feld vergessen.«

Das klang selbst in ihren Ohren wie eine schwache Ausrede.

»Ach laß es, *querida*«, sagte der Visconde. »Es wird schon dunkel. Wir finden deine Peitsche morgen früh.«

»Nein!« rief Aurora erregt. »Ich glaube, Deleite lahmt ein wenig. Morgen muß ich Incendio reiten, und – bei ihm brauche ich meine Peitsche. Reit du nur weiter heim. Ich komme gleich nach.«

Natürlich hatte sie nicht vor, das zu tun. Sie rechnete damit, daß ihr Mann nach ihr suchen würde.

Aurora riß ihr Pferd herum und galoppierte davon, bevor der Visconde Einwände erheben konnte. Irgend etwas hatte sie vor, das war ihm klar. Ihr Pferd lahmte ganz und gar nicht. Sie hatte versucht, ihn zu täuschen. Aber warum nur?

Ich bin eine Frau, verdammt noch mal! Wann begreifst du das endlich? Alle anderen wissen es, nur du nicht!

Als ihm diese Worte wieder einfielen, kam ihm plötzlich ein entsetzlicher Verdacht. *Was ist denn los? Hast du Angst, daß ich mit einem anderen Mann durchbrenne?*

Wer war dieser andere Mann? Ihr Liebhaber? Hatte sie deshalb diese Bemerkung gemacht? Großer Gott! Obwohl er es ihr ausdrücklich verboten hatte, war sie heute wieder in die Zuckermühle gegangen und hatte mit den Arbeitern gescherzt. War es möglich, daß Aurora an einem von ihnen interessiert war?

Unmöglich! Er konnte sich einfach nicht vorstellen, daß sie ein Verhältnis mit einem seiner Arbeiter hatte, und sie hatten nur wenige Bekannte in der Gegend.

Pater Guillermo kam wirklich nicht in Frage. Er war schon ziemlich alt und außerdem ein Priester. Aurora war eine gläubige Katholikin. Sie wäre lieber gestorben, als eine solche Sünde zu begehen. Colonel Xavier de la Palma war fünfundsechzig Jahre alt, Aurora konnte sich doch unmöglich für so einen alten Mann interessieren! Oder doch? Nein, bestimmt nicht. Der junge Offizier, Miguel Sanchez, war ein hübscher Bursche. Salvador war aber fest davon überzeugt, daß er zuviel Ehre und Pflichtgefühl im Leib hatte, um mit der Frau eines anderen Mannes anzubändeln.

Wen kannten sie noch?

Paul Van Klaas. Der großgewachsene, gutausehende Paul Van Klaas mit seiner blonden Löwenmähne und den himmelblauen Augen. Paul Van Klaas, der sehr viel öfter nach Esplendor ritt, als man es selbst von einem guten Nachbarn erwarten konnte. Paul Van Klaas, den der Visconde verdächtigte, ihn in der Nacht, als die Wanderameisen gekommen waren, niedergeschlagen zu haben.

Durch vorsichtige Fragen hatte Salvador herausgefunden, daß der Holländer von dem Schatz besessen war, der auf Esplendor vergraben sein sollte. Er war es, der nachts danach suchte, der Visconde hatte ihn einmal dabei beobachtet.

Aber was war, wenn der Holländer in Wirklichkeit nicht von dem

Schatz besessen war, sondern sich nur diesen Anschein gab, um sein wahres Interesse besser verbergen zu können? Wenn er nachts mit einer Schaufel erwischt würde, würde niemand vermuten, daß er ein heimliches Verhältnis mit Salvadors Frau hatte! War Aurora noch einmal zurück auf die Felder geritten, um sich mit dem Holländer zu treffen? Der Visconde dachte an die Sturmnacht zurück, als er ihr gefolgt war und sie Unterschlupf in einem hohlen Baum gefunden hatten. *Sangre de Cristo!* War sie auch damals auf dem Weg zu ihrem Liebhaber gewesen?

Aurora hatte ihn gebeten, sie zu heiraten, damit sie vor seinem Halbbruder in Sicherheit war. Aber vielleicht hatte sie ihn nur deshalb gefragt, weil Paul Van Klaas schon verheiratet war. Vielleicht war es der Holländer, den sie wirklich begehrte. Vielleicht hatte Paul Van Klaas deshalb versucht, ihn zu töten! Nicht wegen des vergrabenen Schatzes, sondern weil der Holländer den Gedanken, daß seine Geliebte in den Armen eines anderen Mannes lag, nicht länger ertragen konnte.

Aber sie war noch Jungfrau gewesen in ihrer ersten gemeinsamen Nacht. Stimmte das wirklich? In derlei Dingen konnten Frauen Männer leicht täuschen, das wußte Salvador. Nun, er würde nicht länger wie ein Idiot dasitzen und abwarten. Er mußte jetzt seiner Frau folgen und die Wahrheit herausfinden – selbst wenn er sie aus ihr herausprügeln müßte!

Inzwischen war es dunkel geworden. Aurora hatte schon lange ihre Reitpeitsche gefunden, die sie zuvor absichtlich zu Boden hatte fallen lassen. Jetzt stand sie versteckt zwischen den letzten hohen Zuckerrohrpflanzen, die am nächsten Morgen geschnitten werden sollten.

Sie fürchtete sich nicht vor irgendwelchen Tieren. Aber sie ängstigte sich vor ihrem Mann, wenn er sie zurückwies, würde sie nie mehr den Mut aufbringen, sein Herz zu erobern.

Sie war sicher, daß er bald kam, um sie zu suchen. Es war seine Pflicht, sie vor Gefahren zu beschützen. Und Aurora wußte, daß er das auf jeden Fall tun würde.

Sie biß sich auf die Unterlippe, denn sie kam sich dumm vor, wie sie so im Zuckerrohr versteckt dastand und darauf hoffte, ihren Mann verführen zu können. Vorhin hatte sie die Jacke ausgezogen und die obersten Knöpfe ihrer Bluse geöffnet, damit der Ansatz ihrer schwellenden Brust zu sehen war. Vielleicht war sie zu frivol? Vielleicht sollte sie ihr Haar doch besser wieder aufstecken und ihre Bluse schließen? Aber sie konnte die Haarnadel nicht mehr finden, die sie achtlos auf den Boden geworfen hatte. Und ihre Finger zitterten so vor Angst und Erregung, daß sie die kleinen Perlenknöpfe an ihrer Bluse nicht schließen konnte.

Es war sowieso zu spät. Denn der Visconde galoppierte schon heran.

Zögernd trat Aurora aus dem Zuckerrohrfeld.

Der Mond ging gerade am dunklen Himmel auf und beleuchtete die Landschaft mit seinem silbernen Licht. Salvador wirkte wütend, und Aurora vermutete, daß er sich Sorgen um sie gemacht hatte.

»Ich – ich habe meine Reitpeitsche gefunden«, verkündete sie, hielt sie hoch und lächelte ihn so unbefangen wie möglich an.

»Das sehe ich«, antwortete der Visconde kalt, bemerkte ihr offenes Haar, die Jacke, die sie in einer Hand hielt und die halbgeöffnete Bluse.

Es war also so, wie Salvador vermutet hatte! Seine Frau hatte sich tatsächlich mit ihrem Liebhaber getroffen! Der Visconde schaute sich um, konnte aber niemanden entdecken. Bestimmt war der Mann bei Salvadores Herannahen geflohen, seine Frau sah ganz so aus, als hätte er sie zu Beginn des Liebesspiels erwischt...

»Es tut mir leid – daß es so lang gedauert hat«, stotterte Aurora nervös. Er war zornig, das konnte sie sehen. Vielleicht sollte sie ihren Plan, ihn zu verführen, vergessen. *Sí*, das wäre das beste. Sie schluckte. »Es hat lang gedauert, bis ich die Peitsche gefunden habe«, fuhr sie fort. »Ich wollte gerade nach Hause zurückreiten, als du kamst. Es tut mir leid, daß du so wütend bist. Kannst du mir beim Aufsitzen helfen?«

Sein Gesicht wirkte wie eine gefühllose Maske, und er sprang ab.

»Ich dachte, dein Pferd lahmt«, sagte er eiskalt.

»Ach, ein Stein im rechten Vorderhuf hat es gequält, ich habe ihn herausbekommen, jetzt ist alles wieder in Ordnung... Eine wunderbare Nacht, nicht wahr?« fragte sie, um ihn abzulenken.

Offensichtlich war ihr Mann heute abend nicht an ihrer Liebe interessiert. Er sah viel eher aus, als ob er sie ermorden wollte!

»Ist – ist irgend etwas geschehen, Salvador?« fragte sie nervös.

»Ob etwas geschehen ist?« fragte er mit einem bedrohlichen Unterton. »Natürlich nicht. Was sollte schon geschehen sein?«

»Ich – ich weiß es ja selbst nicht. Du siehst nur so – so seltsam aus. Ich dachte, daß dich vielleicht irgend etwas verärgert haben könnte.«

»Nein, wirklich nicht«, antwortete er kühl und mußte gegen den Wunsch ankämpfen, sie zu erwürgen. »Sollen wir nach Esplendor zurückreiten, Señora?«

Was hatte sie getan? Es sah ja ganz so aus, als ob er sie haßte. Sie zuckte zusammen. Alles war gut gewesen, bevor sie zurückgeritten war, um ihre Reitpeitsche zu holen. Was war in der Zwischenzeit passiert? Plötzlich wollte sie nicht mehr, daß er sie berührte. Sie wich zurück, als er auf sie zuging, um ihr in den Sattel zu helfen.

Salvador war selten in seinem Leben so wütend gewesen. Er würde ihr eine Lektion erteilen, die sie so schnell nicht vergaß!

Er zerrte sie an sich hin, packte sie am Haar und zwang sie, ihm in die Augen zu schauen. Aurora bekam es mit der Angst zu tun und versuchte, zurückzuweichen.

»Bruja«, stieß er hervor und packte sie am Hals. »Du gehörst mir, *mir*, und sonst niemandem. Ich werde dich niemals fortlassen. Niemals. Verstehst du?«

Aurora starrte ihn aus weitaufgerissenen Augen an. Er mußte auf seine eigenen Männer eifersüchtig sein! Wie lächerlich! In der Dunkelheit wirkte er wie ein Dämon.

»Bitte, Salvador«, flehte sie. »Laß mich los – du tust mir weh, und – du machst mir angst.«

»Ich kann mit dir machen, was ich will«, antwortete er hart. »Es ist mein Recht, dir weh zu tun und dir angst zu machen. Nach dem Gesetz gehörst du mir, Aurora, mit Leib und Seele, oder hast du das vergessen?«

»Nein, natürlich nicht«, stotterte sie ängstlich.

»Es tut mir leid, wenn ich dich heute nachmittag verärgert habe«, fügte sie beruhigend hinzu. »Aber die Männer in der Mühle haben nur einen harmlosen Scherz gemacht, das versichere ich dir.«

»Die Männer!« rief der Visconde aus. »Glaubst du, daß ich auch nur einen Gedanken an sie verschwende? Aber was ist mit deinem Liebhaber, Aurora, dem Mann, den du hier getroffen hast und der schon die ganze Zeit dein Liebhaber ist?«

»Was?« rief sie schockiert und verwirrt aus. »Mein Liebhaber? Wovon sprichst du, Salvador? Du bist der einzige Liebhaber, den ich habe!«

»Wirklich?« fragte er und schüttelte sie wie wild. »Schau dich doch an? Dein Haar ist zerwühlt! Deine Bluse ist aufgeknöpft! Wäre ich auch nur ein paar Augenblicke später hergekommen, hätte ich dich nackt in den Armen deines Liebhabers erwischt!«

»Nein! Nein!« rief Aurora entsetzt aus. »Du verstehst nichts. Du verstehst gar nichts, Salvador! Ich kann dir alles erklären. Ich habe mich so hergerichtet... für dich. Für *dich*, Salvador! Verstehst du das denn nicht? Ich wußte, daß du mich suchen würdest. Und ich wollte dich – verführen. *Dios mío!* Verstehst du denn nicht? Ich habe hier auf *dich* gewartet. Ich hoffte, daß du mich hier im Zuckerrohrfeld lieben würdest!«

Das Geständnis war ihr peinlich, und sie wurde rot.

»Eine sehr glaubwürdige Geschichte, Señora«, meinte der Visconde verächtlich, »besonders, da du mich in dieser Hinsicht noch niemals ermutigt hast.«

»Ach nein, Salvador! Das stimmt nicht –«

»Lüg mich nicht an, Frau«, sagte er gefährlich leise und schüttelte sie wieder. »Ich weiß, daß du mich nicht begehrst.«

»Ganz im Gegenteil!« rief Aurora verzweifelt aus.

Der Visconde lachte grausam.

»Wenn es so ist, dann sollst du mich haben«, sagte er. Er riß ihr die Bluse vom Leib. Aurora keuchte. So hatte sie sich ihr Liebesabenteuer nicht vorgestellt.

»Hör auf! Hör auf!« schrie sie und schlug mit aller Kraft mit der Reitpeitsche auf ihn ein. »Wie kannst du mir so etwas antun?«

Er umfaßte ihr Handgelenk und drehte es, bis sie die Peitsche fallen ließ und vor Schmerzen auf die Knie sank.

Salvadors Augen leuchteten in der Dunkelheit. Er hatte Mühe, sich selbst im Zaum zu halten und ihr keinen Schlag zu versetzen. Die Striemen, die ihre Reitpeitsche verursacht hatten, brannten heftig. Wäre sie ein Mann gewesen, hätte er nicht einen Augenblick gezögert. Er schleuderte Aurora ganz zu Boden.

Wieder wehrte sie sich, aber es war alles vergeblich.

»Sag, daß du mich begehrst, *muñeca*«, stieß er zwischen den zusammengebissenen Zähnen hervor.

»Aber nicht so. Doch nicht so«, jammerte sie.

»Dein Liebhaber ist wohl zärtlicher als ich, was?«

»Nein... Ich – ich habe keinen Liebhaber.«

»Das glaube ich dir nicht, *querida*«, stieß er wütend hervor. »Das glaube ich nicht.«

Dann küßte er sie so plötzlich und brutal, daß Aurora dem Ansturm seiner wütenden Leidenschaft völlig ausgeliefert war.

Aber es war, als ob ihr Körper ihr nicht mehr gehorchte, und zu ihrem Entsetzen merkte sie, daß sie sich mit jeder Faser nach ihm sehnte, obwohl er sie so sehr gedemütigt hatte.

Als er das spürte, ließ seine Wut nach. Seine Brutalität verwandelte sich in Zärtlichkeit, und Aurora vergaß alles um sich herum. Bis jetzt war sie seine willige Sklavin gewesen, aber das sollte nun aufhören. Sie richtete sich auf. Salvador versuchte, sie wieder zu sich herunterzuziehen, aber mit einem seltsamen Lächeln bestieg sie ihn und begann, ihn mit großer Lust zu reiten.

Salvador war sehr überrascht. War diese Göttin, diese Verführerin wirklich seine Frau? Das konnte doch nicht sein. Sie war eine Hexe, die ihn verzaubert hatte. Und er war ihr hilflos ausgeliefert. Sie kamen fast gleichzeitig, und Aurora warf den Kopf zurück, schloß die Augen und sank dann über ihm zusammen. Er schloß beschützend die Arme um sie.

Aurora wußte, daß sie von ihrem eigenen Verhalten schockiert sein müßte, aber sie war es nicht. Jetzt würde sich ihr Mann niemals von ihr trennen können, das wußte sie sicher, und darüber war sie sehr glücklich.

27. KAPITEL

Zuerst hatte sich Salvador sehr darüber gefreut, daß Aurora bei der Liebe nachts im Zuckerrohrfeld die Initiative ergriffen hatte. Aber später hatte ihn der furchtbare Verdacht, daß seine Frau einen Liebhaber hatte, um so schlimmer gequält.

Sie hatte sich noch nie wie in jener Nacht betragen. Wo hatte sie diese Liebesspiele gelernt, mit denen sie ihm den Kopf verdreht hatte? Nicht von ihm, das wußte er ganz sicher!

Es kam dem Visconde nie in den Sinn, daß er selbst die Sinnlichkeit seiner Frau erweckt hatte und daß es nur natürlich war, wenn sie jetzt aus eigenem Antrieb manches ausprobierte. Eifersüchtig wie er war, dachte er nur, daß ein anderer Liebhaber ihr diese Praktiken beigebracht haben mußte. Diese treulose Dirne! Vielleicht hatte sie ihn sogar mit mehr als mit einem Mann betrogen. Lachte und flirtete sie nicht mit den Arbeitern wie eine ganz gemeine Hure? Jetzt drückte er sich, obwohl er sich dafür verachtete, an die Hauswand, um dem Gespräch zwischen seiner Frau und Heidi Van Klaas zu lauschen. Er war sicherer denn je, daß Paul Van Klaas Auroras Liebhaber war – oder wenigstens einer ihrer Liebhaber.

»Ich – ich muß mit jemandem reden«, – er konnte Heidis verzweifelte Stimme deutlich durch das Küchenfenster hören – »und du bist die einzige Freundin, die ich hier habe, Aurora. Bitte, kannst du mir zuhören und mir helfen, eine Erklärung zu finden? Ich – ich kann zwar nicht glauben, was ich vermute...« Sie unterbrach sich selbst.

»Aber Heidi«, sagte Aurora besorgt, weil ihre Freundin so traurig klang, »du kannst mir natürlich alles erzählen.« Sie wischte ihre Hände an der Schürze ab. »Setz dich, trink etwas, du siehst ja ganz erschöpft aus. Ich hätte dir schon vorher etwas anbieten sollen, aber ich war wahrscheinlich zu beschäftigt.«

Aurora plauderte weiter drauflos und goß ihrer Freundin ein Glas kalten Tee ein. »Vielleicht fühlst du dich danach besser. Und dann kannst du mir erzählen, was dich so bedrückt.«

Aurora mochte Heidi Van Klaas gern – sie war nur ein paar Jahre älter als sie. Die anderen Plantagenbesitzer in der Gegend und ihre Frauen waren alle sehr viel älter.

Als Aurora ihre Freundin anschaute, dachte sie, daß Heidi wirklich nicht für so ein hartes Leben geschaffen war. Obwohl sie mit ihrem honigblonden Haar und den kornblumenblauen Augen eine hübsche Frau war, wirkte sie doch blaß und welk wie eine Rose, die zuwenig Wasser bekam.

Aurora dachte, daß Heidi zu Hause in Holland bestimmt viel glücklicher wäre und Peru ihr bedeutend fremdartiger vorkommen mußte als ihr, die in Spanien geboren und erzogen worden war. Selbst jetzt nach so vielen Jahren konnte Heidi kaum ein Wort in spanischer Sprache.

Impulsiv ergriff Aurora Heidis Hand.

»*Mi amiga*, was beschäftigt dich? Diesmal quält dich mehr als die Hitze und der Dschungel, nicht wahr?«

»Ja, das stimmt«, schluchzte Heidi. »Es hängt mit Paul zusammen«, weinte sie und begrub ihr Gesicht in ihren Händen.

»Paul?« wiederholte Aurora überrascht. »Ist er krank? Hat er Malaria?«

Sie fragte aus reinem Mitgefühl für einen Nachbarn, aber Salvador, der immer noch lauschte, kam es so vor, als ob sich seine Frau große Sorgen um ihren Liebhaber machte. Er biß vor Wut die Zähne zusammen und hoffte, daß der Holländer bald sterben würde. Heidis Antwort machte diesen unchristlichen Wunsch jedoch gleich zunichte.

»Nein, er ist nicht krank, obwohl ich es mir manchmal direkt wünsche. Aber du kennst ja Paul. Er ist niemals krank. Er ist so stark und kräftig wie ein Stier. Und er ist ein Kämpfer. Deshalb liebe ich ihn auch so sehr. Er war immer so tapfer und zuverlässig. Selbst nachdem sein Vater ihn enterbte, gab er niemals die Hoffnung auf. Er lachte nur und sagte, wir würden es auch allein schaffen. Und ich – ich habe keinen Augenblick daran gezweifelt«, sagte Heidi stolz und wischte sich die Tränen ab.

»Dann verstehe ich überhaupt nichts mehr«, meinte Aurora verwirrt. »Geht es nicht gut in Capricho?«

»Doch, doch, soviel ich weiß schon. Aber Paul erzählt mir ja nie etwas über die Geschäfte. Er gibt mir reichlich Geld, das täte er bestimmt auch nicht, wenn wir – wenn unsere finanzielle Situation schlecht wäre. Es ist – ich könnte es einfach nicht ertragen, ihn zu verlieren, aber – genau das scheint der Fall zu sein. Ich weiß es! Paul hat – er hat eine Geliebte!« rief Heidi schluchzend aus.

Aurora war sehr überrascht.

»Bist du sicher?« fragte sie verwirrt, denn sie konnte sich keine einzige Frau in der ganzen Gegend vorstellen, mit der Paul eine Affäre haben konnte.

Alle Frauen, die ihr in den Sinn kamen, waren zu alt, als daß sich der Holländer für sie hätte interessieren können. Und sie zog keine Frau aus einer niedrigeren Gesellschaftsschicht auch nur in Erwägung, weil sie Paul Van Klaas für einen Snob hielt.

Salvador hingegen hatte den Verdacht, daß Aurora nur zum Schein diese Frage stellte, um herauszufinden, ob Heidi überhaupt eine Ahnung hatte, wer die Geliebte ihres Mannes wäre. »Nein, ich bin nicht ganz sicher«, gab Heidi schließlich zu. »Aber es gibt Anzeichen. Paul kommt und geht mitten in der Nacht – er sagt, daß er Geschäfte zu erledigen hätte, aber ich glaube ihm das nicht. Nicht, wenn er nach Hause zurückkommt und seine Kleider nach Parfüm riechen – « sie unterbrach sich und fing wieder zu weinen an.

»Hör auf zu weinen, Heidi«, bat Aurora und streichelte ihrer Freundin die Hand. »Es gibt hundert Erklärungen für so etwas. Es könnte sein, daß Paul tatsächlich spät abends arbeitet. Und was seine Kleidung angeht, du solltest sehen wie Salvador von den Feldern heimkommt! Und alles zusammen, die Hitze, die Feuchtigkeit, der Schweiß, seine Seife und sein Parfüm, alles zusammen riecht so, daß ich manchmal schwören könnte, er wäre in einem Bordell gewesen!«

Bei diesen Worten hellte sich Heidis Gesicht etwas auf. »Ach, Aurora, glaubst du wirklich?« fragte sie hoffnungsvoll und versuchte zu lächeln.

»Aber selbstverständlich. Oft bringt ihn Lupe sogar dazu, sich draußen zu waschen, bevor er das Haus betritt!«

Aurora lachte und war froh, daß Heidi lächelte. Salvador hätte gute Lust gehabt, seine Frau zu verprügeln. Dieses Weib! Diese gemeine Hexe! Wie geschickt sie Heidis Ängste über ihren Mann zerstreute! Sicherlich hatte sie sich vorgenommen, sobald wie möglich den Holländer über die Vermutungen seiner Frau zu informieren, damit er sich plötzlich wie der fürsorglichste Ehemann in der ganzen Gegend verhalten konnte. Und Heidi würde sich zu Tode schämen, daß sie ihm Untreue unterstellt hatte. Um ein Haar wäre der Visconde in die Küche gelaufen und hätte Heidi reinen Wein eingeschenkt. Aber ihm war klar, daß die Wahrheit sie sehr verletzen würde, und er beschloß, ihr zu helfen, indem er die Affäre seiner Frau mit Heidis Mann beendete – selbst wenn er Aurora deswegen eigenhändig erwürgen mußte!

28. KAPITEL

Belém, Brasilien, 1850

Don Juan Rodolfo de Zaragoza y Aguilar, Marqués de Llavero, fühlte sich wie ein Bluthund, der vor Erregung zitterte, weil er auf der richtigen Fährte war. Nach Monaten unermüdlicher Nachforschungen, nachdem er viele Menschen mit Geld bestochen hatte und auch auf andere, weniger großzügige Weise zum Reden gebracht hatte, hatte er endlich die Spur der vier Leute gefunden, die er so verzweifelt suchte. Alle hatten Spanien verlassen und waren von Cádiz aus in die neue Welt abgesegelt. Drei von ihnen, Basilio, Francisca und Salvador, hatten sich auf der Santa Cruz eingeschifft. Aurora, die Juan am dringlichsten suchte, war auf der San Pablo gereist.

All dies hätte er niemals entdeckt, wenn seinem Sekretär Tomás nicht etwas bei den Passagierlisten aufgefallen wäre. Auf zwei der vielen Listen, die er durchsah, waren ein paar Namen durch einen großen Tintenfleck unkenntlich gemacht. Das hatte sein Mißtrauen erregt.

Zuerst hatten sich die Kapitäne dumm gestellt und behauptet, so etwas könne immer einmal passieren. Aber als Juan nicht lockerließ und auch noch eine Handvoll Goldmünzen auf den Tisch legte, rückten sie mit der Wahrheit heraus.

Bald darauf schloß der Marqués sein Stadtpalais und bestieg ein Schiff, das in die Neue Welt segelte. Er verbrachte viel Zeit in Texas und erfuhr dort fast nichts. Dann schiffte er sich nach Brasilien ein.

Jetzt starrte er den Mestizen Mario an, der auf einem Kai in Belém stand und das Beladen mehrerer Einbäume überwachte.

Mario konnte den narbengesichtigen *caballero* aus Spanien nicht leiden und mißtraute ihm instinktiv. Der Mann stellte viel zu viele Fragen über die schöne Señorita Montoya, verheiratete Señora de Rodriguez.

Schließlich zuckte Mario mit den Achseln. *Sí*, sagte er, er hatte sie tatsächlich kennengelernt, sie war nach Buenos Aires in Argentinien weitergereist. Nach einer Pause fügte er hinzu, daß er sich an nichts sonst erinnere.

»Ich verstehe«, meinte der Marqués. »Aber es ist sehr wichtig für mich, daß ich Señorita Montoya finde. Sie ist meine Verlobte.«

Jetzt war sich Mario sicher, daß es richtig gewesen war, den spanischen *caballero* zu belügen. Wenn Señorita Montoya mit diesem Mann verlobt gewesen wäre, hätte sie Don Salvador niemals geheiratet. Sie war viel zu ehrenhaft, um so etwas zu tun.

»Ich kann ihnen wirklich nicht weiterhelfen«, log Mario. »Ich habe keine Ahnung, mit welchem Schiff die Dame nach Argentinien gefahren ist. Ich bin nämlich . . krank geworden und als ich ein paar Tage später meiner Arbeit am Kai wieder nachgehen konnte, war die Dame schon abgereist.«

Dieser Bauer war dumm und hatte keinerlei Grund, ihn zu belügen, dachte Juan, bedankte sich für die Auskunft und ging.

Mario lachte glücklich auf, als er ein paar Tage später erfuhr, daß der spanische *caballero* mit der ekelhaften Narbe nach Argentinien abgesegelt ist.

»*Señor*, ich bitte Sie, geben Sie es auf«, flehte Ijada und wischte sich die Tränen aus den Augen.

Dieser gottverdammte Paul Van Klaas! Er hatte es tatsächlich so weit gebracht, daß sie allen Stolz verloren hatte und sich immer wieder von ihm demütigen ließ. Obwohl sie ihn verzweifelt liebte, wollte sie ihn oft dafür töten, daß er ihr allen Stolz genommen hatte.

Ihr Stamm hatte sie verstoßen, nachdem bekannt geworden war, daß sie ein Verhältnis mit Paul Van Klaas hatte. Jetzt hatte sie niemanden auf der Welt außer diesem Holländer. Sie zitterte bei diesem Gedanken. Seine blauen Augen leuchteten im Mondlicht wie die Augen eines Besessenen. Er wäre verrückt, hatten ihre Leute gesagt. Wieso war sie nicht selbst darauf gekommen?

»Ich habe überall gesucht«, wiederholte sie. »Und auch Sie haben überall gesucht, *Señor*. Es gibt keine Karte. Es gibt keinen Schatz! Sie müssen aufhören, danach zu suchen, sonst werden Sie noch verrückt.«

Paul knurrte ärgerlich und antwortete: »Ich fühle genau, daß der Schatz irgendwo verborgen ist. Wenn ich aufhöre danach zu suchen, dann fällt er eines Tages diesem arroganten Spanier in die Hände. Ich muß den Schatz finden!«

»Ach, *Señor*. Don Salvador hat noch kein einziges Mal danach gesucht. Er glaubt nicht, daß ein Schatz existiert.«

»Dann ist er ein Idiot«, knurrte der Holländer.

»Nein.« Ijada schüttelte den Kopf. »Er hat das Haus zu neuem Leben erweckt. Die Felder haben eine reiche Ernte erbracht. Er hat nur so viel Erfolg, weil er seine Zeit nicht darauf verschwendet, diesen verfluchten Schatz zu suchen, der schon so viele Menschen ins Unheil gestürzt hat. Eines Tages wird Esplendor mehr Gewinn abwerfen als alle anderen Plantagen in dieser Umgebung. Wenn Sie reich werden wollen, *Señor*, dann pflügen Sie ihre Felder in Capricho, statt nachts auf Esplendor nach dem Schatz zu graben.«

»Du dummes Ding!« zischte Paul wutentbrannt. »Jetzt weiß ich, daß du dich gegen mich gewandt hast und daß ich dir nicht mehr vertrauen kann. Es tut mir sehr leid, meine kleine Tulpe, denn dein Körper hat mir viel Vergnügen bereitet. Aber jetzt – jetzt kann ich dich nicht mehr gebrauchen.« Er trat einen Schritt auf sie zu. »Ich muß dich töten, Ijada. Du verrätst mich, wenn ich es nicht tue. Du wirst die Morde beichten, die wir gemeinsam vollbracht haben.«

»Nein, bestimmt nicht, *Señor*«, rief Ijada entsetzt aus.

»*Sí*. Leider ist es so, wie ich sage«, raunte der Holländer sanft, umfaßte ihren Hals mit seinen großen, kräftigen Händen und drückte zu.

Ijada wehrte sich mit aller Kraft und konnte es zuerst nicht glauben, daß ihr Liebhaber es tatsächlich ernst meinte. Sie zerkratzte ihm die Hände und versuchte sie von ihrer Kehle wegzureißen. Aber es half alles nichts. Er war viel zu stark.

Kurz darauf sank ihr Körper kraftlos zusammen. Der Holländer ließ los, und sie fiel zu Boden. Er beugte sich über sie und grunzte zufrieden, als er sah, daß sie wirklich tot war.

Dann hob er in der weichen Erde eine flache Grube aus und legte den Leichnam hinein. Nachdem er das Loch wieder zugeschüttet hatte, wälzte er ein paar Steine über das Grab und bedeckte es dann so geschickt mit ein paar abgestorbenen Ästen und Blättern, daß keinem zufällig Vorbeikommenden etwas aufgefallen wäre. Dann bestieg er sein Pferd und ritt nach Capricho zurück.

Ijadas Leichnam wurde niemals entdeckt. In Esplendor glaubten alle, daß die Mestizin, die seit der Ankunft der neuen Herrschaft viel von ihrer Macht in der Plantage eingebüßt hatte, einfach weggelaufen war und sich woanders eine Arbeit gesucht hatte. Sie war schließlich mit niemandem befreundet und eine sehr merkwürdige Frau gewesen. Alle waren froh, daß sie endlich verschwunden war. Nur Aurora regte sich darüber auf, denn jetzt war sie sich sicher, daß Basilio die Wahrheit gesagt hatte und daß Ijada etwas mit seinem und Franciscas Tod zu tun gehabt hatte. Warum sonst hätte die Mestizin das Weite suchen sollen? Sie zermarterte sich den Kopf.

Schließlich aber gab die junge Frau den Gedanken daran auf und ließ die Sache auf sich beruhen. Wenn ihr Bruder und seine Frau tatsächlich vergiftet worden waren, dann konnte Aurora auch nichts mehr daran ändern. Der eventuelle Täter war verschwunden.

29. KAPITEL

Aurora war unglücklich. Nach der Nacht im Zuckerrohrfeld hatte sie gedacht, daß sie Salvadors Herz gewonnen hätte. Jetzt war sie sich dessen nicht mehr so sicher. Ja, es stimmte, daß er fast alle Stunden des Tages mit ihr verbrachte, als ob er es nicht ertragen könnte, nicht bei ihr zu sein. Und vor jener Nacht wäre sie darüber sehr glücklich gewesen. Aber sie konnte sich wirklich nicht über den mißtrauischen Ausdruck ihres Mannes freuen. Sie wußte, daß er, obwohl sie immer wieder das Gegenteil behauptet hatte, noch immer glaubte, daß sie einen Liebhaber hätte. Dafür haßte er sie. Ihr einziger Trost war, daß er niemals so eifersüchtig und wütend auf sie gewesen wäre, wenn er nicht doch etwas für sie übrig hätte. Aurora war sehr unglücklich. Was hatte diese Veränderung zum Schlechten nur bewirkt?

Ihr Glaube, daß Salvador ihr Geliebter aus der Vergangenheit, der Mann ihrer Träume war, wurde erschüttert. Vor lauter Zweifeln konnte sie nachts oft nicht schlafen. Sie hatte dunkle Schatten um die Augen, wurde blaß und wurde vor Kummer immer dünner.

Ihr schlechter körperlicher Zustand blieb ihrem Mann nicht verborgen. Aber Salvador hatte kein Mitleid mit ihr – sein Herz verhärtete sich immer mehr. Jetzt, da er sie so genau überwachte, hatte sie keine Gelegenheit mehr, Esplendor für ihre heimlichen Stelldicheins zu verlassen. Sie schmachtete nach ihrem Liebhaber! Und das stimmte tatsächlich – nur war *er* ihr Liebhaber, er war es immer gewesen, aber das erkannte der Visconde nicht. Er nahm seine Frau weiterhin jede Nacht. Aber der Liebesakt war durch seine Eifersucht so vergiftet, daß keiner der beiden viel Freude daran hatte. Danach lagen sie schweigend nebeneinander, Salvador steif und kalt und voller Schuldgefühle darüber, daß er seine zarte Frau so grob behandelte . Aurora biß sich beim Versuch, nicht laut zu weinen, so sehr auf die Unterlippe, daß sie blutete.

Es wurde noch schlimmer, als Heidi Van Klaas mit strahlendem Gesichtsausdruck zu Besuch kam und Aurora anvertraute, daß sich Pauls Verhalten sehr gebessert habe.

»Er ist wie ausgewechselt«, erzählte Heidi und errötete beim Gedanken an die letzte Nacht. Er war so leidenschaftlich und liebevoll gewesen, daß sie nicht mehr verstehen konnte, warum sie an seiner Treue hatte zweifeln können.

»Das freut mich für dich, Heidi.«

Aurora versuchte fröhlich zu wirken, aber ihr eigener Kummer war so groß, daß sie sich über Heidis Glück nicht wirklich freuen konnte. Der Visconde, der wieder lauschte, glaubte natürlich, daß er nun wieder einen neuen Beweis dafür gefunden hätte, daß seine Frau ein Verhältnis mit dem Holländer gehabt hatte. Warum freute sie sich sonst so wenig über Pauls Interesse an Heidi?

Wenigstens, dachte Salvador grimmig, hatte er es geschafft, daß sich die Liebenden nicht mehr treffen konnten. Sie würden ihn nicht mehr so leicht an der Nase herumführen!

Er ging von der Tür weg, hinter der er sich versteckt hatte, und sein Herz lag ihm wie ein schwerer Stein in der Brust.

Es regnete und regnete unaufhörlich und beängstigend. Jeden Tag stieg der Amazonas höher, und bald würde er die großen, am Ufer gelegenen Landstreifen überfluten. Das passierte oft, aber dieses Jahr würden die wilden Wassermassen sogar die Dämme einreißen, die im Lauf der Jahre zum Schutz der Plantagen errichtet worden waren. Im ganzen Amazonasgebiet kämpfte jeder Mann, jede Frau und jedes Kind mit ganzer Kraft gegen die drohende Naturkatastrophe.

Unter der Leitung von Colonel Xavier de la Palma wurden die

Dämme befestigt und mit Steinen und Sandsäcken erhöht. Der stürmische Wind und der heftige Regen behinderten die Arbeiten. Der Himmel war von den schwarzen Regenwolken so dunkel, daß niemand wußte, ob es Tag oder Nacht war.

Alle waren so erschöpft, daß sich die Unfälle bald häuften. Die Verletzten wurden von Doktor Farolero verarztet, dem einzigen Mediziner in der Gegend.

Aurora schien es, als hätte sie in ihrem ganzen Leben nie trockene Kleidung getragen und als hätten ihre Knochen schon immer geschmerzt. Ihre Finger fühlten sich vom ständigen Nähen der Sandsäcke ganz taub an.

Noch ein Stich, noch ein Stich, noch ein Stich. Dann ein Knoten. Dann der nächste Sack.

»Sack fertig«, rief sie mit rauher Stimme.

Hatte irgend jemand sie gehört? Es machte nichts. Nichts mehr war wichtig. Der Kampf war sowieso hoffnungslos. Der Amazonas war zu groß und mächtig, wie sollte der kleine Damm gegen ihn etwas ausrichten?

Jeden Augenblick konnten die Wassermassen ihn überwinden. Warum kämpften sie eigentlich noch immer gegen die Elemente an?

»Sack fertig!«

Aurora richtete sich auf. Alles tat ihr weh. Sie war bis auf die Haut durchnäßt, ihre Kleider waren dreckverschmiert und klebten ihr am Körper. In den letzten drei Tagen hatte sie nur wenig gegessen und fast überhaupt nicht geschlafen. Sie stolperte und stürzte zu Boden. Sie war dankbar, als Paul Van Klaas' starke Hände – die sie immer so verabscheut hatte – sie wieder auf die Beine zogen. Sie schwankte leicht, und der Holländer faßte sie kurz, damit sie ihr Gleichgewicht wiederfinden konnte.

Aurora war todmüde, hielt sich an ihm fest und lächelte zu ihm empor.

»*Gracias*«, sagte sie. »Ich glaube nicht, daß ich es allein geschafft hätte.«

»Gern geschehen«, antwortete Paul, warf sich ihren Sack über die Schulter und ging weiter.

Einen Augenblick später stand Salvador vor seiner Frau und starrte sie wütend an.

»Ist es nicht schlimm genug, daß du dich heimlich mit diesem verdammten Holländer triffst?« schrie er, packte sie an den Schultern und schüttelte sie. »Mußt du diesem Bastard auch noch in der Öffentlichkeit schöne Augen machen?«

»Er hat mir nur geholfen«, protestierte Aurora verletzt und wütend über die ungerechten Anschuldigungen ihres Mannes. »Laß mich in Ruhe, Salvador. Ich bin völlig erschöpft und habe keine Kraft, mir deine lächerlichen Anschuldigungen auch nur anzuhören!«

»Das verstehe ich gut«, entfuhr es ihm. »Es wäre mir auch peinlich, wenn ich es wie eine gemeine *puta* im Dreck getrieben hätte!«

Das war zuviel. Mit funkelnden Augen schlug Aurora dem Visconde, so kräftig sie konnte, ins Gesicht. Dann wandte sie sich ab und stolperte auf das Haus zu.

Das Schicksal war gnädig mit ihr, denn die Tränen machten sie blind, so daß sie den fürchterlichen Blitz nicht sah, der direkt neben ihr in einen Baum einschlug. Zweige splitterten und flogen in alle Richtungen. Aurora stürzte zu Boden, das letzte, was sie spürte, war ein gewaltiger elektrischer Schlag. Dann war alles dunkel.

Es ging so schnell, daß niemand sie warnen konnte. Alle sahen, vor Entsetzen starr, wie der schwere Ast auf sie zuflog und mit voller Wucht ihren Kopf traf.

»Aurora! Aurora!« rief Salvador und rannte auf seine regungslos auf dem Boden liegende Frau zu. »Großer Gott, Aurora!«

Sein Herz krampfte sich vor Angst zusammen, als er sich über sie beugte und verzweifelt nach einem Lebenszeichen suchte. Er fühlte einen schwachen Herzschlag. Gott sei Dank, sie lebte! Er riß sein durchnäßtes Hemd in Streifen und versuchte, damit das Blut zu stillen, das aus der Wunde an ihrem Hinterkopf strömte. Dann hob er sie vorsichtig hoch, trug sie nach Esplendor und rief nach Doktor Farolero.

Großer Gott, wo war er nur? Wußte der Arzt nicht, daß jede Minute, daß jede Sekunde das Schicksal seiner Frau besiegeln konnte?

VIERTES BUCH

Starke Bande

30. KAPITEL

Esplendor, Peru, 1850

»Wird sie – wird sie es überleben?«

Doktor Farolero seufzte und schüttelte den Kopf, als er den verzweifelten Mann anschaute.

»Ich muß ehrlich mit Ihnen sein, Don Salvador«, antwortete er ruhig. »Ich weiß es nicht. Ich habe alles getan, was in meiner Macht steht, aber sie hat einen sehr schweren Schlag abbekommen. Es ist ein Wunder, daß sie sich nicht den Hals gebrochen hat. Auch das Gehirn scheint nicht verletzt zu sein. Deshalb kann ich mir das Koma Ihrer Frau nicht erklären. Sie hätte eigentlich das Bewußtsein schon wieder erlangt haben müssen. Ich finde keinen Grund, warum sie immer noch bewußtlos ist. Vielleicht liegt doch ein Hirnschaden vor.«

Der Doktor wandte sich ab und legte seine Instrumente zurück in seinen Arztkoffer. Der Visconde war froh, einen Augenblick lang Zeit zu haben, seine Fassung wiederzuerlangen. Und der Arzt gönnte sich eine kurze Pause. Er nahm die Brille ab und putzte die Gläser. Wie für alle anderen waren auch für ihn die letzten Tage sehr anstrengend gewesen. Er hatte grauenvolle Verletzungen gesehen und behandeln müssen – Hände mit abgequetschten Fingern, zerfetzte Beine, und ein paar Verunglückten hatte er überhaupt nicht mehr helfen können.

»Ich muß Ihnen leider noch mehr sagen, Don Salvador«, fuhr der Arzt fort, weil er es für seine Pflicht hielt, dem Ehemann der jungen Frau die volle Wahrheit zu sagen. »Wenn meine Diagnose stimmt – und ich habe keine Grund, an ihrer Richtigkeit zu zweifeln –, dann muß ich Sie warnen. *Falls* Doña Aurora sich von diesem Schlag jemals wieder erholt, dann kann es gut sein, daß sie nicht mehr die Frau ist, die sie bislang war. Kopfverletzungen sind äußerst schwierig zu behandeln. Im besten Fall kommt der Verletzte mit einer mehr oder weniger schweren Gehirnerschütterung davon. Aber es gibt auch Fälle, bei denen der Verunglückte für den Rest seines Lebens teilnahmslos dahinvegetieren muß. Es kann sein, daß sie ihr Gedächtnis verloren hat und wochenlang unter schweren Kopfschmerzen und Schwindelanfällen zu leiden hat. Auch die totale Verwirrung und Depressionen sind nicht auszuschließen. Krämpfe und Konzentrationsschwächen können auftreten, vielleicht fällt ihr das Sprechen schwer. Sie müssen sich auch auf Lähmungen gefaßt machen.

Falls Doña Aurora aus dem Koma aufwacht, können all die aufgezählten Störungen nach einer unbestimmten Zeit von allein wieder verschwinden. Aber selbst, wenn sie gesund zu sein scheint, muß sie noch unter Einhaltung völliger Ruhe ein paar Tage lang das Bett hüten. Die Gewöhnung an einen normalen Tagesablauf muß langsam und schrittweise erfolgen. In jedem Fall sind alle Aufregungen von ihr fernzuhalten.

Ich kann leider keine günstigere Prognose stellen, Don Salvador. Es bleibt nicht viel mehr zu tun übrig, als zu beten und abzuwarten. Wie ich gesagt habe, kann es sogar sein, daß Doña Aurora das Bewußtsein niemals wiedererlangt.«

»Ich verstehe, Doktor Farolero«, antwortete der Visconde ernst, aber ruhig. »Vielen Dank, daß Sie gekommen sind. Die letzten Tage müssen für Sie noch schwerer gewesen sein als für alle anderen.«

»*Sí*, das stimmt«, antwortete der Doktor. »Wir müssen Gott danken, daß der Regen etwas nachgelassen und der Damm bisher gehalten hat. Gott war tatsächlich gnädig.«

»*Sí*«, antwortete Salvador mit bitterer Stimme.

Wenn Gott nicht diesen endlosen Regen geschickt hätte, wäre der Amazonas nicht über seine Ufer getreten, und sie hätten nicht den Damm verstärken müssen. Wenn Gott tatsächlich gnädig gewesen wäre, hätte der Blitz nicht in den Baum eingeschlagen, und Aurora läge jetzt nicht so reglos und totenblaß in ihrem Bett.

Ein dunkler Schatten schwebte über Esplendor. Die Renovierungsarbeiten wurden nicht fortgeführt, denn Salvador hatte darauf bestanden, daß absolute Ruhe im Haus herrschte, damit seine geliebte Frau nicht erschreckt wurde. Im ganzen Haus wurde nur noch geflüstert – niemand wagte es, *el patron* zu stören, der seit dem entsetzlichen Unfall seiner Frau wie von Sinnen war.

Obwohl Lupe und Nicolas ihn bei der ständigen Wache an Auroras

Bett ablösen wollten, ging der Visconde nicht auf ihren Vorschlag ein. Er fürchtete, daß sie diese Welt verlassen würde, wenn er nicht jede Minute an ihrem Bett verbrachte.

Jeden Morgen und jeden Abend richtete Salvador seine bewußtlose Frau in den Kissen auf und versorgte vorsichtig die tiefe Wunde an ihrem Hinterkopf. Zu seiner großen Erleichterung schien sie gut zu heilen. Doktor Farolero hatte ihr den ganzen Kopf scheren wollen. Aber der Visconde hatte ihm das nicht erlaubt, denn er war sicher, daß Aurora über den Verlust ihrer schönen Locken entsetzt sein würde.

Da er wußte, wie sehr sie Sauberkeit liebte, badete der Visconde seine Frau täglich und parfümierte ihr die Schläfen und die Handgelenke mit ihrem Jasminparfüm.

Und immer wieder sprach er mit seiner bewußtlosen jungen Frau und erzählte ihr Geschichten, als ob sie ihn hören könnte.

Er war sicher, daß der Ton seiner Stimme bis zu ihr durchdringen und ihr die Kraft und den Willen zum Überleben geben würde.

Abends legte er sich neben sie ins Bett und wiegte sie sanft hin und her.

Diese liebevolle Pflege zehrte an Salvadors Kräften. Da er immer nur wenige Minuten schlief, hatte er tiefe Ringe um die Augen. Er hatte sich tagelang weder gebadet noch rasiert. Und Nahrung nahm er nur dann zu sich, wenn die besorgte Lupe ihn dazu zwang.

Immer wieder betete er zu Gott, Aurora nicht sterben zu lassen.

»Ich will sie von dem Eheversprechen entbinden, ich will sie dem Holländer geben, wenn sie dadurch glücklich wird. Ich will alles tun, o Gott, wenn du sie nur am Leben läßt. Sie hat mich schon einmal verlassen, in einem anderen Leben. War das nicht Strafe genug für meine Sünden?«

Irgendwie hatte sich der Gedanke in ihm festgesetzt, daß er in einem früheren Leben Don Santiago Roque y Aviles gewesen war, der Wahnsinnige, der Esplendor als ein Monument für seine geliebte Doña Arabela gebaut hatte ... für Aurora. Warum sonst hatte Salvador das Gefühl gehabt heimzukehren, als er das Haus zum ersten Mal gesehen hatte? Aus welchem anderen Grund hatte er sich von Anfang an im Haus zurechtgefunden, als würde er es kennen? Was sonst machte den Visconde so sicher, daß der Schatz Don Santiagos nicht auf der Plantage vergraben war, sondern in einer

Weisheit des Herzens bestand, die sich nur jenen eröffnete, die dieser Weisheit würdig waren?

Ich könnte diese Weisheit erlernen, dachte Salvador, aber nur mit Aurora ...

»Aurora, Aurora«, weinte er.

Als ob er sie endlich mit seiner schmerzhaften Klage erreicht hätte, bewegte sich die junge Frau, und ihre Lider flatterten. Sie dachte, daß sie träumte, denn alles um sie herum war schwarz, und es klang so, als ob ihr Mann aus weiter Entfernung zu ihr spräche.

»Sal – Salvador«, murmelte sie verwirrt. Beim Ton ihrer Stimme machte sein Herz einen Satz.

»Aurora! Gott sei Dank, Aurora!« Er lachte und weinte und nahm sie vorsichtig in die Arme. »Du bist aufgewacht! Du lebst!« Dann fügte er zärtlich hinzu: »Ach, *querida*, wie fühlst du dich?«

»Mein – mein Kopf tut weh«, stammelte sie noch sehr verwirrt.

Aber sie konnte sprechen. Das war schon etwas, und sie schien auch fähig zu sein, sich zu bewegen. Hoffnung keimte in der Brust des Visconde – vielleicht war seine Frau unverletzt und wurde gesund!

»*Sí*, du hast einen Unfall gehabt«, erzählte er. »Es war ein Gewitter, und der Amazonas trat über die Ufer. Wir versuchten den Damm zu verstärken. Ein Blitz schlug in einen Baum ein, und ein Ast fiel dir auf den Kopf. Erinnerst du dich nicht daran? Natürlich nicht, der Arzt sagte, du würdest dich nicht an den Unfall erinnern können.«

»Nein«, sagte Aurora. Sie tastete ihren Kopf ab und fühlte den Verband. »Es wurde nur alles plötzlich so dunkel, so dunkel«, sagte sie leise. »Salvador, mach doch eine Lampe an, damit ich dich sehen kann ...«

Bei ihren Worten setzte sein Herz für einen Augenblick aus. Seine Hoffnung, daß sie gesund würde, erwies sich als falsch. Wie sollte er ihr die Wahrheit beibringen? Gütiger Himmel, was konnte er ihr sagen? Salvador schaute das goldene Sonnenlicht an, das durch die offene Balkontür ins Schlafzimmer flutete und das bleiche, schöne Gesicht seiner Frau vergoldete.

»Ach, *querida*«, begann er, unterbrach sich dann aber, weil sein Herz vor Mitleid schmerzte. »Ach, *querida* ...«

Aurora, seine schöne, geliebte Aurora, war blind.

31. KAPITEL

Doktor Farolero seufzte, als er die brennende Kerze nah an Auroras Auge hielt und sie dann hin und her bewegte. Es war genau so, wie er befürchtet hatte. Die Pupillen der jungen Frau reagierten nicht auf den Lichtschein.

Er löschte die Kerze und stellte den Leuchter auf dem Tisch ab.

»Nun?« fragte Aurora, obwohl sie die Antwort schon wußte und fürchtete.

»Es kann zwei Gründe haben«, antwortete der Arzt. »Sie können an hysterischer Blindheit leiden, sie tritt auf, wenn der Patient etwas so Grauenhaftes erlebt hat, daß er es nicht wahrhaben will. Diese Art von Blindheit vergeht meist, sobald der Patient in der Lage ist, das schreckliche Ereignis zu verarbeiten.

In Ihrem Fall glaube ich aber weniger an hysterische Blindheit. Es tut mir leid, Ihnen das sagen zu müssen, Doña Aurora, aber ich fürchte, daß durch den Unfall Ihr Sehnerv in Mitleidenschaft gezogen worden ist. In welchem Ausmaß, kann ich Ihnen unmöglich sagen. Es kann sein, daß er langsam wieder heilt, dann werden Sie wieder sehen können. Es kann aber auch sein, daß Sie lebenslänglich blind sein werden.«

»Ich ... ich verstehe. Vielen Dank für Ihre Ehrlichkeit, Doktor Farolero. Bitte haben Sie Verständnis dafür, daß ich jetzt allein sein möchte.«

»Aber natürlich. Ich komme in ein paar Tagen wieder, um nach Ihnen zu schauen. *Buenos días, Señora.*«

Nachdem der Arzt das Zimmer verlassen hatte, saß Aurora eine Zeitlang völlig niedergeschmettert da. Es konnte nicht wahr sein. Es konnte einfach nicht wahr sein!

Blind. Sie war blind – vielleicht für den Rest ihres Lebens. Sie starrte in die Dunkelheit, die sie umgab. Vielleicht war diese undurchdringliche Schwärze alles, was sie jemals noch sehen würde.

Sie schloß ihre Augen, zwang sich zur Ruhe, atmete tief durch und saß eine Zeitlang reglos da. Wenn ich meine Augen öffne, dann kann ich wieder sehen, und es stellt sich heraus, daß alles nur ein böser Traum war, dachte sie.

Aber es stimmte nicht.

Aurora hatte entsetzliche Kopfschmerzen. Sie fühlte sich nicht gut und wollte sich hinlegen. Sie erhob sich vom Stuhl, auf den Salvador sie gesetzt hatte und tastete sich in Richtung ihres Bettes. Sie stieß an einen Beistelltisch, stolperte und fiel hin. Die kleinen Porzellanfiguren zerschellten auf dem Boden. Sie suchte nach etwas, an dem sie sich festhalten und wieder hochziehen konnte, fiel noch einmal über den umgefallenen Tisch und schnitt sich an einer Porzellanscherbe. Diesmal blieb sie liegen und weinte bitterlich.

Als Salvador, der vom Nebenzimmer aus den Lärm gehört hatte, zu ihr eilte, schrie sie ihn an: »Laß mich allein! Verlaß sofort den Raum! Ich möchte allein sein!«

Der Visconde, dem das Herz vor Mitleid brach, wußte nicht, was er tun sollte. Er fühlte sich völlig hilflos, respektierte jedoch den Wunsch seiner Frau und verließ leise den Raum.

Aurora hatte das Gefühl, daß ihr junges Leben zu Ende war. Sie blieb auf dem Boden liegen und weinte sich in den Schlaf.

Obwohl sie den ersten Schock überwunden hatte und nicht mehr ganz so verzweifelt war, hatte ihr Lebensmut sie verlassen. Sie lag deprimiert im Bett und war unfähig, sich auf irgend etwas zu freuen. Sie hatte keine Lust aufzustehen, sich zu waschen oder anzuziehen. Nachdem ihr erster Versuch, allein zu essen, völlig fehlgeschlagen war, nahm sie ausschließlich Suppe aus einer Tasse oder Brot zu sich und weigerte sich, Besteck auch nur anzufassen.

Aurora, die sich früher so sorgfältig gepflegt hatte, ließ sich jetzt gehen, und sie achtete nicht mehr auf ihre Erscheinung. Ihr schwarzes Haar war strähnig und verfilzt. Das Nachthemd, das sie Tag und Nacht trug, war verschwitzt und von Suppenflecken übersät. Das Bett, in dem Salvador und sie sich einst geliebt hatten, war genauso verwahrlost. Da sich Aurora jede Hilfe verbat, waren das Laken und der Bezug seit Wochen nicht mehr gewechselt worden.

Der Visconde ging rastlos im Nebenzimmer auf und ab, in das er hatte ziehen müssen, nachdem ihm Aurora deutlich zu verstehen gegeben hatte, daß sie seine Anwesenheit nicht wünschte. Er zermarterte sich unaufhörlich das Gehirn, was das unverständliche Verhalten seiner Frau zu bedeuten hatte. Es mußte einen Weg geben, um ihr helfen zu können. Was nur machte er falsch?

Obwohl Salvador die Verzweiflung seiner Frau nachempfinden konnte, hielt er sie doch für feige, weil sie es nicht einmal versuchte, sich ihrem schweren Schicksal zu stellen. Über einen Monat lang hatte er nun versucht, freundlich und geduldig mit ihr zu sein, und war immer nur wieder aus dem Zimmer geschickt worden. Heute wollte der Visconde etwas anderes versuchen.

Er öffnete ihre Tür und trat ein. Wie immer versuchte Aurora mit äußerst verletzenden Worten, ihn sofort wieder zum Gehen zu bewegen. Diesmal aber antwortete der Visconde: »Nein, ich gehe nicht, jetzt nicht und nie wieder. Ich habe dein kindisches Betragen und dein Selbstmitleid satt und werde es keine Minute länger ertragen. Du hast mich und alle Hausangestellten lang genug zur Verzweiflung gebracht.«

»Die Hausangestellten zur Verzweiflung gebracht! Was verstehen *sie* denn davon?« schrie Aurora unbeherrscht. »Sie sind doch nicht blind. Blind, verstehst du? B-l-i-n-d!«

Obwohl sich sein Herz vor Mitleid zusammenzog, antwortete er mit fester Stimme: »Dieser Sarkasmus steht dir schlecht, Aurora. Wir können alle genausogut buchstabieren wie du. *Sí*, du bist blind, vielleicht für immer. Das wissen wir alle. Aber du bist nicht tot, und ich werde nicht erlauben, daß du dich bei lebendigem Leib in diesem Zimmer begräbst, nur weil du keinen Mut zum Weiterleben hast!«

Selbst wenn ihr Mann ihr eine Ohrfeige gegeben hätte, hätte Aurora nicht überraschter sein können. Sie hatte es nicht für möglich gehalten, daß er so grausam sein könnte.

»Ach! Wie kannst du es wagen, mir so etwas zu sagen?« weinte sie so tief verletzt. Daß er selbst Höllenqualen litt, weil er so grausam sein mußte, konnte sie natürlich nicht erkennen.

In diesem Augenblick entschied Salvador, ihr die Wahrheit über seine Gefühle für sie zu sagen. Über seine Angst, verflucht zu sein und alle, die er liebte, ins Unglück zu reißen. Aber schlimmer konnte es nicht werden, das Unglück war ja schon da. Jetzt konnte die Gewißheit seiner Liebe sie vielleicht stärken, vielleicht würden sie es schaffen, gemeinsam die Tragödie zu überwinden.

»Ich sage das nur, weil ich dich liebe, *querida*«, gestand der Visconde leise, »und wenn du mich so von dir stößt wie in den letzten Wochen, dann bringst du mich um.«

Aurora fühlte, wie ihr Herz aussetzte... Einen Augenblick zweifelte sie, ob sie richtig verstanden hatte. Großer Gott! Dieser Mann war ein Monster! Er nutzte ihre Hilflosigkeit aus, um sich lustig über sie zu machen! Was hätte sie einst darum gegeben, diese Worte aus seinem Munde zu hören! Salvador liebte sie? Nein, das konnte nicht sein. Diese Behauptung verletzte und demütigte sie. Er fühlte nur Mitleid mit ihr – und sie konnte sein Mitleid nicht ertragen.

»Warum quälst du mich so?« fragte sie verzweifelt. »Verlaß dieses Zimmer, laß mich allein. Ich hasse dich!«

Salvador hielt die Luft an. Es war so, wie er befürchtet hatte. Seine Frau liebte ihn nicht. Sie hatte ihn niemals geliebt.

»Ich – ich weiß, daß du mir keine Gefühle entgegenbringst, Aurora«, sagte der Visconde so ruhig wie möglich, um nicht preiszugeben, wie sehr sie ihn verletzt hatte. »Ich weiß, daß du den Holländer Paul Van Klaas liebst. Wenn du – wenn du mit ihm zusammenleben willst, dann entbinde ich dich von deinem Eheversprechen. Ich werde alles tun, was du willst, wenn du nur dieses Bett verläßt und wieder zu leben beginnst.«

Aurora konnte es nicht fassen. *Madre de Dios.* Er glaubte wirklich, daß sie einen Liebhaber hatte. Den Holländer, Paul Van Klaas. Den Mann, der ihr schon immer grausam erschienen war. Der Gedanke, daß seine großen Hände jemals ihren Körper liebkosen würden, kam ihr so verrückt vor, daß sie zu Salvadors Überraschung gleichzeitig zu lachen und zu weinen begann.

»Du Narr«, rief sie bitter. »Du dummer, dummer Narr«.

Der Visconde hätte alles andere als diese Worte erwartet.

»Wenn ich einen Fehler begangen habe –« stammelte er, und Aurora unterbrach ihn.

»*Sí*, das hast du tatsächlich«, rief sie aus, »aber keine Angst, Salvador. Dein kostbarer Stolz ist nicht verletzt, denn ich bin noch ein größerer Narr als du gewesen.« Was schadete es, wenn sie ihm jetzt die Wahrheit sagte? Er konnte sie bestimmt nicht noch mehr quälen und erniedrigen, als er es bereits getan hatte. »Weißt du, ich habe mein Herz einem Mann geschenkt, der mich für eine unehrenhafte, verlogene Hure hält; einem Mann, der tatsächlich glaubt, daß ich ihn mit dem Ehemann meiner besten Freundin betrogen habe!«

Dann warf sie sich zurück in ihre Kissen und schluchzte.

Der Visconde war außer sich. War es möglich, daß seine Frau die Wahrheit sagte und nie eine Affäre mit Paul Van Klaas gehabt hatte?

Großer Gott! Salvadors Herz tat einen Sprung. Aurora hatte ihm gerade gestanden, daß sie ihn liebte! Sie liebte *ihn*!

»Aurora, *querida*, bitte hör auf zu weinen.« Er nahm sie in seine Arme, hin- und hergerissen zwischen Freude und quälender Reue. Gütiger Himmel, was mußte sie von ihm glauben! Kein Wunder, daß sie ihm seine Liebeserklärung nicht abgenommen hatte. »Du hast keine Ahnung, wie unendlich leid es mir tut, daß ich dich für untreu gehalten habe. Ich wußte ja nicht –«

Es tat ihr nicht leid, daß sie ihm ihre Gefühle offenbart hatte. Es war ihr jetzt einerlei, was er von ihr dachte. Ihr Leben war sowieso zerstört, deshalb unterbrach sie ihn heftig. »In Spanien brauchte ich einen Mann nur einmal anzuschauen und wußte genau, daß er nicht für mich bestimmt war. Meine Familie war verzweifelt, aber ich wies viele reiche, gutaussehende junge *caballeros* zurück, die mir den Hof machten, ohne jemals eine Erklärung für mein Verhalten abzugeben. Ich konnte ihnen ja auch nicht sagen, daß ich immer von einem Mann träumte, einem Liebsten aus einem vergangenen Leben, der mich seit meiner Kindheit in meinen Träumen besucht hatte. Du hattest keine Ahnung, daß du eine abergläubische Ketzerin geheiratet hast, nicht wahr?

An dem Tag, an dem du nach Esplendor kamst, wußte ich sofort, daß du mein Liebster aus der Vergangenheit warst, der Mann meiner Träume. Ich liebte dich vom ersten Augenblick an, und ich liebe dich noch immer. Der Gedanke, daß irgend ein anderer Mann, ganz besonders Paul Van Klaas, mich berühren könnte, macht mich geradezu krank. Es hat nie einen anderen Mann in meinem Leben gegeben, Salvador. Ich dachte – ich dachte, du könntest auch fühlen, daß wir zusammengehören, daß wir... seelenverwandt sind. Aber ich habe mich getäuscht. Laß mich bitte allein.«

Salvador empfand eine so große Freude, wie er sie sein Leben lang nicht gekannt hatte. Er hatte das Gefühl zu schweben.

»Ach, Aurora. *Mi corazón. Mi vida. Mi alma.* Wie konnte ich jemals an dir zweifeln? Was für ein Mißverständnis! Auch ich habe dich von Anfang an geliebt und werde dich bis zur Stunde meines Todes lieben. Aber ich – ich fürchtete, dir meine Liebe zu gestehen, weil – weil ich denke, daß ich verflucht bin. Jeder Mensch, den ich jemals geliebt habe, wurde mir genommen, und ich – ich wollte dich nicht noch einmal verlieren, wie in einem früheren Leben, *muñeca mía*. Du tust mir leid, denn deine Blindheit ist ein schwerer Schlag für dich. Aber mehr als das liebe ich dich. Ich liebe dich, hörst du mich? Ach, *querida*. Wir haben so lange gewartet, bis wir uns gefunden haben. Jetzt weise mich nicht ab. Du bist das Licht meines Lebens. Ohne dich wäre alles dunkel.«

Er hatte so ernst gesprochen, daß Aurora seine Worte nicht anzweifeln konnte. Wäre sie doch nur nicht so stolz gewesen! Die Zeit war etwas so Wertvolles, und sie hatten soviel Zeit verschwendet.

»Salvador«, flüsterte sie bewegt, »warum sagst du mir das jetzt, wo ich blind bin?« Sie wandte sich ab, weil sie sich plötzlich bewußt wurde, wie verwahrlost sie aussehen mußte, und sich schämte.

Der Visconde wußte, daß es von den nächsten paar Minuten abhängen würde, ob er den Rest seines Lebens unglücklich oder glücklich sein würde.

»Gib mir deine Hand«, bat er leise. Er führte sie auf den Balkon hinaus. »Es hat aufgehört zu regnen, *querida*«, sagte er. »Der Himmel ist wieder blau, und weiße Wolken mit goldenen Rändern segeln darüber hinweg. In der Ferne streckt sich der Dschungel endlos in alle Richtungen aus, der Amazonas führt noch mehr Wasser als sonst und strömt lehmig gelb dahin. Die Zuckerrohrfelder sind abgeerntet und müssen gepflügt werden, die Blätter der Kaffeepflanzen glänzen nach dem vielen Regen im Sonnenlicht...« Er machte eine Pause und fragte dann: »Kannst du das alles sehen, Aurora?«

Ihr Herz war schwer vor Glück, und sie verstand, was er meinte. Er konnte ihr das Augenlicht nicht wiedergeben, aber er bot ihr sein eigenes an. Aurora hatte ihren Mann nie so sehr geliebt wie in diesem kostbaren Moment, den sie ihr Leben lang nicht vergessen würde.

»*Sí*, ach ja, Salvador! Ich kann das alles sehen, weil du mir davon erzählst.«

Der Visconde wandte sich seiner Frau zu und küßte sie leidenschaftlich, mit all der Liebe, die sein Herz und seine Seele erfüllte.

»Du bist nicht blind, *querida*«, murmelte er, »so wie du das Licht meines Lebens bist, so will ich das deine sein, jetzt und immerdar.«

»Nein. Versuch's noch einmal, aber diesmal mach ganz normal große Schritte, *querida*. Das halte ich für sehr wichtig. Du wirst nämlich immer sicherer und wirst bald genauso schnell gehen wie früher, aber dann stimmt die Schrittzahl nicht mehr, die du jetzt für richtig hältst. Außerdem siehst du, wenn du so winzige Schrittchen machst, aus wie eins von diesen dämlichen Zuckerpüppchen am spanischen Hof.«

Aurora kicherte und strahlte vor Freude. Weder sie noch Salvador hätten es für möglich gehalten, daß sie trotz ihrer Blindheit so viel Freude am Leben haben würden.

»In Ordnung. Aber ich warne dich. Wenn ich noch einmal in die Badewanne falle, dann bist du schuld!«

»Einverstanden«, antwortete Salvador, der überglücklich war, daß seine Frau endlich ihr Schicksal angenommen hatte und manchmal sogar darüber scherzen konnte. »Zähle«, forderte er, als sie mit großen Schritten auf die Badewanne aus Messing zuging, die im Schlafzimmer stand, das er jetzt wieder mit ihr teilte.

»Eins, zwei, drei ... sieben Schritte!« rief sie zufrieden aus, und ihre Hände fanden den Rand der Badewanne genau dort, wo sie ihn vermutet hatte. »Ich habe es gewußt, Salvador!« rief sie aufgeregt aus.

»*Bueno*!« lobte er und applaudierte.

Heute war ein ganz besonderer Tag. Aurora badete zum ersten Mal allein und zog sich allein an. Sie hatte ihrem Mann mit Freuden erlaubt, dabei zuzusehen, hatte ihn aber gebeten, ihr nicht sofort zu Hilfe zu eilen, wenn sie etwas nicht gleich fand. Schließlich sagte sie: »Ich bin fertig. Wie sehe ich aus?«

Er wußte, daß sie nicht nur ein Kompliment hören wollte, wie die meisten Frauen. Für Aurora war es sehr wichtig zu wissen, daß alles an ihrer Kleidung in Ordnung war.

»Du siehst wirklich wunderbar aus«, versicherte er ihr. »Sollen wir jetzt zum Essen hinuntergehen, *Senõra*?«

Das Essen, bei dem sie sich zum ersten Mal nicht helfen ließ, ging erstaunlich gut. Aurora hatte sich eine Anordnung der Speisen auf ihrem Teller ausgedacht, die sie in den vergangenen Tagen immer wieder eingeübt hatte. Sie wußte genau, wo alles lag: Den Teller stellte sie sich als eine Uhr vor. Weißes Gemüse – Kartoffeln, Reis oder Blumenkohl – lagen dort, wo es neun Uhr war. Gelbes oder rotes Gemüse – Karotten oder Mais – lagen dort, wo die Zwölf war. Das grüne Gemüse lag bei der Drei. Fleisch lag immer dort, wo die Sechs auf dem Zifferblatt stand. So war alles verhältnismäßig einfach, und Aurora fürchtete die Zukunft nicht mehr so sehr. Sie wußte sich von ihrem Mann geliebt, und das war ihr das Allerwichtigste.

Nach dem Abendessen führte Salvador seine Frau auf die Veranda. Die Restaurierung von Esplendor war fast vollendet. Nur in der Kuppel waren noch einige Arbeiten nicht abgeschlossen. Als letztes sollte die Angelusglocke wieder aufgehängt werden. Dann würde Esplendor wieder so prächtig aussehen wie zu Lebzeiten des Bauherrn vor vielen hundert Jahren.

Nein, dachte Salvador. Das stimmte nicht ganz. Die Plantage würde schöner sein als jemals zuvor, da nicht Traurigkeit und Tod dort wohnen würden, sondern Liebe und Leben. Hier würden er und Aurora ihr gemeinsames Leben verbringen. Hier würden ihre Kinder geboren werden, aufwachsen und ein eigenes Leben beginnen. Sie würden bleiben oder ihr Leben verbringen, wo sie wollten. Aber Salvador und Aurora würden Esplendor niemals verlassen. Sie gehörten hierher.

Wenn Gott mich so lange leben läßt, dachte der Visconde, werde ich eines Tages zwei Schaukelstühle für diese Veranda bauen. Und wenn Aurora und ich sehr alt sind und in der Abenddämmerung hier sitzen, wissen wir, daß wir trotz aller schwerer Zeiten ein reiches Leben gehabt haben.

»Woran denkst du, *mi corazón*?« fragte die junge Frau leise.

Er lächelte sie an und umarmte sie fester.

»Ich habe daran gedacht, daß ich eines Tages als sehr alter Mann hier auf einem Schaukelstuhl sitzen werde. Und weißt du was?«

»Was?« fragte Aurora neugierig.

»Dann schaue ich dich an, du sitzt direkt neben mir, und dann weiß ich, daß mein Leben reich und schön war, weil ich es mit dir zusammen verbringen durfte.«

»Ach, Salvador.«

Aurora schossen die Tränen in die Augen. Wie wunderschön war es, so sehr geliebt zu werden. Sie war die glücklichste Frau der Welt. Gott hatte ihr das Augenlicht genommen – vielleicht für immer –, das war tragisch. Aber er hatte ihr auch Salvador geschenkt, der ihr Leben mit Licht und Liebe füllte.

»Hör mal!« sagte sie plötzlich und lauschte. »Kannst du es hören?«

»Was denn, *querida*?« fragte der Visconde und lauschte.

»Da... Nein... Jetzt ist es still. Ich hätte schwören können, daß die Angelusglocke geläutet hat.«

»Dann hörst du sie auch«, murmelte Salvador leise und schauderte. »Ich weiß, daß es nicht möglich ist, aber manchmal könnte ich Gift drauf nehmen, daß die Glocke läutet. So, als wolle sie uns etwas sagen...«

»Was denn nur?«

»Ich weiß es nicht.« Der Visconde schüttelte den Kopf. »Komm, wir gehen ins Haus, *muñeca*. Es ist schon spät.«

In dieser Nacht träumte Aurora so lebhaft wie schon lange nicht mehr. Im Traum hatte sie sich im Urwald verirrt und wußte nicht, in welche Richtung sie gehen sollte. Plötzlich fing die Angelusglocke von Esplendor in der Ferne zu läuten an, wurde lauter und lauter...

Aurora erwachte und begriff nach einigen Augenblicken der Verwirrtheit, daß sie nicht mehr träumte, daß aber die Glocke tatsächlich läutete! Salvador mußte es auch gehört haben, denn er lag nicht mehr neben ihr im Bett, sondern suchte fluchend im Dunkeln nach seiner Hose und stieß sich an einem Tisch. Aurora mußte lächeln, weil sie sich inzwischen in der Dunkelheit sehr viel sicherer bewegen konnte als ihr Mann. Sie erhob sich, streifte ihr Kleid über und zündete eine Öllampe an, damit ihr Mann sehen konnte.

»Es ist doch die Glocke, nicht wahr!« fragte sie. »Ich phantasiere das doch nicht? Die Angelusglocke läutet tatsächlich.«

»*Sí*. Ich weiß nicht wie, aber sie läutet«, sagte Salvador. »Warte hier, *querida*. Ich bin gleich zurück.«

Er nahm seinen Degen und die Lampe und verließ das Zimmer. Die langen Korridore des Hauses wirkten in der Dunkelheit gespenstisch. Aber der Visconde fürchtete sich nicht. Er war hier zu Hause. Er wunderte sich nur darüber, warum sich niemand wie er auf den

Weg gemacht hatte, um hinter das Geheimnis des unerklärlichen Glockenläutens zu kommen. Alle Bewohner Esplendors lagen bestimmt gelähmt vor Angst in ihren Betten.

Das Dachgeschoß des Hauses war noch nicht erneuert worden, und Salvador stieg vorsichtig die wurmstichigen Stiegen zum Dachboden hinauf. Langsam öffnete er die Tür und spähte hinein. Nichts deutete darauf hin, daß sich irgend jemand hier oben aufhielt. Trotzdem war der Visconde sehr vorsichtig, als er nacheinander in die vielen Bodenkammern schaute. Ursprünglich hatte hier oben die Dienerschaft gewohnt, und es standen noch einzelne, alte Möbelstücke in den kleinen Räumen. Bei jedem seiner Schritte wirbelte feiner Staub auf, und der Visconde mußte husten. Plötzlich hatte er das unangenehme Gefühl, beobachtet zu werden. Einen Augenblick lang empfand er Angst, dann jedoch lachte er und zwang sich, weiterzugehen. Das war ja lächerlich! Wer um alles in der Welt konnte ein Interesse daran haben, zu dieser Stunde auf dem Dachboden herumzukriechen? Er hob seine Lampe, um besser sehen zu können.

Doch, jemand mußte kürzlich hier gewesen sein, denn jetzt erkannte der Visconde deutlich frische Fußspuren in der dicken Staubschicht, die den Boden bedeckte. Es waren große Fußspuren von ... Paul Van Klaas? War es möglich, daß der Holländer hier eingedrungen war? Hatte er es gewagt, mitten in der Nacht in ihr Haus einzubrechen?

Jetzt hatte der Visconde das Zimmer erreicht, in der die Angelusglocke lag. Langsam öffnete er die Tür. Die massiv goldene Glocke war woanders hingerollt worden, jemand hatte versucht, sie zu stehlen, und dabei hatte sie ein paar Töne von sich gegeben. Das war des Rätsels Lösung.

Jetzt war Salvador sicherer denn je, daß der Holländer der Eindringling war. Nur ein Riese wie er war kräftig genug, um die schwere Glocke bewegen zu können. Wieder blieb Salvador stehen und lauschte angestrengt. Eigentlich wollte er sich über die Glocke beugen, um sie genau zu untersuchen, aber irgend etwas hielt ihn davon ab. Auf dem Dachboden war es still, zu still. Er erinnerte sich daran, wie es gewesen war, als er mit seinem Cousin Rafael früher Versteck gespielt hatte. Der Visconde hatte immer genau gespürt, wenn er in die Nähe von Rafael kam, irgendein winziges Geräusch war immer zu hören gewesen.

Gerade als ein dicker Bettpfosten auf ihn niederkrachte, sprang Salvador zur Seite. Der Pfosten erwischte ihn noch an der Schulter, er stolperte und fiel über die Glocke. Bevor er wußte, wie ihm geschah, stürmte eine dunkle Gestalt aus dem Zimmer und schlug die Tür hinter sich zu.

Der Visconde fluchte, sprang ächzend auf und rannte los, um den Eindringling zu verfolgen.

In diesem Moment verfluchte Aurora ihre Blindheit, die es ihr unmöglich machte, ihrem Mann beizustehen. Sie ging nervös im Schlafzimmer auf und ab und wartete auf seine Rückkehr. Da sie die Uhr auf dem Ankleidetisch nicht sehen konnte, wußte sie nicht, wie lange er schon weg war, aber es kam ihr wie eine Ewigkeit vor. Allmählich wurde sie ängstlich. Was war geschehen? Die Angelusglocke hatte zu läuten aufgehört. Warum kam ihr Mann nicht zurück?

Irgend etwas war geschehen, dessen war sie sich ganz sicher. Als sie einen lauten Schlag hörte, hielt es sie nicht länger. Aurora wußte, in welch schlechtem Zustand die Fußböden im Dachgeschoß waren, es konnte sein, daß Salvador eingebrochen war, sich verletzt hatte und Hilfe brauchte.

Aurora ging so schnell wie möglich in die Halle, und blieb dort zögernd stehen. War die Treppe zum Dachboden links oder rechts von ihr? Großer Gott, warum mußte sie blind sein! Salvador brauchte vielleicht nötig ihre Hilfe!

»Nicolas! Lupe!« schrie sie. »Wacht auf! Wacht auf!«

Zum Glück kam jemand, sie hörte Schritte im Korridor.

»Nicolas?«

Aber wer immer es war, es war bestimmt nicht ihr Bruder. Ein großer, schwerer Mensch stürmte auf sie zu und rannte sie um. Er fluchte, und sie wurde brutal an die Wand geschleudert. Sie rappelte sich wieder auf und fragte verzweifelt: »Wer ist da? Nicolas! Lupe!«

Niemand antwortete. Sie hörte, wie jemand die Haupttreppe hinuntersprang und die Haustür hinter sich zuschlug. Wenige Augenblicke später war das Hufgetrampel eines davongaloppierenden Pferdes zu hören.

Dann stand ihr Mann plötzlich neben ihr und umarmte sie besorgt.

»Aurora! Ist alles in Ordnung?« fragte er sie.

»Salvador? *Sí, sí.* Mir geht es gut, ich habe nur Angst«, stammelte sie und presste ihren zitternden Körper an den seinen. »*Madre de Dios*, was ist los? Wer war das? *Heridas de Cristo*! Rauch! Es riecht nach Feuer ...«

»*Mierda*! Die Öllampe«, schrie der Visconde. Als er gestolpert und hingefallen war, war sie ihm aus der Hand gerutscht, und beim Versuch, den Eindringling zu verfolgen und zu fangen, hatte er sie vergessen ... »Mein Gott, die Öllampe! Ich bin gleich zurück, *querida*. Nicolas und Lupe, Gott sei dank seid ihr endlich da. Nicolas, hol ein paar Decken, und komm so schnell wie möglich auf den Dachboden. Lupe, kümmere dich um deine Herrin«, rief er und hastete davon.

Obwohl Lupe noch verschlafen war, führte sie die protestierende Aurora zurück ins Schlafzimmer.

»Sie haben gehört, was *el patron* gesagt hat«, meinte sie. »Seien Sie vernünftig, *Señora*. Die Aufregung ist zuviel für Sie. Legen Sie sich hin, sonst werden Sie ohnmächtig.«

»Nein. Es geht mir gleich wieder gut«, sagte Aurora kleinlaut, obwohl ihr Kopf, den sie sich an der Wand angeschlagen hatte, schmerzte.

Als Salvador zurückkam, war sie gerade eingeschlafen. Aber beim Geräusch seiner Schritte setzte sie sich sofort auf.

»Salvador?«

»*Sí*, ich bin's, *muñeca*. Warum schläfst du nicht?«

»Ich – ist das Feuer gelöscht?«

»*Sí*. Es fing gerade an, sich auszubreiten, als Nicolas und ich hochkamen. Gott sei Dank habe ich noch an die Öllampe gedacht, sonst wäre das ganze Haus abgebrannt. Der Schaden hält sich in Grenzen, zum Glück haben wir das Dachgeschoß noch nicht restauriert.«

Er wusch sich von Kopf bis Fuß und setzte sich dann ans Bett.

»Salvador, was war heute nacht los? Ist jemand eingebrochen? Bitte sag mir die Wahrheit, schone mich nicht, nur weil ich blind bin!«

Der Visconde lächelte seine Frau an.

»Wie gut du meine Gedanken lesen kannst, *querida*«, meinte er. »Aber ich wollte dir sowieso alles, was ich weiß, erzählen. Ja, es war ein Eindringling im Haus – auf dem Dachboden. Er hat sich an der Angelusglocke zu schaffen gemacht. Deshalb haben wir sie gehört.«

»Aber... Salvador«, überlegte Aurora laut, »diese Glocke ist doch so schwer. Selbst zwei oder drei Männer können sie kaum heben...«

»*Sí*, ich weiß. Der Mann muß groß und sehr stark sein«, sagte der Visconde. »Unglücklicherweise habe ich ihn nicht erkannt – ich bin nicht sicher, wer es war.« Er wollte seine Frau nicht mit der unangenehmen Tatsache ängstigen, daß Paul Van Klaas in ihr Haus eingebrochen war. Aurora war so empfindlich, ganz besonders jetzt. Vielleicht befürchtete sie, daß er sie wieder verdächtigen würde, ein Verhältnis mit dem Holländer zu haben. Salvador wollte alte Wunden nicht wieder aufreißen. »Als ich den Mann überraschte«, fuhr er fort, »lief er sofort weg und entkam.«

»Ich weiß«, sagte Aurora. »Er ist in mich hineingerannt. Ach, wenn ich nur hätte sehen können, wer es war! Dieser verfluchte Schatz!« fügte sie hinzu. »Jemand glaubt tatsächlich, daß er existiert. Deshalb werden wir hier nie Ruhe haben! Unser Haus wird immer wieder durchsucht, nach dem Schatz oder vielleicht nach einer Karte. Wenn wir den Dieb nur fangen könnten!«

»Das werden wir, das verspreche ich dir«, antwortete Salvador. »Aber bis es soweit ist, werde ich nachts Wachposten um das Haus herum aufstellen.«

Am liebsten wäre der Visconde jetzt sofort nach Capricho geritten und hätte Paul Van Klaas des Einbruchs bezichtigt. Aber das konnte er nicht tun. Wenn es nicht stimmte, daß der Holländer der Einbrecher war, dann würde Salvador wie ein Idiot dastehen. Nein, er mußte den Mann auf frischer Tat ertappen.

Er nahm seine Frau in die Arme. Wie klein und zart sie manchmal wirkte! Aber wenn sie nicht blind wäre, dann wäre sie bestimmt heute nacht mit ihm auf den Dachboden gestiegen und hätte mit ihm gemeinsam den Einbrecher verfolgt.

Bei dem Gedanken daran mußte er lachen.

»Was ist denn so komisch?« fragte Aurora neugierig.

»Du bist komisch«, antwortete Salvador und küßte sie auf die Nasenspitze. »Bist du müde?«

»Nein, warum?«

»Ach, dann könnte ich ja jetzt ein bißchen auf Schatzsuche gehen«, murmelte der Visconde, schob eine Hand unter ihr Nachthemd und liebkoste ihre Brüste.

Aurora lächelte.

»Suchen Sie nur weiter, *Señor*«, kicherte sie. »Sie sind der einzige Eindringling, den ich niemals verscheuchen werde.«

Salvador spürte, wie sehr seine Frau ihn begehrte, und er war stolz deswegen. Aurora war eine wunderschöne Frau. Sie hätte jeden Mann haben können, aber sie hatte ihn gewählt.

Sie soll es niemals bedauern, schwor er sich. Ich werde ihr niemals einen Grund geben, ihre Wahl zu bedauern.

Nachdem er sie lang und leidenschaftlich geküßt hatte, keuchte sie: »Du bist wie Zuckerrohr, Liebster. Und ich hab' Hunger auf was Süßes.«

Früher hätte sich Salvador über diese Worte geärgert, weil sie ihn an die Zuckerrohrernte erinnert hätten und daran, wie sie mit seinen Männern gelacht hatte – wie sehr hatte er seine Frau mit seiner grundlosen Eifersucht gequält!

Jetzt lächelte er und antwortete: »Dann iß dich satt, *muñeca.*«

Sie liebten sich leidenschaftlich und mit großer Lust, und bevor sie sicher sein konnte, wußte Aurora schon, daß sie in dieser Nacht ein Kind von Salvador empfangen hatte.

33. KAPITEL

Als er wie von Furien gejagt nach Capricho zurückritt, zitterte Paul Van Klaas vor Wut und Enttäuschung. Verdammt! Wenn es so weiterging, dann würde er den Schatz niemals finden! Wieder einmal hatte er alles falsch angepackt! Und das schlimmste war, daß Salvador ihn diesmal trotz der Dunkelheit auf dem Dachboden vielleicht erkannt hatte. Wenn er den Visconde nur getötet hätte! Aber irgendwie hatte der Spanier seine Gegenwart gespürt und war dem machtvollen Schlag mit dem schweren Pfosten geschickt ausgewichen.

Zweimal hatte er schon versucht, Salvador zu ermorden, und zweimal war der Spanier mit heiler Haut davongekommen.

Paul führte das Pferd so leise wie möglich in den Stall zurück. Niemand durfte auch nur ahnen, daß er heute nacht nicht in Capricho gewesen war. Er war schon gezwungen gewesen, einen Indianersklaven zu töten, der ihn zu genau beobachtet hatte, und seine ehemalige Geliebte Ijada hatte auch sterben müssen, weil sie bei der Jagd nach dem Schatz die Nerven verloren hatte.

Paul hatte sie nicht töten wollen, aber er hatte keine Wahl gehabt. Sie hätte Salvador die Morde an Don Basilio und Doña Francisca gestanden, und Paul wäre für seine Verbrechen verurteilt und gehängt worden. Colonel de la Palma war zwar ein alter, träger Mann, aber er achtete immer noch darauf, daß Ordnung in seinem Bezirk herrschte.

Im Haus schlich sich Paul in den ersten Stock, zog sich aus, wusch sich und reinigte seine Stiefel gründlich. Dann schlüpfte er ins Bett zu seiner Frau. Heidi rollte sich herum, schlief aber weiter, und Paul atmete erleichtert auf.

Wenn Salvador ihn beschuldigte, heute nacht in Esplendor eingebrochen zu sein, dann würde Heidi schwören, daß er die ganze Nacht neben ihr geschlafen hätte. Sie war so verliebt in ihn, daß sie fast alles für ihn getan hätte. Aber sie war auch sehr religiös und würde ihn trotz ihrer Liebe dem Gericht überantworten, wenn sie eine Ahnung von seinen Verbrechen hätte.

Vielleicht wäre es das beste, dachte Paul, wenn er eine Zeitlang aus der Gegend hier verschwände. Er könnte einen seiner Männer damit beauftragen, während seiner Abwesenheit nachts hin und wieder ein paar Löcher in Esplendor zu graben, um Salvador zu verwirren. Dann wäre der Spanier nicht mehr so sicher, daß es tatsächlich Paul gewesen war, der sich heute nacht in sein Haus geschlichen hatte. Ja, das war ein guter Plan.

Am nächsten Morgen meinte Heidi beim Frühstück, daß Paul müde und schlecht aussähe, und fragte, ob er schlecht geschlafen hätte. Ja, antwortete Paul, und zwar deshalb, weil sie sich die ganze Nacht herumgeworfen und ihn dadurch gestört hätte.

»Das tut mir leid, mein Liebster«, entschuldigte sich Heidi. »Ich muß tatsächlich einen sehr unruhigen Schlaf haben, denn du hast jedesmal Ringe unter den Augen, wenn du die Nacht in meinem Bett verbracht hast. Es gefällt mir gar nicht, daß ich dich bei deiner Nachtruhe störe. Warum schläfst du nicht in deinem eigenen Zimmer, nachdem wir – wenn ich eingeschlafen bin?«

»Du weißt doch, wie gern ich dich im Schlaf umarme, Heidi«, antwortete Paul. »Was sind schon Augenringe, wenn du an meiner Seite bist, um mich zu wärmen? Übrigens muß ich bald nach Belém fahren, und bis dahin möchte ich soviel Zeit wie möglich mit dir verbringen.«

»Du mußt fort? Nach Belém? Aber... Warum? Manaus ist doch soviel näher, und außerdem kommen die Kaufleute bald hierher.«

»Ich weiß«, antwortete Paul und schob sich ein Stück warmes Brot in den Mund. »Aber... Nun, du hast bald Geburtstag, Liebste, und ich möchte dir diesmal etwas ganz besonders Schönes schenken«, erklärte er und lächelte zufrieden über seinen guten Einfall.

Heidi lächelte ihren Mann schüchtern an.

»Ach, Paul, du bist so gut zu mir«, sagte sie. »Ich kann mir gar nicht vorstellen, warum ich jemals – warum ich jemals –« sie unterbrach sich, weil sie ihm fast ihren Verdacht gestanden hatte.

»Warum du jemals was, Liebste?« fragte Paul wie nebenbei, obwohl sich sein ganzer Körper plötzlich verspannte.

Heidi errötete. »Ach, Paul, ich schäme mich so deswegen«, stotterte sie, »eine Zeitlang warst du so oft weg und hast so schwer gearbeitet, auch nachts, und da dachte ich, daß du – daß du eine Geliebte hättest.«

Paul atmete erleichtert aus.

»Du hast recht, Heidi«, sagte er, und ihr Herz krampfte sich zusammen. »Du warst tatsächlich sehr dumm. Warum sollte ich mich für eine andere Frau interessieren, wenn ich dich habe, Liebste? Außer Aurora de Rodriguez gibt es keine einzige Frau im ganzen Amazonasdelta, die einen Hund hinter dem Ofen hervorlocken könnte. Und wenn du auch nur eine Sekunde lang glaubst, daß ich daran denken würde, dem eifersüchtigen Salvador seine Frau wegzunehmen, dann bist du verrückt geworden. Du hast doch gesehen, wie sich dieser Idiot kurz vor ihrem Unfall aufgeführt hat – als sie hingefallen und ich ihr beim Aufstehen behilflich war. Er würde jeden Mann ermorden, der eine Affäre mit seiner Frau anfinge!«

»Ach, Paul.« Heidi lachte. »Daran habe ich nie gedacht. Aurora ist meine beste Freundin, und außerdem ist sie sehr in Salvador verliebt.«

Als Paul seiner Frau in das schöne, vertrauensvolle Gesicht sah, hatte er einen Augenblick lang ein schlechtes Gewissen. Er hatte sie einmal geliebt, und sie liebte ihn noch immer. Was war so falsch gelaufen? Warum hatte er so schlimme Verbrechen begangen – nur aus Geldgier? Wie entsetzlich wäre es für Heidi, wenn sie eines Tages herausfände, daß er mit den Händen, die so eine Leidenschaft in ihr weckten, andere erdrosselt hatte! Paul schloß kurz seine Augen und wünschte sich verzweifelt, seine bösen Taten ungeschehen machen zu können. Aber es war zu spät. Er hatte einen Weg beschritten, auf dem es keine Umkehr gab. Er konnte nur weitermachen. Er war besessen von der Legende, daß auf Esplendor ein Schatz vergraben war. Er mußte diesen Schatz finden, sonst hätten all seine bösen Taten keinen Sinn gehabt.

Don Juan Rodolfo de Zaragoza y Aguilar schlug seinen Kopf an die Kabinenwand und raufte sich ärgerlich die Haare. Er war noch nie so wütend gewesen! Er war an der Nase herumgeführt worden – so schlau an der Nase herumgeführt worden, wie noch nie in seinem Leben. Dieser dumme Bauer hatte ihn ganz bewußt auf eine falsche Fährte gesetzt, die ihn viel Zeit und Geld gekostet hatte. Wenn er ihm noch einmal über den Weg liefe, würde er ihm die Kehle durchschneiden!

Der Marqués war die Küste von Brasilien hinuntergefahren. Er hatte jede Hafenstadt in Uruguay durchsucht. Er war durch Argentinien gefahren und hatte in Paraguay Nachforschungen angestellt – und nichts war dabei herausgekommen! Niemand hatte Basilio, Francisca oder Aurora gesehen oder von ihnen gehört. Alles, was sich Juan für seine Mühen eingehandelt hatte, war eine fürchterliche Malaria, die ihn immer wieder heimsuchte und ihm abwechselnd Fieber- und Kälteschauer durch den Körper jagte. Er hatte natürlich die kleinen weißen Kristalle nicht geschluckt, die die Eingeborenen ihm als Medizin angepriesen hatten. Diese dummen Indianer! So leicht ging er denen nicht auf den Leim. Sie hatten sicher nur versucht, ihn zu vergiften, um ihn ausrauben zu können.

Jetzt mußte er nach Belém zurückfahren und hatte nicht nur unter einem Malariaanfall, sondern auch unter Seekrankheit zu leiden. Der Marqués stöhnte, als das Segelschiff auf den Wellen rollte. Dann griff er nach dem Nachttopf und erbrach sich. Danach kroch er erschöpft in die Koje zurück und verfluchte alle, die ihn in diese böse Lage gebracht hatten.

34. KAPITEL

Aurora empfand entsetzliche Übelkeit, aber sie war sehr glücklich, denn sie war sicher, schwanger zu sein.

»Haben Sie es *el patron* schon erzählt?« fragte Lupe, als sie ihrer Herrin ein feuchtes Tuch reichte, mit dem sie sich den Mund abwischte.

»Nein. Ich wollte erst Gewißheit haben. Ach, Lupe. Er wird sich sehr darüber freuen. Ich bin so glücklich! Ich würde am liebsten singen und tanzen und es aller Welt verkünden. Ich bekomme ein Kind! Ich bekomme ein Kind!« Sie umarmte sich selbst und drehte sich ein paarmal im Kreis herum. »Ich will es Salvador jetzt sagen. Wo ist mein Mann, Lupe? Weißt du es?«

Das Mädchen nickte und antwortete: »*Sí*, er ist im Stall«, als ihr einfiel, daß Aurora ihr Nicken ja nicht hatte sehen können.

Sie vergaß immer wieder, daß ihre Herrin blind war, so geschickt bewegte sich Aurora inzwischen. Sie ritt sogar wieder auf ihrem Pferd. Oft führte Salvador die Stute am Zügel. Aber wenn er nicht da war, ließ Aurora ihr Pferd langsam einen Weg entlangtraben, den ihr Mann extra für sie hatte anlegen lassen. Er lag auf freiem Feld, und jedesmal, wenn Aurora den sorgfältig von Steinen gesäuberten Weg entlangritt, standen zwei Kinder am Anfang und am Ende und sagten ihr, wann sie umkehren müsse.

Aurora war Salvador sehr dankbar dafür, daß er ihr dieses Vergnügen ermöglicht hatte, denn es wäre ihr sehr schwergefallen, nie mehr reiten zu können. Sie umarmte Lupe und verließ eilig den Raum. Das Mädchen schaute ihrer Herrin bewundernd nach.

An der Eingangstür des Hauses blieb Aurora stehen und tastete nach der langen, biegsamen Gerte, die Salvador für sie geschnitten und dort hingestellt hatte. Dann ging sie nach draußen und ertastete sich mit dem Stock den Weg zum Stall hin. Hinter sich hörte sie leise Schritte, hatte aber keine Angst. Es war eines der Kinder, die ihr im Auftrag ihres Mannes überallhin folgten. In der Stalltür rief sie nach Salvador.

»Hier bin ich, *querida*«, antwortete er, »ich bin in Incendios Box.«

Ohne auch nur einen Augenblick zu zögern, fand Aurora den Weg dorthin.

»Stimmt etwas nicht mit Incendio?« fragte sie beunruhigt.

»Nein«, antwortete Salvador und lachte. »Aber eine deiner Hündinnen hat die Idee gehabt, hier in der Box zu werfen, und jetzt erlaubt sie nicht, daß wir sie und die Welpen woanders hinbringen. Wir haben es geschafft, zwei der Kleinen hinauszutragen, aber die ängstliche Hündin hat Pepe in den Daumen und Jim in den Fuß gebissen!«

Aurora kicherte vergnügt.

»Jim», sagte sie, »geh mit Pepe ins Haus, und laßt euch von Lupe die Wunden verbinden.«

Der Texaner Jim Rawlings hatte Lupe endlich einen Heiratsantrag gemacht, und sie hatte ihn angenommen. Nach der Saat wollten sie heiraten.

Nachdem Jim und Pepe den Stall verlassen hatten, bat Aurora ihren Mann, die Hündin und den Wurf hinaustragen zu dürfen.

Salvador fürchtete, daß es seiner Frau genauso ergehen würde wie den beiden Männern. »Ich weiß zwar, daß Jengibre dich gut kennt und dich normalerweise nicht beißen würde. Aber sie hat gerade erst geworfen, und sie jetzt woanders hinzubringen, erscheint mir doch sehr gefährlich, *muñeca*. Sie hat Angst um ihre Jungen.«

»Nun, das kann ich gut verstehen«, sagte Aurora lächelnd und dachte an die Neuigkeit, die sie ihrem Mann erzählen wollte.

Vielleicht verstand Jengibre instinktiv, in welchem Zustand sie sich befand, denn die Hündin winselte leise und ließ sich und die neugeborenen Welpen ohne weiteres in eine leere Box bringen, die Salvador mit frischem Stroh ausgelegt hatte. Aurora kniete sich hin, hob eines der kleinen Hündchen hoch und drückte es zärtlich an ihre Wange.

»O Gott«, stöhnte der Visconde, als ein zweiter Hund angelaufen kam. »Da kommt der stolze *padre*, um seine Familie zu verteidigen. Leg den Welpen am besten wieder hin, *querida*. Ich möchte nicht auch ins Bein gebissen werden.«

»Das möchtest du wirklich nicht, was?« fragte Aurora. »Willst du statt dessen vielleicht lieber selbst ein stolzer *padre* werden?«

Einen Augenblick lang stand Salvador reglos da und wußte nicht, ob er seine Frau richtig verstanden hatte. Dann sagte er zögernd: »Aurora, meinst du... Bist du sicher...«

»*Sí*«, antwortete sie strahlend. »Ich bin ganz sicher. Wir bekommen ein Kind.«

»*Madre de Dios*! Ich werde Vater!« rief der Visconde glücklich aus.

Dann hob er seine Frau hoch, umarmte sie, wirbelte sie herum und küßte sie immer wieder. Plötzlich hielt er inne und ließ sie vorsichtig wieder auf den Boden hinab.

»Ach, *muñeca mía*, ich war außer mir vor Freude. Hab' ich dir weh getan?«

»Nein, natürlich nicht«, sagte Aurora und lachte, als sie sich seinen Gesichtsausdruck vorstellte. »Morgens ist mir übel, aber sonst habe ich mich nie in meinem Leben besser gefühlt.«

»Aber das Baby –«

»Dem geht's gut. Mach dir keine Sorgen, Salvador«, versicherte sie ihm. »Ich bin nicht halb so zart, wie du glaubst. Ich brech' schon nicht zusammen. Aber ich brauche jetzt viel mehr Ruhe als sonst, und manches kann ich einfach nicht mehr machen, zum Beispiel schwere Sachen hochheben.«

»Du darfst überhaupt nichts mehr heben, nicht mal eine Feder. Komm jetzt zu mir. Bist du müde? Möchtest du dich hinlegen? Kann ich etwas für dich tun?«

»*Sí, sí*, mein lieber Mann.«

»Was? Du brauchst es mir nur zu sagen, *querida*«, sagte der Visconde ernst. »Was kann ich für dich tun?«

»Sag mir, daß du mich liebst«, bat Aurora leise.

Bei ihren Worten schossen Salvador die Tränen in die Augen. Er wußte nicht, ob er ihrer wert war, aber er dankte Gott für diese wunderbare Frau.

»Ich liebe dich, Doña Aurora, jetzt und immerdar.»

Dann umarmte er sie so fest, als ob er sie nie wieder loslassen wollte.

35. KAPITEL

Salvador wußte nicht mehr, was er denken sollte. Er war so sicher gewesen, daß Paul Van Klaas derjenige gewesen war, der sich in sein Haus geschlichen hatte. Jetzt war sich der Visconde aber nicht mehr so sicher. Obwohl jede Nacht Wächter auf der Plantage patrouillierten, gelang es jemandem doch immer wieder, heimlich Löcher zu graben und nach dem Schatz zu suchen. Paul konnte es nicht sein, das wußte Salvador genau. Der Holländer war nach Belém gefahren – das hatte Heidi Aurora erzählt, als sie vor ein paar Tagen zu Besuch gewesen war.

Verdammt! Gerade als er endlich Bescheid zu wissen glaubte, tauchte ein neues Rätsel auf. Jetzt wußte er nicht mehr, was er denken sollte. Nur eine einzige Erklärung leuchtete ihm ein: Der Holländer arbeitete mit jemandem zusammen. Aber wer konnte das sein? Salvador konnte sich nicht vorstellen, daß Heidi nachts auf der Plantage herumschlich, und Paul konnte es nur schwerlich gelungen sein, einen seiner abergläubischen Indianersklaven dazu zu bringen, nachts diesen verfluchten Ort zu betreten.

Der Visconde zuckte mit den Achseln. Er mußte einfach weiter Geduld haben und hoffen, daß er den Eindringling auf frischer Tat ertappen würde.

Mario und die anderen Kaufleute und auch die Indianer, die die Einbäume herbrachten, waren beim Anblick von Esplendor überrascht.

Es mußte ein Wunder geschehen sein, meinten sie. Don Salvador war wirklich ein machtvoller *Brujo*. Wie sehr hatte sich Esplendor in der kurzen Zeit verändert! Das Marmorhaus erhob sich wie ein weiß schimmerndes Juwel mitten aus dem immergrünen Regenwald und wirkte auch nach der gründlichen Restauration so geheimnisvoll wie eh und je. Es mußten nur noch ein paar kleinere Arbeiten an der Kuppel fertiggestellt werden.

Mario kletterte auf den Landungssteg und begrüßte mit den anderen Don Salvador und Doña Aurora. Mario freute sich sehr, *die Senõra* wiederzusehen. Er hatte sowohl für sie als auch für Don

Salvador Briefe aus Spanien. Und außerdem wollte er ihr von dem narbengesichtigen Mann erzählen, der nach ihr suchte. Mario ging mit ausgestreckten Händen auf die junge Frau zu.

»Doña Aurora«, rief er und strahlte, »es freut mich sehr, Sie endlich wiederzusehen. Sie werden ja immer schöner. Kann es sein, daß sie und Don Salvador ein glückliches Ereignis erwarten?«

Aurora wurde rot. »*Sí*«, antwortete sie. »Unser Kind kommt aber erst im nächsten Jahr zur Welt.«

»Meinen herzlichsten Glückwunsch. Also werden Sie ein stolzer Vater, Don Salvador?«

»*Sí*«, antwortete der Visconde grinsend. »Möchten Sie eine Zigarre, Mario?« Salvador reichte ihm eine dünne schwarze Zigarre und klopfte ihm freundschaftlich auf den Rücken. »Kommen Sie mit, lassen Sie uns ins Haus gehen. Die Männer hier kümmern sich schon um alles.«

Aurora hatte sich inzwischen so gut zu bewegen gelernt, daß Mario erst auf dem Heimweg bemerkte, daß sie blind war. Die junge Frau ging mit ihrem Stock voran, und Mario blieb überrascht stehen. »Um Gottes willen, Don Salvador, was ist passiert? Kann es sein – kann es sein, daß ... « stotterte er und verstummte.

«*Sí*«, antwortete der Visconde. »Sie hat während der letzten Regenzeit einen entsetzlichen Unfall gehabt. Der Blitz schlug in einen großen Baum ein, und ein schwerer Ast brach ab und traf den Kopf meiner Frau. Seitdem ist sie blind, vielleicht für den Rest ihres Lebens. Aber sie hat inzwischen sehr gut mit ihrer Blindheit umzugehen gelernt. Sie können ruhig mit ihr darüber sprechen, Mario. Meine Frau fühlt sich sehr viel wohler, wenn Sie sie weiterhin so behandeln, als wäre nichts geschehen.«

»Natürlich, ich verstehe das. Aber vielleicht ist es doch besser, wenn ich Ihnen etwas sage, was ich eigentlich Doña Aurora erzählen wollte. Jetzt da sie blind ist, möchte ich sie nicht unnötig beunruhigen.« Mario machte eine kurze Pause und fuhr dann fort. »Vor ein paar Monaten kam ein merkwürdiger, narbengesichtiger Mann nach Belém und suchte nach Doña Aurora.« Salvador versteifte sich und hielt die Luft an.

»Hat er seinen Namen genannt, dieser Mann?« fragte er.

Mario schüttelte den Kopf.

»Nein, Señor. Er sagte nur, daß Doña Aurora seine Verlobte sei, und daß er sie unbedingt finden müsse. Verzeihen Sie mir, Don Salvador, wenn ich mich irren sollte, aber... ich habe dem Mann nicht über den Weg getraut und ihm seine Geschichte auch nicht abgenommen. Ich dachte ganz einfach, daß Doña Aurora Sie niemals geheiratet hätte, wenn sie mit einem anderen verlobt gewesen wäre. Deshalb log ich ihn an. Ich sagte ihm, daß sie auf der Suche nach ihrem Bruder die brasilianische Küste nach Argentinien hinuntergereist sei. Der Mann schiffte sich ein und segelte ab. Habe ich das Richtige getan, Señor?« fragte Mario nervös.

»Absolut, *mi amigo*«, antwortete der Visconde zu Marios großer Erleichterung. »Der Mann war mein Halbbruder, Don Juan. Ich bin mir dessen ganz sicher. Er hat den Verstand verloren. Es wäre schrecklich, wenn er meine Frau in seine Gewalt bekommen würde. Sie hat ihm die Narbe auf seinem Gesicht beigebracht. Hat er nicht nach mir gefragt?«

»Nein, Don Salvador.«

»*Bueno*. Dann weiß er noch nicht, daß ich mit Aurora verheiratet bin. Wenn er davon erfährt, wird er mich töten wollen.«

»Sie töten, Señor!« stieß Mario erschrocken aus.

»*Sí*.« Der Visconde nickte mit ernstem Gesicht. »Juan haßt mich. Und wenn er es schafft, mich umzubringen, dann wird ihm meine Frau hilflos ausgeliefert sein – ganz besonders in ihrem jetzigen Zustand.«

Mario schlug ein Kreuz. »Gott behüte, Don Salvador, aber ich muß Ihnen noch etwas sagen. Ihr Halbbruder hat inzwischen bestimmt herausgefunden, daß ich ihn auf eine falsche Fährte gelockt habe. Er befindet sich bestimmt schon auf dem Rückweg nach Belém.«

»Dann müssen Sie gut aufpassen, *mi amigo*«, warnte der Visconde den Mestizo, »denn Juan ist der rachsüchtigste Mensch, den ich kenne. Seien Sie vorsichtig, sonst haben Sie bald ein Messer im Rücken!«

Mario schüttelte den Kopf und antwortete: »Machen Sie sich um mich keine Sorgen, Don Salvador. Ich habe mein Leben lang im Dschungel und im Hafen von Belém verbracht und könnte Ihnen nicht sagen, was der gefährlichere Ort ist. Wenn Don Juan mir noch einmal über den Weg läuft, dann weiß ich, wie ich ihm ausweichen kann.«

Wie um seinen Worten Nachdruck zu verleihen, griff er nach dem messerscharfen Dolch, der unter seinem Gürtel steckte.

»Gehen wir«, sagte Salvador. »Sonst wundert sich Aurora, wo wir so lange bleiben, und schöpft Verdacht. Selbst wenn sie Sie fragt, erzählen Sie ihr nichts von Don Juans Ankunft. Ich möchte nicht, daß sie sich in ihrem jetzigen Zustand aufregt.«

»Selbstverständlich, Señor. Ich verstehe Sie gut. Ich werde Doña Aurora beschützen – wenn es nötig sein sollte unter Einsatz meines eigenen Lebens. Denn Sie und Doña Aurora haben mich immer sehr freundlich in Ihrem Haus aufgenommen. Das vergesse ich nicht, Don Salvador.«

Paul Van Klaas starrte in sein halbleeres Whiskyglas. Seit seiner Ankunft in Belém hatte er sich jede Nacht betrunken, denn so sehr er es auch versuchte – er konnte den auf Esplendor vergrabenen Schatz keinen Augenblick vergessen. Er sah ihn vor sich, fühlte die kühlen Goldmünzen zwischen seinen Fingern... Er sah goldene Becher, Teller, Armbänder und Juwelen vor sich. Ja, Paul war mehr denn je entschlossen, den Schatz zu finden, der ihn schon zum mehrfachen Mörder gemacht hatte.

Er hob sein Glas, leerte es und bestellte noch einen Whisky.

Als der Kellner an den Tisch trat, um sein Glas aufzufüllen, sagte er mit betrunkener Stimme: »Lassen Sie die Flasche hier. Ich komme von weither und hab' großen Durst mitgebracht.«

Der Kellner fand, daß der große blonde Mann schon mehr als genug getrunken hatte. Seine blauen Augen waren blutunterlaufen und funkelten bösartig. Der Kellner befürchtete, daß dieser Mann Ärger machen würde.

»Entschuldigen Sie, Señor«, sagte ein gutgekleideter Herr höflich und blieb neben Paul stehen, »ich hörte, daß Sie von weither gekommen sind. Kommen Sie zufälligerweise aus dem Amazonasdelta?«

Der Holländer musterte den Fremden feindselig.

»Und wenn, was geht es Sie an?« fragte er angriffslustig.

»Nichts, Señor, aber ich suche eine Frau, die vielleicht in dieser Gegend lebt. Vielleicht haben Sie etwas von ihr gehört.«

Paul zuckte desinteressiert mit den Achseln.

»Vielleicht, vielleicht auch nicht«, antwortete er. »Wie heißt sie denn?«

»Darf ich mich kurz zu Ihnen setzen, Señor?« fragte der Mann. »Es ist besser, wenn nicht jeder unser Gespräch hören kann.«

Wieder zuckte der Holländer mit den Schultern.

»Bitte«, antwortete er unfreundlich.

»Die Frau heißt Doña Aurora Montoya«, raunte der Mann leise. »Wenn Sie sie kennen, Señor, dann könnte dieses Gespräch für uns beide sehr interessant sein. Wenn nicht, gehe ich gleich weiter. Kennen Sie sie, Señor?«

»Das kommt ganz darauf an«, antwortete Paul langsam und überlegte fieberhaft, ob dieser Mann vielleicht noch ein Verwandter wäre, der ihm bei seiner Schatzsuche hinderlich sein würde. »Wer ist diese Frau?«

»Sie ist meine Verlobte, Señor. Wir ... haben uns gestritten – der Anlaß war eigentlich ganz lächerlich –, und sie hat mich verlassen. Es liegt mir viel daran, sie wiederzufinden. Ich würde jedem eine große Summe zahlen, der mir dabei behilflich ist«, sagte der Mann und legte einen prall gefüllten Geldbeutel auf den Tisch.

Der Holländer trank einen großen Schluck, wischte sich den Mund mit dem Ärmel ab und lachte kurz auf.

»Ich würde sagen, daß Sie etwas spät dran sind, Señor. Ich kenne Señorita Montoya tatsächlich, sie hat voriges Jahr geheiratet. Jetzt haben Sie es nicht mehr eilig, sie wiederzufinden, oder?«

»Nein!« keuchte der Mann. »Das kann nicht wahr sein!« Dann faßte er sich und fügte eilig hinzu: »Nein, gehen Sie nicht, Señor. *Por favor*. Ich möchte alles wissen – alles über Doña Aurora, was Sie mir nur sagen können. Sie haben mein Geld ja gesehen. Interessiert es Sie nicht? Kellner! Noch eine Flasche für meinen Freund.«

Obwohl sich der Fremde sehr zusammennahm, bemerkte Paul, daß der Mann jetzt hochgradig erregt war. In seinen Augen loderte ein solcher Haß, wie ihn der Holländer noch bei keinem Menschen gesehen hatte. Paul witterte, daß er ein gutes Geschäft machen könnte, lehnte sich zurück und entschloß sich, den Fremden weiter anzuhören.

»Verzeihen Sie mir, Señor«, begann der Mann wieder, »ich habe mich Ihnen noch nicht einmal vorgestellt. Ich bin Don Juan Rodolfo de Zaragoza y Aguilar, Marqués de Llavero, aus Spanien. Und Sie, Señor?«

»Ich bin Paul Van Klaas, von Capricho.«

»Sehr erfreut, Señor. Sie müssen mein merkwürdiges Verhalten entschuldigen, aber die Neuigkeit hat mich sehr überrascht... *Ay caramba*! Nach einer so langen Suche zu erfahren, daß meine Verlobte jetzt mit einem anderen verheiratet ist! Wer ist dieser Mann, der mir Doña Aurora gestohlen hat?«

»Er nennt sich Visconde Poniente, Don Salvador Rodriguez y Aguilar.«

»Nein!« brüllte Juan. »Das geht zu weit! Das kann ich nicht ertragen! *Heridas de Cristo*! Dieses Schwein hat Aurora geheiratet. Ich werde ihn töten.«

Da der Holländer genau dasselbe vorhatte, war er über die Worte des Marqués alles andere als entsetzt.

»Kennen Sie Don Salvador, Señor?« fragte er sehr interessiert.

»Ihn kennen!« rief Juan aus. »Er ist mein Halbbruder, und einen schlechteren Menschen hat die Sonne nie gesehen! Dieser *bastardo* wird in Spanien wegen Mordes und Hochverrats gesucht, und ich bin seit der Nacht hinter ihm her, in der er meinen Vater getötet hat.«

Bei diesen Worten glänzten Pauls Augen triumphierend auf. Endlich hatte er einen Weg gefunden, den Visconde loszuwerden, damit er in aller Ruhe nach dem Schatz von Esplendor suchen konnte.

»Trinken Sie noch einen, Señor«, schlug er dem Marqués vor, schob die Flasche über den Tisch und grinste den Spanier wölfisch an. »Ich glaube, daß diese Unterhaltung für uns beide tatsächlich sehr interessant ausfallen wird.«

36. KAPITEL

Aurora summte glücklich vor sich hin, als sie das Bettzeug in die Wiege legte, die Salvador für ihr ungeborenes Kind gebaut hatte. Mario hatte ihnen Briefe von ihren Eltern und der Mutter des Visconde gebracht. Die Montalbáns und die Yerbabuenas waren glücklich darüber, daß Aurora und Salvador geheiratet hatten. Beide Familien schrieben, daß es besser gar nicht hätte kommen können, da sie sich im gemeinsamen Kampf gegen Juan inzwischen sehr gut befreundet hatten.

Die spannendste Neuigkeit aber war die, daß die Montalbáns und die Yerbabuenas zu Besuch nach Esplendor kommen wollten.

»Stell dir nur vor, Salvador«, rief Aurora und strahlte, »unsere beiden Mütter werden bei der Geburt unseres Kindes hier sein. Wir müssen ihnen nur gleich schreiben. Du kannst dir nicht vorstellen, wie sehr ich mich darüber freuen würde, sie hier zu haben. Ich fürchte mich ein wenig vor der Geburt. Lupe hat auch keine Erfahrungen. Unsere beiden Mütter können mir bestimmt gut helfen, mir sagen, was ich machen muß, und mir meine Angst nehmen – nicht, daß du das nicht könntest, mein liebster Mann, aber ...«

»Ich verstehe dich gut. Du hast Lupe und Heidi zwar sehr gern, aber sie gehören eben nicht zur Familie.«

»*Sí.*« Aurora seufzte und lächelte ihren Mann dann liebevoll an. »Genauso ist es. Wie gut du mich kennst, *mi corazón*. Ich bin der glücklichste Mensch der Welt, weil ich deine Frau bin.«

Diese Worte versetzten Salvador kurz einen Stich. Er hatte sich immer noch nicht ganz von der Vorstellung befreien können, daß er verflucht sein könnte. In einem Augenblick der Schwäche hatte er Aurora seine Liebe gestanden. Jetzt war sie blind. Er wachte Tag und Nacht über sie, weil er befürchtete, daß ihr etwas noch Schlimmeres zustoßen und er sie verlieren könnte, wie er so viele andere in der Vergangenheit verloren hatte. Er befürchtete, daß etwas Entsetzliches ihre kostbare, wunderbare Liebe zerstören könnte.

Es war an Lupes Hochzeitstag. Während der ganzen Woche hatten die Frauen für das Fest gekocht und das Haus auf Hochglanz geputzt. Und die Männer hatten lange Picknicktische und Bänke gezimmert und ein großes Zelt im Garten aufgestellt. In Esplendor wurde viel gelacht und viel gearbeitet. Das Haus war wirklich zu neuem Leben erwacht.

Aurora saß ruhig in einem Raum im oberen Stockwerk und hörte dem fröhlichen Geplapper der Frauen zu, die Lupe beim Anlegen des Hochzeitskleides und des Schleiers halfen. Als alles perfekt saß, beschrieben sie ihrer Herrin, wie schön Lupe aussah.

»Ach, Lupe«, sagte Aurora, erhob sich und drückte ihrer Zofe die Hand, »ich weiß, wie schön du bist. Jim ist wirklich ein glücklicher *caballero*. Komm jetzt, wir müssen hinuntergehen. Es wird nach dir gerufen.«

Als sich alle Hochzeitsgäste auf dem Rasen hinter dem Haus versammelt hatten, spielte die Kapelle eine fröhliche Melodie. Später in der Kirche traten Aurora die Tränen in die Augen, denn die Zeremonie erinnerte sie an ihren eigenen Hochzeitstag. Der Visconde fühlte genau wie seine Frau und hielt von Anfang bis Ende des Gottesdienstes ihre Hand.

Später tanzte Aurora pausenlos, denn jeder der Arbeiter von Esplendor bat um die Ehre, mit *la patrona* tanzen zu dürfen.

Schließlich entschuldigte sie sich atemlos und ging ins Haus zurück, um ihren Fächer zu holen. Als sie gerade die breite Treppe herunterkam, um ins Festzelt zurückzugehen, sagte eines der Kinder, die auf der Plantage lebten: »Señora de Rodriguez, ich bin's, Fernando. Ich wollte Sie nicht stören, wegen der *fiesta*. Aber es sind ein paar Männer am Landungssteg, und sie sagen, daß sie dringend mit Ihnen sprechen müssen. Soll ich ihnen sagen, daß sie ein anderes Mal wiederkommen sollen?«

»Nein, ich komme gleich mit«, antwortete Aurora. Sie lächelte, als sie den Jungen ungeduldig auf dem Boden scharren hörte und meinte: »Du gehst gleich zurück ins Festzelt, Fernando. Ich weiß, wie gern du dort bist.«

»Nein, Señora. *Gracias*, Señora. Aber ich muß Sie begleiten. *El patron* wäre sonst sehr ärgerlich.«

»Nun, heute ist eine Ausnahme. Jetzt lauf schon!«

»Ganz bestimmt, Señora?«

»Ja. Ich sage Don Salvador später, daß ich es dir erlaubt habe.«

»Ach, *muchas gracias*, Señora!« rief der Junge und rannte dann in die Richtung, aus der die Musik und Gelächter erklangen.

Aurora überlegte, wer sie wohl am Landungssteg sprechen wollte, und tastete sich dann mit ihrem Stock hinunter.

Dort standen vier Männer und sahen sie kommen.

»*Mierda*!« zischte derjenige, der Ricardo hieß, als er die junge Frau herankommen sah. Dann wandte er sich verärgert an Paul Van Klaas, der in einem der Einbäume saß. »Señor, Sie haben uns nicht gesagt, daß die Frau blind ist – und hochschwanger! Ich habe viele schlimme Sachen in meinem Leben gemacht, aber das hier ist ein bißchen viel. Die Angelegenheit gefällt mir gar nicht.«

Der Holländer war sehr überrascht. Aurora war schwanger? Paul hatte das nicht gewußt, als er Don Juans Vorschlag zugestimmt hatte, Aurora zu entführen. Jetzt war es zu spät, von dem sorgfältig ausgearbeiteten Plan abzugehen.

»Blind und schwanger. Na und?« knurrte er kurz. »Du hast genug Geld bekommen, um die heilige Mutter Gottes persönlich zu entführen. Jetzt sei still, und tu deine Pflicht. Sonst muß ich dem Marqués berichten, wie du dich verhalten hast.«

Dieser Gedanke war Ricardo unangenehm. Er war zwar ein rauher Bursche, aber selbst er fürchtete sich vor dem narbengesichtigen Spanier.

»Wie Sie wünschen, Señor«, antwortete Ricardo und fluchte leise.

»Hallo«, rief Aurora. »Wer möchte mit mir sprechen? Ist da jemand?«

Aurora hatte keine Chance, sich zu wehren. Zwei Männer packten sie und drückten ihr ein ekelhaft süß riechendes Tuch über das Gesicht. Wenige Augenblicke später verlor sie das Bewußtsein.

»Jetzt aber schnell, Männer!« befahl Paul, erhob sich vorsichtig, damit der Einbaum nicht umschlug, und nahm den Männern die reglose junge Frau ab.

Er setzte sich unter das Sonnendach und legte einen Arm um die narkotisierte Frau, deren Kopf an seiner Schulter lag. Sie roch nach Jasmin. Paul haßte Jasminparfüm. Es war ihm zu schwer und zu süß. Aber ihr Mann, dieser heißblütige Spanier, roch es bestimmt gern.

»Paddelt schneller, ihr Bastarde! Schneller!« zischte er. »In spätestens zehn Minuten wacht sie auf. Dann müssen wir schon außer Hörweite sein, wie ich sie kenne, wird sie laut schreien, um sich schlagen und um Hilfe rufen.«

»Dann fesseln Sie sie doch, solange sie noch ohnmächtig ist«, schlug einer der Männer, Andrés, vor.

»Nein!« rief ein anderer Mann namens Ernesto. »Dann wird jeder erkennen, der zufällig den Einbaum sieht, daß die Frau entführt wird. Jetzt sieht es so aus, als ob sie und Señor Van Klaas ein Liebespaar sind. Wenden Sie Ihren Kopf doch nicht ab, Señor. *Sí*. So ist's gut.«

Danach paddelten alle Männer schweigend, um möglichst schnell wegzukommen.

Fernando hockte zitternd in einem Busch am Ufer und weinte vor Angst. Trotz Auroras Erlaubnis, zum Fest zurückzukehren, war er ihr nach einiger Zeit gefolgt. Und jetzt wußte er nicht, was er tun sollte. Er hatte nicht gesehen, daß die Männer Aurora betäubt und in das Boot gehoben hatten. Für ihn sah es so aus, als ob seine Herrin willig in den Armen des Holländers Señor Van Klaas lag. Der Junge hatte Angst, Don Salvador davon zu erzählen. *El patron* war sehr eifersüchtig, das wußte er. Er wäre außer sich, wenn er erführe, daß *la patrona* mit einem anderen Mann durchgebrannt war. Fernando beschloß, den Mund zu halten. Nach dem Fest würde er seine Mutter fragen, was er tun sollte.

Natividad rang die Hände, als sie mit niedergeschlagenen Augen vor Salvador stand. Hinter ihr versteckte sich zitternd vor Angst Fernando, der einen Wutausbruch seines Herrn fürchtete.

Aber der Visconde war nicht wütend, nur entsetzlich besorgt. Salvador hatte schon alle nach Aurora gefragt und seine Männer ausgeschickt, um nach ihr zu suchen. Natividad war außer sich gewesen, als Fernando ihr kurz zuvor alles erzählt hatte! Einen Augenblick lang hatte er befürchtet, daß sie ihn verprügeln würde, weil er nicht sofort *el patron* erzählt hatte, was er gesehen hatte. Aber seine Mutter hatte schnell begriffen, warum er es unterlassen hatte.

»Don – Don Salvador«, stammelte sie. »Ich – es tut mir leid, Sie stören zu müssen, besonders jetzt, wo *la patrona* verschwunden ist. Aber ich – ich glaube, Señor, Sie brauchen Ihre Frau nicht suchen zu lassen.«

»Warum? Was weißt du, Natividad?« fragte Salvador erregt. »Sag es mir, schnell!«

»Ach, Señor!« meinte die Frau. »Seien Sie bitte nicht böse auf Fernando! Er ist nur ein kleiner Junge, und er hatte so große Angst...« Sie begann zu weinen.

Der Visconde sagte leise: »Natividad, ich gebe niemandem Schuld am Verschwinden meiner Frau. Ich mache mir nur Sorgen um sie. Sie ist blind und schwanger. Was immer du weißt, ganz egal wie schlimm es ist, du mußt es mir sofort erzählen. Verstehst du mich?«

»*Sí, sí*, Señor.« Die Frau atmete tief durch und fuhr dann fort. »Ein paar Männer kamen während des Festes hier an, sie baten Fernando, Doña Aurora zum Anlegesteg zu holen. Sie sagten, sie müßten mit ihr reden. Fernando erinnerte sich an Ihren Befehl, *la patrona* überallhin zu begleiten. Aber sie – sie sagte, das wäre nicht nötig, und schickte ihn weg.«

»Ich verstehe«, sagte Salvador. Natürlich, Aurora hatte mehr an

Fernando als an sich selbst gedacht. »Bitte erzähl weiter, Natividad.«

»Obwohl Doña Aurora ihm die Erlaubnis gegeben hatte, aufs Fest zurückzukehren, machte sich Fernando doch Sorgen. Als sie nicht gleich zurückkam, lief er zum Landungssteg. Dort sah er sie in einem Einbaum sitzen, der sich gerade entfernte. Ach, Señor! *La patrona* ist mit Señor Van Klaas durchgebrannt!«

»Das ist eine Lüge!« schrie der Visconde laut.

»Nein, nein, Señor! Es ist die Wahrheit!« rief Fernando und trat hinter seiner Mutter hervor, um sie besser verteidigen zu können. »Der Holländer hatte Doña Aurora einen Arm um die Taille gelegt. Und ihr Kopf lag an seiner Schulter. Und er – er hat sie geküßt, Señor!«

»Nein! Das glaube ich nicht«, erklärte Salvador mit leiser Stimme. Keinen Augenblick lang würde er sich erlauben, diese Geschichte für wahr zu halten. Ein einziges Mal hatte er Aurora mißtraut, deshalb war sie verunglückt. Er würde ihr nie wieder mißtrauen. »Fernando, wenn du meine Frau tatsächlich mit Señor Van Klaas gesehen hast – und das glaube ich dir –, dann muß die Sache in Wirklichkeit anders abgelaufen sein. Er hat sie entführt! Aus irgendeinem Grund hat er meine Frau entführt.«

Salvador dachte: Zweimal hat der Holländer versucht, mich zu töten, vielleicht will er Aurora jetzt als Geisel benutzen, um in den Besitz von Esplendor zu gelangen. Er will die Plantage haben, damit er ungehindert nach dem Schatz suchen kann, der seiner Meinung hier irgendwo vergraben liegt.

»Fernando, ich gebe dir keinerlei Schuld«, sagte der Visconde. »Lauf und bitte Daniel, Nieblo zu satteln. Ich reite nach Capricho, vielleicht kann ich dort etwas herausfinden.«

Völlig entmutigt kam Salvador nach Esplendor zurück. Er hatte von Heidi Van Klaas so gut wie nichts erfahren können. Soviel sie wußte, war Paul immer noch in Belém, sie erwartete ihn aber jeden Tag zurück.

Der Visconde wollte sie nicht unnötig aufregen und hatte ihr gegenüber keinen Verdacht gegen ihren Mann geäußert. Er hatte ihr nur gesagt, daß Aurora verschwunden war, und sie gebeten, nach ihr zu suchen. Dann war er wieder weggeritten.

Jetzt saß er niedergeschlagen im Schlafzimmer. Aurora konnte nicht freiwillig mit dem Holländer weggegangen sein, dessen war sich Salvador ganz sicher. Aurora hatte ihn nicht betrogen. Sie liebte ihn.

Und ich liebe sie, dachte Salvador. Das Leben ist ohne sie nichts wert. Ich werde es nicht zulassen, daß jemand sie mir wegnimmt. Der Visconde rief seine Männer und ordnete an, daß sie den Amazonas hinunterfuhren, um seine Frau zu suchen.

Als Aurora zu sich kam, schrie sie, schlug um sich und fragte nach dem Grund, warum sie entführt worden war – aber es nützte alles nichts. Paul Van Klaas hatte sie mit seinen riesigen Händen, die ihr immer so unsympathisch gewesen waren, fast erdrosselt und ihr gedroht, sie zu töten, wenn sie nicht still wäre.

Jetzt saß sie ängstlich zusammengekauert in dem Einbaum, der sie immer mehr von Salvador trennte. Wohin brachten sie diese Männer – und warum?

Wollte man sie töten? Oder sollte sie nur als Geisel benutzt werden? Und warum, warum machte Paul Van Klaas bei einer so entsetzlichen Sache mit? Was für einen Vorteil versprach er sich davon?

Aurora konnte sich keine der Fragen beantworten. Das einzige, was sie sicher wußte, war, daß sie ihren Entführern hilflos ausgeliefert war. Und das allerschlimmste war, daß sie blind und schwanger war.

Aurora hatte sich noch niemals in ihrem Leben so allein und so hilflos gefühlt.

37. KAPITEL

Belém, Brasilien, 1851

Mario hastete durch die Dunkelheit und stolperte immer wieder über die unregelmäßigen Pflastersteine der Straßen, die sich zwischen den Häusern von Belém durchschlängelten.

Jetzt konnte er das Geräusch der stampfenden Füße hinter sich nicht mehr hören. Er merkte, daß die Männer, die ihn so hartnäckig verfolgt hatten, letzten Endes aufgegeben hatten. Er blieb stehen und lehnte sich gegen eine Wand, während er nach Luft rang. Schließlich beruhigte sich das wilde Pochen seines Herzens. Gütiger Himmel! Der Marqués von Llavero war wirklich ein Mann, den man nie mehr vergaß, wenn man ihm einmal begegnet war. Mario konnte nur dankbar sein, daß er von Don Salvador rechtzeitig vor Don Juans Rachsucht gewarnt worden war.

Anstatt nach Hause zurückzukehren, ging er in die Wohnung eines Freundes, dem er einmal das Leben gerettet hatte und dem er deshalb voll vertrauen konnte. Danach begann er, das Mietshaus, in dem er jetzt lebte, auszuspionieren. Bestimmt waren schon ein paar düstere Gestalten aufgetaucht, die nach ihm gefragt hatten. Aber niemand hatte ihn verraten, und der Marqués hatte nichts in Erfahrung bringen können. Es war reiner Zufall, daß Don Juans Spitzel Mario heute gesehen und versucht hatten, ihn zu fangen. Zum Glück konnte er entkommen. Nun, so dachte er, war es Zeit, Nägel mit Köpfen zu machen. Er fand heraus, in welchem Hotel sich Don Juan aufhielt, und Mario entschied, nun selbst ein paar Nachforschungen anzustellen. Der Marqués sollte nun erfahren, daß er, Mario, genauso gefährlich sein konnte wie Don Juan!

»Legt hier an!« befahl Paul Van Klaas den Männern im Einbaum. Als sich das Boot dem Ufer näherte, wandte sich der Holländer an Aurora. »Hier werde ich Sie verlassen, Señora,« sagte er der verängstigten jungen Frau. »*Adiós* und *bueno viaje*.«

»Nein, warten Sie!« rief Aurora. »Gehen Sie nicht! Oh, bitte Paul...« Sie biß sich auf die Lippe und fuhr nach einer Weile fort: »Sie und Heidi waren unsere Freunde, Paul. Warum tun Sie mir das an? Nehmen Sie mich mit. Bitte, lassen Sie mich nicht hier mit diesen Männern allein!«

»Es ist zu spät, Aurora«, antwortete der Holländer abweisend. Er zerstörte so ihre letzte Hoffnung, daß sie ihn doch noch überreden könnte, sie nach Esplendor zurückzubringen. »Was geschehen ist, ist geschehen. Ich bin schon zu weit gegangen, um umzukehren. Wenn Sie doch nur Esplendor verlassen hätten, als Ijada Sie fortschicken wollte. All dies wäre nicht geschehen. Aber Sie wollten unbedingt bleiben.«

Aurora wußte, daß Paul nicht an der Plantage interessiert war. Es war der Schatz, der, wie er glaubte, dort vergraben lag. Er war besessen davon, seine Gier machte ihn wahnsinnig, wie so viele Menschen zuvor.

»Sie – Sie waren es, der versuchte, Salvador zu töten, nicht wahr?« Aurora schaffte es endlich, die Teile des Puzzles richtig zusammenzufügen. »Und – Ijada ... sie war Ihre Komplizin, oder? Deshalb wollte sie mich und Nicolas loswerden. Basilio hat sie zu Recht verdächtigt. Sie hat ihn vergiftet und Francisca auch. O Paul! Sehen Sie es nicht ein? Es war alles vergeblich! Was Sie suchen, existiert nicht und hat nie existiert. Bitte, bringen Sie mich nach Hause«, bettelte Aurora.

»Ich kann nicht. Jetzt erst recht nicht, nachdem Sie alles herausgefunden haben. Aber ich sage Ihnen, was ich vorhabe. Ich stelle für Sie einen Grabstein auf, gleich neben dem von Salvador, wenn er erst tot ist.« Er lachte. »Bringt sie fort, Männer. Ich bin sicher, daß Don Juan ihre Ankunft schon gespannt erwartet.«

Aurora war wie versteinert von den furchterregenden Worten des Holländers. Der Marqués war hier und erwartete sie. Nein! Das durfte nicht wahr sein!

»Nein«, schluchzte sie. »Nein!«

Plötzlich, bevor einer der Männer ihre Absicht erkannte, versuchte sie, über Bord zu springen. Allein die Tatsache, daß César gerade herankam, um Paul abzulösen, rettete sie vor dem Tod in den reißenden Fluten des Amazonas. Er machte einen großen Satz, packte sie an der Taille und zog sie zurück ins Boot. Aurora wehrte sich so heftig, daß die anderen fürchteten, das Boot würde kentern. César fesselte die junge Frau. Vor den Augen der anderen betastete er sie und verletzte sie mit anzüglichen Bemerkungen, was er mit ihr tun würde, jetzt, da Paul Van Klaas sie nicht mehr beschützen könne. Andrés und Ernesto lachten hämisch. Ricardo dagegen blieb ernst.

»Laßt sie in Ruhe«, befahl er. »Señor el Marqués hat gesagt, daß er jeden, der versucht, sie zu berühren, umbringt – oder habt ihr das vergessen? Er will die Frau selbst, unbesudelt von euch Dreckskerlen. César, kann es sein, daß dir dein Verstand in die Hose gerutscht ist, daß du dein Leben für etwas auf Spiel setzt, was du von jeder *puta* haben kannst?«

Fluchend stieß César Aurora zu Boden.

Während sie versuchte, die Aufmerksamkeit von sich abzulenken, kamen ihr die Tränen. Das Boot entfernte sie immer weiter von Esplendor – und von ihrem Geliebten.

»Nicolas! Wo bist du gewesen?« Salvadors Stimme war hart vor Ärger und Sorge. »Ist es nicht schlimm genug, daß Aurora entführt worden ist? Und jetzt verschwindest du auch noch!«

»Ich kann auf mich selbst aufpassen. Es gibt keinen Grund, daß du dir Sorgen machen mußt. Außerdem habe ich Jim Bescheid gesagt, daß ich hier in der Gegend ein bißchen jagen gehe. Dabei habe ich entdeckt, daß dieser *bastardo* von einem Holländer nicht mal eine Meile von hier sein Lager aufgeschlagen hat.«

»Nicolas, bist du ganz sicher?« Salvadors Stimme klang plötzlich hoffnungsvoll und angespannt.

»So sicher, wie ich hier sitze. Ich habe mich so nah wie möglich an das Lager herangeschlichen. Aurora habe ich allerdings nicht entdeckt. Wenn dieser Mistkerl sie geschnappt hat, dann ist sie jetzt nicht mehr bei ihm.«

»Woher weißt du das so genau? Der Holländer ist kein Narr. Er hat sie wahrscheinlich gut versteckt!«

»Ich sage dir, daß sie nicht dort bei ihm ist. Ich habe Bribón losgeschickt, um sie zu finden. Wenn sie dagewesen wäre, hätte er mich zu ihr geführt.«

»Verdammter Paul Van Klaas!« fluchte der Visconde, als er einsah, daß der Junge recht hatte. Der Affe war tatsächlich sehr schlau. Wenn Bribón Aurora in dem Lager des Holländers nicht hatte finden können, dann war sie auch nicht da. Daran gab es keinen Zweifel.

»Was glaubst du, haben sie mit ihr getan?« fragte Nicolas besorgt.

»Ich weiß es nicht«, antwortete Salvador kalt, »aber ich werde es herausfinden. Zeig mir, wo dieser *cabrón* campiert.«

Die schmale Sichel des Mondes stand am mitternächtlichen Himmel, als Nicolas leise durch das Gestrüpp zu Paul Van Klaas' Lager schlich.

Der Haß brannte im Herzen des Visconde, als er schließlich das Zelt erspähte.

»Ich muß ihn von den anderen weglocken«, murmelte Salvador. »Irgendwie muß ich ihn allein erwischen.«

»Kein Problem«, grinste Nicolas. »Ich jage den Eingeborenen Angst ein!«

Bevor der Visconde etwas dagegen sagen konnte, stieß der Junge einen markerschütternden Schrei aus und schlug gleichzeitig mit seiner Machete krachend aufs Unterholz ein. Zu Salvadors Erstaunen sprangen die fünf Indianer auf und liefen unter lautem Geschrei davon. Der Aufseher brüllte ihnen nach und befahl ihnen zurückzukommen, doch sie hörten nicht auf ihn. Während er einige Schüsse abfeuerte, rannte er einem Eingeborenen nach, der gerade im Busch verschwand. Der Holländer, vom Lärm geweckt, schleuderte die Zeltplane zur Seite und lief ihnen hinterher.

»Großer Gott«, flüsterte Salvador. »Wie hast du das nur geschafft?«

Wieder grinste der Junge.

»Sie dachten, wir wären *Jívaros* – ein Stamm von Kopfjägern. Mario hat Aurora immer damit erschreckt. Er hat mir beigebracht, wie man diesen gräßlichen Lärm erzeugt.«

»Schrecklich, ja. Aber es hat funktioniert, dafür bin ich dir sehr dankbar. Du wartest hier, Nicolas. Ich verfolge Van Klaas.«

Juan konnte es nicht fassen. Er war hereingelegt worden. Er hatte so lange auf diesen Augenblick gewartet, und nun wurde ihm sein Triumph vergällt. Doña Aurora Montalbán de Rodriquez, Viscondesa Poniente, war blind. Sie konnte die furchtbare Narbe in seinem Gesicht, die sie ihm zugefügt hatte, nicht sehen. Der Marqués war so erbost, daß er Aurora zu Boden schlug. Wie konnte sie es wagen, blind zu sein? Nicht fähig zu sein, die entstellende Narbe zu sehen, die sie ihm beigebracht hatte? Juan hatte sich so gewünscht, daß sie seine zornigen Blicke ertragen mußte und zusah, womit er sie verletzte und wie er sie schließlich vergewaltigte.

»Steh auf, du Hure«, herrschte der Marqués sie an und versetzte ihr einen Stoß in die Rippen. »Steh auf!«

Aurora versuchte verzweifelt nach etwas zu greifen, um sich daran hochzuziehen. Als sie sich aufgerichtet hatte, lehnte sie sich gegen den Tisch, um nicht wieder zu stürzen. Juan lachte laut über ihre Angst und Verwirrung.

»Jetzt bist du nicht mehr so selbstsicher und dreist, was? Du elende Dirne! *Dios*, wie sehr ich darauf gewartet habe, dich so am Boden zerstört zu sehen; und deinem Mann, Salvador, wird es nicht anders ergehen, wenn ich mit ihm abgerechnet habe. Ich frage mich, wie du überhaupt mit meinem Halbbruder zusammengekommen bist. Na egal. Es ist sogar besser als geplant. Ich schreibe ihm einen Brief, in dem ich ihm natürlich sagen werde, wo du dich aufhältst. Nein, mach dir keine Hoffnungen, Schätzchen. Ich fürchte, wenn Salvador in Belém ankommt, sind wir nicht mehr hier. Ich werde ihm eine schöne Verfolgungsjagd bieten, diesem *bastardo*. Und die ganze Zeit bist du in meiner Gewalt, und mein Halbbruder weiß es. Es wird ihn verrückt machen; ich weiß von dem Holländer, daß er dich sehr liebt. Tut er das, mein Herzchen?« spottete der Marqués und kniff sie in die Wange.

Aurora schauderte. Ekel überkam sie, und sie riß sich los. Wieder lachte Juan hämisch.

»Dummes Ding! Glaubst du wirklich, daß du mir so leicht entkommst? Ich nehme dich, wann immer ich will, und du kannst nichts dagegen unternehmen. Oh, wie Salvador leiden wird, wenn er davon erfährt!« Dann griff er Aurora an die Brust. »Ich kann es kaum erwarten. Doch zuerst« – er betastete ihren Bauch – »muß das weg! Ich will nicht, daß uns Salvadors Kind im Weg ist.»

Aurora war schockiert. Was meinte Juan damit? Nein! O nein! Er konnte doch nicht vorhaben, ihr Baby zu töten. Nicht einmal der Marqués konnte so ein Scheusal sein.

»*Bastardo*!« fauchte sie erbost. »Wenn du es wagst, mich zu berühren oder meinem Kind etwas anzutun, wird Salvador dich umbringen!«

»Das glaubst du wohl, was? Wir werden ja sehen, was passiert, Schätzchen. Wir werden's ja sehen.«

Als der Marqués die Tür hinter sich geschlossen und verriegelt hatte, sank Aurora zu Boden. Sie zitterte vor Angst und Verzweiflung. Die lange Reise nach Belém war eine körperliche und psychische Tortur für sie gewesen. Die ganze Zeit hatte sie nicht nur Césars Anzüglichkeiten und Annäherungsversuche ertragen müssen, sondern auch die von Ernesto und Andrés. Allein Ricardo hatte verhindert, daß Aurora von seinen brutalen Kameraden vergewaltigt worden war, und sich sogar für die Entführung entschuldigt.

Die Reise hatte sie sehr erschöpft; sie war wie betäubt vor grenzenloser Furcht. Ihr Körper, von der Schwangerschaft geschwächt, brauchte Ruhe.

Mühsam richtete sich Aurora auf. Sie preßte eine Hand in ihre Seite, wo plötzlich ein starker Schmerz tobte. Es war ein Wunder, daß sie bei den Torturen, die sie hatte erleiden müssen, ihr Kind nicht verloren hatte. Juan wollte ihr das Kind nehmen ... Sie würde eher sterben, bevor sie das zulassen würde.

Sie war nicht mehr im Urwald, sondern in der Stadt Belém. Hier mußte es Leute geben, die ihr halfen – wenn sie nur fliehen könnte. Aurora wußte nicht genau, wo sie gefangengehalten wurde. Doch aus den Geräuschen, die von außen an ihr Ohr drangen, schloß sie, daß sie irgendwo an der Küste sein mußte. Sie begann in dem kleinen Raum, in dem sie eingesperrt war, nach etwas zu suchen, was ihr einen Ausbruch ermöglichen würde. Sie mußte einfach etwas finden – und zwar schnell.

Leise schlich sich Salvador an Paul Van Klaas heran. Er näherte sich dem blonden Mann von hinten, denn seine Chancen, in einem Handgemenge Sieger zu bleiben, waren, wie er wußte, gering. Paul war viel größer und kräftiger als Salvador, obwohl auch der Visconde ein hochgewachsener, muskulöser Mann war.

Langsam zog der Visconde den schwarzen Revolver und preßte den Lauf in Pauls Rücken.

»Keine Bewegung, und geben Sie keinen Ton von sich«, zischte er leise. Paul warf seine Pistole auf die Erde. »Jetzt greifen Sie mit der linken Hand an den Gürtel, und werfen Sie auch das Messer weg. Dann heben Sie Ihre Hände und drehen Sie sich um. *Bueno*. Das machen Sie wirklich gut, Paul Van Klaas. Gehen Sie zurück. So, das ist weit genug. Was haben Sie mit meiner Frau gemacht, Sie Mistkerl!«

Paul sah keinen Grund zu lügen.

»Ich hab' sie bei vier meiner Männer gelassen, die sie den Amazonas runter nach Belém gebracht haben.«

»Aber ... warum?« fragte der Visconde erstaunt. »Warum haben Sie sie nicht einfach gegen die Besitzurkunde von Esplendor eingetauscht. Das hatten Sie doch vor, oder? Sie wollen in den Besitz der Plantage gelangen, damit Sie nach diesem verdammten, nicht existierenden Schatz suchen können. Warum haben Sie meine Frau nach Belém bringen lassen?«

Der Holländer grinste auf eine Art, daß es Salvador kalt über den Rücken lief.

»Weil Ihr Halbbruder Don Juan in Belém ist«, antwortete Van Klaas höhnisch.

»*Santa Maria*!« entfuhr es Salvador. »Sie Bastard! Ich sollte Sie sofort über den Haufen schießen.«

Vielleicht befürchtete der Holländer, daß der Visconde dies in seiner Wut tatsächlich tat. Jedenfalls sprang Paul auf Salvador zu und schlug ihn nieder. Sein Revolver flog ihm im hohen Bogen aus der Hand. Die beiden kämpfenden Männer rollten hin und her und schlugen aufeinander ein.

Der Visconde keuchte, da ihn der Kampf mit dem schweren Mann sehr zu schaffen machte. Er spürte, daß wohl schon einige seiner Rippen gebrochen waren; und auch ein Auge hatte etwas abbekommen. Blut, das aus seiner geplatzten Augenbraue quoll, lief in sein geschwollenes Auge, so daß er fast nichts mehr sehen konnte. Sein Kiefer fühlte sich so an, als würde er nie mehr so sein, wie er einmal gewesen war. Doch er kämpfte verbissen weiter, da er wußte, daß Auroras Leben von seinem Sieg abhing.

Plötzlich ließ der Holländer ihn unerwartet los. Salvador schüttelte seinen Kopf, um wieder klar denken zu können. Als er wieder richtig bei Bewußtsein war, sah er sich in der Dunkelheit nach Van Klaas um.

Obwohl er seinem Feind den Tod gewünscht hatte, war er doch entsetzt von dem, was er sah.

Der Lärm, den die beiden kämpfenden Männer verursacht hatten, hatte eine tödliche Anakonda gestört. Sie kroch aus ihrem Versteck, umschlang den Holländer und würgte ihn. Die Schlange war riesig, fast zwei Meter lang und so stark, daß nicht einmal Paul eine Chance hatte. Salvador sah die Augen des Reptils funkeln, als sie ihr wehrloses Opfer schließlich zu Tode quetschte.

Der Visconde suchte den Boden verzweifelt nach seiner Pistole ab. *Heridas de Cristo*! Wo ist sie? Wo ist sie?

Doch bevor er nach der Waffe greifen konnte, erschien plötzlich einer von Van Klaas' Männern. Er richtete sein Gewehr auf Salvador. Der Visconde wußte, daß er ein toter Mann war.

Er dachte an Aurora, seine Geliebte, dann schloß er die Augen und schickte in Erwartung des Schusses, der ihn töten würde, ein stilles Gebet zu Gott.

Plötzlich war ein Zischen zu hören – danach Stille. Salvador erschrak. Befremdet über die Tatsache, daß er noch am Leben und unversehrt war, öffnete er die Augen. Der Mann lag zusammengekrümmt auf der Erde, und Nicolas stürmte aus dem Gebüsch. Er fragte besorgt, ob mit seinem Schwager alles in Ordnung sei.

»Was – was ist passiert?« fragte Salvador und deutete auf den Toten.

»Ich habe ihn umgebracht«, entgegnete Nicolas gelassen und steckte seine Waffe wieder an seinen Gürtel. »Mit meinem Blasrohr. *Madre de Dios*! Sieh dir das an!«

Salvador drehte sich um. Paul Van Klaas war tot. Mit Grauen beobachteten die beiden, wie die Schlange ihren Unterkiefer aushakte und sich daran machte, die Leiche zu verschlingen.

Als er seinen Blick von dem Unglücklichen abwandte, sagte Salvador: »Sie wird ihn nicht ganz verschlucken können, er ist zu groß. Du mußt mir helfen, den Körper dort rüber zu schaffen. Ich will ihn in den Sumpf werfen.«

»Warum?« fragte der Junge erstaunt. »Niemand wird uns einen Mord verdenken. Er wollte dich umbringen.«

»Ich weiß. Aber trotzdem will ich, daß von dem, was passiert ist, keine Spuren bleiben«, erklärte der Visconde. »Es würden Nachforschungen angestellt werden, und ich will nicht, daß Heidi Van Klaas erfährt, daß ihr Mann ein Verbrecher war. Sie ist ein guter Mensch, und sie wäre schockiert, wenn sie jemals herausbekäme, daß Paul ein Mörder war. Wenn wir nach Esplendor zurückkommen, werde ich Colonel de la Palma sagen, daß wir auf Van Klaas' Lager gestoßen sind, und daß es von Jívaros angegriffen worden ist. Die Indianer werden es bezeugen, wenn überhaupt einer nach Capricho zurückkehrt.«

Der Junge nickte.

»Oh, und Nicolas«, sagte Salvador feierlich, während er dem Jungen die Hand reichte, »ich möchte dir danken, daß du mir das Leben gerettet hast.«

»Das war doch nichts«, murmelte Nicolas verlegen.

»Nein«, entgegnete der Visconde, »es war mehr, als ich je zurückzahlen kann. Wenn ich getötet worden wäre, wäre wahrscheinlich Aurora umgebracht worden, weil sie von meinem Halbbruder gefangengehalten wird. Er haßt mich und wünscht mir den Tod. Jetzt ... Ich habe eine Chance, sie zu retten. Du hast mir diese Chance gegeben, Nicolas, und dafür bin ich dir dankbarer, als ich es je ausdrücken kann.«

Mario stand abseits im Schatten, als er Juan und seine Männer beobachtete, wie sie Aurora an Bord des Schiffes zerrten. Tagelang hatte Mario herauszufinden versucht, was der Marqués unter strengster Bewachung in dem Gebäude an der Küste hinter Schloß und Riegel versteckt hielt. Nun wußte Mario Bescheid. Es war Doña Aurora.

»Zur Hölle«, fluchte er leise in seinem Versteck. »Dieses Schwein hat Don Salvadors Frau!«

Wie krank und verängstigt sie aussah! Im Mondlicht konnte Mario erkennen, daß sie sehr blaß und verängstigt war. Er sah ihre Augenringe und eine Wunde auf ihrer Wange. Sie brauchte unbedingt Hilfe.

Mario schlich sich fort und rannte zu der Wohnung, die er mit seinem treuen Freund Bernardo teilte.

»Bernardo«, fragte Mario, während er ein paar Worte auf ein Stück Papier kritzelte, »wie gut kannst du Spanisch? Ich meine richtiges Spanisch, nicht den Dialekt, der hier gesprochen wird.«

»Ganz gut. Ich glaube, genug, um mich verständlich zu machen. Aber ... warum?«

»Du mußt mir einen Gefallen tun. Einen Gefallen, für den du, wie ich Don Salvador kenne, gut bezahlt wirst. Ich möchte, daß du ihm diese Nachricht nach Esplendor bringst. Seine Frau, Doña Aurora ist von seinem Halbbruder entführt worden. Dieser gemeine Verbrecher hat sie an Bord der Rosa da Espania gebracht, die jetzt auf dem Weg nach Mexiko ist. Würdest du das für mich tun?«

»Aber natürlich«, sagte Bernardo. »Ich tue, was ich kann, um dir zu helfen, Mario.«

»Ich wußte, daß ich auf dich zählen kann. Gehen wir, bevor es zu spät ist.«

Aurora kauerte sich in ihrer engen Koje zusammen. Salvador würde sie niemals finden, falls er überhaupt noch am Leben war. Er mußte annehmen, daß Juan mit ihr auf dem Weg nach Spanien war. Und während ihr geliebter Mann sein Leben aufs Spiel setzen würde, um in ihre Heimat zu gelangen, würde Juan sie Tausende Meilen entfernt gefangenhalten.

Das Schrecklichste war jedoch der Gedanke, daß Juan ihr Kind töten würde, das einzige, was ihr von Salvador noch geblieben war.

Aurora lief es kalt den Rücken herunter, wenn sie sich an den widerlichen Mann erinnerte, den der Marqués in ihre Zelle in Belém gebracht hatte. Er hatte behauptet, er sei ein Doktor, doch sie bezweifelte, daß der Mann überhaupt jemals eine medizinische Schule besucht hatte. Während Juans Männer sie festhielten, hatte Doktor Perez sie mit seinen schmutzigen Händen untersucht.

Schließlich hatte er sich an den Marqués gewandt.

»Ich kann die Operation, die Sie wünschen, durchführen, *Señor*«, hatte er gesagt, »aber ich muß Ihnen mitteilen, daß die Schwangerschaft für eine Abtreibung schon zu weit fortgeschritten ist. Die Frau wird den Eingriff nicht überleben. Wenn Sie dieses Risiko eingehen wollen, kann ich anfangen.«

»Nein«, hatte Juan zu Auroras Erleichterung entgegnet. »Ich will, daß die Frau lebt – und leidet. Ich warte, bis das Kind zur Welt kommt, und werde es gleich nach der Geburt erwürgen.«

Als sie diese grauenvolle Ankündigung des Marqués hörte, gefror ihr das Blut in den Adern. Juan war nicht nur verrückt, er war ein Unmensch.

Plötzlich fuhr sie auf. Sie hörte ein leises Klopfen an ihrer Tür.

»Doña Aurora?« flüsterte Mario und blickte gespannt über seine Schulter den Schiffskorridor entlang. »Doña Aurora, sind Sie da drinnen?«

»Ma – Mario?« Sie wagte kaum zu atmen.

»*Sí*, ich bin es, Señora. Ist alles in Ordnung? Kommen Sie näher zur Tür, dann können wir sprechen.«

»Mario! Gott sei dank«, rief Aurora, als sie sich zur Tür tastete und ihr Ohr dagegen preßte. »Was tun Sie hier? Wie haben Sie mich gefunden? Ist Salvador bei Ihnen?«

»Nein«, antwortete er. »Hören Sie zu, Señora: Ich habe Ihren Mann benachrichtigt. Er ist mit Sicherheit schon jetzt auf dem Weg, um Sie zu retten, also verzweifeln Sie nicht. In der Zwischenzeit werde ich so oft zu Ihnen kommen, wie ich kann.«

»Aber – wie haben Sie mich gefunden?«

»Ich habe beobachtet, wie Juan Sie an Bord gebracht hat, und bin ihm gefolgt. Ich habe als Schiffsjunge angeheuert. Ich würde dem Kapitän ja von Ihrer Entführung berichten, aber ich glaube nicht, daß er mir, einem Mestizen, mehr Glauben schenkt als dem Marqués.«

»Oh, Mario, ich habe solche Angst. Weiß Juan, wer Sie sind? Besteht die Gefahr, daß er Sie erkennen könnte?«

»Nein, ich habe mein Aussehen verändert. Außerdem ist der Marqués seekrank und leidet an einem Malariaanfall. Seit Beginn der Reise hat er seine Kabine nicht verlassen. Señora, die Frage ist mir unangenehm, aber er hat doch nicht ... hat doch nicht ...«

»... mich belästigt?« Aurora errötete. »Gott sei Dank nicht. Noch nicht.«

»*Bueno*. Und ihr Kind?«

»Das ist noch in Sicherheit.«

»Dann können Sie beruhigt schlafen, Señora, denn ich glaube, daß Don Juan für den Rest der Reise außer Gefecht gesetzt ist. Ich muß jetzt gehen. Da kommt jemand. Kopf hoch, Señora. Sie sind nicht mehr allein. Ich, Mario, bin bei Ihnen.«

Nachdem Mario gegangen war, sank Aurora zu Boden und weinte erleichtert. Als ob es den Kummer seiner Mutter spürte, bewegte sich das Baby in ihr. Aurora hörte auf zu weinen und legte die Hände auf ihren Leib, um das Kind zu beruhigen.

»Beeil dich, mein geliebter Salvador. Beeil dich«, flüsterte sie in den leeren Raum, »ich weiß nicht, wie lange ich noch durchhalte.«

38. KAPITEL

Matamoros, Mexiko, 1851

»Mehr Reis, Mama. Will mehr Reis!« quengelte der kleine Junge Chance, während er mit dem Löffel auf seinen Teller klopfte.

»Still, Chance, sei still!« wies Storm Lesconflait ihren fast zweijährigen Sohn zurecht. »Die Leute schauen schon.«

Dann lächelte sie und gab noch etwas von dem dampfenden spanischen Reis auf seinen Teller, während die anderen Gäste auf der Terrasse des Hotels amüsiert zusahen.

»Ganz schön lebhaft, der Kleine«, bemerkte eine ältere Witwe und blinzelte dem Jungen zu.

»*Sí*«, antwortete Storm auf spanisch mit einem leichten französischen Akzent. »Aber ich liebe ihn trotzdem.«

»Natürlich«, entgegnete die Dame und seufzte. »Das tun alle Mütter, nicht wahr. Julio! Die Rechnung, *por favor*. Ah, das ist der stolze *padre*, wenn ich nicht irre.«

»*Sí*«, bestätigte Storm und sah ihrem großen dunkelhaarigen Ehemann entgegen.

Ihre grauen Augen glänzten voller Liebe, als sie ihn ansah und die Blicke der Bewunderung bemerkte, die ihn allerseits verfolgten. Jede Frau wäre stolz, ihn ihr eigen nennen zu können – und Storm war sehr stolz auf ihn.

Sie war eine Südstaatenschönheit, geboren und aufgewachsen im French Quarter von New Orleans. Vor ein paar Jahren, als sie noch eine sechzehnjährige Waise war, hatte ihr nichtsnütziger Onkel ihre gesamte Erbschaft verspielt. Dann hatte er Storm im Spiel an einen grausamen Farmer, Gabriel North, verloren. Dieser Mann hatte El Lobos Eltern umgebracht. Als sie auf dem Weg nach Texas gewesen war, um mit dem Farmer verheiratet zu werden, war Storms Postkutsche von einer Gruppe berüchtigter Banditen überfallen und sie gefangengenommen worden. Glücklicherweise verlor der jüngste von ihnen Storm an El Lobo beim Kartenspiel, bevor er sich an sie heranmachen konnte. El Lobo hatte sich in sie verliebt und sie geheiratet.

Eine Zeitlang hatten sie bei seiner indianischen Adoptivfamilie in Llano Estacado gelebt. Aber nach dem Ausbruch einer Choleraepidemie waren die Indianer weitergezogen. Ihr Sohn Chance war auf den Great Plains von Texas geboren worden. Nach seiner Geburt hatte Storm ihren Mann überredet, nach Mexiko umzusiedeln. Heute waren sie von ihrer Farm Fin Terre nach Matamoros gereist, um Vorräte zu besorgen.

Storm küßte El Lobo und lächelte, als er seinem Sohn durch die Haare fuhr, bevor er sich setzte.

»*Dos enchiladas y frijoles y arroz*«, sagte er zum Kellner, »und eine Flasche Meskal.« Er lehnte sich zurück und zündete sich eine dünne, schwarze Zigarre an. »Na, was habt ihr beide heute getan?«

»Mama hat mir die Boote gezeigt, *muy grandes*«, murmelte Chance mit vollem Mund.

»Rede nicht mit vollem Mund«, ermahnte Storm den Jungen, »und es sind Schiffe gewesen – *buques* –, keine Boote.«

Dann erzählte sie ihrem Mann: »Ich habe eine Kutsche gemietet, mit der wir die Küste entlanggefahren sind, damit Chance den Golf sieht.«

»Hat es euch gefallen?«

«*Sí*, aber ... Da war etwas, was mich die ganze Zeit beunruhigt hat.«

»Ja? Was denn, Kleines?«

»Ich habe dort eine Frau gesehen. Sie war blind und schwanger; und ein schrecklich aussehender Mann mit vernarbtem Gesicht hat sie über das Dock gestoßen und dabei angeschrien und furchtbar beleidigt. Er hat sogar ein-, zweimal auf sie eingeschlagen, bevor er sie in eine Kutsche zog. Ich konnte es einfach nicht glauben. Ich hätte ihr so gern geholfen, aber ich habe mich nicht getraut, mich einzumischen. Ich hatte Chance bei mir, und der Mann hatte einige rauhe Gesellen an seiner Seite ...«

»Ja, wirklich?«

»Es klingt seltsam, aber ich werde den Eindruck nicht los, daß ich die Frau irgendwo schon einmal gesehen habe. Ich kann mich nicht erinnern, wo, aber ich habe das bedrückende Gefühl, ich hätte etwas unternehmen müssen, um ihr zu helfen. Offensichtlich fürchtete sie sich entsetzlich vor dem Narbengesicht. Tatsächlich frage ich mich, ob er sie gefangenhält. Gütiger Himmel, Lobo, schau! Da sind sie! Jetzt weißt du, was ich meine. Schau nur, wie grob er sie behandelt!«

El Lobo wandte sich um und schob seinen schwarzen breitrandigen Sombrero ein Stück zurück, um die beiden, die gerade die Terrasse betraten und sich an einen Tisch setzten, besser sehen zu können. Es war genau, wie Storm es beschrieben hatte. Der Mann mit dem vernarbten Gesicht behandelte die blinde Frau wie einen Hund – oder noch schlechter –, zog sie rüde umher, stieß sie, wenn sie stolperte, und achtete nicht auf die mißbilligenden Blicke, die er durch sein Benehmen auf sich zog. El Lobo war wie versteinert, als er sie sah. Dann wandte er sich wieder an Storm.

»Sieh nicht hin, Liebes«, sagte er ruhig, »und tu nichts, was Aufmerksamkeit auf uns lenken könnte.«

»Aber... warum?« fragte sie verdutzt.

»Ich weiß, wer diese Frau ist.«

»Wer?«

»Doña Aurora Montoya-«

»Aguilas Angebetete? Natürlich – das Medaillon in seiner Uhr! – Oh, ich habe gewußt, daß ich sie irgendwo schon einmal gesehen habe! Und der Mann?«

»Ich weiß nicht.« El Lobo schüttelte den Kopf. »Ich kenne ihn nicht. Aber ich glaube, du hast recht – irgend etwas ist da nicht in Ordnung. Sie wirkt wirklich sehr verstört. Ich möchte, daß du zu ihnen gehst und versuchst, alles herauszukriegen, was möglich ist. Tu so, als ob du ein alter Freund der Familie wärest oder irgend so etwas.«

»In Ordnung«, stimmte Storm zu. Sie stand auf und ging auf den Tisch der beiden zu. Als sie fast vorbei war, blieb sie stehen und tat, als ob sie freudig überrascht wäre.

»Doña Aurora, das ist doch nicht möglich!« rief sie, als sie sich nach der verwirrten Frau umdrehte und sie anstrahlte. »Doña Aurora! Was für eine Überraschung!« Sie küßte die Frau auf beide Wangen und flüsterte ihr ins Ohr. »Ich will Ihnen helfen. Tun Sie so, als würden Sie mich kennen.« Dann fuhr sie laut fort. »Liebe Doña Aurora. Wir haben uns ja schon Jahre nicht mehr gesehen. Was machen Sie hier in Mexiko? Wie geht es Ihrer Familie?«

Storm versuchte sich schnell an die Namen von Auroras Bruder und dessen Frau zu erinnern, dann sprach sie weiter. »Geht es Ihrem Bruder Basilio und seiner Frau Francisca gut?«

»Nein, leider nicht«, murmelte Aurora verwirrt. Wer war diese Fremde, die ihren Namen kannte – und den ihrer Verwandten – und ihr Hilfe anbot? Woher wußte sie, daß Aurora unbedingt Hilfe brauchte?

»Es tut mir sehr leid, Señora, aber ich muß Ihnen mitteilen, daß Basilio und Francisca gestorben sind. Sie sind vor einiger Zeit ums Leben gekommen.«

»*Dios mío*, wie schrecklich. Mein tiefstes Beileid, Doña Aurora. Kein Wunder, daß Sie so blaß und – und krank aussehen. Ich dachte schon, daß Sie vielleicht einen Unfall gehabt haben, weil...« Hier zögerte Storm, da sie nicht wußte, ob sie erwähnen sollte, daß die Frau blind war. Aguila hatte nie davon gesprochen. War sie schon immer blind gewesen?

»*Sí*, Señora«, antwortete Aurora hastig, als sie merkte, daß Storm zögernd versuchte, die richtigen Worte zu finden. »Ich habe mein Augenlicht bei einem Unfall verloren.«

»Wie schrecklich für Sie. Verzeihen Sie mir, Doña Aurora. Ich – ich war mir nicht von Anfang an bewußt, daß Sie blind sind«, log sie. »Ohne Zweifel fragen Sie sich nun, wer ich bin. Ich bin Storm – Storm Lesconflair – aus – aus Paris«, improvisierte sie. Sie war noch nie in ihrem Leben in Paris gewesen. »Wir haben uns eines Sommers in Spanien kennengelernt, als ich dort in Urlaub war – erinnern Sie sich?«

«*Sí, sí*, Storm. Natürlich erinnere ich mich an Sie.« Geschickt setzte Aurora die Unterhaltung fort. »Es war der Sommer, den ich mit meiner Großmutter in Barcelona verbracht habe. Bitte lassen Sie mich meinen Schwager vorstellen, Señor el Marqués de Llavero, Don Juan Rodolfo de Zaragoza y Aguilar.«

»Es ist mir ein Vergnügen, Señor el Marqués«, grüßte Storm höflich, während sie ihm die Hand entgegenstreckte, doch dann schauderte sie, als der Mann mit dem vernarbten Gesicht aufstand und ihr die Hand küßte.

»Das Vergnügen ist ganz auf meiner Seite, Señora«, antwortete er freundlich, obwohl seine dunklen Augen sie scharf musterten, als ob er Verdacht geschöpft hätte.

Ruhig, mit der Sicherheit, daß El Lobo sie beobachtete und Juan sofort töten würde, wenn er es wagen sollte, seine Hand gegen sie zu erheben, wandte sie sich wieder Aurora zu.

»Ihr Mann ist also nicht bei Ihnen, Señora?« hakte sie nach, während sie die mageren Arme der Frau betrachtete.

»Nein. Salvador ist... verhindert«, antwortete Aurora vorsichtig, da sie fühlte, wie Juans brennende Blicke sie scharf beobachteten.

»Ich... verstehe«, entgegnete Storm fröhlich, obwohl sie die verräterische Pause bemerkt hatte, die Aurora bei ihrer Erklärung gemacht hatte. »Aber Sie haben mir immer noch nicht erzählt, was Sie in Mexiko machen. Wie lange bleiben Sie noch? Wollen wir nicht einmal zusammen essen?«

»Das geht wohl nicht, Señora«, bemerkte Juan sanft, bevor Aurora antworten konnte. »Wir sind geschäftlich hier – und das nur für kurze Zeit. Es war schön, Sie kennengelernt zu haben, Señora. *Buenos días.*«

Dann zog er Aurora mit sich weg, ohne auf das bestellte Essen zu warten.

Nun war Storm endgültig davon überzeugt, daß die blinde Frau die Gefangene ihres Schwagers war. Sie kehrte zu ihrem eigenen Tisch zurück und berichtete ihrem Mann alles. Als sie aus dem Augenwinkel zwei von Juans Leuten bemerkte, die unauffällig versuchten näher zu kommen, um sie zu belauschen, sprach Storm in der Sprache der Komantschen weiter.

»Es *ist* Doña Aurora! Und ich glaube wirklich, daß ihr Unheil droht. Ihr Bruder Basilio und seine Frau Francisca sind tot. Als ich sie gefragt habe, warum ihr Mann nicht dabei ist, hat sie mir gesagt, er sei verhindert. Aber die Art und Weise, wie sie es gesagt hat, läßt vermuten, daß mehr dahintersteckt. Sie hat behauptet, der Mann in ihrer Begleitung sei ihr Schwager, doch selbst wenn das stimmt, glaube ich trotzdem, daß er sie gefangenhält. Was meinst du?«

»Hat Sie den Namen ihres Mannes erwähnt? Oder den ihres Schwagers?«

»*Sí.* Sie ist mit jemandem verheiratet, der Salvador heißt – ein schwerer Schlag für unseren Freund Aguila. Und ihr Schwager ist der Marqués de Llavero, Don Rodolfo de Zaragoza y Aguilar.«

»Was?« brauste El Lobo auf, warf seine Zigarre weg und lehnte sich über den Tisch, um Storms Hand fest in seine zu nehmen. »Liebes, bist du sicher?«

»Natürlich. Warum?«

»Großer Gott! Salvador ist der wirkliche Name meines Cousins Aguila, und Don Juan ist sein Halbbruder!«

»Was?«

»*Sí*, aber das ist eine lange Geschichte. Jedenfalls haßt Juan Salvador und wünscht ihm seit je den Tod. Großer Gott, Storm! Juan hat Aurora entführt; dessen bin ich mir ganz sicher! Geh mit Chance zurück ins Hotel. Ich komme bald nach.«

»In Ordnung«, stimmte Storm zu, obwohl sie vor Neugier fast platzte.

Es war ein leichtes für El Lobo, Juans Männern zu entwischen. Er hatte in der Vergangenheit schon viel gerissenere Männer abgeschüttelt. Er hörte noch die verwirrten Rufe seiner Verfolger, als er auf den Balkon des Hotels kletterte. Er preßte sich flach gegen die Hauswand und näherte sich langsam dem Zimmer, in dem, wie er herausgefunden hatte, Juan Aurora gefangenhielt.

Durch die offenen Fenster belauschte El Lobo, wie sein Cousin die blinde, hilflose Frau über Storm ausfragte.

»Es war so, wie sie gesagt hat«, wimmerte Aurora. »Auch, wenn Sie mich noch mehr schlagen, Don Juan, ich kann Ihnen nicht mehr als das sagen.«

Ein lauter Schrei folgte dieser Bemerkung, als ob der Marqués sie wirklich geschlagen hätte. El Lobo biß sich auf die Lippe. Er mußte an sich halten, um nicht sofort durch das Fenster ins Zimmer zu springen und Salvadors Frau zu retten. Er wollte Juan nicht töten – zumindest nicht, bevor er herausgefunden hatte, ob Salvador noch am Leben war. Wenn der Marqués seinen Halbbruder umgebracht hatte, würde er dafür büßen müssen.

»Don Salvador?« flüsterte eine Stimme.

El Lobo drehte sich blitzschnell um, zog beide schwarz glänzenden Pistolen und zielte auf Mario, der vor ihm stand.

»Verzeihen Sie mir, Señor.« Mario starrte auf die Pistolen. »Es war mein Fehler. Ich dachte – ich dachte, Sie seien jemand anders.«

»Don Salvador«, keuchte El Lobo. »So haben Sie mich genannt, oder? Macht Sie das zu meinem Freund oder Feind?«

»Zu Ihrem Freund, Señor, wenn Sie auch auf Don Salvadors Seite stehen«, sagte Mario. »Zu Ihrem Feind, wenn Sie ein Komplize dieses Teufels da drinnen sind, der die Doña Aurora quält.«

»Sie sind beide Verwandte von mir«, entgegnete El Lobo, »aber Don Juan ist nicht mein Freund.«

»Verwandte? *Sangre de Cristo*! Dann erlauben Sie mir, mich vorzustellen, Señor. Ich bin Mario Nuñes, ein Freund von Don Salvador, Ihnen zu Diensten. Sie sind der, den man El Lobo nennt, nicht wahr? Kein Wunder, daß ich Sie mit Don Salvador verwechselt habe. Sie sehen sich sehr ähnlich, von den Augen abgesehen. Er hat mir von Ihnen erzählt, Señor.«

Langsam senkte El Lobo die Waffen und steckte sie zurück in die Halfter. Dann streckte er Mario seine Hand entgegen.

»Kommen Sie«, sagte er. »Ich glaube, es gibt viel zu besprechen.«

Als Mario seine Geschichte fertig erzählt hatte, schwieg El Lobo so lange, daß sich Mario mit einem Räuspern in Erinnerung brachte.

»Sollen wir – sollen wir hineingehen, Señor?« fragte er.

»Nein.« El Lobo schüttelte den Kopf. »So sehr mich die Vorstellung quält, daß Doña Aurora auch nur noch eine Minute mit diesem Scheusal verbringen muß, sind wir es Salvador doch schuldig, auf seine Ankunft zu warten. Aus dem, was Sie sagen, ist zu schließen, daß er bald eintreffen muß – wenn Ihr Freund Bernardo ihm die Nachricht überbringen konnte.«

»Oh, da bin ich mir sicher, Señor. Bernardo ist ein wahrer Freund. Er würde mich nie enttäuschen.«

»Also werden wir warten«, entschied El Lobo. »Es ist Salvadors Rache. Ich will ihm diesen Triumph nicht nehmen. Außerdem ist Juan im Augenblick zu gut bewacht, als daß wir ihn überwältigen könnten. Und es ist zu gefährlich, solange er Doña Aurora gefangenhält; sie könnte in der Hitze des Gefechts verletzt werden. Ich will nicht derjenige sein, der für den Tod von Salvadors Frau verantwortlich ist.«

»Ich verstehe, Señor.«

»Wir werden sie beobachten und darauf achtgeben, daß sich Auroras Situation nicht verschlechtert«, fuhr El Lobo fort und lächelte in einer Art und Weise, die Mario erschreckte.

Juan spähte nervös den langen Korridor des Hauses entlang, das er gemietet und in das er Aurora gebracht hatte. Für das, was er plante, war das Hotel zu belebt gewesen. Er hatte Storm angelogen, indem er ihr erzählt hatte, daß er und Aurora Matamoros verlassen würden.

Er versuchte sich einzureden, daß sein Zittern von der Malaria herrührte, die ihn immer noch plagte. Doch das war nur teilweise wahr. Vor allem zitterte Juan vor Angst. Obwohl das Haus wie eine Festung war, mit Wachposten an jeder Ecke, hatte es trotzdem jemand geschafft einzudringen. Andrés war tot. Sie hatten die Leiche vor zwei Tagen vor der Tür gefunden. Seine Kehle war aufgeschlitzt gewesen. Und nun, heute morgen, hatten sie Ernesto erhängt im Hof entdeckt.

»Es ist Salvador«, murmelte Juan zum hundertsten Mal. »Salvador bringt meine Leute um und verhöhnt mich. Warum zeigt er sich nicht, dieser *bastardo*! Warum kommt er nicht und holt sich seine Frau?«

Immer noch ängstlich, ging der Marqués in sein Schlafzimmer, schloß vorsichtig die Tür ab und sank aufs Bett. Sein Körper wurde von einem Malariaanfall geschüttelt. Verfluchte Krankheit! Trotz der Medikamente, die Juan jetzt einnahm, schien sich sein Zustand zu verschlechtern. Er war so schwach, daß er sich nicht einmal mit Aurora, seiner Gefangenen, vergnügen konnte, wie er es sich vorgenommen hatte. Als er es das letzte Mal versucht hatte, war er zu Boden gefallen, als Aurora ihn abgewehrt hatte, und er hatte große Schwierigkeiten gehabt, wieder auf die Beine zu kommen.

»Bist du sicher, daß dieser Schweinehund da drinnen ist?« fragte Salvador, während er grimmig auf das Haus starrte, das Juan in Matamoros gemietet hatte.

»Ja, ganz sicher«, entgegnete El Lobo, »und außer ihm ist nur noch Aurora im Haus. Während wir auf dich gewartet haben, haben Mario und ich uns seine Männer vorgenommen – einen nach dem anderen.«

Der Visconde erschauderte, da er wußte, wie sein Cousin sich jemanden »vornahm«. Trotzdem war für ihn keine Behandlung von Männern, die Aurora entführt hatten, zu grausam, und er sehnte sich danach, Juan einem noch schlimmeren Schicksal zuzuführen.

Wie sehr Salvador auf diesen Augenblick gewartet, ihn herbeigesehnt hatte, seit Bernardo ihn am Amazonas aufgespürt und die Nachricht von Mario überbracht hatte!

In Belém war Salvador an Bord eines Schiffes gegangen, das nach Mexiko fuhr. Er war an diesem Morgen angekommen und im Hafen auf Mario gestoßen, der ihn erwartet hatte, um ihn nach Matamoros zu bringen.

Nun mußte der Visconde jede Einzelheit von Auroras Gefangennahme erfahren. In dem mörderischen Spiel gegen seinen Halbbruder war das Leben seiner geliebten Frau der Einsatz.

»Wissen Sie, ob es meiner Frau gutgeht?« fragte er noch einmal.

»Soviel wir wissen, schon«, versicherte Mario. »Aber wir haben sie seit einer Weile nicht gesehen. Ihr Cousin, Señor Lobo, vermutet, daß sie in einem kleinen, fensterlosen Raum auf dem Speicher festgehalten wird.« Mario deutete auf eine Stelle genau unter dem Dach.

»Wir hätten vielleicht in das Haus einbrechen sollen, Señor, aber wir wollten nicht Doña Auroras Leben aufs Spiel setzen und auch nicht das ihres ungeborenen Kindes. Wir nehmen an, daß Don Juan jetzt da oben sitzt und eine Waffe auf sie gerichtet hat. Wir haben ihn seit gestern nicht gesehen.«

Salvador schnürte es vor Angst die Kehle zu, und je mehr er darüber nachdachte, desto sicherer war er, daß Mario recht hatte. Es sähe Juan ähnlich, Aurora als Schutzschild zu benützen – der feige Schuft!

»Gehen wir«, befahl der Visconde. Sein Gesicht war von Sorgen gezeichnet.

Der Tag war so heiß, daß Juan glaubte, ihn nicht zu überleben. Er war den ganzen Morgen auf dem Dach gesessen und hatte nichts Verdächtiges entdecken können. Aber er wagte es nicht, seinen Beobachtungsposten zu verlassen. Der letzte seiner Männer war tot, und Juan nahm an, daß heute noch etwas passieren würde. Jeder dort unten könnte kommen und ihn als nächsten erledigen – und das bald. Auf dem Dach war er sicher; hinter den großen Kaminen konnte er sich verstecken und die ganze Umgebung beobachten. Solange er hier oben war, konnte sich niemand heranschleichen und ihn überraschen. Außerdem würde der unbekannte Angreifer ihn nicht auf dem Dach vermuten.

Er wünschte, er hätte fliehen können, aber er wagte es nicht, das Haus zu verlassen, aus Angst, bei seiner Flucht getötet zu werden. Es war auch unmöglich, neue Leute anzuwerben, seit bekannt geworden war, was mit seinen Männern geschehen war.

Er starrte zu Aurora hinüber und drückte sich gegen einen der Kamine. Der Marqués wußte, daß sie gelähmt vor Angst war. Doch er mußte nicht befürchten, daß sie die Flucht ergriff. Blind und schwanger wie sie war, hätte sie die lockeren, rutschigen Dachziegel ohne Hilfe nicht überqueren können. Wie sie geschrien und geweint hatte, als er sie hierher gezerrt hatte! Da sie fühlte, daß ein Fehltritt ihren Tod bedeuten könnte, wagte sie es nicht, sich zu bewegen.

Sie gab einen leisen Seufzer von sich, denn sie fühlte Schmerzen in ihrem Körper, die von Minute zu Minute stärker wurden. Sie befürchtete, daß bald ihre Wehen einsetzen würden.

»Halt's Maul, du Hure!« fuhr Juan sie nervös an. Er lauschte, weil er sicher war, etwas gehört zu haben. »Halt den Mund!«

Da! Er hatte eine Bewegung unten im Hof bemerkt. Er war sicher. Er hob schnell das Gewehr und drückte ab. Der Schuß verhallte in der Stille, ohne etwas getroffen zu haben.

Juan stand auf schwankenden Füßen, er hatte Ohrensausen, und seine Augen brannten.

»Komm raus, du Bastard!« rief er. »Komm raus und zeig dich! Ich weiß, daß du da unten bist!« Als er keine Antwort vernahm, versuchte er es anders. »Hör mir zu, wer auch immer du bist: Ich habe eine Frau hier oben.« Er stieß Aurora brutal zu Boden und zerrte sie an den Rand des Daches. »Sie ist blind und schwanger, und ich bring' sie um, wenn du nicht rauskommst – und zwar *pronto*.«

»*Dios mío*!« Salvador stockte der Atem. »*Dios mío*!«

»Ich werde ihn töten«, zischte El Lobo, während er eine seiner Pistolen hob.

»Nein!« schrie Salvador und schlug auf den Revolver seines Vetters. »Bist du verrückt, Rafael? Du könntest Aurora treffen.«

»Niemals«, entgegnete El Lobo grimmig. »Niemals.«

»Verdammt, Rafael«, fluchte der Visconde. »Wie kannst du dir da so sicher sein? Schießt du nie daneben?«

»Nein, nie«, antwortete El Lobo.

»Das ist mir egal«, betonte Salvador noch einmal. »Ich werde nicht Auroras Leben aufs Spiel setzen. Ich werde da rausgehen und mich zeigen.«

»Nein!« widersprach El Lobo scharf und fuhr dann, als er den Schmerz auf dem Gesicht seines Cousins bemerkte, sanfter fort. »Ich werde gehen.«

Bevor der Visconde ihn hätte aufhalten können, war er fort.

Oben auf dem Dach spähte Juan auf den großgewachsenen Fremden, der so forsch mitten im Hof stand.

»Wer sind Sie?« Die Stimme von Juan überschlug sich beim Anblick des Mannes, der es irgendwie geschafft hatte, all seine Leute umzubringen. »Wer sind Sie?«

»Erzähl mir nicht, daß du mich nach all den Jahren nicht wiedererkennst, Juan«, spottete Rafael. »Dein Vater, Don Manuel, würde mich erkennen. Aber ich habe gehört, daß er nicht mehr lebt. Dein Halbbruder hat uns allen einen großen Gefallen getan, indem er diesen Schweinehund getötet hat.«

»Wer sind Sie?« fragte Juan ein weiteres Mal. Er zitterte, sein

Gesicht war rot vor Wut über die Beleidigungen, die er sich über seinen toten Vater anhören mußte.

»Dein Vetter. Erinnerst du dich nicht an Don Rafael Bautista Delgados y Aguilar, Visconde Torreón, Juan? Das verletzt mich aber, *mi primero.*«

»Rafael? Rafael?« fragte Juan ungläubig. »Nein! Das kann nicht sein! Das kann nicht sein!«

»Worauf du dich verlassen kannst.«

»Sprich weiter mit ihm, Rafael«, flüsterte Salvador leise aus dem Gebüsch, wo er sich hinter El Lobo versteckt hatte. »Ich habe einen Plan.«

Der Visconde drehte sich zu seinem Schwager um. »Nicolas, binde Bribon los und befehle ihm, Aurora zu suchen. Er ist der einzige, der auf das Dach klettern kann. Vielleicht kann er Juan lange genug ablenken, daß wir diese verfluchte Schlange abknallen können, bevor er zurückschießt!«

»Bribon«, befahl Nicolas dem Tier, als er seine Leine lockerte, »lauf und such Aurora. Verstehst du? Such Aurora.«

Danach deutete er auf das Dach, und Bribon lief los. Sie sahen, wie er den Weinstock hinaufkletterte, der sich an der Hauswand emporrankte. Als der Affe das Dach erreicht hatte, passierten mehrere Dinge gleichzeitig, mit denen Salvador nicht gerechnet hatte.

Als Bribon Aurora entdeckte, kreischte er laut, lief auf sie zu und sprang ihr an den Hals, so daß sie das Gleichgewicht verlor. Sie stürzte auf Juan, der seinerseits ins Taumeln geriet; und als der Marqués versuchte, sich an sie zu klammern, verlor er das Gewehr und fiel vom Dach.

Dann war ein lauter, verzweifelter Schrei von Aurora zu hören, der Salvador durch Mark und Bein ging, als er wie versteinert vor Schreck beobachten mußte, wie seine geliebte Frau, Juan und der Affe vom Dach stürzten.

39. KAPITEL

Zuerst erreichten sie Juan.

Er lag gleich neben der Hauswand. Er stöhnte unter großen Schmerzen. Seine Augen waren von einer roten Schicht überzogen, und Salvador wußte nicht, ob sein Halbbruder ihn erkannte.

»Sein Rückgrat ist gebrochen«, erklärte El Lobo, als er sich nach der Untersuchung des schwerverletzten Marqués wieder erhob. »Er wird nicht mehr lang leben, wenn er Glück hat.«

Juan mußte diese Worte gehört haben, denn er versuchte aufzustehen – ohne Erfolg.

»Beende... es«, flüsterte er heiser, mit geschlossenen Augen. »Beende... es... jetzt. Bitte.«

Es war wohl das einzige Mal in seinem Leben, daß der Marqués um etwas gebeten hatte, und Salvador hatte trotz all der Dinge, die sein Bruder ihm angetan hatte, Mitleid. Wortlos zog er seinen Revolver und zielte auf Juans Kopf. Dann steckte er die Waffe zurück in den Halfter und suchte nach Aurora.

Sie war nirgends zu finden. Erst durch das aufgeregte Geschrei von Bribon – der hatte sich retten können, indem er während des Falls nach einem Ast des Weinstocks gegriffen hatte – entdeckten sie, daß Aurora auf einem kleinen Balkon im zweiten Stock des Hauses lag. Sie liefen ins Haus, das Pochen von Salvadors Herz war lauter als das Stampfen seiner Füße, als er das Treppenhaus zu seiner Geliebten hinaufstürmte.

Sie lag in einer Lache, aber es war kein Blut; und der Visconde wunderte sich über die Flüssigkeit, da er keine ernsthafte Verletzung an seiner Frau feststellen konnte. Der Weinstock, der den Balkon überwucherte und Bribons Rettung ermöglicht hatte, hatte auch den Aufprall von Auroras Körper gedämpft. Sie war am Leben und anscheinend unverletzt, abgesehen von ein paar kleinen Kratzern und Prellungen. Salvador trug sie ins Zimmer und legte sie auf das Bett.

»*Querida, querida*«, flüsterte er. »Kannst du sprechen? Wie schwer bist du verletzt – und wo?«

Als sie seine Stimme hörte, versuchte sie, den Kopf zu heben.

»Sal – Salvador?« Sie atmete schwer.

»*Sí, muñeca mia*. Ich bin bei dir. Nein. Versuche nicht, zu sprechen. Du bist gestürzt.«

»Ich ... weiß.« Aurora befeuchtete ihre spröden Lippen. »Aber ich bin – ich bin nur ein wenig verwirrt und – und etwas benommen ... glaube ich. Es ist ... das Baby. Oh, Salvador. Das Baby ... kommt.«

»Verdammt!» brummte El Lobo, denn er erkannte die Anzeichen von der Schwangerschaft seiner eigenen Frau. »Sie hat recht, sie hat Wehen! Mario, laufen Sie ins Hotel, schnell, und holen Sie meine Frau. Nicolas, geh nach unten und setz Wasser auf. Besorge so viele saubere Handtücher, wie du kannst. Salvador. Salvador! Aurora ist in Ordnung. Sie hat Wehen. Deshalb ist sie so benommen. Das Baby kommt!«

»Aber es ist – es ist zu früh«, stammelte der Visconde, immer noch unter Einwirkung des Schocks.

»Das weiß doch das Baby nicht, du Verrückter!« entgegnete Rafael aufgeregt. »Jetzt nimm dich zusammen. Deine Frau braucht dich.«

Das brachte Salvador zur Besinnung. Er half Rafael, das Laken in Streifen zu schneiden und um die Bettpfosten zu binden, damit Aurora etwas hatte, woran sie sich festhalten konnte, wenn sie es brauchte.

»Doña Aurora, ich bin der Vetter ihres Mannes. Ich heiße Lobo. Ich weiß von meiner Frau Storm, was für eine anständige Frau Sie sind. Ich möchte Sie nicht belästigen, wenn ich Ihnen sage, daß Sie Ihre Kleider ausziehen müssen. Ich will Ihnen nur helfen, so wie ich meiner Frau geholfen habe, als unser Sohn geboren wurde. Wollen Sie mir das erlauben? Ich verspreche Ihnen, Sie nicht mehr als nötig anzuschauen.«

»Natürlich, *el primero* meines Mannes.«

Aurora gelang ein Lächeln, obwohl ihr der Gedanke widerstrebte, daß ein Fremder ihr die Kleider ausziehen und ihren nackten Körper sehen würde. Doch er schien so einfühlsam, so freundlich zu sein, daß sie sicher war, ihn genausosehr lieben zu können, wie Salvador es tat.

»Atmen Sie stoßweise. Das hilft, den Schmerz zu lindern.«

»*Sí*«, antwortete Aurora, während sie nach Luft schnappte. »Woher wissen Sie – woher wissen Sie soviel über – über Geburten?« fragte sie, um sich von dem, was geschah, abzulenken.

»Das ist eine lange Geschichte, Señora, eine, die Salvador Ihnen vielleicht irgendwann erzählen wird. Glauben Sie, daß Sie aufstehen können, Doña Aurora? Es würde die Verkrampfung lösen, wenn Sie eine Weile hin und her laufen.«

»Ich – ich weiß nicht«, stammelte Aurora, während sie merkte, daß ihr Mann ihr sein Hemd umhängte, um ihre Blöße zu verdekken.

»Versuch es, Aurora«, bat Salvador, während er das Hemd zuknöpfte. »Wenn Rafael glaubt, daß es dir hilft, dann bin ich sicher, daß das stimmt.«

Mit Hilfe der beiden Männer gelang es Aurora aufzustehen und ein wenig im Raum umherzulaufen. Nach ein paar Runden bemerkte sie zu ihrer Überraschung, daß der Schmerz tatsächlich nachließ.

Salvador beobachtete seine Frau, wie sie mit zusammengebissenen Zähnen eine weitere Schmerzattacke überwand.

»Schreien Sie, Señora. Schreien Sie, das erleichtert«, riet El Lobo.

Aber Aurora schrie nicht. Statt dessen kniff sie die Augen zusammen und taumelte weiter.

Ob ich so mutig wäre bei all dem, was sie erleiden muß? fragte sich Salvador insgeheim. Ich glaube nicht. O lieber Gott, laß sie nicht sterben. Bitte, laß sie nicht sterben. Sie hat so viel durchgemacht...

Aurora war froh, als Storm endlich kam, denn El Lobos Frau hatte etwas so Lebendiges und Unerschütterliches an sich, daß Aurora das Gefühl hatte, durch ihre bloße Anwesenheit stärker zu werden.

»Ich glaube, Sie sollten sich jetzt hinlegen«, sagte Storm.

»*Sí.*« Aurora nickte müde, benommen vor Schmerzen und Erschöpfung.

»Dann gehen Sie zu Bett, weil es, wenn ich mich nicht irre, bald soweit ist. Nicolas! Wo ist der Junge?«

»Hier, Señora.«

»Ah, gut. Du hast heißes Wasser und die sauberen Tücher. Lobo, du weißt, was zu tun ist«, bemerkte Storm, während ihr Mann begann, das Messer zu sterilisieren, mit dem er die Nabelschnur durchtrennen würde. Sie drehte sich zu Aurora um. »Jetzt, Señora. Pressen. Pressen!«

Aurora konnte ihre Schreie nicht länger zurückhalten.

Kurz darauf kam der Kopf des Babys zum Vorschein, von einem Flaum schwarzen Haares bedeckt.

»Noch mal, Señora. Pressen!« sagte Storm und rief: »Aguila, komm her!«

Der Visconde tat, was Storm ihm anordnete, kniete vor seiner Frau nieder und streckte die Hände aus, um das Baby fassen zu können. Obwohl sie ihn nicht sehen konnte, verstand Aurora, was er tat; und eine nie zuvor entdeckte Freude durchströmte sie.

»Was ist es, Salvador?« fragte sie schwach, als sie endlich spürte, wie der nasse Körper des Babys aus ihr glitt. »Ein Junge oder ein Mädchen?«

»Ein Junge, *querida*. Wir haben einen strammen, gesunden Sohn«, antwortete er mit einem von Glück und Liebe erfüllten Lächeln. Er legte den Säugling auf die Brust seiner Frau.

Aurora drückte ihren Sohn an sich, mit ihren Händen zeichnete sie vorsichtig seine Konturen nach und zählte seine Finger und Zehen, um sicher zu sein, daß er alles hatte, was er brauchte.

»Esteban«, sagte sie. »Wir sollten ihn Esteban nennen, wie deinen Vater, Salvador.«

Der Visconde atmete tief durch. Woher wußte sie, daß er sich immer gewünscht hatte, seinen Sohn nach seinem Vater zu benennen, den er nie gesehen hatte?

»*Querida*«, flüsterte er, brach jedoch ab, als Aurora plötzlich nach Luft schnappte und sich ihr Gesicht verzerrte. »Was ist los? Was fehlt dir?« schrie Salvador.

Alle starrten Aurora an. Nachdem alles so gut verlaufen war, verstanden sie nicht, was mit ihr los war. Dann plötzlich lächelte El Lobo.

»Zwillinge!« rief er aus. »Da kommt noch eins.«

Einige Augenblicke später erschien ein weiterer kleiner Kopf. Diesmal war es ein Mädchen.

»Gitana, wie deine Großmutter«, schlug Salvador vor, als er auch das zweite Baby in Auroras Arm legte.

Darauf stiegen Tränen in ihre saphirblauen Augen. Wie schön von Salvador, sich an ihre tiefe Zuneigung zu ihrer *abuela* zu erinnern.

»Wie sehr ich dich liebe, *mi corazón*«, murmelte sie. »Doch jetzt« – sie gähnte – »würde ich mich gern ein wenig ausruhen.«

Bevor der Visconde noch etwas sagen konnte, war seine Frau eingeschlafen.

»Wird sie wieder auf die Beine kommen?« fragte er beunruhigt und ängstlich.

»Natürlich.« Storm lächelte, als sie die Zwillinge vorsichtig aus Auroras Arm nahm und damit begann, sie zu baden und in Tücher zu wickeln. »Sie ist einfach nur erschöpft, das arme Ding. Ihre Entführung, der Sturz vom Dach, die Geburt, das war alles ein harter Kampf für sie. Aber sie ist stark. Deine Aurora. Sie braucht Zeit, um sich zu erholen und alles zu vergessen, aber sie wird es überleben, das verspreche ich dir.«

»Hoffentlich hast du recht«, entgegnete der Visconde besorgt, »denn wenn ich Aurora verliere, habe ich nichts auf dieser Welt.«

40. KAPITEL

Esplendor, Peru, 1852

Das große Haus, das Don Santiago Roque y Aviles vor so vielen Jahrhunderten für seine geliebte Doña Arabela gebaut hatte, war weitgehend wiederhergestellt. Es fehlte nur noch die große, schwere Glocke aus purem Gold, und diese wollten Salvador und Aurora bei Sonnenaufgang in der Kuppel aufhängen.

Sie dachten, das sei eine passende Stunde, da mit Auroras Genesung die langen, dunklen Nächte der Verzweiflung hinter ihnen lagen; und ein neuer Tag, ein neuer Anfang zeigte sich als Silberstreif am Horizont.

Irgendwo in Mexiko, auf einer Farm mit dem Namen Fin Terre – das Ende des Landes – brachten Storm und El Lobo ihren Sohn Chance zu Bett.

Mario Nuñes und sein Freund Bernardo – nun stolze Partner in ihrer eigenen Handelsgesellschaft, die Salvador ihnen aus Dankbarkeit gekauft hatte – paddelten über den wilden Amazonas. In ihrem Kanu transportierten sie die Montalbáns und die Yerbabuenas zum langersehnten Wiedersehen mit ihren Kindern.

Ein Stück weit entfernt standen Lupe und Jim Rawlings auf der Veranda und ließen ihre Blicke über die Plantage schweifen.

Auf dem Rasen brachte Nicolas Bribon ein neues Kunststück bei.

Im Obergeschoß schliefen der kleine Esteban und Gitana in dem neu eingerichteten Kinderzimmer in ihren Wiegen.

Auf dem Speicher putzten Salvador und Aurora geduldig die Glocke, um sie für den kommenden Tag vorzubereiten.

»Mein Liebster«, begann die junge Frau leise, »kommt es dir nicht auch so vor, als ob wir hierher gehörten, hier nach Esplendor, als ob wir von je her hier gelebt hätten?«

»*Sí*«, antwortete Salvador. »Nun mehr denn je, seit wir zurückgekommen sind, fühle ich, daß es so ist. Einmal, *querida*, sagtest du, daß du an Wiedergeburt glaubst. Hältst du es für möglich, daß wir uns vor langer Zeit als Don Santiago und Doña Arabela geliebt haben? Daß unsere Liebe so stark war, daß sie unseren Tod überdauert hat, damit wir nun, in dem Leben, das wir jetzt kennen, unser Schicksal erfüllen?«

»*Sí*«, entgegnete Aurora mit glänzenden Augen. »In meinem Herzen fühle ich, daß ich eins bin mit Arabela. Oh, schau mal, Salvador. Was ist das? Es fühlt sich an wie eine Art eingravierter Inschrift...«

»Laß sehen«, sagte der Visconde und hielt die Öllampe näher an die Glocke heran. »*Sí*, es ist eine Inschrift.«

»Was steht da?«

»Ich weiß es nicht. Gib mir deinen Lappen, daß ich etwas von dem Schmutz wegpolieren kann. Ah ja.« Still las Salvador die auf der Glocke eingravierten Worte. Plötzlich, immer noch ungläubig, drehte er sich seiner Frau zu. »O Aurora«, murmelte er. Seine Stimme zitterte vor Aufregung. »Wir haben den vergrabenen Schatz von Esplendor entdeckt.«

»Was?« fragte sie atemlos.

»*Sí*, er war all die Zeit hier. Hör zu!« Ruhig begann der Visconde zu zitieren: »Die Liebe ist der größte Schatz auf Erden, größer als Gold und Ruhm: Reichtum wird rasch verbraucht, und Ruhm vergeht. Einzig die Liebe ist von Dauer. Das war Don Santiagos Glück – seine Liebe zu Doña Arabela.«

Bei Sonnenaufgang hievten sie die Glocke auf ihren angestammten Platz in der Kuppel.

Ja, dachte Aurora, meine Liebe zu Salvador wird alles überdauern, seine Liebe zu mir auch. Ich bin wirklich die glücklichste Frau auf dieser Welt.

Die Sonne verschwand allmählich hinter dem Horizont. Ihre Strahlen überfluteten den tiefblauen Himmel und brachten die goldene Glocke zum Glänzen. Gold?

Aurora blinzelte einmal und noch einmal. Das Licht wurde heller und heller und erfüllte ihre dunkle Welt mit seiner Leuchtkraft.

Mein Augenlicht kommt zurück, jubelte es in ihrem Inneren. Nach all dieser Zeit kann ich wieder sehen! Sie wandte sich ihrem Mann zu. Zum ersten Mal seit ihrem Unfall sah sie in sein schönes Gesicht, das von Liebe zu ihr erfüllt war. Ich will es ihm noch nicht sagen, dachte sie, noch nicht, nicht bevor ich mir ganz sicher bin!

Während er Aurora zärtlich anlächelte, nahm er ihre Hand in seine, und sie läuteten gemeinsam die Glocke, deren fröhlicher Klang freudig über den Dschungel schallte, ein Lied von nie endender Liebe, süß und zugleich stark und klar.